HORROR & THRILLER
BAND 122

Jeffrey Thomas

Dai-Oo-Ika

Ein Punktown-Roman

Aus dem Amerikanischen von Marc Tannous

Festa

Die englische Originalausgabe *Deadstock*
erschien 2007 im Verlag Solaris.

1. Auflage November 2017

Titelbild: Dean Samed

ISBN 978-3-86552-584-0
eBook 978-3-86552-585-7

Für Hong –
weil du dich um mich kümmerst

Weshalb fallen all diese Puppen
aus dem Himmel?
War dort ein Vater?
– Anne Sexton

Tear off your own head
It's a doll revolution
– Elvis Costello

PROLOG:
ABFALL

In Paxton gab es Viertel, die die Polizei nur ungerne aufsuchte – wenn überhaupt. Tin Town zum Beispiel, oder Warehouse Way. Ersteres war zum Großteil den Mutanten überlassen worden, Letzteres den Hausbesetzern in den stillgelegten Lagerhallen, die ihm seinen Namen gaben. Brände überließ man in solchen Gegenden manchmal sogar sich selbst, ungeachtet der Tatsache, dass die städtischen Brandbekämpfungseinheiten weitestgehend automatisiert waren.

Beaumonde Square gehörte jedoch nicht zu den gemiedenen Bereichen von Punktown, wie die Riesenmetropole im Laufe der Jahre inoffiziell genannt wurde. Seit Erdkolonisten sie auf den bescheidenen Fundamenten der hiesigen, ihr vorausgegangenen Choom-Stadt errichtet hatten. Wie eine große Kathedrale auf einem altertümlichen Heidenaltar.

Nein, Beaumonde Square war eines der wohlhabenderen Stadtviertel. In seinem Umkreis befanden sich die Universität von Paxton sowie das Beaumonde-Frauen-College. Hier gab es Plätze und enge Straßen, die entweder noch das Kopfsteinpflaster der ursprünglichen Choom-Straßen aufwiesen oder deren pittoreskes Aussehen imitierten. Vor den vornehmen Ladenzeilen standen penibel angeordnete Bäume sowie Steinbänke, auf denen man seinen Cappuccino genießen konnte. Es gab Quidd's Market, an dessen unzähligen Ständen Lebensmittel eines

Querschnitts von Punktowns zahlreichen intelligenten Lebensformen – ob menschlicher oder anderer Erscheinung – feilgeboten wurden. Der Rundbau im Zentrum der Anlage, die einem Einkaufszentrum ähnelte, sollte den hiesigen Planeten Oasis repräsentieren. Er war als Einladung an die ersten Kolonisten erbaut worden und hatte sie auf den Markt locken sollen, damit sie dort Handel betrieben. Geld hatte die Straßen von Beaumonde Square von Beginn an genauso gepflastert wie ihre Pflastersteine.

Dennoch war es selbst den ärmsten Bewohnern von Punktown, die auf eigenen Beinen gingen, möglich, das Kopfsteinpflaster zu betreten. Gesetzeshüter – oder Forcer, wie sie schlicht genannt wurden – ließen sich von diesem Straßenwirrwarr nicht abschrecken und verscheuchten so viele Störenfriede wie möglich. Doch Punktowns Verbrechensrate war legendär. Die Einwohner der Krisengebiete flohen oft in weniger anarchistisch geprägte Viertel, so wie die Überbauung auf der Erde einst Kojoten, Hirsche und Bären in die Vorstädte gelockt hatte (damals, als solche Tiere noch außerhalb von Zoos existierten). Oftmals flohen diese gescheiterten Existenzen jedoch gar nicht deshalb, weil ihr Viertel so heruntergekommen war, dass es kaum noch bewohnt werden konnte. Manche von ihnen waren einfach nur neugierig. Wagemutige Entdecker wie die ersten Erdkolonisten. Doch sogar sie waren schon von einigen Leuten mit Krebsgeschwüren im Anfangsstadium verglichen worden.

Brat Gentile hatte die rote Linie bis zur blauen Station genommen, dann die blaue Linie bis zum Oval Square. Von hier aus war er wieder an die Oberfläche gegangen und befand sich schon bald auf der Beaumonde Street.

Obwohl er seine weiße Lederjacke erst vor einem Monat gekauft hatte, betrachtete er sehnsüchtig die robotischen Schaufensterpuppen hinter den Scheiben, die in einer

Abfolge einprogrammierter Posen modernere Variationen dieser beliebten Modeerscheinung präsentierten. Während er die Kleidungsstücke bewunderte, musste Brat jedoch mit empörter Belustigung prusten. Die Jugendlichen aus Beaumonde Square versuchten also, wie Bandenmitglieder auszusehen, hm? Indem sie Klonlederjacken wie diese hier trugen und modische Gummibademützen wie die rosa Kappe, die Brat gerade aufhatte, und dabei den bandentypischen Jargon benutzten. Sie erinnerten ihn an eine einheimische Motte, die er in einer VT-Sendung gesehen und die Punkte und Muster auf dem Leib hatte, mit denen sie das Gesicht einer Schlange imitierte.

Allerdings war seine Abneigung den begünstigteren Bewohnern von Punktown gegenüber, die ihm anscheinend bereits in die Wiege gelegt worden war, durch seine Beziehung mit Smirk abgeschwächt worden. Smirk, den Spitznamen hatte er ihr gegeben, lebte nicht mitten in Beaumonde Square, aber wenn ihre Familie das gewollt hätte, dann hätte sie das durchaus gekonnt. Sein Erstaunen darüber, dass sie in sein Leben getreten war und sich in ihn verliebt hatte … *in ihn* …, reichte noch immer bis an die Grenze zur Irritation.

Doch ihr plötzliches Verschwinden irritierte ihn sogar noch mehr.

So streifte er mehr oder weniger ziellos umher und ließ dabei den letzten Rest seiner Wut von sich abfallen. Eigentlich hatte er seine beiden besten Kumpel von den Folger Street Snarlers gebeten, ihn heute Nachmittag auf seiner Erkundungstour zu begleiten, doch sie hatten fadenscheinige Ausreden vorgebracht. Sie mochten Smirk nicht besonders und misstrauten ihr wegen ihres Geldes. Sie hatten angedeutet, dass sie nur so tat, als wäre sie verwegen. Dass sie sich nur mit ihm schmückte, so wie sich die Jugendlichen aus den Nobelvierteln mit ihren bandenartigen Outfits schmückten. Brat nahm allerdings an, dass seine Freunde insgeheim auch ein wenig neidisch auf seine Prachtschnitte waren. Zu guter Letzt hatte er sogar seine Ex-Freundin Clara gebeten, ihn bei seinem Ausflug zu begleiten, doch sie hatte behauptet, heute auf die Kinder ihrer Schwester aufzupassen. Natürlich zweifelte er an dieser Ausrede. Warum sollte sie ihm auch bei der Suche nach seiner aktuellen Freundin helfen? Brat fand aber, dass sie ihn an erster Stelle als Bandenkameraden betrachten sollte, und erst an zweiter als ihren Ex-Freund. So viel zum Thema Loyalität unter Freunden. Scheiß auf sie! Von seiner Bandenmitgliedschaft abgesehen hatte Brat kein Problem damit, sich notfalls auch alleine durchzuschlagen. Manchmal war ihm das sogar lieber. Ja, genau. Wie ein Hai in einer dieser Natursendungen, die er und sein Bruder Theo sich in ihrer Kindheit gerne angesehen hatten und die sie sich in der Wohnung, in der sie zusammen mit Theos Frau lebten, noch immer gerne gemeinsam ansahen. Er hatte keinen Zweifel, dass Theo ihn heute begleitet hätte, doch er und seine Frau waren für eine Weile in Miniosis bei ihrer Familie. Am Telefon hatte er seinem Bruder das mit Smirk erzählt, und da Theo besorgt reagiert hatte, wusste Brat, dass er ihn nicht wie seine Freunde im Stich gelassen hätte.

Fairerweise musste er jedoch zugeben, dass es hilfreich gewesen wäre, hätte er sich ihnen gegenüber in Bezug auf Smirks Verschwinden weniger schwammig geäußert. Andererseits kam es ihm selbst noch immer recht schwammig vor.

Brat betrat Quidd's Market am einen Ende und kam mit Fettfingern von der Tüte Dickwurzeln, die er verputzt hatte, und einer Eistüte in der Hand am anderen Ende wieder heraus. Seine Mission hatte weder seine Neugier noch seinen Appetit gezügelt. Er hatte die Eistüte noch in der Hand und war gerade dabei, die Waffel anzuknabbern, als ihn seine rastlosen Beine schließlich nach Steward Gardens trugen.

Das war zumindest der Name, der auf der großen Tafel vor dem Gebäudekomplex stand. Die Buchstaben waren tief in ihren schiefergrauen Hintergrund eingraviert wie die Inschrift auf einem Grabstein: STEWARD GARDENS.

»Ha!«, sagte Brat. Obwohl ihn die Suche nach einem Ort ebendieses Namens hierhergeführt hatte, wirkte er überrascht. So als hätte er nicht wirklich damit gerechnet, ihn zu finden. Als wäre dieser Ort – und auch Smirks Stimme am Telefon – nur eine Ausgeburt seiner Träume gewesen.

»Du findest mich in Steward Gardens«, hatte sie ihm gesagt, und ihre Stimme war im tosenden Hintergrundrauschen beinahe untergegangen. »Er bringt mich … Steward Gardens …«

Er hatte in den Hörer geschrien, sie angefleht, mehr zu sagen, doch danach war nur noch das Rauschen zu hören gewesen. *Er?* Wer war *er?* Jemand, der sie entführt hatte? Als ihm der Schreck aus den Knochen gewichen war, hatte er den Einfall gehabt, seinen Computer einzuschalten und im Netz nach Steward Gardens zu suchen. Viel gefunden hatte er nicht, aber zumindest hatte er herausgefunden, wo das war. In der Beaumonde Street.

Jetzt, wo er diesen Ort tatsächlich gefunden hatte, wusste er nicht, was er damit anfangen sollte.

Innerhalb der Grenzen von Punktown gab es so viele unterschiedliche Gebäude wie intelligente Arten. Zweifellos gab es in dieser Stadt weitaus ungewöhnlichere und originellere Bauwerke. Er sah sich zum Beispiel sehr gerne die Außenwände der Bibliothek auf der unterirdischen Ebene – oder B-Ebene – der Folger Street an. Dort befanden sich große Aquarien, in denen es vor Quallen vieler verschiedener Planeten nur so wimmelte (ein besonders beeindruckender Anblick, wenn man mit Purpurstrudel vollgedröhnt war). Ein Wolkenkratzer, den man von der oberirdischen Ebene der Folger Street aus sehen konnte, wurde an seiner Spitze von einer grün lodernden Flamme beleuchtet wie eine riesige Kerze. Allerdings wusste er nicht, ob die Flamme mit Gas erzeugt wurde oder nur ein Hologramm war.

Dieses Gebäude hier war weniger auffällig, gar trist. Dennoch bannte es seine Aufmerksamkeit und brachte ihn dazu, seine Blicke über seine Oberfläche und in die schattenhafteren Ecken und Vertiefungen gleiten zu lassen. Langsam trieb er darauf zu, während er unbewusst weiter an seiner Eiswaffel knabberte.

Wie intensiv sollte er jetzt nach ihr suchen? Wie sehr sollte er sich vor möglichen Entführern in Acht nehmen? Sie werde dort sein, hatte sie gesagt. War sie es denn noch nicht?

Er folgte dem Weg zum Eingang, vorbei an dem, was gerade noch als Garten erkennbar war. Diese vordere Außenanlage, die das Gebäude von der Straße trennte, war früher einmal mit Blumenbeeten und Sträuchern bepflanzt gewesen und es gab sogar Metallbänke, die von schwarzen, schmiedeeisernen Gittern umzäunt waren und den Weg zum Gebäude flankierten. Die Blumen waren jedoch welk und verfault. Die Sträucher, deren tote Blätter wie Fliegenleiber in einem Spinnennetz an den Ästen hingen, wucherten am Rande der Verwahrlosung vor sich hin. Und die Ranken, die sich durch die Eisengitter wanden, waren spröde und blattlos. Das Gras musste gestutzt werden, wirkte aber verfilzt und gelb, abgesehen von den Stellen, an denen bunter Abfall wie Treibgut auf den Rasen geweht worden war.

Für Brat, dessen Nachbarschaft auf Ebene B der Folger

Street sich glücklich schätzen konnte, wenn sie im Kunstlicht einen Grashalm erblickte, der sich aus einem Riss im Gehweg schob, reichte jedoch dieses Merkmal von Steward Gardens bereits aus, um seine Aufmerksamkeit zu fesseln. Man verlor dabei sogar etwas die Orientierung, als würde man sich in einen grünen Dschungel vorwagen, in dessen Tiefen sich eine mysteriöse Tempelruine verbarg.

Von dem breiten Hauptweg zweigten kleinere Flanierpfade ab und in der Mitte, unweit des Vordereingangs, befand sich ein kreisrundes Becken, das früher einmal ein Springbrunnen gewesen war. Jetzt wirkte das Wasser an den Stellen, die unter der Laubschicht zu sehen waren, ölig und schwarz. Aufgrund des üblen Gestanks nahm er an, dass das Wasser wahrscheinlich algenverseucht war. Algen kannte er ebenfalls aus dem VT.

Während er am Beckenrand stand und mit einem knorrigen Ast, den er zuvor aufgehoben hatte, im Wasser herumrührte, sah Brat erneut zu dem eigentlichen Gebäude hinauf.

Zwei jeweils dreistöckige Bereiche flankierten einen niedrigeren Mittelteil, zweifellos eine Lobby, auch wenn er durch das blickdichte, schwarze Glas der Vordertür nichts erkennen konnte (oder war es durchsichtig und die Lobby war unbeleuchtet?). Doch was dem Gebäude an Höhe mangelte, machte es an Breite wett. Auf allen drei Ebenen führten überdachte Balkone an der Vorderseite und an den Seitenmauern der beiden größeren Gebäude entlang und erlaubten den Zugang zu mehreren in einer Reihe angeordneten schwarzen Metalltüren. Die Oberfläche des Bauwerks bestand aus demselben dunklen, schieferfarbenen Material wie die Tafel, die ihm den Namen dieses Gebäudes verraten hatte.

Vielleicht war es ein Hotel, er vermutete aber eher, dass es ein Wohnkomplex war. Alle drei Dächer waren flach und wurden vermutlich als Parkplätze für Heli-Autos genutzt, auch wenn er von hier aus keine entdecken konnte. Auf der rechten Seite gab es einen Parkplatz, der sich um das Gebäude herumschlängelte, doch soweit er erkennen konnte, war dieser verwaist.

In der Absicht, keinen der abzweigenden kleineren Wege zu nehmen, warf Brat zunächst die Überreste seiner Waffel in das Brunnenbecken. Dieser Aufruhr versetzte das Wasser in Bewegung und dabei bemerkte er ein Objekt, das auf der Oberfläche trieb. Er stupste es mit dem Stock an, den er noch immer in der Hand hielt. Es war ein verwesender Vogel, dessen letzte metallisch-blaue Federn ihn als Angehörigen einer Spezies auswiesen, die Schweinehuhn genannt wurde und die in der Stadt zu einer Plage geworden war, da sie Denkmäler verschmutzte und Passanten in den Weg flatterte, während sie mit ihrer tapirartigen Schnauze nach Leckerbissen schnupperte. Jetzt wurde ihm auch klar, woher der Gestank des Springbrunnens kam.

Brat näherte sich der Außenseite des Gebäudes, konnte aber noch immer nicht durch die Fenster sehen. Er nahm an, dass sie auf eine blickdichte Tönung eingestellt waren, andernfalls waren es Einwegscheiben, die die Privatsphäre der Bewohner schützten. Er blickte über seine Schulter zu den Schwebe-Autos, die tief über die Straße vor dem Gebäude flogen, doch die befanden sich in sicherer Entfernung und bewegten sich schnell genug vorwärts. Deshalb drückte er sich zwischen zwei Hecken durch, um sich über die Mauer zum Fußweg im Erdgeschoss zu schwingen, der parallel zu den beiden darüberliegenden Balkonen verlief. Im Vorbeigehen bemerkte er, dass die schwarzen Metalltüren entlang der hellgrauen Wand (war das Beton? Keramik?) mit silbernen Nummern markiert waren.

Er ging weiter bis zur Rückseite des Gebäudes und fand, wie vermutet, diesen Abschnitt des Parkplatzes ebenfalls leer vor. Das Gebäude war also verlassen. Geschlossen. Brandneu und wie kurz vor der Eröffnung sah es jedenfalls nicht aus, wenn man nach dem Zustand der Außenanlagen ging. Was war passiert? Ein weiterer Bankrott? Obwohl die Depression vorbei war, schlossen Firmen und Geschäfte noch immer jedes Jahr in großer Zahl, und auch die Hälfte der Fabriken hatte ihre Tore in den letzten beiden Jahrzehnten dichtgemacht. Er nahm deshalb an, dass es sich mit den Wohnanlagen genauso verhielt. Überall, wo Geld zu verdienen war, gab es auch welches zu verlieren.

Ein verlassenes Gebäude war auch ein geeigneter Ort für einen Entführer, um dort ein Mädchen hinzubringen. Vielleicht war es aber auch ein geeigneter Ort für ein Mädchen, um dort seinen Freund hinzubestellen, wenn es ihm einen Streich spielen wollte. Ein kleiner Satansbraten war sie definitiv, diese Smirk. War das vielleicht alles, was hinter ihrem Verschwinden steckte? Hatte sie ihr Telefon absichtlich zurückgelassen, damit sie ihn anrufen und damit erschrecken konnte? Ihn glauben machen, dass sie entführt worden war? Oder, noch schlimmer, bereits tot? Dass es eins dieser Ouija-Fon-Geräte war? Nicht dass er sich sonderlich damit auskannte.

Wenn sie nicht tot war und sich das Ganze als Streich entpuppte, würde sie sich wünschen, sie wäre tot, wenn er erst mit ihr fertig war.

Über eine hervorstechende Eigenschaft verfügte das Gebäude dann doch, allerdings hatten seine langweilige, gewöhnliche Form und die triste Farbe aus der Ferne davon abgelenkt. Jetzt stand Brat genau vor diesem Detail, konnte die Hand danach ausstrecken und es berühren. Zwischen sämtlichen schwarzen Türen, auf allen drei

Stockwerken beider Gebäudeteile, war eine Nische in die Außenwand eingelassen. Eine Nische, die zur Spitze hin wie eine Pistolenkugel geformt war. Und in jeder dieser Nischen stand eine Statue in der gleichen schiefergrauen Farbe. Bei ihnen handelte es sich um stilisierte menschliche Körper mit schwach definierten Gesichtszügen und rudimentär vorhandenen Extremitäten, die wie Soldaten wachsam in Reih und Glied standen. Sie erinnerten Brat an Fotos von einem aus der Mode gekommenen Filmpreis namens Oscar, ohne die Schwerter. Den Stil hätte man als Art déco bezeichnen können, doch mit diesem Begriff war er nicht vertraut.

Er fragte sich, wie viele es wohl waren, doch da eine neben jeder Wohnungstür stand, nahm er an, dass jedes Apartment über eine von ihnen verfügte. Hatten sich die früheren Bewohner nachts sicherer gefühlt, weil diese fast gesichtslosen Wächter wie leere Rüstungen vor der Tür Wache hielten? Jetzt wirkten sie vor allem wie eine Armee, die in der Außenwand des Gebäudes zu Fossilien erstarrt war.

Brat malte sich aus, dass diese Statuen vielleicht die ehemaligen Bewohner *waren*. Dieser unangenehme kleine Einfall ließ ihn frösteln.

Auf der Rückseite des Gebäudes – vor dem Mittelteil mit dem niedrigeren Dach – entdeckte er eine äußerst große, ferngesteuerte Abfalleinheit, deren Außenwände von Korrosionsstreifen und Ablagerungen überzogen waren. Ihre mechanischen Arme waren eingefahren und verweilten zusammengefaltet im Ruhezustand. Und die rote Lampe, die an der Seite leuchtete, deutete darauf hin, dass sie aktuell keine Mahlzeit verdaute. Möglicherweise war sie nicht einmal mehr in Betrieb. Hier, im hinteren Bereich des Erdgeschosses, gab es auch ein paar Türen, die höchstwahrscheinlich von den Wartungsmannschaften genutzt worden waren. Der Müll lag hier dicht, genau wie die Laubberge. Dies war die Stelle, an der der Wind den Großteil seiner Schätze ablud.

Brat richtete seine Aufmerksamkeit wieder auf die Wand neben ihm, am Ende des Weges. Die Balkone erstreckten sich nicht bis auf die Rückseite des Gebäudes. Es gab dort auch keine Fenster oder Türen, abgesehen von denen, die offensichtlich für das Personal gedacht waren. Auf die letzte Wohnungstür neben ihm war mit grüner Leuchtfarbe ein ihm unbekanntes Symbol gesprüht worden. Es ähnelte dem Warnzeichen für Radioaktivität und hatte drei ›T‹ in der Mitte. Eine einheimische Gang? Wenn ja, dann war sie ihm nicht bekannt. Erneut schnaubte er amüsiert. Irgendeine Beaumonde-Square-Gang. Sprösslinge reicher Familien, die Sprösslingen armer, am Hungertuch nagender Familien nacheiferten. Gesunde Jugendliche, die Junkies und Straßenräuber imitierten. In Brat stieg wieder seine alte Abneigung hoch und er griff in seine weiße Lederjacke. Natürlich nicht nach der Waffe, die er stets bei sich hatte, sondern nach seiner eigenen Dose hochkonzentriertem Farbspray. Diese Farbe war allerdings rot – ein wütendes, feuriges, blutiges Rot.

Über das leuchtend grüne Symbol sprühte er das Symbol der Folger Street Snarlers. Und um das Maß vollzumachen, sprühte er noch einen erigierten, roten Penis auf die graue Statue zwischen den letzten beiden Türen auf dieser Seite. Das brachte ihn zum Kichern. Als er in das augenlose Gesicht blickte, bemerkte er zum ersten Mal eine Zahl, die in die Stirn graviert war. ›12-B‹. So lautete auch die Nummer der letzten Tür.

Wenn Smirk sein Werk sah, würde sie vermuten, dass er hier gewesen war. Wenn sie ihn nicht bereits aus dem Innern heraus beobachtete. Mit jeder Sekunde wuchs seine Überzeugung, dass sie nur mit ihm spielte. Jetzt war er froh darüber, dass seine Freunde ihm nicht bei der Erkundung dieses Ortes geholfen hatten. Und er musste einräumen, dass er in Bezug auf Smirk oft dieselben Zweifel hegte wie sie. Früher oder später musste sie ihres zugelaufenen Haustieres überdrüssig werden. War dieser Zeitpunkt jetzt gekommen?

Brat trat unter der Überdachung des Weges hervor und ging auf den Müllautomaten zu. Dessen Außenwände schrien förmlich danach, dass er sich mit einer Nachricht für Smirk oder zumindest mit einer größeren Version seiner Bandensignatur auf ihnen verewigte. Doch das war noch nicht dreist genug. Warum nicht den ganzen ungenutzten Platz auf der Rückwand des Gebäudes nutzen? Er lächelte und ging auf die Mauer zu, trat dabei jedoch auf etwas Weiches und Schweres, das in dem Bett aus angewehtem Laub lag. Er sah hinunter und schob es mit der Kante seines Schuhs beiseite, dann zischte er einen Fluch und wich auf der Stelle zurück. Wieder hatte er sich bezüglich des Gestanks geirrt, indem er vermutet hatte, dass er aus dem Müllautomaten kam.

Die Blätter zu seinen Füßen verdeckten die Kadaver toter Schweinehühner. Unzählige davon. Und alle waren auf irgendeine Art zerschmettert oder verstümmelt. Es sah aus, als wären sie von einer Katze getötet worden, die sie ihrem Besitzer als Geschenk hingelegt hatte. Allerdings hätte es einer Armee von Katzen bedurft, um hier Vogelkadaver in so großer Zahl abzulegen. Vielleicht hatte sie jemand erschossen und vorgehabt, sie in dem Automaten zu entsorgen. Dann hatte er aber gemerkt, dass dieser außer Betrieb war, und sie stattdessen einfach auf den Boden geworfen.

Brat trat von dem Berg aus toten Vögeln herunter und ging zur anderen Seite des Abfallautomaten. Die Laubschicht auf dem Boden war hier dünner und er zählte auch nur ein halbes Dutzend toter Schweinehennen, was es leichter machte, ihnen auszuweichen. Eine von ihnen trat er beiseite, während er auf eine schön große Wandfläche zuging, die nach seiner Farbe verlangte wie eine Tafel nach Kreide.

Er ließ sich von seinem künstlerischen Impuls leiten und sprühte eine lebensgroße Figur auf die graue Oberfläche. Sie sah aus wie die Skizze für eine weitere dieser Statuen, hatte jedoch den Arm zu einer obszönen Geste erhoben. Er kicherte. Noch wies der skizzierte Kopf keine Gesichtszüge auf. Nun, die letzte Tür war mit der Nummer ›12-B‹ gekennzeichnet, warum der Figur also nicht eine ›13‹ auf die Stirn sprühen? Er wollte das gerade erledigen, als er von einem knirschenden Geräusch abgelenkt wurde und sich schnell umdrehte.

Es klang wie Füße, die abgestorbene Blätter zertraten.

Auf der anderen Seite des Müllautomaten jagte blitzschnell eine Gestalt vorbei.

Brat dachte an die Waffe, die er in einem Holster unter seiner Jacke trug. Sicherheitshalber trat er einen verstohlenen Schritt vor und beugte sich dann nach vorne, um an dem Abfallautomaten vorbeizuspähen. Wenn das das Mitglied irgendeiner Beaumonde-Square-Gang war, mit seiner hübschen, grünen Sprühfarbe und einer weißen Lederjacke, die ihm seine Mama gekauft hatte, und vorhatte, sein Territorium vor einem herumstreunenden Eindringling zu verteidigen, dann konnte der sich auf eine echte Lektion in Sachen Bandenverhalten gefasst machen. Und wenn es ein Entführer war oder vielleicht sogar Smirk, dann stand auch ihm oder ihr eine schwerwiegende Strafe bevor.

Während Brat angestrengt nach vorne lauschte, erklang hinter ihm ein weiteres Geräusch. Ein metallisch kreischendes Geräusch. Laut, kratzend, quietschend. Um ihm die Stirn zu bieten, wirbelte er herum und griff dabei nach seiner Pistole. Gerade rechtzeitig, um die gewaltigen, mechanischen Klauen noch zu sehen, bevor sie ihn packten.

Brat wurde in die Luft gehoben und gleichzeitig zusammengedrückt. Sein Atem wurde ihm aus den Lungen gepresst. Dank seiner Schnelligkeit hatte er zwar noch die Pistole gezogen, doch sein Arm wurde ihm gegen die Brust gedrückt, sodass die Waffe seinen Fingern entglitt und ins Laub fiel.

Während er um sich trat, unfähig, einen Schrei auszustoßen, blickte Brat nach unten und sah im letzten Moment seines Lebens noch drei Dinge.

Er sah, wie der Deckel des Abfallautomaten mit einem kratzenden Geräusch aufglitt. Er sah, wie die grüne Lampe anstelle der roten aufleuchtete.

Und als er sich verzweifelt nach Hilfe umsah, während ihn der mechanische Arm zu dem brummenden Schlund hinabsenkte, sah er eine Person, die an der Ecke des Gebäudes stand, ihn seelenruhig beobachtete und keinerlei Anstalten machte, herzukommen und den Automaten auszuschalten.

Eine Person mit einem großen, roten Phallus, der auf die Vorderseite gemalt war.

1.

MEINE KLEINE GOTTHEIT

»Burikko suri« war die japanische Bezeichnung für diesen beliebten Look. Es bedeutete »ein Kind imitieren«.

Die Tochter seines Klienten und ihre drei Klassenkameradinnen waren 16 Jahre alt – so viel wusste Jeremy Stake bereits –, doch alle wirkten möglicherweise etwas kleiner, als sie hätten sein sollen. Sie waren nicht einmal anderthalb Meter groß, als hätten sie sich bewusst entschieden, so zierlich zu bleiben, um ihr niedliches, kindchenhaftes Erscheinungsbild zu bewahren. Stake fragte sich, ob sie sich vielleicht irgendeinem Verfahren unterzogen hatten, das ihr Wachstum zumindest zeitweise unterdrückte, um diesen Effekt zu erzeugen.

Soweit er erkennen konnte, hatten sie auch alle die gleiche Figur. Schlank und zierlich, mit fohlenhaften Beinen. Die Beine stachen besonders hervor, da zu ihrer Schuluniform äußerst knappe Schottenröcke mit schwarzgrauem Karomuster und einem Hauch von Blau gehörten. Ihre eng geschnittenen Blazer waren schwarz und hatten das Wappen ihrer Privatschule in metallischem Grau, Gold und Blau aufgestickt. Dazu trugen sie weiße Blusen und blaue Ascotkrawatten.

»Hallo, Mister – ich bin Yuki«, sagte eines der vier Mädchen mit schüchternem Lächeln und klimperte unter einem mathematisch geraden Fransenpony mit den Wimpern.

Er hatte schon erkannt, dass sie Yuki war, weil sie als einzige keine Kawaii-Puppe hatte. Obwohl ihre Kleidung und ihre Körper identisch waren, hatte jede der vier Freundinnen eine gewisse individuelle Note (aber wenn man sich alle Mädchen auf ihrer Schule näher ansah, würde man zweifellos merken, dass sich diese individuellen Noten häufig wiederholten). Eines der Mädchen trug weiße Knöchelsocken. Ein anderes trug äußerst schlabberige, weiße Kniestrümpfe, deren Falten einen interessanten Kontrast zu ihren glatten, braunen Oberschenkeln bildeten. Ein weiteres hatte kniehohe, weiße Strümpfe, die jedoch eng an ihren Waden anlagen. Yuki trug dieselben Socken, doch ihre waren in einem kräftigen Marineblau gehalten.

»Sie wollen zu meinem Vater, nicht wahr?« Nachdem Stake lächelnd genickt hatte, um die Begrüßung zu erwidern, ging Yuki weiter.

»Ja«, räumte er ein und versuchte dabei zu vermeiden, dass seine Blicke wieder zu ihren Beinen hinunterzuckten. Ihre Oberschenkel waren auffällig leer. Die anderen drei Mädchen hatten alle Puppen im Schoß.

Yuki hatte lange, blauschwarze Haare und große Augen, schwarz und leuchtend zugleich. Es gab noch ein weiteres Mädchen asiatischer Herkunft, dessen Haare rötlich gefärbt waren. Eine dritte Asiatin trug ihre tintenschwarzen Haare ausgesprochen kurz, hatte aber wie Yuki einen Pony. Das vierte Mädchen schien eher lateinamerikanischer Abstammung zu sein. Ihre langen Haare waren auf beiden Seiten ihres Kopfes zu Zöpfen gebunden und hingen wie die Ohren eines Zeichentrickhasen durch. In den schmalen Gesichtszügen lag jedoch eine Art autoritärer Schärfe, die nicht zu dem Niedlichkeitsfaktor passte.

Die beiden asiatischen Freundinnen von Yuki versuchten sich anscheinend an einem Schmollmund, wirkten dabei aber eher gelangweilt und mürrisch. Stake fand, dass nur Yuki den weichen, niedlichen Unschuldslook hinbekam, den sie alle anstrebten.

»Es geht um meine Puppe, nicht wahr?«, sagte Yuki. »Mein Vater hat Sie gebeten, sie für mich wiederzufinden.«

Die Mädchen saßen in dem gartenartigen Innenhof der Firma von Yukis Vater auf einer Marmorbank. Das Gebäude war zylinderförmig, der Mittelteil hohl und oben offen, sodass hoch über ihnen der klare blaue Himmel zu sehen war, als würde man durch ein Teleskop direkt ins Paradies blicken. Der Anblick trog jedoch. Jenseits der Mauern dieses Gebäudes war Punktown alles andere als himmlisch. Wenigstens wirkte dieser Innenhof wie ein kleines Paradies.

Aus einem Springbrunnen in der Mitte des Gartens schraubte sich eine Doppelhelix-Skulptur in die Höhe und reichte fast bis zur Spitze des Gebäudes wie eine Leiter. Um die bronzenen Kettenschlaufen wanden sich farbenfroh blühende Rankengewächse. Ringsherum blickten Fenster auf dieses hoch aufragende Symbol, das so bedeutsam für die Arbeit war, die in den Büros und Laboren dieses Gebäudes verrichtet wurde. Stake hatte zunächst den Eingangsbereich durchquert und war gebeten worden, hier so lange zu warten, bis Mr. Fukuda sich zu ihm gesellte.

»Ich sollte wirklich nicht über meine Geschäftsbeziehung zu deinem Vater sprechen, meine Liebe«, entgegnete er dem Mädchen höflich.

»Nun, ich bin mir sicher, mein Vater möchte, dass Sie mich zu Dai-oo-ikas Verschwinden befragen.« Yuki lächelte erneut, aber ihre Lippen bebten und ihre Augen schimmerten auf einmal feucht. Das Mädchen mit den rötlichen Haaren streckte die Hand aus, um sie Yuki tröstend aufs Bein zu legen. Stake gab sich Mühe, die kleine Hand auf den plastikglatten Schenkeln zu ignorieren.

»Das mit deiner … Puppe tut mir leid«, sagte er verlegen. »Wie heißt sie noch?«

»Dai-oo-ika«, entgegnete das kurzhaarige Mädchen. »Das bedeutet ›großer Tintenfischkönig‹.«

»Verstehe.« Stake nickte und sah sich die drei Kawaii-Puppen von Yukis Freundinnen genauer an. »Kawaii« war das japanische Wort für »niedlich« und Kawaii-Puppen aller Art waren bei den Kindern der Erdkolonien seit ein paar Jahren der letzte Schrei. Für Sammler waren natürlich die teureren und aufwendigeren Puppen wertvoller, deshalb auch gefragter, und wurden mehr wertgeschätzt. Stake hatte sich heute Morgen im Netz ein wenig über die Puppen informiert und stellte fest, dass diese drei Puppen hier von höchster Güte waren.

Das kurzhaarige Mädchen bemerkte, wie Stake die Puppen anstarrte, deshalb übernahm sie es, sie vorzustellen. Sie drückte ihre eigene an sich und sagte: »Das hier ist Mr. Gau.« In gewisser Weise wirkte sie wie ein äußerst realistisches Bärenjunges, doch die Augen waren zu groß und sie hatte weder Nase noch Mund und nur kurze, rudimentär ausgeprägte Gliedmaßen. Der fehlende Mund und die nutzlosen Arme und Beine waren bei Kawaii-Puppen weitverbreitete Motive, mit der Absicht, sie hilfloser, verletzlicher und unterwürfiger wirken zu lassen. Stake hatte gelesen, dass die Kritiker dieser Puppen darin eine Verschwörung vermuteten, mit dem Ziel, jungen Mädchen den Eindruck zu vermitteln, dass Männer diese zurückhaltenden Eigenschaften an ihnen anziehend finden würden, wenn sie zu erwachsenen Frauen heranreiften.

Zwischen Mr. Gaus Beinen ragte ein kleiner metallener Strohhalm hervor. Yukis Freundin öffnete den Deckel, hielt den Teddybären hoch und saugte an dem Strohhalm, während sie Stake weiter in die Augen blickte. Dabei hob der Bär den Kopf, blinzelte und machte trotz des fehlenden

Mundes ein rollendes Geräusch, ähnlich einem Schnurren oder einem gedämpften Knurren. Seine winzigen, halben Glieder schwammen in der Luft. Als es fertig war, schloss das Mädchen den Strohhalm wieder und der Bär hörte auf sich zu bewegen. Lächelnd leckte sie sich über die Lippen. »Ruou gau ist ein Reiswein, der bei den Vietnamesen beliebt ist und der mit der Gallenflüssigkeit aus der Gallenblase eines Bären hergestellt wird. Die Chinesen hatten früher Bärenfarmen, auf denen sie Katheter in lebende Bären gesteckt haben, um sie ihnen abzusaugen. Mr. Gau ist aber mit Ananas-Candy-Pop gefüllt.« Sie kicherte.

»Mhm«, entgegnete Stake. Ihm war nicht bewusst gewesen, dass diese Puppen so lehrreich sein konnten. Doch so gering sein Wissen über die Anatomie von Tieren auch war, so wusste er doch, dass sich die Gallenblase eines Bären gewiss nicht zwischen seinen Hinterbeinen befand.

»Von Mr. Gau in der Luxusausführung wurden nur 150 Stück hergestellt«, erklärte das Mädchen stolz. Dann zeigte sie auf das Haustier des Mädchens mit den rötlichen Haaren. »Suzus Puppe ist die vierte aus einer Serie, von der es nur 100 gibt.« Sie zog einen Schmollmund, als wäre sie traurig vor Neid. Suzu kicherte, war auf einmal weniger mürrisch und hielt ihre Puppe in die Höhe, um sie ihm vorzuführen. Sie ähnelte einem Roboter mit einem Räderwerk aus einer längst veralteten Zukunftsvision, hergestellt aus einem goldartigen, matten Metall (oder Plastik, das Metall ähnelte), und war ein wenig wie eine Schildkröte geformt. Während ihrer gesamten Unterhaltung hatte dieses Ding Stake eindringlich beobachtet und den Kopf dabei ein klein wenig gedreht, um auch noch seine geringste Haltungsänderung zu verfolgen. Er fand das verstörend.

Um nicht außen vor zu sein, hob das Latina-Mädchen mit arrogantem Stolz die Stimme und sagte: »Meine ist nur eine aus 400. Das ist immer noch ziemlich selten!«

Jetzt kam Yuki wieder zu Wort: »Maria hat ihre vor zwei Wochen auf der Party zu ihrem 16. Geburtstag bekommen, so wie ich Dai-oo-ika letzten Monat auf meiner Party zum 16.« Bei der Erinnerung an dieses Ereignis sah sie aus wie eine Frau, deren Kind vor ihren Augen ermordet worden war. Stake sah, wie Suzus Hand Yukis Schenkel drückte.

Stake fiel auf, dass Marias Kawaii-Puppe kein bewegliches Spielzeug wie die anderen war, sondern ein biotechnischer Organismus. Ihre Funktionen waren einfach. Trotz ihrer scheinbar höheren Entwicklungsstufe war sie so primitiv wie ein Seestern. Und auch ihre Körperform war kaum mehr als ein menschenähnlicher Seestern: vier spitze rosa Gliedmaßen und ein spitzer rosa Kopf mit Augen, die wie schwarze, in Teig gedrückte Murmeln aussahen. Abgesehen von dem nach außen abstehenden Nabel wies sie keine weiteren Merkmale auf. Der fast hirnlose Organismus wand sich mit den unsicheren, langsamen Bewegungen eines neugeborenen Säuglings.

»Stellar wird von der Firma von Yukis Dad hergestellt«, sagte Maria. »Und Dai-oo-ika hat er auch gemacht. Allerdings gibt es nur *einen* Dai-oo-ika.«

Yuki nickte schniefend. »Daddy sagt, Dai-oo-ika ist die seltenste Kawaii-Puppe in Punktown.« Ihr brach beinahe die Stimme, als sie quietschend hinzufügte: »Außerdem liebe ich ihn!«

Während einer unangenehmen Pause, in der er verlegen darüber nachdachte, wie man jemanden in solch einer Situation wohl trösten konnte, hörte Stake das Klingeln eines Handtelefons. »Oh … oh«, sagte das kurzhaarige Mädchen hastig und fischte den winzigen Apparat aus der Tasche ihres Blazers. »Der Kanal ist offen.« Maria beugte sich nah an sie heran, um auf das Mini-Display zu starren. Das kurzhaarige Mädchen drückte ein paar Knöpfe, dann hielt es sich das Telefon ans Ohr. »Hallo? Hallo? Hört mich irgendjemand?«

Suzu erklärte Stake flüsternd: »Das ist ein Ouija-Fon.«

»Ah.« Er nickte.

Noch so ein Fimmel der Kids. Skeptiker hatten den Herstellern der Telefone zunächst vorgeworfen, falsche Geisterstimmen aufzunehmen, zu denen sich die Anrufer dann durchstellen lassen konnten. Und es hatte auch ein paar betrügerische Anbieter gegeben, bei denen sich lebende Menschen als Tote ausgegeben hatten (als diese von Verbraucherschützern zur Rede gestellt worden waren, hatten die Anbieter widersprochen und behauptet, bei ihren Telefonisten habe es sich um Medien gehandelt, die die Stimmen der Toten empfingen), doch die meisten dieser Geräte taten tatsächlich das, was sie vorgaben. Ihre Technologie beruhte auf den wissenschaftlichen Erkenntnissen der von der Regierung beauftragten sogenannten Theta-Forschungsgruppen, die Sonden – und sogar Forscher selbst – entsandten, um andere Existenzebenen zu ergründen. Ob man sie nun im religiösen Sinne als Seelen bezeichnen mochte oder nur als flüchtige Spuren elektromagnetischer Lebensenergie, die sich im Äther manifestierten, die Stimmen kommunizierten in den Ouija-Fonen mit den Anrufern weniger, als dass sie, in ihrer Verzweiflung mehr oder weniger verständlich, stöhnten und jammerten. Auch wenn einige Jugendliche behaupteten, mit bestimmten Geistern eine persönliche Beziehung geknüpft zu haben. Anderen Jugendlichen gefiel es einfach, vulgär daherzureden und sie zu foppen.

»Hallo? Was?«, sagte das kurzhaarige Mädchen. Dass sie fröstelte, war deutlich zu sehen und sie lächelte die anderen unbehaglich an. »Kannst du das wiederholen?«

»Auf welchem Kanal bist du gerade, Kaori?«, fragte Maria und holte ihr eigenes Ouija-Fon heraus. Es war grell-rosa und mit kleinen Schädeln und gekreuzten Knochen übersät.

»Haben Sie schon mal eins ausprobiert, Mister?«, fragte Suzu und sah ihn an, während er Maria dabei beobachtete, wie sie versuchte, dieselbe Frequenz einzustellen, auf der sich ihre Freundin gerade befand.

Stake dachte an die Männer, die im Blauen Krieg an seiner Seite und um ihn herum gestorben waren. Was hätten sie ihm wohl zu sagen, wenn sich einige von ihnen tatsächlich auf dieser Müllhalde verschrotteter Seelen aufhielten?

Würden sie ihn vor Neid wütend anfahren, weil er an ihrer Stelle lebend zurückgekehrt war? Und was war mit den Leuten, die er getötet hatte? Was würden *die* ihm wohl mitteilen wollen? Stake hoffte, dass die anderen sein eigenes Frösteln nicht bemerkten.

»Nein«, sagte er. »Habe ich nicht.«

»Wollen Sie es mal ausprobieren?«

Das kurzhaarige Mädchen, Kaori, sagte in die Sprechmulde: »Verrätst du mir deinen Namen?«

Bevor Stake erneut verneinen konnte, sagte eine männliche Stimme hinter ihm: »Mr. Stake?«

Stake drehte sich etwas zu schnell um und begegnete dem Blick eines großen, gut aussehenden Asiaten in einem fünfteiligen Terrakottaanzug, der teuer, aber locker und bequem geschnitten war, sodass er nicht unter dem Aussehen eines einbalsamierten Bürokraten litt. Er grinste und streckte seine Hand aus, deren glänzende Nägel manikürt waren. »Ich bin John Fukuda.«

»Mr. Fukuda.«

»Ich hoffe, meine Tochter und ihre Freundinnen haben Sie unterhalten?« Er blickte an Stake vorbei zu der Gruppe uniformierter Mädchen. »Was macht ihr Ladys eigentlich hier?«

Yuki zog einen Schmollmund. »Ich dachte, dass du mich vielleicht dabeihaben willst, Daddy, um mit deinem Freund über Dai-oo-ika zu reden.«

»Liebes, wenn ich möchte, dass du dich mit Mr. Stake unterhältst, werde ich dich bestimmt herbeizitieren. Aber du vertraust mir doch, dass ich mich darum kümmere. Vorerst werde ich ihm alles erzählen, was du mir erzählt hast, und dann sehen wir weiter. In Ordnung?« Er streckte die Hand aus, um ihr liebliches Gesicht zu berühren. »Ich weiß doch, wie sehr dich das schmerzt.«

Sie nickte leidend.

Fukuda wandte sich wieder seinem Gast zu. »Nach der Arbeit suche ich für gewöhnlich für eine Stunde den Fitnessraum auf. Hätten Sie etwas dagegen, mir Gesellschaft zu leisten? Sie dürfen während unseres Gesprächs natürlich auch die Geräte benutzen.«

»Ähm … Wir können uns gerne dort unterhalten. Wo immer Sie wollen.«

»Sehr gut. Ich bin ein Gewohnheitstier. Gewohnheit ist das, was Selbstdisziplin bei mir am nächsten kommt«, witzelte er.

»Kannst du uns auf dem Nachhauseweg zur Canberra Mall mitnehmen, Daddy?«, meldete sich Yuki zu Wort.

»Ja, ja, von mir aus. Wenn es euch nichts ausmacht, noch eine Stunde zu warten. Setzt euch doch einfach in die Cafeteria oder so.«

»Okay, Daddy.«

»Und ich wünschte, ihr würdet aufhören, diese morbiden Telefone zu benutzen«, fügte er hinzu, seufzte dabei aber nur müde, anstatt sich empört zu zeigen. »Hier entlang, Mr. Stake.«

»Nett, euch kennengelernt zu haben, Mädels«, sagte Stake, während sein Blick wieder zu Kaori wanderte, die sich ihr Ouija-Fon ans Ohr drückte. Ihre ganze

Aufmerksamkeit galt dem, was sie da hörte. Das Gespräch der Lebenden ignorierte sie dabei.

Das Fitnesscenter von Fukudas Firma erstreckte sich über zwei Etagen und zu seiner Ausstattung gehörte ein Schwimmbecken, auch wenn es sich momentan unter einer einfahrbaren Abdeckung verbarg. Die Fenster waren auf den mittleren Teil des Gartens gerichtet, in dem die Mädchen zuvor gesessen hatten. Aus einer Musikanlage drang Unterhaltungsmusik.

Ob es bewusst so arrangiert worden war oder nicht, Fukuda und Stake waren momentan die Einzigen im Fitnessraum. Fukuda hatte sich in der Männerumkleidekabine rasch ein T-Shirt, Shorts und Turnschuhe angezogen, während Stake noch nicht einmal das Jackett seines zerknitterten senffarbenen Anzugs ausgezogen hatte. Er saß auf der Kante einer Gewichthebebank und sah seinem Klienten dabei zu, wie er seine Beine in einem elliptisch geformten Laufgerät trainierte. Dabei stellte er fest, dass Fukudas Arm- und Beinmuskulatur steinhart war. Die meisten, die es sich leisten konnten, nahmen rezeptfreie Medikamente, um ihr Gewicht zu kontrollieren, doch viele andere bevorzugten wie Fukuda eine individuellere Vorgehensweise, um ihre Körper zu formen. Zweifellos verschaffte ihnen das Ritual der Leibesertüchtigung eine sehr archaische Art der Befriedigung. Vielleicht brachte es sie auch besser in Einklang mit sich selbst. War es ein Quell des Stolzes, ein narzisstischer Triumph, eine Intimität mit sich selbst, ähnlich der Masturbation? Stake fand allerdings, dass es ziemlich langweilig aussah, wie Fukuda geistesabwesend in die Pedale trat, wie ein rennender Hamster in einem Rad.

Stake ging davon aus, dass er mit seinen 35 Jahren mindestens fünf Jahre jünger als sein Klient war. Anderen fiel es schwer, sein Alter zu schätzen. Größe und Gewicht waren bei ihm durchschnittlich, und das ohne jede Einflussnahme durch Sport oder Medikamente. Weil sich die Rassen über die Generationen hinweg vermischt hatten, hatten die meisten Erdabkömmlinge dunkle Haare und getönte Haut. Stakes kurze Haare waren dunkel, seine Haut leicht olivgrün. Sah man aber ganz genau hin, so stellte man fest, dass seine Haut trotz ihrer normalen Geschmeidigkeit auf seltsame Weise körnig aussah, so als wäre sie verpixelt. Jeremy Stakes Gesicht hatte etwas Farbloses, das ihn mehr als nur unauffällig erscheinen ließ. Er sah beinahe unfertig aus. Sein Gesicht hatte etwas sonderbar Kleinkindhaftes an sich und wirkte zugleich wie das einer Schaufensterpuppe. Einmal, in einer Bar, hatte er versucht, mit einer betrunkenen Frau zu flirten, und sie hatte ihn gefragt, ob er ein Android sei. Das hatte sein eigenes, alkoholgeschwängertes Verlangen abgetötet.

Fukuda sah zu ihm hinüber und Stake wusste, dass sich sein Gastgeber Gedanken über seine Erscheinung machte. Stake setzte sich in seiner krummen Körperhaltung auf und hoffte, dass ihn der Mann nicht für faul hielt, weil er sich seinem Training nicht anschloss.

»Ich habe über einen meiner Angestellten von Ihnen erfahren«, erklärte Fukuda mit nur leicht angestrengt klingender Stimme. »Erinnern Sie sich an einen Troy Leman?«

»Ja. Er hatte mich damit beauftragt, seine Frau zu beschatten. Als Sie mir sagten, wer Sie sind, dachte ich mir schon, dass Sie beide sich kennen.«

»Ihr Liebhaber hat Sie attackiert und Sie haben die Situation sehr, ähm, geschickt gelöst. Zweifelsohne ein gutes Beispiel für eine Tötung in Notwehr.« Er grinste. »Aber mit einem Eisschwan?«

»Das war auf einer Weihnachtsfeier in einem schnieken Hotel. Zu dem Zeitpunkt hatte ich meine Waffe nicht dabei.«

»Verstehe. Ich weiß Ideenreichtum zu schätzen. Nun … Ich verfüge hier über eine Sicherheitsmannschaft, Mr. Stake, aber diese Angelegenheit liegt außerhalb ihres Kompetenzbereichs. Ich benötige vor allem ermittlerische Fähigkeiten. Wenn Sie jedoch wollen, dass ich Ihnen ein wenig zusätzliches Personal zur Verfügung stelle, dann sagen Sie mir das bitte. Mich hat allerdings beeindruckt, dass Sie in der Lage sind, bei Ärger alleine klarzukommen.«

»Sie erwarten bei dieser Sache doch wohl keinen übermäßigen Ärger, Sir? Ich meine, nach allem, was Sie mir bei unserem Telefonat erzählt haben, wurde das Ding doch sicher von einem anderen Kind in der Schule gestohlen.«

»Das wäre die offensichtliche Lösung. Doch selbst dann könnte der Versuch, die Puppe zurückzuholen, einen unappetitlichen Verlauf nehmen. Sie schrecken vor unappetitlichen Dingen doch nicht etwa zurück, Mr. Stake?«

»Unappetitliches gehört zu meinem Beruf, Mr. Fukuda.«

Fukuda trat immer langsamer in die Pedale, bis er von dem Laufgerät absteigen konnte. Er wechselte zu einem Bauchmuskeltrainer, stellte das richtige Gewicht ein, umfasste die Griffe und begann damit, sich immer wieder vor- und zurückzubewegen, dabei ein- und auszuatmen. In den Pausen dazwischen schaffte er es, weiterzureden: »Die Sicherheitsvorkehrungen in Yukis Schule sind hoch, wie man es auch erwarten darf. Ich führe aber gerne ein paar Telefonate, um Ihnen zu ermöglichen, Lehrer und sogar Schüler diskret zu befragen, sollten Sie das für nötig befinden. Ich verfüge dort über einen gewissen Einfluss.«

Daran hatte Stake keinen Zweifel, wenn er sich das Gebäude ansah. Diese Firma. Doch ihr genauer Zweck war ihm noch immer nicht so ganz klar. Der Privatdetektiv sah zu den Fenstern, wo sich die riesige Doppelhelix-Skulptur erhob. »Sir, was tun Sie hier eigentlich, wenn ich fragen darf? Machen Sie … Spielzeug?«

Fukuda lachte, hörte auf, seinen Körper wie einen Blasebalg aufzupumpen, und sah zu seinem Gast hinüber. »Ja, wir machen Spielzeug, Mr. Stake, aber ich bin kein Spielzeugmacher. Das hier ist nicht der Nordpol.« Er lachte erneut. »Fukuda Bioforms entwickelt und produziert eine breite Palette biotechnischer Lebensformen für jeden erdenklichen Zweck, ganz nach den Wünschen unserer Kunden. Alles, von mikroskopisch kleinen, organischen und halborganischen Nanorobotern für die Reparatur von Menschen und Maschinen bis hin zu sehr großen Organismen wie etwa Totvieh.«

»Totvieh?«

»Verzeihen Sie. Das ist eine geschmacklose Bezeichnung für essbare Käfigtiere.«

»Ah. Lebendvieh. Totvieh. Verstehe. Ein passender Name für Hühner und Kühe ohne Köpfe oder Gliedmaßen.«

»Wissen Sie, dass wir Alvine Products gekauft haben, nach dem Skandal, den sie vor ein paar Jahren hatten? Wir haben ihre Anlagen wieder aufgebaut und züchten dort jetzt unsere eigenen Fleischprodukte.«

»O ja, Alvine. Es kam heraus, dass sie einer religiösen Sekte gehört haben. Die haben nicht nur Totvieh gezüchtet, sondern auch irgendeine Armee aus … Monstern. Sie dachten, der Weltuntergang stünde bevor.«

»So in etwa. Die Firma wurde von den Kalianern betrieben. Religiösen Fanatikern. Danach gab es einen Versuch, alles zu vertuschen, und ich muss zugeben, dass ich behilflich dabei war, die Geschichte dieser Einrichtung vergessen zu machen. Das ist alles Vergangenheit und wir wollen mit diesen früheren Aktivitäten nicht in Verbindung gebracht werden. Keine Weltuntergangsarmee für uns.« Er kicherte.

»Sie machen aber auch Puppen. Lebende Puppen wie die von dieser Maria. Und wie der ›große Tintenfischkönig‹ Ihrer Tochter.«

»Dai-oo-ika. Er ist ein Unikat. Wahrscheinlich war es naiv von mir zu glauben, dass niemand es wagen würde, ihn zu stehlen. Menschen sind nun mal Menschen, sogar auf einer so guten Schule wie dieser. Yuki wurde natürlich um Dai-oo-ika beneidet und Neid kann bei kleinen Mädchen hässliche Formen annehmen.«

»Wie hoch schätzen Sie seinen … Wert ein?«

»Er ist einmalig, deshalb ist es schwer zu sagen, selbst wenn Sie einen Blick in die Sammlerkataloge für Kawaii-Puppen werfen. Wenn man ihn aber mit anderen Einzelstücken vergleicht, würde selbst eine vorsichtige Schätzung im Bereich von einigen Zehntausend Munits liegen. 100.000 Munits vielleicht, oder sogar noch mehr.«

Stake pfiff. »Für ein Spielzeug?«

»Nicht nur ein Spielzeug. Eine Kawaii-Puppe. Und zwar eine spezialangefertigte Kawaii-Puppe. Im Endeffekt geht es aber nicht um das Geld, nicht wahr? Es geht darum, dass dieses Geschöpf meiner Tochter gehört.« Zum ersten Mal wirkte Fukudas Gesicht verhärtet. Endlich strahlte er die kalte Macht aus, die man brauchte, um eine Firma dieser Größenordnung zu erschaffen.

»Wer immer das getan hat, er hat meine Tochter unglücklich gemacht. Und mein Kind bedeutet mir alles, Mr. Stake.«

»Ich werde mein Möglichstes tun, Sir.«

»Guter Mann. Ich zähle jetzt alles auf, was Yuki an diesem Tag passiert ist, so wie sie es mir erzählt hat. Ich versuche, sie da herauszuhalten, für den Fall, dass es, äh, unappetitlich wird. Auch mich schrecken jedoch Unappetitlichkeiten nicht. Nicht wenn jemand meinem Kind Leid zugefügt hat. Sollten Sie es jedoch für nötig befinden, mit ihr persönlich zu sprechen, dann bitten Sie mich einfach darum, und ich leite es umgehend in die Wege.« Fukuda stand auf und griff nach einem Handtuch, um sich das Gesicht abzuwischen. »Haben Sie Lust, sich mit mir in die Sauna zu setzen, während wir das besprechen?«

»Eigentlich mag ich keine Hitze, Sir.«

Fukuda lächelte. »Nein? Für mich ist die Sauna eine wohltuende Unannehmlichkeit. Dann gehen wir doch stattdessen auf einen Saft in die obere Ebene und ich erzähle Ihnen von der Misere um unseren geschätzten, verloren gegangenen Mr. Dai-oo-ika. Ich schätze, er ist für mich zu einer Art Enkelkind geworden.«

Stake reagierte auf Fukudas Witz mit einem schwachen Lächeln, während er seine Blicke unruhig durch den Raum wandern ließ. Das war eine Angewohnheit. Er hatte sich bemüht, seinen Blick nicht zu lange auf John Fukuda ruhen zu lassen. Und dennoch …

Er erschrak, als Fukuda die Hand ausstreckte und nach seinem Kinn griff. Obwohl es keine nachdrückliche Geste war, fügte sich Stake und ließ zu, dass ihm sein Klient frontal ins Gesicht starrte. »Erstaunlich«, sagte Fukuda mit einem faszinierten Klang in der Stimme.

Mit jeder Sekunde, die sie alleine verbracht hatten, waren Jeremy Stakes Augen fast unmerklich schmaler geworden. An den inneren Winkeln, in dem, was man als Epikanthus bezeichnet, hatte sich zuletzt sogar eine Hautschicht gebildet. Seine Augen waren demnach zu Schlitzen geworden, wie die von Fukuda. Sogar seine trübe Iris war dunkler geworden, beinahe schwarz. Seine Lippen dünner. Und die Haut über seinen Wangenknochen war straffer gespannt.

»Sie tun das also nicht bewusst?« Fukudas Staunen war beinahe jungenhaft.

»Nein. Manche können es nach Belieben steuern. Ich

nicht. Ich habe keine Kontrolle darüber, außer indem ich jemanden ansehe. Oder nicht ansehe.«

»*Caro mutabilis,* nicht wahr?«

»Im weitesten Sinne. Meine spezielle Störung nennt sich *Caro turbida*«, erklärte Stake. Sogar seine Stimme klang auf seltsame Weise eigenschaftslos, unbetont, wie die einer Maschine. »Das bedeutet ›gestörtes‹ oder ›verwirrtes Fleisch‹.«

Fukuda ließ die Hand sinken und nickte, als wäre er zufrieden. »Offen gesagt, Mr. Stake, ist das eine weitere Ihrer Eigenschaften, die mich dazu veranlasst hat, Sie zu beauftragen.«

Stake war es unangenehm, darüber zu sprechen. Das war es immer. »Wenn es Ihnen nichts ausmacht, Sir, hätte ich jetzt gerne diesen Saft«, sagte er.

2.

STEWARD GARDENS

Die neun Mitglieder der Folger Street Snarlers stiegen aus der U-Bahn-Station am Oval Square nach oben, rempelten andere Passanten an, starrten in ihre Gesichter, verhielten sich aufgeblasen und aggressiv, denn sie waren gekommen, um nach ihrem vermissten Bruder zu suchen. Brat Gentile.

Jeweils zu dritt teilten sie sich in drei Gruppen auf, damit sie so großflächig wie möglich suchen konnten. Sie wussten ja nicht genau, wohin Brat gestern gegangen sein konnte, nur dass er zum Beaumonde Square gefahren war. Und das wussten sie, weil er seine Ex-Freundin Clara und seine beiden besten Freunde Hollis und Mott gebeten hatte, ihn dorthin zu begleiten, um ihm bei der Suche nach seiner aktuellen Flamme zu helfen, die er dort anscheinend zu finden glaubte. Und diese drei Freunde hatten sich nun auf der Suche nach ihm zusammengetan. Alle drei verspürten eine unangenehme Mischung aus Schuldgefühlen und – weil sie wussten, dass ihm möglicherweise etwas Schlimmes passiert war – schändlicher Erleichterung darüber, dass sie ihn gestern nicht begleitet hatten. Doch wie gefährlich es auch war, sie mussten ihn auf der Stelle finden. Immerhin fühlten sie sich besser zu wissen, dass sie hier zu mehreren waren und unter ihren schlabberigen weißen Lederjacken bis auf die Zähne bewaffnet.

Hollis war schwarz, mit weißen maoriartigen Tattoos im Gesicht und einer lilafarbenen Bademütze auf dem Kopf.

Mott war ein Choom, die vorherrschende Rasse der Einheimischen auf Oasis, menschlich in jeglicher Hinsicht, abgesehen von einem Mund, der sich bis zu den Ohren zurückziehen ließ, und einem mit mehreren Backenzahnreihen überfrachteten Kiefer.

Statt einer Bademütze und der Bürstenfrisur, die die meisten männlichen Choom bevorzugten, trug er seine Haare zu straffen Zöpfen geflochten, in denen rote Glasperlen und kleine, polierte, aus Knochen geschnitzte Schmuckstücke aneinanderklackten. Clara war hübsch, auf eine verschlagene und mürrische Art. Ihre langen Locken waren in einem metallischen Rot gefärbt und als Mitglied der Snarlers war sie mit einer Pistole oder einem Messer genauso flink wie ihre beiden Kameraden.

Wie wilde Tiere schlenderten sie den Quidd's Market entlang, pausierten hier und da, gerade lange genug, um Fleisch am Stiel zu kaufen oder kleine weiße Tüten mit exotischen Süßigkeiten. Als sie weitergingen, biss Mott in eine Schokopraline, merkte, dass die Füllung aus lebenden, bläulichen Raupen bestand, und warf seine kleine weiße Tüte in den nächsten Müllautomaten, an dem er vorbeikam. Es gab kaum ein Zischen, als die Tüte mit den Süßigkeiten zersetzt wurde.

Hollis lachte, klopfte ihm auf den Rücken und bot ihm seine eigene Tüte an.

»Schluss mit dem Blödsinn, ihr dämlichen Torfköpfe«, schalt Clara sie. Sie begutachtete jedes Gesicht hinter jedem einzelnen Stand, drehte den Kopf dabei von links nach rechts und wieder zurück, als wollte sie einen dieser Leute so weit einschüchtern, dass er sich mit einer verdächtigen Geste verriet. Im letzten Jahr hatte sie ihre romantischen Bande mit Brat gelöst. Er war einfach zu kindisch, zu unsicher und von jeder Beleidigung, ob real oder eingebildet, aufs Äußerste gereizt. Dennoch hatte sie nie gewollt, dass ihm irgendetwas Schlimmes passierte. Sie empfand noch immer etwas für ihn und diese Situation rief einen Sturm bittersüßer Gefühle in ihr hervor.

Gerade traten sie durch den Ausgang von Quidd's Market in die anregende Spätfrühlingsluft, als Hollis' Handtelefon piepte. Er zog es aus der Tasche seiner Lederjacke und sah Javier, den Anführer der Folger Street Snarlers, auf dem winzigen Bildschirm.

»Wir haben etwas gefunden«, sagte Javier grimmig. »Wo seid ihr?«

»Wir haben gerade Quidd's Market verlassen.«

»Gut. Wir sind auf derselben Straße, ein Stück weiter unten. Kommt zu einem alten Wohnhaus namens Steward Gardens. Ist nicht zu übersehen.«

Javier Dias war drahtig, angespannt und hatte seine schwarzen Haare zu einer Schmalztolle frisiert, die er nie unter einer Bademütze verbarg. Wenn er sprach, dann tat er das mit zusammengebissenen Zähnen und aus dem Mundwinkel heraus, was ebenso sehr wie eine partielle Lähmung wirkte, wie es Härte vermittelte. Mit seinen 25 Jahren hatte er das Alter eines Bandenführers eigentlich überschritten, so wie ein Alpha-Löwe, der zu alt wurde, um noch seinen Stolz zu bewahren. Doch es gab keinen Jüngeren, der versuchen würde, ihn zu ersetzen. Normalerweise lief das ganz anders ab. Normalerweise würde ein in die Jahre kommender Bandenführer versuchen, in eins der großen Verbrechersyndikate zu wechseln. Oder er setzte sich sogar zur Ruhe und besorgte sich ehrliche Arbeit, so wie es Brat Gentiles älterer Bruder Theo vor ein paar Jahren getan hatte. Bis dahin war auch Theo ein Snarler gewesen. Jetzt war Theo verheiratet, hatte einen anständigen Beruf und war dabei ein Jahr jünger als Javier. Nun ja, viele Bandenführer wurden gar nicht älter als 25 und mussten deshalb auch keine langfristigen Zukunftspläne schmieden.

Nachdem Clara, Hollis und Mott zu ihm gestoßen waren, deutete er auf die letzte Wohnungstür auf der rechten Seite im Erdgeschoss des Gebäudes, das das Schild auf der Vorderseite als Steward Gardens ausgewiesen hatte. Auf dem schwarzen Metall war eine silberne ›12-B‹ angebracht, doch daneben war eine Signatur in grüner Leuchtfarbe zu erkennen, die zum Teil von einer ihrer eigenen Bandensignaturen mit roter Farbe überdeckt wurde: ein stilisierter Hundekopf, der die Zähne fletschte.

»Was für ein Zeichen hat er da übermalt?«, fragte Big Meat, ein weiteres Bandenmitglied. Alle neun hatten sich jetzt hier eingefunden. »Von einer anderen Gang vielleicht?«

»Vielleicht haben die ihn dabei erwischt, wie er es übermalt hat, und sind auf ihn losgegangen«, sagte Mott durch seine zusammengebissenen Backenzahnreihen, mit denen er drohend knirschte.

»Eine Gang, die tough genug ist, um auf einen von uns loszugehen? Hier in Beaumonde Square?«, fragte Big Meat.

»Hey, Gangs gibt es an jeder Ecke. Wir sind hier in Punktown«, sagte Javier.

»Das hier ist auch von Brat.« Clara hatte gesprochen. Sie deutete auf den Schritt einer lebensgroßen, aber auf seltsame Art unvollständig wirkenden grauen Statue, die neben der Tür in einer bogenförmigen Einbuchtung stand. Eine solche Statue stand zwischen allen Wohnungstüren, doch diese hier war die einzige mit einem großen, aufgemalten, roten Penis im Schritt.

»Was ist das für ein Geruch?«, fragte Mott. Dann weiteten sich seine Augen. »Das ist doch wohl nicht …«

»Mir nach!«, befahl Javier.

Auf der Rückseite des Gebäudes führte er sie zu einem großen, verrosteten Abfallautomaten mit einer rot leuchtenden Glühbirne an der Seite. Clara legte die Hand auf ihre untere Gesichtshälfte. »O Gott«, stöhnte sie, als sie den Laubhügel neben dem Automaten entdeckte. Von dort kam auch der Verwesungsgeruch.

Javier trat in die Blätter und ein totes Schweinehuhn rollte ihnen schlaff und zerschunden vor die Füße. »Die sind das. Haufenweise. Wir dachten aber auch, dass es er ist, deshalb sind wir hergegangen, um nachzusehen. Als ich in den Blättern rumgestochert habe, da habe ich das hier gefunden.« Der Anführer zog eine kleine, aber bedrohlich wirkende, halbautomatische Pistole aus seiner Tasche. »Die Knarre gehört Brat. Das weiß ich genau – ich habe sie ihm vor ein paar Jahren zum Geburtstag geschenkt.«

»Das stimmt«, zischte Clara und starrte die Waffe an. »Das ist seine.«

»Jemand hat ihn sich geschnappt … Jemand hat ihn sich geschnappt!« Hollis fing an, aufgebracht vor- und zurückzulaufen und dabei die Blätter aufzuwirbeln. Unabsichtlich förderte er dabei eine weitere Schweinehenne zutage, die er mit seinem Stiefel noch einmal zum Fliegen brachte.

Schon die ganze Zeit hatte sich ein kleines Wesen wie ein Affe an Big Meats Schultern geklammert. Es handelte sich dabei um Tiny Meat. Die beiden waren Brüder, die sich auf symbiotische Weise ergänzten und aufgrund dieser Verbindung auf ihre ganz eigene Art und Weise funktionierten. Beide hatten glänzende, helmartige, blutrote Schädel, doch ihre Gesichter waren faltige Fleischmassen, wie das Karunkel eines Truthahns, als hätte man sie schlampig aus einem rohen Hamburger geformt. Ihre schmalen Augen schienen in dem aufgeworfenen, roten Gewebe unterzugehen, nur ein knochenweißer Schlauch, der aus der Nase kam, stach aus dem Durcheinander heraus. Aufgrund seiner zwergenhaften Gestalt war Tiny Meats Stimme hoch und quietschend, und während er aufgeregt von einer auf die andere Schulter seines Bruders wechselte, sagte er: »Seht euch nur diesen Kasten an – das ist der feuchte Traum eines jeden Hausbesetzers. Wenn unser Junge von einer Gang überwältigt wurde, dann verstecken die sich bestimmt da drin! Wir müssen da rein und diese verfluchten Punks fertigmachen!« Tiny Meat hatte ein brutales Gemüt und war jemand, mit dem man sich besser nicht anlegte. Sogar sein großer Bruder war manchmal von seinen Wutausbrüchen eingeschüchtert.

»T. M. hat recht«, sagte Javier und ließ seinen Blick über die Außenseite des Gebäudes wandern. »Der Kasten ist verlassen. Es muss hier vor Hausbesetzern nur so wimmeln, Beaumonde hin oder her. Vielleicht mimt diese Schlampe Smirk jetzt bei einer anderen Bande die Harte. Wollte vielleicht Eindruck schinden und hat Brat in einen Hinterhalt gelockt.« Sein Blick wanderte zu Clara. In ihrem momentanen Zustand des Bedauerns huschte ihr beim Gedanken an dieses Szenario eine schmerzerfüllte Regung über das Gesicht.

»Wir gehen also rein, ja?«, sagte Tiny Meat wütend.

»Die Vordertür will ich noch nicht ausprobieren«, überlegte Javier. »Die ist von der Straße aus zu gut zu sehen. Wir probieren es erst auf andere Weise.« Er nickte. »Aber ja, wir gehen rein.«

Er signalisierte seinen Leuten, sich auf die drei Dienstboteneingänge auf der Rückseite des Gebäudes zu verteilen, die offenbar von den Angestellten genutzt worden waren. Auch er steuerte einen davon an und tippte etwas in eine Tastatur, die daneben in die Wand eingelassen war. »Ich will keinen Alarm auslösen«, murmelte er dabei.

»Pass auf!«, blaffte Tiny Meat Hollis an, der an einer anderen Tür den Sehschlitz untersuchte.

Der Ammoniakgeruch, der aus Tiny Meats Schnauze wehte und einem das Wasser in die Augen trieb, verriet Hollis, dass er sich darauf vorbereitete, den zersetzenden Gallensaft aus seiner Knochennase zu schießen. Er trat rasch zurück und wollte protestieren, doch Big Meat kam Hollis' Bedenken mit seiner feucht blubbernden Stimme zuvor: »Nicht! Du schmorst das Ding nur durch und blockierst es endgültig!«

»Ganz ruhig, nicht aufregen, Pimmelfresse … Lass es mich mit meiner Generalschlüsselkarte versuchen«, sagte ein weiteres Mitglied der Snarlers, ein Mädchen mit vietnamesischen Wurzeln namens Nhu, dessen lange, schwarze Haare als Pferdeschwanz aus einem Loch auf der Rückseite ihrer limonengrünen Bademütze wallten. Sie griff in ihre weiße Lederjacke, die wie eine Kindergröße wirkte und zu ihrer zierlichen Gestalt passte. Nur Tiny Meats Jacke war kleiner.

»Wen nennst du hier Pimmelfresse? Mich oder ihn?«, meinte er wütend.

»Euch *beide*.«

»Seid jetzt alle verdammt noch mal still«, zischte Javier zu ihnen hinüber. »Wenn da drin wirklich eine Gang ist, wollt ihr dann, dass sie uns kommen hören und sich bewaffnen?« Zweifelsohne rechnete er mit dieser Möglichkeit und hielt deshalb noch immer Brats Waffe in der rechten Hand. Dann nickte er Nhu zu. »Versuch es mit der Karte.«

Mit ihrem Heimcomputer-System, an das sie unter dubiosen Umständen gekommen war, hatte Nhu Hunderttausende zufällig generierte Schlüsselcodes auf eine leere Datenkarte geladen. In der Tastaturvorrichtung befand sich ein Kartenschlitz. Nhu zog ihre Karte mehrmals durch, drehte sie um, versuchte es noch einmal, drückte den einen oder anderen Knopf und zog sie zu guter Letzt ein paar weitere Mal durch – alles ohne Erfolg. Sie sah Javier kopfschüttelnd an.

»Ich probiere mal was aus«, sagte Patryk, ein sehr großer und blasser Jugendlicher mit einem Bürstenhaarschnitt und ausdruckslosen Gesichtszügen. Er war das ernsteste und ruhigste Mitglied der Snarlers. Seine Familie war gezwungen gewesen, in die Folger Street umzuziehen, nachdem seine Eltern ihre Jobs verloren hatten und in der Firma, in der beide gearbeitet hatten, von automatischen Arbeitern ersetzt worden waren. Er hatte immer einen Rucksack dabei, den er jetzt von der Schulter nahm. Er holte eine schwarze Gummibrille mit dunklen Gläsern heraus, die sein Vater früher bei der Arbeit benutzt hatte. Er streifte sie sich über den Kopf. Dann folgten ihm Javier und die anderen um die Ecke des Gebäudes, wobei sie nun leiser über die knackenden Blätter gingen, bis zu der Tür, auf der sie die ihnen bekannte Signatur über einer ihnen unbekannten gefunden hatten. Patryk drückte seine Stirn gegen das Glas des letzten Fensters in der Wand.

»Wenn das eine Einwegscheibe ist«, flüsterte Tabeth, das letzte Mitglied der Gruppe, ein großes und kräftig gebautes schwarzes Mädchen mit einem hübschen Gesicht und eng am Schädel anliegenden Haaren, »dann kann dir jemand mitten ins Gesicht schießen, Pat, ohne dass du es vorher bemerkst.«

»Nobelapartments wie diese haben schusssichere Scheiben«, erklärte Javier, während er Patryk bei der Arbeit zusah. »Aber Pat, selbst wenn du uns in eins der Apartments reinbringst, kommen wir trotzdem nicht ins restliche Gebäude.«

»Vielleicht doch«, murmelte er, während er einen Knopf am Gestell seiner Brille drehte. Bisher gelang es der künstlichen Sehhilfe nicht, das dunkel getönte Glas zu durchdringen. »Manchmal haben diese Nobelapartments aus Versicherungsgründen zwei verschiedene Ausgänge, für den Fall, dass es brennt oder sonst etwas Gefährliches passiert – zum Beispiel ein Einbruch. Eine Tür nach draußen und eine in den restlichen Teil des Gebäudes.«

Patryk berührte eine Taste an der Brille und plötzlich war es, als würde im Zimmer hinter der Scheibe ein Licht angehen, wenngleich nur ein dämmriges. Es war ein grauer, verrauchter und verwaschener Anblick. Vielleicht ein kleines Schlafzimmer, doch aufgrund der Abwesenheit von Möbeln war es schwer zu sagen. Auf der gegenüberliegenden Seite des Zimmers erkannte er einen offenen Eingang, der möglicherweise in ein Wohnzimmer führte. Gerade wollte er an einem weiteren kleinen Knopf drehen, als ein bleicher Fleck über die dunkle, offen stehende Türschwelle huschte. Er zuckte zusammen und hätte beinahe sein Gesicht vom Glas zurückgezogen. Es war nur ganz kurz zu sehen gewesen, aber war das eine Person?

Javiers scharfe Augen hatten bemerkt, wie sich sein Körper angespannt hatte. »Was ist?«

»Ich weiß nicht. Moment.« Patryk justierte die Sichtweite seiner Brille, bis sich die Umrisse des Zimmers endlich scharf abzeichneten. An derselben Wand, an der sich der Eingang befand, entdeckte er das einzige Möbelstück: ein eingebauter Waschtisch mit einem großen Spiegel. Während er seine Position leicht veränderte, richtete er seine Aufmerksamkeit auf den Spiegel. Er konnte sich selbst im Glas sehen. Das Fenster, durch das er spähte, wurde reflektiert und hatte in der Tat eine Einwegscheibe. Viel wichtiger war jedoch, dass er unterhalb des Fensterbrettes eine kleine Leiste mit mehreren Knöpfen entdeckte. Patryk lächelte schwach. Er berührte eine weitere Taste und ein einzelner purpurfarbener Strahl aus einer winzigen, an der Brille angebrachten Linse stach durch das schwarze Fenster in das Zimmer. Er bewegte den Kopf, bis der Strahl auf den Spiegel traf. Er wurde von dem silbernen Glas reflektiert und krümmte sich scharf in seine Richtung zurück. Indem er den Kopf weiter neigte, lenkte er den zurückgeworfenen Strahl zu den Knöpfen direkt unter ihm, unterhalb des Fensterbretts. Schließlich brachte er den Strahl auf einen der Gummiknöpfe und drehte ein kleines, mit Kerben versehenes Rädchen, das in seine Brille eingebaut war. Damit vergrößerte er die Stärke des Strahls, bis das purpurfarbene Licht fast zu einem lichtlosen Schwarz wurde, beinahe wie ein fester, schwarzer Stab.

Mit einem leisen Zischen, als würde eingeschweißte Luft entweichen, glitt das Fenster nach oben. Sie waren drin.

»Ich gehe voran«, zischte Hollis und zog eine große Pistole aus dem Holster unter seiner Jacke. Er wollte sich an Javier vorbeidrücken. Um ihn aufzuhalten, hätte Javier ihn beinahe am Arm gepackt. Ihm gefiel nicht, dass Hollis nicht auf seinen Befehl gewartet hatte, er beschloss dann aber, ihn gehen zu lassen. Brat war Hollis' bester Freund gewesen. Und warum sollte er selbst die Führung übernehmen, wenn ein anderer in den sauren Apfel beißen wollte? Javier hielt jedoch seine Waffe bereit, um dem Schwarzen Deckung zu geben, als dieser sich durch den geöffneten Zugang schwang.

»Pass auf!«, flüsterte Patryk dringlich. »Ich glaube, ich habe da drin jemanden gesehen.«

»Um den kümmere ich mich schon«, gab Hollis Unheil verkündend zurück.

»Es könnte auch Brat sein!«, erinnerte ihn Javier. Er kletterte als Nächster hindurch. Mott kam knapp dahinter als Dritter, und die anderen folgten ihnen, wobei Patryk das Schlusslicht bildete. Kaum war er durchgeklettert, zog er wie alle anderen seine Waffe aus dem Holster – alle außer Tiny Meat, der keine Waffe benutzte. Dafür war das scharfe, chemische Stechen seines aufsteigenden Gallensaftes zu riechen.

Zufrieden, dass auch der letzte seiner Freunde nun drin war, ging Hollis mit gezückter Pistole zu dem offenen Durchgang am anderen Ende des Zimmers.

»Schwachkopf«, flüsterte Javier kaum hörbar. Er signalisierte Patryk, er solle sich beeilen und Hollis Deckung geben. Patryk nickte und legte einen Schalter an der Brille um, die er noch immer trug, um sich ihre einfache Nachtsichtfunktion zunutze zu machen. Er alleine würde in der Lage sein, in der Dunkelheit jenseits dieses Zimmers klar zu sehen. Doch das hatte Hollis nicht davon abgehalten, die Türschwelle anzusteuern und nun um die Ecke zu spähen.

Hollis' Schwarzmarktwaffe war eine Scimitar Kaliber 55, eine teure Halbautomatische mit silbernem Glitzer, der auf dem in dunklem Lila glasierten Körper funkelte. Er verfügte über einen eingebauten Schalldämpfer. Anders als die Waffe, mit der Hollis getötet wurde. Es war ein primitiver Revolver, dessen Donnerschlag in diesen toten Räumen einer Detonation glich, die in den Köpfen jedes einzelnen Snarlers explodierte. Es war jedoch nur Hollis, der tatsächlich von dem Bleiprojektil getroffen wurde. Die Kugel schlug ein großes Stück aus der rechten Hälfte seines tätowierten Gesichts und nahm das spähende Auge gleich mit. Sein Körper sackte beinahe sanft zurück und klappte auf dem Boden zusammen. Patryk sprang darüber hinweg, während er Hollis' Platz einnahm.

»Schuss!«, schrie Mott mit den Dreadlocks und stürmte voran, die eigene Waffe im Anschlag. »Verdammte Wichser!«, brüllte Javier.

Doch Mott zog eine kleine Lehre aus dem Tod seines Freundes und drückte sich hinter Patryk eng an die Wand, bereit, ihm in das nächste Zimmer zu folgen, sollte Javier den Befehl dazu geben.

»O Gott … O mein Gott«, wimmerte Clara, während sie zu dem geöffneten Fenster zurückwich, durch das sie erst Augenblicke zuvor geklettert waren.

Obwohl sie selbst eine Waffe in der Hand hielt, hätte sie am liebsten auf der Stelle die Flucht ergriffen – auch wenn das hieß, ihre Freunde im Angesicht einer großen Gefahr zurückzulassen –, doch sie fürchtete sich mehr vor Javiers Wut als vor der desjenigen, der hinter der Tür in der Finsternis lauerte.

»Wer ist da draußen?«, rief eine dumpfe Stimme aus dem angrenzenden Zimmer.

»Wir sind gekommen, um dich zu töten, du gottverdammter Wichser!«, brüllte Mott mit hervorquellenden Augen.

»Mott, sei still!«, blaffte Javier. Er kam näher an Patryk heran und rief über dessen Schulter: »Wer bist du?«

»Nicht schießen, okay?«, gab die Stimme zurück. Sie klang seltsam verzerrt. »Tut mir leid …«

»Es tut dir leid? Es tut dir verdammt nochmal *leid?* Du hast unseren Freund getötet!«, rief Mott.

»Sei still, habe ich gesagt!«, befahl ihm Javier. Dann wandte er sich wieder an die Stimme in der Dunkelheit. »Wer du bist, habe ich gefragt!«

»Wir sind Hausbesetzer. Wir sind hier, um dieses Haus zu besetzen. Bitte nicht schießen! Ich wollte deinen Freund nicht töten … Ich dachte, er wäre eins von diesen Dingern.«

»Was für Dinger?«, wollte Javier wissen.

»Die Gesichtslosen.«

»Was denn für verdammte Gesichtslose?«

Alle hörten Clara schreien. Alle drehten sich um. Alle sahen, wie sie von zwei Paar grauen Armen rückwärts durch das offene Fenster gezogen wurde, durch das sie geklettert waren.

Dann war sie weg. Und begann erst richtig zu schreien.

3.

GEISTER

Jeremy Stake fuhr bevorzugt mit einem Schwebefahrrad, eine Angewohnheit aus seiner Zeit im Blauen Krieg. Doch manchmal verlangte sein Job danach, dass er stattdessen ein Schwebeauto nahm, weshalb er auch davon eines besaß. Ähnlich verhielt es sich mit seinem Kleidungsstil, der sich außerhalb der Arbeit oder während eines Jobs, der einen legereren Aufzug erforderte, stark von dem unauffälligen schwarzen Geschäftsanzug unterschied, den er gerade trug – ein Allerwelts-Look, geeignet für alle möglichen Umgebungen. Er passte sich den Gegebenheiten an. Doch die Stammgäste des Legion of Veterans Post 69 kannten ihn sowohl in seiner legeren als auch in seiner geschäftsmäßigen Identität und waren es irgendwann leid geworden, ihn mit der Frage aufzuziehen, ob er gerade auf dem Weg zur Börse war oder – wenn er auf die Toilette musste – in den »Sitzungsraum«.

Ungeachtet der früheren Sticheleien seiner Veteranenfreunde war sein Anzug nicht übermäßig schick, und das Schwebeauto, das er vor dem Eingang des LOV 69 geparkt hatte, war an mehreren Stellen zerbeult und eingedellt. Er stieg aus und trat in die tiefen Schatten des kleinen Gebäudes. Aus einer Jukebox wummerte basslastige Musik, auf einem riesigen VT-Monitor lief eine Sportübertragung und auf einem weiteren eine Seifenoper ohne Ton (ein paar betrunkene, grauhaarige Männer sahen sie sich aufmerksam an). Neonlichter waren durch den Zigarettenrauch verschwommen zu sehen, und die Holografie einer Frau, die an einen Dschinn erinnerte, tanzte in einer großen Plastikflasche, mit der für Knickerson-Bier geworben wurde. Er setzte sich auf einen der Hocker an der Bar.

Ohne dass er darum gebeten wurde, betätigte der Barkeeper einen Zapfhahn, schenkte ein Glas Zub-Bier ein und stellte es vor ihm auf den Tresen. Dieser Mann, Watt, war ein Choom-Veteran des Roten Krieges. Er war älter als Stake, hatte eine ergraute Bürstenfrisur und einer seiner Arme war vom Ellbogen abwärts durch eine Plastikprothese mit beweglichen Fingern ersetzt worden, die so schwarz waren wie die Gliedmaßen eines Insekts.

Trotz seiner mürrischen Art der Begrüßung und seines fortwährend finsteren Blicks war er einer der wenigen im Post, mit denen sich Stake ausführlich unterhielt. Stake erwiderte die Begrüßung mit der Frage: »Irgendein Krieg ausgebrochen seit meinem letzten Besuch?«

»Diese Woche nicht, es sei denn, ich habe was vergessen.«

Stake nahm das Glas und nippte den Schaum von seinem Bier, dann drehte er sich ein wenig auf dem Stuhl, um die anderen Gäste der Bar zu begutachten. Ein paar weitere Veteranen des Roten Krieges sowie mehrere, gleichermaßen angetrunken wirkende Frauen saßen an einem Tisch vor Glasvitrinen mit den gerahmten Porträts früherer Post-Kommandeure, diversen Plaketten und Tapferkeitsmedaillen sowie Trophäen, die die vom Post gesponserten Schulmannschaften gewonnen hatten. Hier im Post schienen die Veteranen des Roten Krieges zu überwiegen. Aber für Stake war das in Ordnung. Er hatte ohnehin keine große Lust, mit anderen Veteranen des Blauen Krieges in Erinnerungen zu schwelgen. Andererseits fragte er sich manchmal, warum er dieses Lokal überhaupt aufsuchte, wenn er Lust auf ein Bier verspürte. Vielleicht war es eine Art entfernte Kameradschaft aus sicherer Distanz. Vielleicht auch ein einprogrammiertes Verhalten. Aus den blutigen Jahren war er das so gewohnt.

Watt hatte ihm erzählt, was einige der älteren Veteranen behauptet hatten: Vor zwei Jahrzehnten war von Zeit zu Zeit eine Veteranengruppe des Klu-Koza-Konflikts hergekommen. Konnte das stimmen, wo doch einige behaupteten, dass es in diesem Krieg keine Überlebenden gegeben hatte, und andere der Überzeugung waren, dass der Einsatz gar nie stattgefunden hatte? Nun, diese sagenumwobenen Männer waren Geschichte, sollten sie jemals wirklich hier gewesen sein. Geister hingen wie der Zigarettenrauch in der Luft. Geister nun toter Veteranen und die dazugehörigen Geister all jener, die sie getötet hatten. Und die lebenden Seelen, die gebeugt über den Tischen oder an der Bar saßen, Baseballmützen und mit Militärnadeln und Abzeichen übersäte Windjacken trugen, balsamierten sich selbst mit Alkohol ein. Geister, im Entstehen begriffen.

Bin ich das auch?, fragte sich Stake. *Komme ich deswegen hierher?*

»Einen Schnaps dazu?«, fragte Watt und nahm das Trinkgeld in Höhe von einem Munit, das Stake neben seinen Bierdeckel gelegt hatte.

»Nein danke«, gab Stake zurück, ohne sich umzusehen. »Ich habe heute Nachmittag einen Auftrag zu erledigen. Ich schlage hier nur die Zeit tot.«

»Zeit ist das Einzige, was wir heute noch totschlagen können, hm?«, nuschelte ein Hüne am anderen Ende der Theke. Der Mann hieß Lark. Stake hatte sich bemüht, die Anwesenheit des Veteranen-Kameraden aus dem Blauen Krieg zu ignorieren. Früher hatten sie hin und wieder Erfahrungen ausgetauscht, doch Stake hatte darin keinerlei Trost oder Gefallen gefunden. Lark schien es nicht zu gefallen, ignoriert zu werden, deshalb war es nicht ungewöhnlich, dass er gegen Stake ein wenig stichelte, bevor er sich zu einem Gespräch mit jeder pummeligen Thekenschlampe herabließ, die er mit einer Flasche Zub um den Finger wickeln konnte.

»Hängt davon ab, womit man sein Geld verdient«, murmelte Stake.

»Stimmt ja, du bist Privatdetektiv. Hin und wieder darfst du noch mit Waffen spielen, nicht wahr? Ich habe gedacht, ihr starrt heutzutage vor allem durch eine Kameralinse, Jer. Steigt untreuen Ehefrauen hinterher und so.«

»Ja, genau. Und wenn du willst, dass ich deiner Frau hinterhersteige, dann ruf mich einfach an, okay? Ich gebe dir auch einen Rabatt.«

Die Frau neben Lark, die nicht seine Ehefrau war, gluckste. »Zur Hölle mit dir! Wenigstens habe ich eine Frau, du verfluchter Mutant. Wer zur Hölle würde dich wollen?«

»Jungs, schaltet mal einen Gang runter«, sagte Watt desinteressiert.

Lark sprach weiter. »Klar kann man als Kerl immer dafür bezahlen. Schätze, du hattest zu deiner Zeit ein paar blauhäutige Nutten, hm?« Lark richtete seine Aufmerksamkeit auf Watt. »Diese Jiini-Frauen, Mann. Bildhübsch. So hübsch wie eine Kobra. Aber weißt du, was einen Ha-Jiin-Mann am schärfsten macht? Ihre Hände, Mann. Die haben einen Handfetisch. Weißt du, in der Kultur der Ha Jiin demonstrierten aristokratische Frauen ihren gesellschaftlichen Status, indem sie darauf achteten, dass ihre Hände immer zart und gepflegt aussahen. Keine Schwielen, keine Narben. Mit der Zeit wurde das so verrückt, dass diese Frauen angefangen haben, ihre Hände in so Zeug wie Flüssigstickstoff zu tauchen, um sie zu kristallisieren. Es lässt sie versteinern, Mann. Macht sie hart und unbrauchbar wie die Hände einer Statue. Ganz glatt und weiß.«

»Im VT habe ich eine Sendung darüber gesehen«, erklärte Watt.

Lark fuhr fort, als hätte er es nicht gehört. »Verstehst du? Die signalisieren damit, dass sie ihre Hände nicht brauchen. Weil sie keine Handarbeit zu verrichten haben. Nachdem dieser Brauch begonnen hatte, fingen die normalen, weniger aristokratischen Mädchen damit an, weiße Gummihandschuhe zu tragen, damit ihre Hände wenigstens so aussahen, als wären sie versteinert.« Er kicherte. »Ich sage dir, nichts lässt einen Ha-Jiin-Mann so schnell kommen wie eine Lady, die es ihm mit einer dieser kühlen, weißen Hände besorgt, auch wenn die meisten mit den Imitationen vorliebnehmen müssen. Ich hatte mal eine echte.«

»Davon hast du mir erzählt«, grummelte der Choom-Barkeeper. »Mehr als einmal.«

Doch Stake kannte die Geschichte noch nicht, und er spürte, wie er innerlich verspannte, als wüsste er, was jetzt kam. Als wäre Thi die Frau, von der Lark sprach. Thi konnte es jedoch nicht sein. Seine Thi. Sie hatte keine kristallisierten Hände, so glänzend – und unbeweglich – wie Alabaster, gehabt. Sie hatte es nicht einmal mit Handschuhen imitiert. Ihre kleinen Hände waren sehr beweglich gewesen, hatten Narben und sogar kleine schwarze Härchen auf den Knöcheln gehabt. Die Hände einer arbeitenden Frau.

Die Hände einer Killerin.

Ungeachtet von Watts Worten fuhr Lark fort: »Wir hatten damals diese Plantage eingenommen. Diese reichen Bastarde mit ihrer eigenen Armee aus Sicherheitsleuten. Nun ja, lange haben die uns nicht die Stirn geboten.

Jedenfalls hatte die Familie ein paar Töchter, und die älteste hatte diese gefrorenen, weißen Hände, Mann, genau wie ihre Mutter, nur dass die alt war. Diese Jiini-Weiber sind die schönsten Frauen des Universums, aber wenn sie ein bestimmtes Alter erreichen – zack –, werden sie runzlig. Diese Tochter jedenfalls … *Oh.* Ich bin mit ihr nach oben gegangen und habe mir ihre blaue Haut angesehen. Aber meine rosige Haut mochte sie wohl nicht.« Er lachte die Frau an, die neben ihm saß, doch die starrte nur mit einem fischartigen Blick zurück.

Stake erinnerte sich. An diese blaue Haut. An ihre Augen, die in seine blickten. Ihre unergründlichen Augen.

»Als ich mit der kleinen blauen Schlampe fertig war, habe ich sie am Leben gelassen. Aber ich habe ihr mit meinem Gewehrkolben die Hände gebrochen. In Stücke habe ich sie zerbrochen, Mann, das hättest du sehen sollen. Verdammt, sie hat sie doch sowieso nicht gebraucht, nicht wahr? Die aristokratische kleine …«

Watts Blicke waren Stake gefolgt, der von seinem Hocker geklettert und ans andere Ende der Bar gegangen war. Er hätte Stake aufhalten oder versuchen können, Lark zu warnen, aber das tat er nicht.

Er mochte Lark nicht. Und vor Stake hatte er ein klein wenig Angst. Er vertraute darauf, dass er nicht zu viel Schaden anrichtete.

»… Schlampe«, sagte Lark noch, bevor Jeremy Stake ihn von hinten am Kragen packte und sein Gesicht auf den Tresen donnerte. Aus Respekt vor Watt und um sein Knickerson nicht zu verschütten, schlug er dem Veteranen nicht das Glas ins Gesicht, doch aus der aufgeplatzten rechten Augenbraue des Mannes quoll trotzdem Blut. Stake ließ Lark los und sah dabei zu, wie er schlaff auf den Boden schlug.

»Verfluchter Barbar«, murmelte er dabei.

»Ich werde ihm erzählen, dass er zu viel getrunken hat.« Watt seufzte. »Ist vom Stuhl gekippt und hat sich das Gesicht aufgeschlagen.«

»Mir egal, was du ihm erzählst«, sagte Stake. Er sah kurz auf eine Uhr, die für Clemens-Light-Bier warb. »Ich muss los.«

»Hey«, beschwerte sich Larks vermeintliche Eroberung. »Was bist du, so eine Art Blauen-Liebhaber? Die waren unsere Feinde, oder nicht?«

»Halt dich da raus, Joy«, empfahl ihr Watt.

»Ach ja? Der Typ hat mich mein nächstes Bier gekostet.«

»Hier.« Stake warf ein paar Munits auf die Theke. »Geht auf mich.« Dann ging er zur Tür. Nach der gruftartigen Dunkelheit des Post musste er in der Helligkeit der Stadt wie unter Schmerzen blinzeln.

Stake hatte in der Schule mit einem Waffenscanner gerechnet, vor allem da dies eine gehobenere Privatschule war, deshalb hatte er darauf geachtet, heute keine Waffe zu tragen. Das hätte kein gutes Ende genommen, trotz der Tatsache, dass Yuki Fukuda ihn in der Lobby lächelnd erwartete. Besucher und sogar Eltern mussten durch diesen separaten Eingang gehen. Nachdem der Sicherheitsangestellte (der selbst zweifelsohne bewaffnet war) ihn einen Moment lang auf der Durchleuchtungsrampe hatte stehen lassen, winkte er Stake durch. An der Rezeption trug er sich in ein Besucherprotokoll ein. Die Frau hinter dem Empfangstisch sagte freundlich: »Yuki hat gesagt, dass Sie ein Geschäftsfreund ihres Vaters sind, der sie nach ihrem Abschluss eventuell einstellen würde.«

Das hatte sie wohl gesagt. Stake lächelte. Er war sich nicht sicher, ob Yuki seine Branche finanziell besonders einträglich finden würde, oder besonders erträglich. Er fand sie selbst oft schwer zu ertragen. Brachte sie die nötigen Qualifikationen mit, um als Masochistin zu arbeiten? »Nun, es ist nie zu früh, sich Gedanken über seine Zukunft zu machen«, sagte Stake und legte den Stift auf das Besucherprotokoll.

»Danke. Gleich hier durch, Mr. Stake«, sagte die Frau.

Stake trat in die hohe Lobby der Arbury School. Das Wappen, das er auf den Blazern von Yuki und ihren Freundinnen gesehen hatte, war hier riesenhaft auf dem polierten Boden abgebildet wie irgendein geheimnisvolles Symbol, das allerlei hedonistische Rituale ankündigte. Orgien von Schülerinnen, die sich ihrer sittsam verführerischen Uniformen entledigt hatten.

Stake drängte das Bild, so gut es ging, zurück, während er auf die entzückende Tochter seines Klienten mit ihrem strahlenden, schüchternen Gesicht zuging.

»Schön, dich wiederzusehen, Yuki.« Er schüttelte ihre zierliche Hand.

»Vielen Dank, Mr. Stake. Wir haben gerade Mittagspause … Möchten Sie mit in den Speisesaal kommen?«

»Stört es dich nicht, wenn wir in aller Öffentlichkeit zusammen herumsitzen? Für wen werden mich deine Mitschüler halten?«

»Sie werden Sie für meinen Freund halten«, scherzte sie und verbarg ihr Kichern hinter ihrer Hand. »Tut mir leid.«

Stake fühlte sich auf seltsame Weise eingeschüchtert. »Aha, na gut, wenn es dich nicht stört, dass uns die Leute zusammen sehen, dann stört es mich auch nicht. Aber hast du irgendjemandem erzählt, dass dein Dad jemanden mit der Suche nach deiner Kawaii-Puppe beauftragt hat?«

»Nein. Wenn jemand fragt, sage ich, dass Sie ein Geschäftspartner meines Vaters sind, der …«

»Der nach deinem Abschluss eventuell eine Anstellung für dich hat. Die Rezeptionistin hat es mir gesagt. Gute Geschichte.«

»Danke. Na dann. Hier entlang, bitte.«

Hatte sich Stake zuvor schon eingeschüchtert gefühlt, war er beim Betreten der Cafeteria kurz davor, den Kopf wie eine Schildkröte in seinen Kragen zurückzuziehen. Es wäre ihm leichter gefallen, dachte er, wären die Schüler nicht alle weiblich gewesen. Es fühlte sich einfach *falsch* an, so als wäre er in ein Nonnenkloster geplatzt. Yuki schien sich deswegen keine Gedanken zu machen und auf eine perverse Weise gefiel es ihr vielleicht sogar, ihren männlichen Gast so zur Schau zu stellen. In ihrem Alter und mit dem Konkurrenzdenken der Wohlhabenden war wohl jede Art der Aufmerksamkeit zu begrüßen. Er war nur etwas erleichtert, als sie einen kleinen Tisch fanden, an dem sie alleine Platz nehmen konnten.

»Ich erspare Ihnen, sich in die Essensschlange zu stellen. Ich hole Ihnen Ihr Essen«, meinte sie, dann sagte sie die heutige Speisekarte auf. Er entschied sich für dasselbe wie sie – Sushi –, wollte aber einen Kaffee dazu. Sie kicherte wieder. »Kaffee zum Sushi? Wie Sie möchten.«

Wenig später brach Stake eine Aalrolle mit einem Paar Stäbchen auf, transportierte die Happen zu seinem Mund und machte dabei sogar ansatzweise eine gute Figur. Er sah sich verstohlen in dem großen Raum um und versuchte, sowohl auf der physischen als auch auf der psychologischen Ebene ein Gefühl für das Umfeld der Arbury School zu bekommen. Ja, Fukuda hatte ihm Yukis Geschichte erzählt, doch jetzt wollte er sie aus ihrem Mund hören, und zwar an dem Ort, an dem es passiert war, um zu sehen, welche Eindrücke er aus erster Hand sammeln konnte. Deshalb hatte er Fukuda heute Morgen angerufen und Fukuda hatte ihm das Okay dafür gegeben, Yuki in ihrer Schule zu besuchen, ganz wie er es ihm am Tag davor angeboten hatte. Fukuda hatte dann die Schule angerufen, um es mit ihr abzusprechen. War er bezüglich Stakes Mission ehrlich gewesen, oder hatte er ihnen eine ähnliche Geschichte aufgetischt wie Yuki der Rezeptionistin?

Yuki übertönte das laute Gewirr junger weiblicher Stimmen, die sich wie eine stoffliche Masse an der Decke zusammenbrauten, als sie fragte: »Hat mein Daddy Ihnen Fotos von Dai-oo-ika gezeigt?«

»Ja, das hat er.«

»Oh. Nun, ich habe hier noch mehr, wenn Sie die sehen wollen.«

Stake wandte sich einer kleinen Tasse mit Miso-Suppe zu und nahm einen Schluck, während er dabei zusah, wie Yuki den Computer zum Leben erweckte, den sie wie ein Armband an ihrem Handgelenk trug. Es handelte sich dabei um eine weiblichere Version des Computers, den er selbst trug. Sie berührte ein paar winzige Tasten, dann hielt sie ihm den Arm entgegen.

Der Bildschirm war winzig, doch als er direkt von oben darauf hinunterblickte, wurde das Bild direkt in sein Gehirn übertragen, sodass es sein ganzes Blickfeld einnahm und alles andere ausblendete. In einem Fenster in der unteren rechten Ecke dieses virtuellen Bildschirms waren die Bedienelemente des Armbandcomputers zu sehen, sodass er sie nach wie vor im Blick hatte und so das Gerät bedienen konnte. Doch die zarten Finger, die auf der Tastatur lagen, gehörten Yuki.

Sie präsentierte ihm eine Diashow von Dai-oo-ika in unterschiedlichen Posen. Auf ihrer Couch im Sofa, wie ein Kissen aufgestellt. Auf ihrem Bett, auf ihr Kopfkissen gestützt. Auf ihrem Schoß, während sie grinsend in einem kindischen, rosafarbenen Pyjama dasaß, auf dem ein Muster aus Quallen mit niedlichen Augen schwamm.

»Der große Tintenfischkönig.« Er hatte den Namen verstanden, als Fukuda ihm gestern seine eigenen, klinischen Fotos gezeigt hatte. Dai-oo-ika war so knuddelig, wie eine heiß geliebte Puppe sein sollte, nur nicht ganz so verlockend anzufassen. Sein buddhaartiger Körper glänzte und glitzerte und erweckte den Anschein, feuchtnass zu sein. Sein weißer Bauch wirkte blutleer, doch sein glasiger Körper nahm zum Rücken hin einen graueren Ton an. Dort sowie an seinem haarlosen Kopf war er auch mit schwarzen Flecken besprenkelt. Zwei mollige Arme wie die eines Babys und zwei noch molligere Beine, die alle in Pfoten mit Schwimmhäuten endeten. Aus dem fleckigen Rücken wuchsen zwei putzige kleine Flügel, die jedoch mehr wie die Flossen eines Fisches gerippt waren. Und das Gesicht …

Nun, eigentlich hatte er nicht wirklich ein Gesicht. Keine Augen, keine Ohren, keine Nase und auch keinen Mund. Der klobige Kopf hatte keine Gesichtszüge, abgesehen von ein paar dicken Blättern, wie die einer Anemone, die sich an der Stelle befanden, an der Nase und Mund hätten sein sollen, wäre Dai-oo-ika ein menschliches Baby gewesen. An den Tentakeln befanden sich Ringe, die abwechselnd schwarz und beinahe metallisch silbern gefärbt waren.

Stake erinnerte sich an die Kawaii-Puppe von Yukis Freundin Maria. Stellar hatte sie geheißen. Von primitivem Leben erfüllt. Sich auf unheimliche Weise windend. Dann stellte er sich vor, dass Dai-oo-ika, ein artverwandtes Geschöpf, dasselbe tat. Eine biotechnische Puppe. Ein Golem, den man mit ins Bett nehmen konnte. Ein Homunkulus, den man drücken und küssen konnte.

»Süß«, sagte Stake zu ihr.

Als sie den Computer wieder in den Schlafmodus versetzte, hatte sie ein stolzes, trauriges Schimmern in den Augen. »Danke. Als Daddy mich mit ihm überrascht hat, war ich zuerst enttäuscht, dass er keine Augen hatte, aber ich denke, gerade das macht ihn so hilflos und abhängig von mir. Einmal, als ich ihn gedrückt habe, da hat es sich wirklich so angefühlt, als ob seine Tentakel mein Gesicht streicheln!« Sie ließ ihre Finger wie eine Spinne über ihre Wange krabbeln.

Stake stellte sich dieses Gefühl nicht besonders angenehm vor. Er nahm einen weiteren Schluck von seiner Suppe, dann stellte er fest: »Man kann also sicher sagen, dass sich unser Übeltäter hier in diesem Raum befindet.«

»Es muss einer von ihnen sein«, flüsterte Yuki eindringlich. »Alle haben mich mit ihm zusammen gesehen. Alle haben mich seinetwegen beneidet. Seit seinem Verschwinden ist eine Woche vergangen! Und ich hatte ihn erst einen Monat. Das ist so gemein!« Ihre Stimme war kurz davor zu brechen. »Ich habe mich immer gut um ihn gekümmert. Niemals habe ich ihm den Rücken gekehrt, wenn ich ihn hingelegt habe. Wenn ich ihn nicht mitnehmen konnte, etwa zum Sportunterricht, dann habe ich ihn in mein Schließfach getan. Und so ist es dann passiert! Als ich aus der Dusche zurückkam, war mein Schließfach geöffnet. Und Dai-oo-ika war verschwunden!«

»Kennt noch jemand den Code zu deinem Schließfach, oder war das Schloss aufgebrochen?«

»Es war nicht aufgebrochen, aber es könnte gehackt worden sein.«

»Was ist mit dem Wartungspersonal?«

»Ähm, keine Ahnung. Die haben vielleicht Zugang zu den Schließfächern.«

»Ich überprüfe das. Was ist mit deinen Freundinnen? Die kennen den Code natürlich nicht? Die, die ich gestern kennengelernt habe?«

»Oh … Kaori, Suzu und Maria sind meine besten Freundinnen! Und sie haben ihre eigenen Kawaii-Puppen.«

»Aber nicht so tolle wie deine, auch wenn sie noch so großartig sind.«

»Nein, nein, das würden sie nicht tun. Was nützt einem außerdem eine Kawaii-Puppe, die man anderen nicht zeigen kann?«, sagte sie mit deutlicher Offenheit. »Man würde sich doch nicht einfach mit ihr verstecken.«

»Es sei denn, jemand hat das nur getan, um dich zu verletzen.«

»Genau. Um mich zu verletzen.« Ein feuchter Film begann sich in den übergroßen Augen unter dem Pony zu bilden. »Das muss es sein. Jemand, der so neidisch ist, dass er es mir heimzahlen will. Ich hoffe nur, dass er ihm nichts getan hat. Ich hoffe, dass er ein Lösegeld verlangt oder so. Daddy soll es bezahlen, mir ganz egal!«

»Fallen dir also irgendwelche Mädchen ein, die dich nicht mögen? Die besonders neidisch auf dich sind? Was ist mit den Lehrern? Hast du mit einem von ihnen Probleme gehabt?«

Während er sich mit dem Mädchen unterhielt, ließ er seinen Blick immer nur kurz auf ihrem Gesicht ruhen, bevor er zu einem der anderen Tische, zu einer Säule des Raumes oder zu der Wand mit den hellen Fenstern auswich. Wenn er zu lange auf ihrem Gesicht verweilte, würde er allmählich das vertraute Knistern seiner Zellen verspüren (auch wenn er sich dieses Gefühl größtenteils einbildete), mit dem sich seine Gesichtszüge zu verändern begannen. Wieder würden sich seine Augenlider zu einer Mongolenfalte formen, diesmal jedoch ihre Augen imitieren anstatt die ihres Vaters. Die Dauer dieses Vorgangs war nicht immer gleich. Manchmal ging es recht schnell, andere Male vollzog es sich ganz allmählich, aber wenn er nicht abgelenkt war, nahm er normalerweise unterbewusst wahr, wenn es passierte, ungeachtet der Tatsache, dass er keine bewusste Kontrolle über seine Fähigkeit hatte. Unter

Yukis Blicken wurde er unruhig. Hatte Fukuda seiner Tochter von seiner »Gabe« erzählt? Wartete sie vielleicht sogar darauf, dass es passierte, um es mit eigenen Augen zu sehen?

»Ein Lehrer? O nein, die Lehrer mögen mich alle! Mit den Sportlehrern, die sich in den Umkleidekabinen aufhalten können, habe ich gar kein Problem. In den letzten Jahren habe ich nur Ärger mit einigen der Mädchen gehabt. Wie das immer so ist. Cliquen, verstehen Sie?«

»Natürlich. Verhalte dich nicht zu auffällig, aber siehst du in diesem Moment irgendjemanden, der sich besonders für unser Gespräch interessiert? Jemanden, der dir in der Vergangenheit feindlich gesonnen war?«

Er sah, wie Yuki ungewollt den Kopf nur ein kleines Stück drehte, doch ihre funkelnden Augen bewegten sich in weiten, missmutigen Bögen. »Uns sehen viele an.«

»Mhm«, stimmte Stake zu und spähte über den Rand seiner Kaffeetasse, während er daran nippte und die vielen neugierigen Blicke sondierte.

»Oh«, sagte Yuki unzufrieden, »vielleicht war es doch keine so gute Idee, dass wir uns in der Öffentlichkeit treffen. Was, wenn der Schuldige Angst bekommt und Dai-oo-ika zerstört, um Beweise verschwinden zu lassen?«

»Ich bin überzeugt, dass das bei seinem Wert keiner tun würde. Genau genommen könnte es sein, dass wir ihm solche Angst einjagen, dass er sich stellt und behauptet, es sei nur ein harmloser Scherz gewesen.«

Yuki richtete den Blick wieder auf ihn. »Eins der fieseren Mädchen, eins von denen, die wirklich gemein zu mir waren, ist letzte Woche ebenfalls verschwunden. Sie geht mit mir in den Biologieunterricht.«

Jetzt sah Stake sie frontal an.

»Inwiefern verschwunden?«

»Nun, sie hatte einen älteren Freund und man munkelt, dass sie mit ihm ausgerissen ist, weil ihr Dad damit nicht einverstanden war. Aber eine ihrer Freundinnen – Krimson heißt sie übrigens –, eine von Krimsons Freundinnen schwört, dass sie gehört hat, wie Krimson versucht hat, sie auf dem Ouija-Fon zu kontaktieren.« Und das würde bedeuten, dass Krimson tot ist. Yuki schlang sich die Arme um den Körper und fröstelte sichtlich.

»Hm«, sagte Stake.

Ein paar Sekunden lang hing er seinen Gedanken nach und blickte finster zu Boden. Er tat das relativ häufig. Da unten gab es keine Gesichter. In einer Stadt war es schwer, Gesichtern aus dem Weg zu gehen. In seiner Wohnung hingen nicht einmal Bilder von Menschen an den Wänden, egal ob Fotos, Gemälde oder Holoporträts. Außer einem: ein Bild von ihm selbst. Wenn er nach Hause kam und wie jemand anders aussah, half es ihm, das Foto wie einen Spiegel anzustarren, um schneller wieder sein eigenes Aussehen anzunehmen. In seinem Armbandcomputer konnte er Bilder von Gesichtern und den Mienen der Leute speichern, in die er sich aus irgendeinem Grund vielleicht verwandeln wollte, indem er sich ihr Abbild intensiv ansah. Er hatte jedoch auch ein Bild seines eigenen Gesichtes auf seinem Computer abgelegt. Er konnte es sich ansehen, um die Wiederherstellung seiner neutralen Erscheinung (seine »Werks-« oder »Grundeinstellung«, wie er sie insgeheim scherzhaft nannte) zu beschleunigen. Wie ein Amnesiepatient, der sich wieder daran erinnerte, wer er tatsächlich war.

Yuki, die ihren eigenen Gedanken nachhing, sagte: »Meine Mutter starb, als ich noch ein Baby war, wissen Sie?«

Dieser scheinbar zusammenhanglose Kommentar brachte Stake dazu, ihr wieder in die Augen zu sehen.

»Das tut mir leid. Ich habe meine Mutter auch als Kind verloren.« Er bedauerte dieses Eingeständnis bereits, als es seine Lippen verließ. Warum erzählte er diesem jungen Mädchen etwas so Persönliches, ganz gleich, was sie ihm gerade offenbart hatte? Er ging bezüglich seiner Mutter nicht ins Detail, und glücklicherweise bat sie ihn auch nicht darum.

Yuki fuhr fort: »Meine Mutter. Ich glaube ... Ich glaube, sie habe ich auch gehört.«

»Sie gehört? Du meinst, in deinem Ouija-Fon?«

Yuki nickte und gab sich Mühe, ihre Gefühle im Zaum zu halten. »Ich schwöre, dass es ihre Stimme ist. Sie versucht, mir etwas zu sagen. Etwas Wichtiges. Aber ich kann sie nicht gut verstehen. Nur kleine Teile davon, die total verrauscht sind und sehr weit weg klingen.«

»Hm«, sagte er noch einmal.

»Sagen Sie meinem Vater bitte nicht, dass ich Ihnen das erzählt habe, okay? Er hasst diese Ouija-Fone. Ich will nicht, dass er sich aufregt. Er hat meine Mom sehr geliebt.«

Ihr entwich der Ansatz eines Schluchzens, und Stake merkte, wie er über den Tisch fasste, um ihre Hand zu nehmen. Als ihm klar wurde, was er da tat, war es ihm etwas peinlich. Doch nun war es schon passiert, deshalb drückte er sie tröstend. Yuki blickte unter Tränen auf ihre sich berührenden Hände, dann sah sie ihm lächelnd ins Gesicht.

»Die anderen werden jetzt wirklich denken, dass wir ein Paar sind«, scherzte sie und versuchte, die Fassung wiederzuerlangen.

»Nun, es ehrt mich, wenn sie das denken.« Dennoch hatte er das Gefühl, dass es anständig war, wenn er ihre Hand nun wieder losließ.

»Sie sind süß, wissen Sie das?«, gab sie zu und kicherte hinter ihrer Hand. »Tut mir leid.«

Nie war ihm etwas peinlicher gewesen. Er fühlte sich durch ihr Kompliment geschmeichelt, verunsichert und verwirrt zugleich. Das hatte ihm noch niemand gesagt. »Süß, hm?«

»Ja«, sagte Yuki. »Sie haben das Gesicht einer Puppe.«

4.

PERMUTATIONEN

»Schließt das Fenster, schließt das Fenster – lasst sie nicht rein!«, schrie eine verzerrte Stimme aus dem angrenzenden Zimmer.

»Clara!«, rief Tabeth und zog eine Pistole unter ihrer weißen Lederjacke hervor.

»O Gott!«, platzte es aus Nhu heraus, während sie von dem Fenster wegsprang, durch das die vier grauen Arme ihre Freundin und Folger-Street-Snarler-Kameradin gezogen hatten.

»Schieß nicht auf Clara!«, bellte Javier, ihr Anführer, als er sah, dass Tabeth ihre Pistole nach draußen richtete. Er hastete vorwärts, um zu ihr zu gelangen.

Aus dem anderen Zimmer kam der Eigentümer der panischen Stimme spontan nach vorne geeilt, ein weißlicher Fleck in der Dunkelheit. Genau darauf hatte Mott, der noch immer hinter Patryk an der Ecke des Türrahmens bereitstand, gewartet. Er richtete seine eigene Handfeuerwaffe an Patryk vorbei auf die geisterhafte Gestalt, die für den Tod seines besten Freundes verantwortlich war – Hollis, der vor seinen Füßen lag, während das Blut sturzbachartig aus seinem Kopf strömte, zertrümmert, wie der einer Puppe –, dann drückte er ab.

Tabeth hatte begonnen, nach draußen zu schießen, eine Millisekunde, bevor Mott das Feuer eröffnete. Javier, der zwischen den beiden Schusslauten gefangen war, wirbelte auf Letzteren zu, im Glauben, dass die Schüsse möglicherweise von der Person stammten, die – versehentlich, wie sie behauptete – Hollis getötet hatte. Doch dann sah er Motts ausgestreckten Arm mit der sich aufbäumenden Pistole.

»Mott, hör verdammt noch mal auf zu schießen!«

»Ich habe ihn erwischt«, sagte Mott mit der Karikatur eines irrsinnigen Grinsens auf dem Choom-Gesicht. Er senkte wie befohlen die Waffe, freute sich jedoch hämisch. »Ich habe dieses Dreckstück erwischt.«

Aus dem angrenzenden Raum waren entsetzliche Schreie und verwirrte Rufe zu hören. Schmerzensschreie desjenigen, der getroffen worden war. Oder Schreie der Verzweiflung seiner Kameraden, wer und wie viele das auch immer sein mochten.

Nhu hatte von ihrer Position aus das Fenster im Blick, auch wenn sie etwas entfernt davon stand. Sie konnte sehen, was mit Clara passierte. Sie kreischte. Ihr Kreischen ebbte ab und schwoll wieder an, während sie beobachtete, wie Claras Körper zuckte, als hätte ihn versehentlich eins von Tabeths Projektilen getroffen. Doch angesichts dessen, was diese beiden grauen Gestalten ihr antaten, musste Clara bereits tot sein. Wenn nicht, war Tabeths Kugel eine Erlösung.

»Oh … oh …«, sagte Tabeth und ließ ihre Waffe sinken. Gallensaft stieg ihr in die Kehle.

Jetzt hatte Big Meat seine Waffe auf das Fenster gerichtet, während er darauf zustürmte – zusammen mit Tiny Meat, der sich an ihn klammerte und dabei eine Tirade schriller Obszönitäten ausstieß. Big Meat stürmte an Tabeth vorbei, die sich im Schockmodus befand, seit sie Clara getroffen hatte. Seit sie gesehen hatte, wie diese Dinger Clara *zerfetzt* hatten.

Doch Nhu rannte bereits zum Fenster zurück, genau in Big Meats Schussbahn, der gerade noch seinen Abzugsfinger im Zaum hielt. Und Tiny Meat hielt gerade noch die ätzende Gallenflüssigkeit in der Knochendüse in seinem Gesicht zurück. »Aus dem Weg!«, kreischte er.

Sie sahen, wie die beiden grauen Wesen – jetzt grau und rot – das Ding, das einmal Clara gewesen war, fallen ließen, sich synchron umdrehten und auf das offene Fenster zurannten. So, wie sie rannten, sah es aus, als würden sie Seite an Seite frontal hindurchhechten wie zwei abgerichtete Hunde durch einen Reifen.

Nhu wusste mit technischen Dingen umzugehen, doch einen Moment lang verharrten ihre Finger über den Tasten des Fensterbrettes, als hätte sie noch nie etwas so Simples gesehen wie die Bedienelemente, mit denen man ein Fenster öffnen oder schließen, es tönen oder undurchsichtig machen konnte. Ein verrückter Gedanke kam ihr in den Sinn: Was, wenn der Strahl aus Patryks Brille die Steuerung beschädigt hatte? Sie deaktiviert hatte? Was, wenn sich das Fenster nicht mehr schließen ließ?

Javier sah, wie die grauen Dinger näher kamen. Genau wie Big Meat richtete er seine Waffe nach draußen, hatte aber Angst, Nhu zu treffen. Anstatt vorzupreschen und sie beiseitezustoßen oder an ihr vorbeizuzielen, befahl er ihr: »Schließ das Fenster!«

Die gesichtslosen Wesen hatten es fast erreicht. Obwohl sich auf ihren glatten, undefinierten Körpern keinerlei Muskeln abzeichneten, entnahm Javier dennoch ihrer Körpersprache, dass sie sich anspannten, um jeden Moment zu springen.

Mit dem Zeigefinger drückte Nhu einen Knopf auf dem Kontrollpaneel. Das Fenster begann sich mit leisem Summen zu schließen.

Eine der grauen Kreaturen sprang. Dann die andere.

Ein dumpfer Schlag gegen das Sicherheitsglas. Handflächen, die sich wie Saugnäpfe klatschend darauflegten, erst das eine Paar, dann das andere. Handflächen, die an der Oberfläche hinabglitten und sie rot verschmierten. Die Scheibe senkte sich noch immer hinab. An der Unterkante befand sich noch eine Lücke.

Einer der Saugnäpfe löste sich von dem Fenster, zuckte nach unten und schob sich unter die Kante. Eine graue Hand wie eine riesige Spinne schlug ihre Krallen in die Luft.

Big Meat stürmte vor. Jetzt stieß er Nhu aus dem Weg. Doch es war Tiny Meat, der die um sich tastende Hand mit seiner Gallensäure unter Beschuss nahm – sogar dann noch, als das Handgelenk bereits auf dem Fensterbrett eingeklemmt war. Das graue Fleisch zischte und warf Blasen. Statt einer blutroten tropfte jedoch eine durchsichtige Flüssigkeit daraus hervor. Die Finger lösten sich auf. Eigentlich hätten sich Knochen darin befinden und nun von der Säure freigelegt werden sollen. Doch dem war nicht so.

Javier, der wegen des starken, chemischen Geruchs von Tiny Meats Gallensäure den Atem anhielt, stürmte jetzt, da Nhu nicht mehr im Weg stand, ebenfalls vor. Ohne darauf zu warten, dass Tiny Meats Säure die Hand vollständig auflöste, richtete er seine Waffe darauf und schoss. Der schäumende Klumpen wurde in Fetzen gerissen. Weg war er. Das Fenster beendete seine gemächliche Fahrt nach unten, traf auf das Fensterbrett und schloss die Lücke. Verschlossen. Nhu, die über ihre Schulter blickte, um sich zu versichern, dass ihre Gang-Kameraden mit dem Schießen und Spucken fertig waren, kam näher und berührte den Knopf, der einen Alarm am Fenster aktivierte. Für den Fall, dass es diesen Dingern irgendwie gelang, das Fenster mit ihren drei verbliebenen Handflächen gewaltsam zu öffnen. Sie konnte sie zwar nicht hören, stellte sich aber die quietschenden Laute vor, die sie verursachten, während sie sie gegen das Glas drückten. Sie versuchte, die gesichtslosen Gesichter hinter diesen Handflächen zu ignorieren. Oder die Spuren vom Lebenssaft ihrer Freundin.

»Es ist immer noch einseitig getönt«, sagte sie wie betäubt und nahm dabei eine straffere Haltung ein. »Sie können uns nicht sehen.«

»Woher weißt du das?«, schrie Tiny Meat. »Diese verfluchten Dinger haben sowieso keine Augen, aber Clara haben sie trotzdem gesehen!«

Patryk und Mott hatten ihre Position vor der Schwelle zum Nebenzimmer nicht verlassen. Durch das Stimmgewirr dahinter kam ein verständlicherer Ausruf. Er klang, als käme er von einer Frau. »Ihr habt unseren Freund getötet!«

»Kommt uns bekannt vor, hä?«, rief Mott zurück. »Damit sind wir also quitt!«

»Klappe!«, knurrte Javier. »Hey«, rief er dann ins andere Zimmer hinein. »Ihr habt gesagt, ihr seid Hausbesetzer. Was zur Hölle ist denn hier los? Warum kämpft ihr gegen diese ›Gesichtslosen‹? Ich will Antworten, es sei denn, ihr wollt auch gegen uns kämpfen. Und ich bezweifle, dass ihr das wollt.«

»Ihr wollt das nicht!«, brüllte eine arrogante männliche Stimme zurück. Doch die weibliche Stimme hielt dagegen.

»Wir kommen raus und reden, wenn ihr versprecht, nicht zu schießen. Das war alles nur ein Unfall. Wir wollen keinen Ärger mit euch – wir wollen nur hier raus!«

»Genau wie wir.«

»Eben. Und deshalb müssen wir reden. Versprich, dass du deinen Freunden nicht erlaubst zu schießen.«

»Dann werft erst eure Waffen heraus!«, rief Mott. Doch es war Javiers Waffe, die plötzlich hart unter den schweren Kiefer des Chooms gedrückt wurde.

Der Anführer presste zähneknirschend hervor: »Willst du mir meinen Job streitig machen, du Wichser?«

Aus dem Augenwinkel sah Mott zu seinem Freund. »Nein, Mann, ich will nur ...«

»Was muss ich tun, damit du auf mich hörst? Das Loch in deinem Ohr vergrößern? Wir werden mit diesen Leuten sprechen. Es klingt, als würden sie wegen dieser grauen Monster hier festsitzen. Und wie es aussieht, sitzen wir hier ebenfalls fest. Gut möglich, dass wir auf derselben Seite sind.«

»Die haben wahrscheinlich Brat getötet.«

»Sei doch nicht dämlich. Wir haben draußen seine Waffe gefunden – da, wo diese Monster sind.«

»Wir haben euren Freund nicht getötet«, rief die weibliche Stimme. Javier war überrascht. Er hatte nicht gedacht, dass sie so laut gesprochen hatten, dass sie sie hören konnte. »Er war draußen. Ich hab's erst gemerkt, als er angefangen hat zu schreien. Der Abfallautomat da draußen hat ihn gepackt und ihn verschlungen. Ich habe seine Schreie in meinem Schädel gehört.«

»Wie meinst du das?«, fragte Javier.

»Ich habe eine Gabe.«

»Mutanten«, flüsterte Nhu.

Javier nahm die Waffe von Motts Kiefer, wo sie einen roten Abdruck hinterließ. »Reden wir. Kommt raus. Wir lassen unsere Waffen unten, wenn ihr das auch tut.«

»Nicht, Mira!«, sagte die wütende männliche Stimme heiser. Doch sie hörte nicht auf ihn. Die Frau kam zuerst, die Arme über dem Kopf.

Arme, die so klein waren wie die eines kleinen Kindes.

»Mutanten«, wiederholte Patryk, was Nhu gesagt hatte.

Die erste Person, die aus dem dunklen Zimmer in den Raum trat, in dem sich die überlebenden Snarlers zusammendrängten, war eine Frau Mitte 20, die in eine kompakte Form gegossen war. Eine Zwergin mit einem normal großen Kopf und einem einigermaßen normal großen Oberkörper, aber mit dicken, verkümmerten Gliedmaßen. Wegen ihrer leicht gebogenen Beine hatte sie einen Watschelgang. Ihre Haare waren lang und schwarz und zu einem unordentlichen Pferdeschwanz zusammengebunden, die Augen groß und hervorstechend. Ihre Kleidung sah aus, als wäre sie von Eltern, deren Tochter aus ihr herausgewachsen war, an ein Obdachlosenheim gespendet worden: ein pinkfarbenes T-Shirt mit einer niedlichen Qualle auf der Vorderseite, die mit schuppigem Glitzer umrandet war, dazu weiße Shorts. Die Kleidung war jedoch schmutzig und hatte dunkle, ältere Blutflecken.

Hätte er nur ihr Gesicht gesehen, hätte Javier die junge Frau mit ihren großen Augenlidern, der ausgeprägten Nase und den vollen Lippen als äußerst attraktiv empfunden. Doch neben ihrem Zwergwuchs hatte sie dunkle lila Adern auf beiden Schläfen, die bis unter ihren Haaransatz reichten und wie tätowierte, verästelte Blitze aussahen. Sie besaß eine Gabe, hatte sie gesagt.

»Ich bin Mira Cello«, sagte sie und blieb in der Mitte des Zimmers stehen. Die Snarlers hatten ihre Waffen nicht beiseitegelegt, aber sie hatten sie auch nicht auf sie gerichtet. Einen Moment lang waren die grauen Handflächen, die an der Fensterscheibe hinabglitten und sich dann wieder nach oben hangelten, das Einzige, was sich bewegte.

»Ich bin Javier Dias. Und das ist meine Gang. Das, was von ihr übrig ist. Die Folger Street Snarlers.«

Mia blickte auf die Leiche von Hollis hinab, dann wandte sie sich erschrocken ab. Nachdem sie zu erkennen gegeben hatte, dass sie keine Bedrohung darstellte, ließ sie langsam die Arme sinken. Die übrigen Hausbesetzer versammelten sich schüchtern hinter ihr. Ein paar von ihnen trugen ebenfalls Waffen, hielten sie aber genau wie die Snarlers gesenkt.

Bei der Person, die als nächste ins Zimmer trat, kam Javier der abwegige Gedanke, dass es der Mann war, den Mott erschossen hatte. Und das, obwohl dieser tot war. Der Grund dafür war, dass der Kopf des Mutanten übel zugerichtet aussah. So als wäre er von den Ketten eines Bauroboters überrollt worden. Er war zu einer halb eingedrückten Masse zerquetscht worden, sodass in den gummiartigen Falten, die den Mund zu einem sabbernden Loch verzerrten, nur ein Auge zu erkennen war. Mehr wie eine zerknitterte Halloweenmaske als wie etwas, das einen Schädel oder gar ein Gehirn beherbergte.

»Das ist Nick«, sagte Mira.

Der männliche Choom, der Nick folgte, kroch auf allen vieren ins Zimmer wie eine riesige weiße Spinne. Abgesehen von einem Paar schmuddeliger Shorts war er nackt und sein knochiger Körper sah aus, als stünde er kurz vor dem Hungertod. Seine seltsam gebogenen, dürren Gliedmaßen verfügten alle über zwei zusätzliche Gelenke und auch seine zu langen Finger sahen aus, als wären sie unnatürlich zusammengesetzt. Ein flaumig behaarter Kopf in der Form einer Kobra ruhte auf einem schlanken Hals mit einer normalen Länge. Der junge Mann lächelte die hübsche Nhu schüchtern an. Auf dem ohnehin breiten Choom-Mund wirkte es in seinem ausgehöhlten, verheerten Gesicht wie ein Totenkopfgrinsen. Nhu hatte in ihren jungen Jahren bereits viele Mutanten und nichtmenschliche Geschöpfe gesehen, doch die seltsamen Bewegungen dieses Mannes hatten etwas an sich, das sie frösteln ließ. Rasch wandte sie den Blick ab.

Mia stellte ihn vor: »Das ist Haanz.«

Eine weitere Frau kam resolut und keuchend hereingewatschelt. Ein zu kleiner, schmutzig grauer Trainingsanzug hatte Mühe, ihren massigen Körper zu bändigen. Javier zählte fünf Gesichter unterschiedlicher Größe, die sich auf einem einzigen, struppig behaarten Kopf drängten. Das einzige normal große Gesicht wirkte seltsamerweise leblos, da der Mund schlaff herabhing und in den Augen nur das Weiße zu sehen war. Nur zwei der kleineren, unterentwickelten Gesichter schienen ihre Umgebung mit scharfen wachen Augen bewusst wahrzunehmen. Eins der drei leblosen Gesichter stand auf dem Kopf. Ein Haarschopf hing von der Kopfhaut nach unten und verhüllte zum Teil ein rudimentär ausgebildetes, sechstes Gesicht.

»Barbie«, sagte Mira.

Endlich folgte der Besitzer der aufgebrachten Stimme. Auch er ähnelte einem riesigen Insekt, wenn auch einem schwarzen, zweibeinigen, das leise zischend wie eine Gottesanbeterin in den Raum stakste. Er war kaum mehr als der kahle Kopf eines Schwarzen, der auf einem untersetzten, unförmigen Körper saß. Er erinnerte an den einer Raupe und war in eine kybernetische Vorrichtung geschnallt. Javier hatte schon schwer versehrte Kriegsveteranen gesehen, die sich nur noch in dieser Art mechanischem ›Pony‹ fortbewegen konnten, auch wenn das Fehlen der Gliedmaßen im Fall dieses Mannes angeboren war. Als die pränatale Untersuchung diese Anomalie zum Vorschein gebracht hatte, hatte seine Mutter ihn entweder nicht abtreiben wollen oder sie war zu arm gewesen, um sich eine moderne ärztliche Betreuung überhaupt leisten zu können. Auf die Außenseiten des offenen Brustkorbs, der seinen nackten, kleinen Körper zusammenhielt, waren orangefarbene Flammen gemalt und auf die skelettartigen Extremitäten des Ponys waren Abziehbilder geklebt worden. Dennoch hatte die Maschine schon bessere Zeiten gesehen. Ein Arm war silbern statt schwarz und die Greifhand hatte eine andere Farbe – ein Ersatzteil. Der andere Arm hielt einen großen Decimator Kaliber 220 in der Faust.

»Ich bin Satin«, stellte er sich selbst vor, während seine Blicke herausfordernd bedrohlich über die Snarlers wanderten.

»Und das ist Hollis«, sagte Mott und zeigte mit einer ausladenden Geste auf den Toten, der zwischen ihnen auf dem Boden lag.

»Ach ja? Nun, unser Freund Chang liegt da drin mit weggeschossener Kehle.« Satin deutete mit dem Kopf über den kleinen Stummel hinweg, der seine Schulter darstellte.

»Der Wichser wäre besser nicht so schießwütig gewesen!«, meinte Tiny Meat.

»Genug«, sagte Javier. »Keinem von uns gefällt, was euren Freunden passiert ist. Ich denke aber, wir können uns darauf einigen, dass sich das wahre Problem da draußen befindet.« Er deutete mit seiner Pistole zum Fenster.

»Was tut ihr hier?«, fragte Big Meat die Mutanten.

»Wie gesagt, wir sind Hausbesetzer«, erklärte Mira.

»Wir sind die Tin Town Terata«, führte Satin stolz aus. »Die drei ›T‹.«

»Ja, schöne Alliteration«, murmelte Patryk.

»Ihr seid also auch eine Gang«, stellte Javier fest. »Dann war das da draußen eure Signatur in Grün? Nicht gerade schlau, sie dort zu hinterlassen. Damit habt ihr die Forcers geradezu eingeladen, sie zu bemerken und dann herzukommen, um der Sache auf den Grund zu gehen.«

»Das war eine Warnung an andere Gangs, dass das jetzt unser Haus ist.«

»Jetzt wollt ihr aber weg von hier«, schnaubte Mott.

»Komisch, dass unsere beiden Gangs dasselbe Gebäude hier im Bonzenland aufsuchen«, sagte Javier.

Mira entgegnete: »So ungewöhnlich ist das nicht, bei so einem großen, verlassenen Haus. Wir waren überrascht, dass noch keine anderen Hausbesetzer hier waren. Bis wir in einem der Gänge einen Obdachlosen gefunden haben. Zumindest das, was von ihm übrig geblieben ist, nachdem *sie* mit ihm fertig waren.«

»Aber was führt Tin-Town-Mutanten in die Beaumonde Street?«

»Wir wurden in einen Krieg verwickelt«, räumte Mira ein. »Die andere Mutanten-Gang war größer. Aus Tin Town abzuhauen war unser einziger Ausweg. Ein paar unserer Feinde haben uns aber verfolgt, deshalb mussten wir immer weiter fliehen, bis sie uns nicht mehr gejagt haben. Schließlich sind wir in einen Zug gestiegen und hier wieder ausgestiegen.« Sie deutete mit einer ausladenden Geste auf ihre Freunde. »Inzwischen sind wir zu fünft. Die Gesichtslosen haben sich die anderen geschnappt, bevor wir alle aussperren konnten.«

»Mein Gott«, stöhnte Tabeth.

»Und was treibt euch hierher?«, nuschelte Nick, dessen nasse Aussprache kaum zu verstehen war.

»Du hast gesagt, dass unser Freund in den Abfallautomaten gesteckt wurde«, gab Javier zurück. »Er ist hier raus nach Beaumonde gefahren, um nach seiner Freundin zu suchen, und nicht wieder zurückgekommen. Wir sind seiner Spur bis hierher gefolgt.«

»Warum sollte der Abfallautomat so etwas mit ihm machen?«, fragte Nhu misstrauisch.

»Aus demselben Grund, aus dem die Gesichtslosen alle Schweinehühner getötet haben, die sie auf dem Dach gefunden haben«, sagte Mira. »Aus demselben Grund, aus dem sie den Obdachlosen getötet haben. Und aus dem sie versuchen, uns zu töten. Wahrscheinlich deshalb, weil sie uns alle als Ungeziefer ansehen. Ungeziefer, das vernichtet werden muss.«

»Und der Abfallautomat denkt dasselbe?«

»Der Automat und die Gesichtslosen müssen so programmiert worden sein, dass sie unerwünschte Typen wie uns erkennen und gegen sie vorgehen«, knurrte Satin.

»Unerwünscht ist richtig«, flüsterte Nhu Tabeth zu. Lauter sagte sie: »Bei einem Abfallautomaten ergibt das trotzdem keinen Sinn.«

»Was zur Hölle wollen diese Gesichtslosen überhaupt?«, fragte Javier. Da er inzwischen darauf vertraute, dass ihm die Tin Town Terata nicht in den Rücken schießen würden, näherte er sich nun dem Fenster. Allerdings musste er dabei seinen eigenen Widerwillen bekämpfen, indem er sich immer wieder vor Augen führte, dass ihn diese Dinger durch die einseitige Tönung nicht sehen konnten. Aber stimmte das überhaupt? Wer wusste schon, auf welche Sinne sie sich verließen? Vielleicht auf eine Art Sonar, das das schusssichere Fenster durchdringen konnte, so wie die blinde Waiai-Rasse?

»Androiden«, sagte Big Meat.

»Nein«, entgegnete Mira. »Sie sind jedenfalls nicht mechanisch. Sie haben nur einen Chip im Kopf. Alles andere ist komplett organisch. Das wissen wir – wir haben die Leichen derer, die wir getötet haben, in Apartment 6-B gebracht.«

»Und die Leichen unserer toten Freunde in Apartment 5-B«, fügte Satin hinzu. »Und dahin bringen wir auch Chang. Ich schlage vor, dass ihr für den Anfang Apartment 4-B benutzt.« Er deutete nickend zu Hollis hinunter.

Mott umschloss den Griff seiner Waffe fester. »Was soll das heißen, ›für den Anfang‹?«

Mira sah zu Satin hinauf. »Wir müssen hier alle zusammenarbeiten, Satin. Stimmt's?«

»Das ist doch ganz einfach«, sagte Tabeth, die nervös hin und her ging und dabei ein Handtelefon aus ihrer Tasche zog. »Wir rufen einfach die hiesigen Forcer, damit sie herkommen und uns rausholen, vorbei an diesen grauen Dingern.«

»Ja, natürlich!« Nhu hob ihren Arm, an dem sie einen neuen – gestohlenen – Armbandcomputer wie einen Schmuckreif trug.

Javier sah sie flüchtig an, dann sagte er so langsam, als würde er mit kleinen Kindern sprechen: »Denkt doch mal eine Minute nach, wenn das geht. Wir bestellen die Forcer in dieses Gebäude am reichen, alten Beaumonde Square, in dem sich unsere beiden Gangs mit Waffen in den Händen und einem Raum voller toter Mutanten befinden? Und ein paar Leute mit Schusswunden?« Er deutete auf Hollis. »Außerdem wette ich, dass nicht nur einer von uns irgendwelche illegalen Substanzen dabeihat, stimmt's? Mist, Mädels, wir würden nur von einem Gefängnis ins nächste wandern.«

»Javier hat recht«, sagte Tiny Meat. »Wir sind die Folger Street Snarlers. Seit wann müssen wir heulend zu den Forcern rennen, damit sie uns helfen? Wir finden einen Weg hier raus – stimmt's, Big?« Er schlug seinem jüngeren Zwilling, der ihn gegenwärtig in seiner Armbeuge trug, auf die Schulter.

»Wir können es versuchen«, sagte Satin. »Ich hoffe nur, du hast genug Munition dabei, kleiner Freund. Auf jeder Etage gibt es zwölf Apartments, und es gibt drei Etagen und zwei Seitenflügel. Und für jedes einzelne Apartment gibt es einen von diesen Gesichtslosen.«

»Und wie viel macht das?«, fragte Tiny Meat.

»Das macht 72«, gab Patryk leise zurück.

Einige Augenblicke lang sagte keiner mehr etwas.

Patryk und Nick trugen die Leiche des Mutanten namens Chang zu Apartment 5, das hier im Erdgeschoss des B-Flügels lag. Begleitet wurden sie von Tabeth und

Barbie, die beide Schusswaffen trugen. Als die Tür in die Wand fuhr und ihm der Gestank der provisorischen Leichenhalle entgegenschwappte, hielt Patryk den Atem an.

Tabeth blieb im Gang zurück und unterdrückte den Würgereiz. Patryk entdeckte undefinierbare Umrisse, die schlampig in durchsichtige Plastikplanen gewickelt waren, die die Mutanten irgendwo im Gebäude entwendet hatten. Einige der Umrisse waren ziemlich klein – entweder Kreaturen wie Mira, oder die Gesichtslosen hatten sie so klein *gemacht*.

Als Nächstes brachte dieselbe Mannschaft Hollis in Apartment 4-B, genau wie Satin es scherzhaft vorgeschlagen hatte. Sie legten ihn auf den Boden, da es keine Planen mehr gab, in die sie ihn hätten einwickeln können. Seine Pistole und die Munition hatten sie ihm bereits abgenommen, zusammen mit einem Schokoriegel, den sie in seiner Jackentasche gefunden hatten und den sie dem Essensvorrat hinzufügten, den Javier zusammentrug. Doch jetzt deutete Barbie auf die Leiche und zwei der überschüssigen Gesichter an der Seite ihres Schädels krächzten gemeinsam: »Wir sollten seine Jacke mitnehmen. Hier drin ist es kalt.«

»Das würde ich an deiner Stelle sein lassen«, mahnte Patryk. »Das ist eine Snarler-Jacke. Wenn Mott oder Tiny Meat einen von euch Teratas darin sieht, schafft Javier es vielleicht nicht mehr, sie noch aufzuhalten.«

Barbie nickte und verstand, was er damit sagen wollte. Sie ließen Hollis in dem Zimmer zurück. Auf dem nackten Boden, ohne jegliches Mobiliar, sah er ziemlich verloren aus. Doch dann glitt die Tür wieder zu und verdeckte den Anblick.

Die anderen hatten Apartment 12-B, in dem Hollis und Chang gestorben waren, verlassen, sowohl um dem

Blut auf dem Boden als auch den beiden Gesichtslosen zu entfliehen, die sich noch immer vor dem Fenster herumtrieben.

Während er beim Verlassen des Zimmers über seine Schulter zu den anderen blickte, sagte Javier: »Ich glaube nicht, dass sie gerade versuchen, reinzukommen. Ich glaube, sie wollen uns nur daran erinnern, dass sie da draußen sind.«

Gemeinsam gingen sie in das Zimmer, in dem die Terata ihr eigenes kleines Lager eingerichtet hatten: Apartment 1-B, direkt hinter der Lobby, die die beiden Trakte von Steward Gardens miteinander verband. In 1-B gab es ein paar Stühle und Sofas, die die Terata aus der Lobby gestohlen hatten und auf denen sie seither schliefen. Motts Blick wanderte über die anderen Gegenstände, die die Hausbesetzer hier und dort zusammengetragen hatten, und flüsterte Tiny Meat zu: »Ich glaube nicht, dass diese letzten fünf deshalb noch leben, weil sie die Härtesten sind. Blödsinn! Sieh sie dir an! Der einzige Grund, warum sie noch leben, ist der, dass die Gesichtslosen die besten Kämpfer wahrscheinlich zuerst getötet haben. Der einzige dieser erbärmlichen Wichser, vor dem ich mich vorsehen würde, ist dieser Satan-Bastard.«

»Satin«, korrigierte ihn Big Meat. »Ihr beiden denkt besser daran, was Javier gesagt hat. Unsere Gangs führen keinen Krieg gegeneinander. Wir müssen uns gegen diese Gesichtslosen verbünden.«

»Halt's Maul«, sagte Tiny Meat zu seinem Bruder. »Haben wir etwa mit dir gesprochen?«

»Hör zu«, wandte sich Mott an Big Meat. »Ich sage es ungerne, aber Javier wird auf seine alten Tage weich. Woher weiß er, dass diese Freaks Brat nicht selbst getötet haben, so wie Hollis, auch wenn es ein Unfall war? Es wäre glaubwürdiger, wenn sie behauptet hätten, dass diese gesichtslosen Wichser ihn erwischt haben, als die Geschichte mit dem Abfallautomaten.«

Javier schob das kleine Sortiment an Essbarem zusammen, das er von seiner Mannschaft eingesammelt hatte. Er bemerkte, wie Mutanten alle darauf starrten, als würde es sich dabei um ein dampfendes, wohlriechendes Büfett handeln. »Was habt ihr eigentlich gegessen?«

»Als wir hergekommen sind, hatten wir Essen dabei, weil wir wussten, dass wir für eine Weile nicht mehr nach Tin Town zurückkehren würden«, sagte Mira. »Aber das ist jetzt fast alle. In einem der Zimmer haben wir ein Schweinehuhn gefunden. Es muss reingeflattert sein, bevor wir alles abschotten konnten. Deshalb haben wir es gestern gegessen.« Mit leiserer Stimme gab sie zu: »Wir haben auch darüber gesprochen, dass wir, na ja, vielleicht gezwungen sein werden, unsere Freunde zu essen. Ich weiß, das klingt verrückt, aber …«

»Ich verstehe schon.«

»Mein erster Vorschlag war jedenfalls, dass wir versuchen, einen dieser Gesichtslosen zu essen. Sie *sind* organisch. Auch wenn das irgendwie sogar noch schlimmer klingt.«

»Ich glaube nicht, dass wir darauf zurückgreifen müssen«, beruhigte sie Javier. »Wie lange seid ihr überhaupt schon hier drin gefangen?«

»Elf Tage.«

»Mist«, sagte er kopfschüttelnd.

Nhu deutete auf das bescheidene Nahrungsmittelsortiment, das zum Teil erst vor wenigen Stunden in Quidd's Market gekauft worden war. »Wir teilen also unser Essen unter uns auf und die Teratas teilen sich ihr eigenes Zeug ein, richtig?«

»Nein«, entgegnete Javier. »Das kommt alles in einen Topf.«

»Alle zusammen sind wir zu viele!«, protestierte sie.

»Nun, so wird es aber gemacht, bis wir hier rauskommen. Kapiert? Jeder, der dabei erwischt wird, wie er sich heimlich bedient, egal ob Snarler oder Terata, frisst stattdessen meine Kugeln. Das könnt ihr mir glauben. Und Patryk bestimme ich als Aufpasser für das Essen.«

»Oh, ist das so, ja?«, sagte Satin. Um ihn zu beruhigen, legte ihm Mira die Hand auf eine der Flossen, die eigentlich ein Bein hätte sein sollen. Satin fragte dennoch: »Und warum er?«

Javier zuckte mit den Schultern. »Weil er einen Rucksack hat. Und weil er tut, was man ihm sagt.«

»Was ist mit Wasser?«, fragte Nhu.

»Es gibt fließend Wasser«, entgegnete Mira. »Und das Gebäude hat seine eigene Stromversorgung. Es muss eigene Generatoren im Keller haben.«

Nhu ging in die kleine Kücheneinheit von 1-B. »In einem so schönen Haus wie diesem muss es doch einen Nahrungsmittelerzeuger geben.«

Mira watschelte eilig hinter ihr her. »Das würde ich nicht tun, wenn ich du wäre.«

Nhu knipste eine Lampe an, sah sich um und ging zu einer Kontrolltafel, die in die Arbeitsplatte aus imitiertem schwarzem Marmor integriert war. »Ist vielleicht noch etwas in den Vorratskammern des Erzeugers? Habt ihr nachgesehen?«

»Das haben wir natürlich versucht, aber …«

Ohne die winzige Frau ausreden zu lassen, fing Nhu bereits an, die Tasten zu drücken. Ein Bildschirm sprang an und zeigte eine Auswahl an Gerichten, die der Erzeuger aus der generischen Suppe in seinen Vorratsspeichern herstellen konnte (ein Rohmaterial, das zum Großteil aus fermentierten Bakterien bestand). Sie wählte etwas Einfaches aus: imitiertes Chili con Carne. Nach einer Pause, gefolgt von dem Geräusch entweichender Luft, war ein Gurgeln zu hören und ein Tablett wurde aus der Verarbeitungseinheit auf die Küchenablage geschoben. In einer Keramikschüssel zischte ein schaumiger, schwarzer Matsch, der nach Seealgen roch.

»Oh, wow«, sagte Nhu und hielt sich die Hand auf Nase und Mund.

»Sie ist schlecht geworden«, sagte Mira.

»Wie lange steht dieses Haus denn schon leer?«

»Nun, ich glaube, die Suppe war zwar in den Vorratsspeichern, wurde aber nie benutzt«, gab Mira zurück. »Ich glaube nämlich nicht, dass dieses Gebäude jemals bewohnt war. Mir kommt es so vor, als wäre es gar nicht erst eröffnet worden.«

5.

IN HAUT GEWICKELT

Auf dem Weg von seiner Wohnung zur Arbury School blieb Stake im Verkehr stecken. Sein verbeultes Schwebeauto war in einer Flut aller möglichen Fahrzeuge eingekeilt, von denen manche sogar auf Rädern unterwegs waren. Neiderfüllt sah er nach oben zu den Heliautos, die ungehinderter über ihn hinwegflogen, auch wenn ihre Flugrichtung an unsichtbare Bahnen gebunden war, die in Schichten zwischen die aufragenden Gebäudereihen projiziert wurden. Auch die Gebäude gab es in sämtlichen Ausführungen. Wolkenkratzer, die von außen so glatt und unscheinbar waren (und die im Innern Bildschirme anstatt der Fenster hatten), dass man sie für massive Granitdenkmäler auf einem Friedhof für tote Götter hätte halten können. Andere Gebäude sahen aus, als wären sie aus Tausenden ungleicher Maschinenteile zusammengesetzt worden, und in ihrer komplexen Außenstruktur befanden sich Gitter und Rostverkleidungen, aus denen kräuselnder Rauch aufstieg. Es gab Gebäude mit bunten Mosaiken, die an die Haut einer Schlange erinnerten. Gebäude, die in einer Rüstung aus vernieteten Metallplatten steckten. Sie erinnerten an ausgemusterte Kriegsschiffe, die mit dem Heck in die Straße gerammt worden waren und schräg daraus emporwuchsen. Es gab Flachdächer, auf denen mehrere kleinere Gebäude in symbiotischer Eintracht thronten. Andere Bauten verengten sich nach oben hin zu Nadelspitzen, sodass es aussah, als würden sie die Wolken in den blauen, gläsernen Himmel ritzen. Maisonettewohnungen. Maisonettebüros. Auf Straßenhöhe: Geschäftsfronten und jugendliche Bandenmitglieder, die auf den Treppen vor den Wohnanlagen herumlungerten und mit frechem Grinsen den zäh dahinfließenden Verkehr beobachteten. In vielen früheren Staus hatte er gesehen, wie solche Jugendlichen über die Fahrzeugdächer gegangen waren, um den Insassen eines Autos anzugreifen, von dem sie glaubten, dass er sie mit einer provozierenden Geste bedacht oder ihnen einen provozierenden Blick zugeworfen hatte. Oder auch nur, um eine bestimmte Person auszurauben, wenn diese zu sehr eingekeilt war, um entkommen zu können. Jetzt sah er eine Gruppe kleiner, aber grimmig dreinblickender männlicher Teenager, die vor einem vietnamesischen Pho-Restaurant herumlungerten. Ihr gemeinschaftliches Outfit waren durchsichtige Plastikjacken, die dreist die Waffen offenbarten, die sie in Holstern darunter trugen.

Ach, Punktown.

Eine Bewegung lenkte ihn von den Werbebannern ab, die er abwesend beobachtet hatte, während sie auf der Oberseite seines Armaturenmonitors vorbeizogen. Sie stammte von einem Schweberad, das sich langsam, aber geschickt zwischen den stehen gebliebenen größeren Fahrzeugen hindurchschlängelte. Höchstwahrscheinlich eine Frau. Und obwohl ihr Kopf unter einem Helm steckte, sah er das Blau ihrer nackten Arme.

Stakes Herz machte einen Sprung. Eine Ha Jiin, dachte er.

Thi, dachte er.

Thi konnte es jedoch nicht sein. Wie hoch war die Wahrscheinlichkeit, dass sie sich hier in der Stadt aufhielt? Nein, Thi war nicht auf Oasis. Nicht einmal in dieser Dimension.

Thi war schließlich nicht die einzige Ha Jiin auf der Welt. Auch wenn sie es für ihn hätte sein können.

Er beobachtete die Frau weiter, während sie sich mit harter Entschlossenheit, die er als charakteristisch für ihre Rasse empfand, ihren Weg durch die stillstehenden Fahrzeuge bahnte. Und während er sie beobachtete, fühlte er sich in das Gewimmel von Di Noon zurückversetzt. Die Gebäude dort waren nicht annähernd so groß wie diese Giganten hier, die ein eiskaltes Schattenmeer über die Straßen warfen. Und anstelle der klobigeren Fahrzeuge waren es dort vor allem Motorräder, die die Straßen in beeindruckender Zahl bevölkerten. Sanft schnurrende Schweberäder, geräuschvoll summende ältere Motorräder mit Reifen und sogar Fahrräder – und wie durch ein Wunder schienen sie nie zusammenzustoßen, auch wenn er zahlreiche Beinahe-Zusammenstöße gesehen hatte und ihnen auch selbst gerade noch entkommen war. In Di Noon hatte er die Vorliebe entwickelt, lieber im Freien auf einem Fahrrad zu sitzen als eingepfercht im Innern eines Autos. Durch Di Noons heiße, tropische Schwüle und den Abgassmog zu jagen. Draußen zu sein, in den Strahlen der blau-weißen Zwillingssonnen, die den Schweiß auf seiner Haut trockneten und das Blut in seinem Herzen zum Kochen brachten. Der Puls des Lebens, so intensiv und ungefiltert. Und er, versunken in seinem tiefsten Innern, ein Blutkörperchen in einer Ader.

Der Blaue Krieg war – bisher zumindest – der einzige Krieg mit Beteiligung der Erde gewesen, in dem sich die Kampfzone nicht nur in einer außerirdischen Welt befand, sondern dazu noch auf einer anderen Daseinsebene. Nach allem, was die Theta-Forscher wussten, waren die Blauhäutigen selbst möglicherweise eine Parallelinkarnation ganz eigener Art. Die Kolonialtruppen waren dorthin aufgebrochen, um die neu gegründete Nation der Jin

Haa im Kampf um ihre Souveränität gegen die Ha Jiin zu unterstützen, und Di Noon, wo Stake zunächst stationiert wurde, war die Hauptstadt von Jin Haa. Diese Unterstützung durch die Erdkolonien hatte natürlich nichts mit den reichen Gasvorkommen zu tun, die unter der Oberfläche der blaublättrigen Dschungel vor sich hin dampften und gärten und nur darauf warteten, für den Transport in ihre eigene Dimension abgefüllt zu werden.

Während er dabei zusah, wie die nur zu erahnende Gestalt der Frau auf dem Schweberad verschwand, erinnerte sich Stake lebhaft und mit jeder Faser daran, wie er zusammen mit einer großen Gruppe Soldaten in zwei langen, einander gegenüberliegenden Reihen in einer der großen Metallkapseln Platz genommen hatte. Ein kleines Team aus Theta-Agenten hatte sich ebenfalls an Bord der transdimensionalen Transportkapseln befunden. Sie gehörten zu der Wissenschaftsabteilung, die jede materiell vorhandene Alternativebene, in die sie ihre Nase stecken konnten, erforschten und kartografierten. In dem Auto, in dem er gerade gefangen war, fühlte er sich wie in einer kleineren, privateren Variante dieser Transportkapsel. Er fröstelte auch genauso wie damals. Er fröstelte, als würde er erneut miterleben, wie sein Körper durch den Schleier gesiebt, durch die grundlegende Struktur des Universums gefiltert, dann wie Hackfleisch wieder herausgedrückt wurde, um in einer anderen Dimension wieder zusammengesetzt zu werden. Eine Dimension, die so weit entfernt war wie die Unendlichkeit und so nah wie die andere Seite eines dünnen Blatts Papier.

Irgendwo schien sich der Stau aufzulösen und der Strom aus Metall und Plastik begann wieder zu fließen. Und im nächsten Moment verlor er die Frau auf dem Schweberad endgültig aus den Augen.

Unter den wachsamen Augen des Sicherheitsbediensteten im Scan-Bereich des Besuchereingangs saß Stake auf einer Bank vor der Arbury School und gab sich Mühe, unauffällig ein Mädchen zu beobachten, das einen Blazer, einen Karo-Rock und marineblaue Strümpfe trug. Diese schmiegten sich an runde, feste Waden, während es sich niederkniete, um Bücher aufzuheben, die es fallen gelassen hatte. Seine seidigen, blauschwarzen Haare erweckten bei ihm den Eindruck, es könne sich hier nur um die bezaubernde kleine Yuki handeln. Doch als sie sich aufrichtete und sich umdrehte, sah er die durchsichtigen Schwimmranken, die aus ihren Augenhöhlen sprossen, und ihm war klar, dass sie eine Angehörige der humanoiden Tikkihotto-Rasse war. Die meisten Mädchen auf der Schule waren Kolonisten von der Erde, auch wenn er schon die eine oder andere Choom gesehen hatte. Und erst vor einer Minute eine weibliche Außerirdische, die mehr an eine riesige Staubmilbe erinnerte, die aufrecht auf ihren vier hintersten Beinen ging. So exklusiv diese Schule auch war, mit rassischer Exklusivität kam sie nicht durch, auch wenn Geld meist das beste Mittel war, um die Unerwünschten herauszufiltern. Aufgrund ihrer Anatomie trug die Milbe nur ein diagonal verlaufendes Band aus demselben schwarzen Material wie die Blazer, mit den Schulinsignien darauf. Das außerirdische Mädchen, das neben ihr gegangen war und ein lang gezogenes Gesicht wie ein Tiefsee-Beilfisch hatte, trug jedoch die typische Uniform und ihr Schottenrock erlaubte Stake einen Blick auf knochige Beine, an denen silbergraue Schuppen funkelten.

»Mr. Stake?« Er hob den Kopf und sah eine Frau, die lächelnd auf ihn zukam. Sie trug etwas, das den Blazern der Studentinnen ähnelte, allerdings mit einem Rock in einem dazu passenden, tiefen Schwarz. Stake war peinlich berührt, als hätte ihn die Frau beim Schwelgen in diesem brodelnden Meer jugendlicher Weiblichkeit erwischt. »Ich bin Janice Poole«, stellte sie sich vor, während sie schnellen Schrittes näher kam.

Er stand auf und reichte ihr die Hand. »Danke, dass Sie sich mit mir treffen.«

Sie schüttelte ihm die Hand. Ihr Griff war fest. »Ich kenne John Fukuda. Ein angenehmer und charmanter Mann. Er genehmigt mir jedes Jahr eine Führung mit meinen Biologieschülerinnen durch seine Einrichtung. Ich habe ihm gesagt, dass ich liebend gerne in jeder Form kooperieren werde. Yuki ist eine meiner liebsten Schülerinnen – ein sehr liebes Mädchen. Ich ertrage es nicht, sie so aufgelöst zu sehen. Und ich will wirklich nicht, dass ihre Arbeit darunter leidet.«

»Mr. Fukuda hat Sie mir als jemanden empfohlen, mit dem ich diskret sprechen kann, deshalb dachte ich, ich stelle Ihnen vielleicht ein paar Fragen zu einer von Yukis Mitschülerinnen, die, wie sie erwähnt hat, ebenfalls in Ihren Biologieunterricht geht. Ein Mädchen namens Krimson?«

Janice Poole lächelte ihn merkwürdig an. »Krimson. Ja. Nun, wir könnten wieder in mein Büro gehen, Mr. Stake – die Schule ist noch für eine Stunde geöffnet, bevor sie für heute schließt. Oder würden Sie lieber in Ihr Büro gehen? Oder in ein Café in der Nähe?«

Sein Büro. Er hatte keins. Er brauchte nur seine Wohnung, und dort traf er sich nie mit seinen Klienten. »Kennen Sie denn ein gutes Café?«

»Klar. Was dagegen, wenn wir mein Auto nehmen? Danach kann ich Sie wieder hier absetzen.«

»Natürlich, danke.«

Während sie in ihrem neuen, sportlichen Schwebeauto fuhren, warf Stake der Frau neben sich verstohlene Blicke zu. Ihm gefiel Janice Pooles Profil mit der ausgeprägten, spitzen Nase und dem spitzen Kinn. Ihm gefiel, dass sie die verfrühten, attraktiven grauen Strähnen in ihren kurzen, struppigen, schwarzen Haaren nicht gefärbt hatte. Er schätzte, dass sie älter war als er selbst, Ende 30. Ihre Haut war ausgesprochen weiß und unter der stilvollen Uniform verbarg sich eine üppig weibliche Figur. Außerdem hatte sie ungefähr seine Größe. Sie wirkte selbstbewusst. Sie kannte ihren Platz in der Welt. Das schüchterte ihn bei anderen Menschen immer ein wenig ein. Oder vielleicht verwirrte es ihn auch. In dieser Hinsicht konnte ihm ein Mensch manchmal fremdartiger erscheinen als ein nichtmenschliches Wesen.

Sie nahmen an einem kleinen Tisch in einem besseren Café Platz. Ihre junge Bedienung hatte ein Pixel-Tattoo, das ihr gesamtes Gesicht bedeckte und es damit in eine Kinoleinwand verwandelte. Wahrscheinlich konnte sie alle möglichen Filmschleifen darauf abspielen, doch momentan waren die sich bewegenden, glitzernden Federn eines Pfauenschwanzes in Nahaufnahme zu sehen. »Schrecklich«, murmelte Stake und sah ihr hinterher, als sie ging, um sich um ihre Bestellung zu kümmern. »Ohne dieses Ding wäre sie sehr hübsch, soweit ich es erkennen kann.«

»Schönheit ist subjektiv«, sagte Janice schmunzelnd. »Mein Neffe hat auch so etwas im Gesicht. Er spielt Videos seiner Lieblingsgruppen darauf ab. Ich habe mal einen Mann auf der Straße gesehen, der Pornovideos auf seinem abgespielt hat.« Ein Lächeln. Darin lag eine gewisse Zweideutigkeit. Im selben Moment dachte Stake: Sie war mit John Fukuda im Bett. Ein »angenehmer und charmanter Mann«.

»Ich verstehe nur nicht, warum Leute ihr Gesicht verunstalten«, sagte er.

»Das ist eben ein Trend. Sie werden es entfernen lassen und sich dann etwas Neuem zuwenden.« Sie beugte sich vor und stützte die Ellbogen auf dem Tisch ab. »Also … Krimson.«

»Genau. Yuki hat mir erzählt, dass sie vor etwa einer Woche verschwunden ist – zur selben Zeit, als auch Yukis Puppe aus ihrem Schließfach verschwunden ist. Sie hat mir auch erzählt, dass dieses Mädchen etwas gegen sie hat. Und da Sie beide Mädchen kennen, habe ich mich gefragt, wie wahrscheinlich es ist, dass dieses Mädchen die Puppe gestohlen hat – vielleicht wegen ihres finanziellen Wertes – und damit von zu Hause ausgerissen ist. Yuki behauptet, sie hat einen älteren Freund.«

»Von einem Freund weiß ich nichts, aber ich habe einen Verdacht, warum dieses Mädchen etwas gegen Yuki haben könnte. Ihr Name ist Krimson Tableau und ihrem Vater gehört hier in Punktown eine Firma, die Schlachtvieh züchtet und erntet. Tableau Meats.«

»Ah ja.«

»Fukuda Bioforms hat kürzlich die alte Alvine-Products-Firma gekauft und übernommen. Jetzt sind sie also direkte Konkurrenten auf demselben Markt und in derselben Stadt.«

»Nun, dann scheint meine Vermutung ja berechtigt. Es gibt aber erschwerende Umstände. Yuki behauptet, eine ihrer Freundinnen hätte Krimson in ihrem Ouija-Fon gehört. Was, wenn es wahr wäre, bedeuten würde, dass Krimson nicht ausgerissen ist, sondern tot? Und in ihrem jugendlichen Alter könnte tot auch gut ermordet bedeuten.«

»Hm.« Janice nickte der Kellnerin abwesend zu, als diese die Kaffeetassen vor ihnen abstellte. Auf dem Gesicht des Mädchens war nun eine lautlose Ozeanbrandung zu sehen. »Nun, es gibt ein paar betrügerische Ouija-Fon-Anbieter. Und die Stimmfragmente, die die Jugendlichen in diesen Dingern hören, lassen sehr viele Interpretationen zu. Ich bin mir deshalb nicht sicher, wie verlässlich diese Theorie wäre.«

»Ich weiß. Ich finde diese Quelle ja selbst nicht besonders glaubwürdig, auch wenn ich einräumen muss, dass ich wenig über diese Telefone weiß. Wiederholen Sie das nicht gegenüber Mr. Fukuda, aber Yuki schwört sogar, ihre Mutter in einem dieser Dinger gehört zu haben.«

»Wirklich? Das ist ziemlich unheimlich. Apropos ermordet: Wissen Sie, dass Yukis Mutter ermordet wurde? Und tun Sie mir bitte auch einen Gefallen und sagen Sie ihm nicht, dass ich Ihnen das verraten habe. Ich bin mir nicht sicher, ob es ihm recht ist, dass andere Leute sich darüber unterhalten.«

Stake setzte seine Tasse ab und sah Janice interessiert an. »Ermordet? Nein, das wusste ich nicht. Mir hat sie nur gesagt, dass ihre Mutter starb, als sie noch ein Baby war.«

»Ein Baby? Ich dachte, das sei weniger lange her, vier Jahre oder so. Vielleicht hat Yuki Ihnen das erzählt, um eine schmerzhaftere Wahrheit zu übertünchen. Jedenfalls, ja, ihre Mutter wurde ermordet. Ich schätze, man fand nie heraus, wer es getan hat. Mein Wissen darüber hält sich in Grenzen, deshalb ist es vielleicht ein wenig unfair von mir, es überhaupt anzusprechen.«

»Hm?« Stake starrte gedankenverloren in ihr Gesicht. Und auch sie sah ihn sehr aufmerksam an und es schien, als könnte er sein eigenes Spiegelbild in ihren Augen erkennen. Er war von dieser Fülle neuer Enthüllungen so abgelenkt, dass er zuerst die Überraschung in Janices Miene bemerkte, bevor ihm klar wurde, was gerade passierte.

»O mein Gott – Sie sind ein Gestaltwandler! Ein Chamäleon!«

Sofort und hastig wandte er sich von ihr ab. Sie griff über den Tisch und nahm seine Hand.

»Tut mir leid. Ich wollte Sie nicht in Verlegenheit bringen. Bitte sehen Sie mich wieder an.«

»Ich würde das lieber unkommentiert lassen.« Wie viel von ihrem Aussehen hatte er bereits angenommen? Die spitze Nase? Das spitze Kinn? Vielleicht sogar die grauen Strähnen in seinen kurzen, dunklen Haaren? War seine leicht olivfarbene Haut vielleicht elfenbeinweiß geworden?

Um ihn zu beschwichtigen, drückte sie seine Hand. »Das ist bemerkenswert. Wirklich. Es stößt mich nicht ab. Es fasziniert mich.«

»Na ja, Sie sind ja auch Biologin.«

»So habe ich das nicht gemeint. Vielleicht ein bisschen. Hat man Sie genetisch dafür angelegt oder …?«

»Nein«, erwiderte er ein wenig zu barsch. Er sah sie wieder an. »Ich bin kein Bilf.« Das war ein verächtlicher Umgangsjargon für eine bio-veränderte Lebensform. »Ich bin ein Mutant.« Aber war das so viel besser als ein Bilf?

»Ja, verstehe. Ah, *Caro* …«

»… *turbida*«, beendete er den Begriff.

»Rastloses Fleisch.«

»Verwirrtes Fleisch.«

Sie hielt noch immer seine Hand. »Bitte nehmen Sie es mir nicht übel. Sehe ich aus, als würde es mich stören?«

»Nein, aber mich stört es.« Das war zu ehrlich. Frauen brachten das in ihm hervor. Besonders die, die er attraktiv fand. Solange er ihr sein Herz ausschüttete, sprach er weiter. »Ich bin in Tin Town geboren. In den Mutie-Slums. Mein Vater war normal, aber meine Mutter war eine Mutantin. Sie starb, als ich noch ein Kind war.«

»Tut mir sehr leid. Sie wurden also von Ihrem Vater großgezogen?«

»Nicht wirklich. Er versank danach irgendwie in Drogen. Er hat sie sehr geliebt, verstehen Sie? Ihm war egal, was sie war. Deshalb bin ich im Grunde auf der

Straße aufgewachsen. Den ganzen Gangs bin ich aus dem Weg gegangen, und schließlich habe ich mich so bald wie möglich bei der Armee verpflichtet. Das war die beste Möglichkeit, aus Tin Town rauszukommen, die mir in den Sinn kam.«

»War Ihre Mutter eine … konnte sie sich wie Sie verändern?«

»Nein. Sie hatte körperliche Missbildungen. Aber keine ›Gaben‹, wenn Sie das so nennen wollen.«

»Wow.« Janice musste das alles verdauen. »Ich schätze Ihre Offenheit, Mr. Stake. Darf ich Sie nach Ihrem Vornamen fragen?«

»Jeremy.«

»Jeremy«, wiederholte sie und starrte ihn dabei so hingebungsvoll an, dass er nicht anders konnte, als seinen Blick immer wieder kurz auf ihre Augen zu richten, wieder und wieder, ungeachtet dessen, wie sehr er sich selbst konditioniert hatte.

Die Kellnerin kam zurück, um sich zu erkundigen, ob ihnen der Kaffee schmeckte und ob sie noch etwas brauchten. Ihre Augen, inmitten eines Feldes gelber Blumen, durch die eine Sommerbrise wehte, wirkten verwirrt, als hätte sie das Gefühl, ein weiterer Gast wäre hereingekommen, um Stake zu ersetzen. Der Zwillingsbruder der Frau vielleicht.

Janice schickte die Kellnerin weg, dann sagte sie flüsternd zu Stake: »Hey, wollen Sie hier raus?«

Noch immer hatte sie nicht seine Hand losgelassen.

Er war in ihrem Wohnzimmer herumgegangen und hatte ihre Gemäldesammlung bewundert (offensichtlich wurden Lehrer an der Arbury School außerordentlich gut bezahlt), gesellte sich jedoch wieder zu ihr an die Bar. »Was hätten Sie gerne?«, fragte sie. Er bemerkte eine Flasche mit hellgelbem Ha-Jiin-Wein. Das erkannte er anhand des riesigen Tausendfüßlers, der in der Flasche zusammengerollt war, in Alkohol konserviert. Er tippte mit dem Finger auf die Flasche und Janice schenkte ihm etwas davon in ein kleines Glas. »Passen Sie aber auf, er ist sehr stark. Und wussten Sie, dass er ein Aphrodisiakum sein soll? Ich bin mir sicher, dass der lange, dicke Tausendfüßler nichts mit diesem Glauben zu tun hat.«

Er trank nur ein paar winzige Moleküle seines Drinks und trotzdem raubte es ihm beinahe den Atem. Seit Jahren hatte er keinen von denen mehr gehabt. Nicht seit wütende Veteranen dagegen protestierten, dass es in der Bar im Legion of Veterans Post 69 angeboten wurde. Warum sollte man dem ehemaligen Feind die Taschen vollstopfen? Und das trotz der Tatsache, dass ihn wahrscheinlich ihre Alliierten, die Jin Haa, exportiert hatten.

Er bemerkte eine Flasche Sake in der bunt gemischten Flaschensammlung. »Wie gut kennen Sie Mr. Fukuda?«, fragte er geradeheraus.

»Wie gut kennt irgendjemand irgendjemand anderen, Jeremy?«

Entweder spielte sie mit ihm oder sie wich ihm aus. Als er sich umdrehte, stand sie nah hinter ihm, zu nah, ein Glas Weißwein in der Hand.

Er wusste, dass sein Gesicht noch immer verändert war, ob nur etwas oder stark. Wenn er sich darauf konzentrierte, konnte er mit dem Bewusstsein danach greifen und es herausfinden. Um ganz sicherzugehen, konnte er auch die Spiegelfunktion am Bildschirm seines Armbandcomputers aktivieren und nachsehen – außerdem konnte er sogar sein natürliches Gesicht auf dem Bildschirm abrufen und sich darin vertiefen, bis diese Maske von ihm abfiel – doch er hob den Arm nicht. Das zu tun war ihm ein bisschen peinlich. Zu zeigen, dass es ihn so sehr plagte. Er hatte seine Verwundbarkeit schon ausreichend offenbart.

»Mir gefällt es«, schnurrte Janice. Sie setzte ihr Glas auf der Minibar ab.

»Dir gefällt was?«

»Dass du jetzt wie ich aussiehst. Ich weiß nicht, ich finde es äußerst faszinierend.« Sie nahm ihm das Glas aus der Hand und stellte es neben ihres, dann schlangen sich ihre Arme um ihn. Ihre Zwillingsmünder fanden einander.

In ihrem Bett setzte sie sich auf ihn und ihre großen Brüste hingen ihm schwer ins Gesicht. Er saugte an einer von ihnen, als wollte er sich stillen, und sein Verlangen ließ ihn wieder zu einem Kleinkind werden. Es war eine Weile her, dass eine Frau mit ihm ins Bett gegangen war. Und beim letzten Mal war es eine Prostituierte gewesen. Nicht viele Frauen fanden sein unruhiges Fleisch so »faszinierend«. Während Janice sich auf ihm vor und zurück bewegte, sagte sie heiser: »Als ich 13 war, habe ich mein Spiegelbild im Badezimmerspiegel geküsst, wenn ich – du weißt schon – mich selbst berührt habe. Hm. Schätze, ich habe meine Jungfräulichkeit gewissermaßen an mich selbst verloren.« Ihre Augen verharrten auf seinem Gesicht. »Sieh mich an … bitte«, sagte sie.

Seine geschlossenen Augen öffneten sich gehorsam und starrten zu ihr hinauf. Sie beugte sich tiefer und strich mit ihren Nippeln über seine Wangen. Sie grinste und ihre struppigen Haare fielen vor ihrem Gesicht herab.

»Wir sind alle narzisstisch veranlagt«, sagte sie mit lustvoller Stimme, und es war mehr wie ein Keuchen. »Wir sind alle nur Masturbatoren.«

Ja, dachte Stake. Weil wir alleine sind. Sogar dann, wenn wir zusammen sind.

Und das erinnerte ihn an Thi. Und es war gut, dass er seine äußere Erscheinung nicht einfach dadurch änderte, dass er an eine andere Person dachte, wie es bei einigen, die an derselben Störung litten, der Fall war. Sonst hätte sich Janice gefragt, warum er plötzlich nicht mehr ihr, sondern einer Ha-Jiin-Frau ähnelte.

Sie grub ihre Finger in seine angeschwollenen Brüste, die ihre eigenen einigermaßen gelungen imitierten, und ihr Wippen wurde heftiger. Stake spürte ihre Laken, die unter ihrem Gewicht und ihren Bewegungen über seinen Rücken scheuerten. Als sie ihn an der Hand genommen und in ihr Schlafzimmer geführt hatte, hatte sie ihm offenbart, dass ihre Bettlaken aus rosafarbener, lebender Haut bestanden. Ein dünner, biegsamer Schlauch führte sowohl von dem Matratzenlaken als auch von der Bettdecke in die Zimmerecke zu einem Tank mit einer Nährlösung, die das durch Biotechnik erzeugte Fleisch am Leben erhielt. Stake hatte noch nie in einem solchen Bett gelegen. Es verstärkte sein Gefühl, kindlich und hilflos zu sein. In einem Mutterleib.

Ihre Stellungen wurden abwechslungsreicher. Stake, der endlich eine aktivere Rolle übernahm, glitt hinter Janice. Ihm war es lieber, ihren Hinterkopf anzusehen, und er fühlte sich stärker, wenn er den Blickkontakt abbrach. Dort verharrte er, bis er heftig zum Höhepunkt kam. Gemeinsam sanken sie auf das Bett, er auf ihr liegend, und als sie ihre Hände öffnete, bemerkte sie, dass sich ihre Nägel tief in die weiche Haut gegraben hatten. Kleine Blutstropfen traten aus den Wunden. »Mist«, sagte sie.

Stake hob den Kopf, um es sich anzusehen. »Tut mir leid.«

Sie griff hinter sich, um sein Gesicht zu streicheln. »Keine Sorge, das heilt wieder.«

6.

SCHATTENSTADT

Unter Punktown existierte, wenn man so will, eine Schattenversion ihrer selbst. Als den Stadtplanern der Platz ausgegangen war, um in die Breite oder in die Höhe zu bauen, hatten sie sich stattdessen nach unten orientiert. Dieser Untergrundbezirk wurde unter dem Namen Subtown bekannt. Seine Grenzen reichten bei Weitem nicht so weit wie jene der eigentlichen Stadt über ihr, dennoch umfassten sie ein größeres Gebiet.

Die Sonnenstrahlen reichten nicht bis hier herunter. Seine Bewohner, von denen sich viele seit Monaten nicht mehr an die Oberfläche gewagt hatten, lebten und arbeiteten im Kunstlicht von Lampen, die in einen Betonhimmel integriert waren. Am Abend wurden einige dieser Lampen dunkler und andere wurden komplett ausgeschaltet, um ansatzweise ein Gefühl von Nacht zu erzeugen (auch wenn Subtown nie so stark verdunkelt wurde, dass es Kriminellen einen übermäßigen Schutz für ihre Aktivitäten bot). Aufgrund der Grenzen, die durch die Decken gesteckt wurden, waren die Gebäude kleiner und tendierten zu einer Flachdachbauweise von Mietshäusern, oftmals mit Geschäften im Erdgeschoss. Es gab auch Fabriken und Lagerhallen, doch diese waren als unterirdische Zuflucht, als die Stadt von Wirtschaftskatastrophen erfasst wurde, nicht mehr sicher gewesen, da die Fabriken scharenweise in die Outback-Kolonie oder, in einer umgekehrten Form der Kolonisierung, sogar auf die überbevölkerte und stark in

Mitleidenschaft gezogene Erde abwanderten. Überall dorthin, wo die Lohnkosten niedriger, vielleicht auch die Auflagen lockerer waren, wie viele lebende Arbeiter eine Firma einstellen musste, um einen Ausgleich zu ihren robotischen Arbeitern zu schaffen, die sie gar nicht bezahlen mussten.

Hinter der Perez Valve Company gab es zwei Ladedocks, doch diese waren schon von anderen Straßenleuten in Beschlag genommen worden. Mithilfe von Schrottteilen der stillgelegten Abfallautomaten aus der verlassenen Fabrik hatten sie auf den höher gelegenen Plattformen geschlossene Zufluchtsräume gebaut. Deshalb hatte sich der Obdachlose in der vergangenen Nacht einfach an die graffitiübersäte Außenmauer der Fabrik gelegt und dabei seinen angezogenen Arm als Kissen benutzt. Schließlich musste er nicht befürchten, nass zu werden, und die Temperatur wurde hier unten reguliert und war stets angenehm, es sei denn, es gab die gelegentlich auftretende Panne bei der Klimakontrolle. Deshalb war es eigentlich nicht nötig, einen Schutzraum zu bauen. Er schlief einfach in dieser oder jener Gasse und deckte sich dabei höchstens mit einer Plastikplane zu. Als er die blaue Plastikplane gefunden hatte, hatte er sie auf seinen Streifzügen einfach offen hinter sich hergeschleift, doch später war er darauf gekommen, dass es besser war, sie zusammenzurollen und sie während der Stunden, die dem Tag entsprachen, auf diese Weise zu tragen. Und schließlich hatte er die Idee gehabt, ein Loch in die Mitte der Plane zu bohren und sie sich wie einen langen Poncho über den Kopf zu ziehen, um seinen bis dahin nackten Körper zu verhüllen.

Wie jeden Tag war er hungrig aufgewacht. Sehr hungrig. Gestern hatte er zwei Straßenleute gesehen, die sich hinter einem indischen Restaurant an einem Müllautomaten bedient hatten. Seine Eingeweide hatten bei den würzigen Kochgerüchen aus dem Innern frohlockt, doch als er zu den beiden Männern getrottet war, um es ihnen gleichzutun, hatten sie ihn angeschrien und Müll nach ihm geworfen, um ihn zu vertreiben. Einsam war er weitergezogen.

Jetzt versuchte er, wie immer in den Gassen zu bleiben, während er sich durch Subtown bewegte. Als er aus einer von ihnen herausspähte, entdeckte er ein Freiluftcafé (wenn man es denn so nennen konnte), das bis auf den Gehsteig hinausreichte. Er verharrte in der Einmündung der Gasse, bis ein gut gekleidetes Paar von seinem Tisch aufstand und etwas Kaffee in den Tassen und ein halbes Croissant auf einem der Teller zurückließ. Er verließ die Gasse, ging zu dem Tisch und schnappte sich das Croissant, kurz bevor der Kellner zurückkam und anfing, ihn anzuschreien. Eiligen Schrittes ging er davon, blickte dabei über seine Schulter und sah, dass der Kellner ein paar farbige Scheine aufsammelte, die das gut gekleidete Paar ebenfalls auf dem Tisch zurückgelassen hatte.

Er zog sich in einen weiteren, engen Durchgang zwischen zwei Gebäuden zurück. Dort hob er das Croissant vors Gesicht. Etwas davon war in seinem festen Griff abgebröselt, dennoch begutachtete er das zerdrückte Stück, das auf seiner Handfläche lag. Lange starrte er es an und war dabei so hungrig. Er hatte jedoch keine Ahnung, wie er den leckeren Happen in die gähnend leere Stelle in seinem Körper befördern sollte.

Zwei Jugendliche betraten die Gasse am anderen Ende, lachten und hielten eine Damenhandtasche in den Händen. Als sie die Tasche durchwühlten, fiel allerlei Krimskrams auf den Boden der Gasse. Münzen. Und Minzbonbondosen. Eine kleine Glasflasche, die klimpernd zerbrach und einen starken blumigen Geruch verströmte.

Kichern, Plappern. Ihre Fröhlichkeit beflügelte den Obdachlosen. Er trat aus den Schatten hervor und schlurfte auf sie zu. Vielleicht konnten sie ihm helfen. Ihm zeigen, was er zu tun hatte.

»Oh …!«, sagte einer der Jugendlichen, als er zu dem Obdachlosen, der sich ihnen näherte, aufblickte.

»Scheiße, Mann«, sagte der andere lachend, um zu verbergen, dass er sich erschreckt hatte. »Was zur Hölle willst du, du mutierte Missgeburt?«

Der Obdachlose blieb ein paar Schritte vor ihnen stehen. Er war fast genauso groß wie die beiden Jungs, nur massiger. Und der raschelnde Plastikumhang ließ ihn noch massiger wirken. Er hob den Arm, streckte die Faust aus, öffnete sie und gab damit die zermatschten Überreste des Croissants preis. Er wollte die Geräusche imitieren, die sie von sich gaben, schaffte es jedoch nicht. Er konnte nur hoffen, dass sie seine stumme Geste verstanden. Dass sie ihm dabei halfen zu essen und diesen entsetzlichen Hunger zu stillen.

»Danke, Missgeburt, aber ich habe keinen Hunger«, sagte der dunkelhäutigere der beiden Jungs. Er kam auf den Obdachlosen zu und schlug ihm das Croissant aus der Hand. Es flog in die Luft und fiel zu Boden. Dann wich der Junge zurück und lachte abgehackt. Beide lachten.

Der Obdachlose sah zu dem Leckerbissen hinunter, der auf dem Boden lag. Dann hob er den Blick wieder und trat händeringend auf die Jungs zu. So verwirrt. So hungrig. Noch immer streckte er die leere Hand aus, in der das Croissant gelegen hatte.

»Hau ab, du Wichser!«, blaffte der hellhäutigere Jugendliche, während er auf ihn losging und ihn an der Schulter nach hinten schubste. »Bettel woanders!«

Der Obdachlose war jedoch trotz des Hungers, der ihn innerlich aushöhlte, ein schwerer Bursche und bewegte sich kaum, als er geschubst wurde. Er senkte auch nicht den ausgestreckten Arm.

Der dunkelhäutige Junge zerrte etwas unter seiner Jacke hervor. Hatte er Mitleid? Hatte er, wohl wissend, dass er keine Möglichkeit sah, das Croissant in sich hineinzubekommen, etwas Geeigneteres, das er ihm anbieten konnte? Doch der harte schwarze Gegenstand, den er mit seiner Faust umklammerte, sah nicht aus wie etwas zu essen, und es machte auch nicht den Eindruck, als wäre er gewillt, ihn ihm zu überreichen. Die Waffe leuchtete kurz elektronisch auf, um zu erkennen zu geben, dass ihre Sicherungsfunktion ausgeschaltet worden war.

Der Obdachlose streckte den Arm noch etwas weiter aus. Er versuchte, den hellhäutigeren Jungen am Arm zu berühren.

»Lass mich in Ruhe!«, schrie dieser und stolperte rückwärts gegen die Mauer der Gasse.

»Verdammte Missgeburt«, knurrte der schwarze Junge, senkte seine Waffe und gab einen Schuss in den geblähten Bauch des Obdachlosen ab.

Diese gestohlene Waffe feuerte keine festen Projektile ab, sondern einen kurzen, intensiv lilafarbenen Lichtstrahl. Wie ein Pfeil durchbohrte er seinen Bauch und verschwand mit seiner gesamten Länge darin. Der Lichtpfeil hinterließ ein schwarzes, ausgefranstes Loch. Tropfen einer durchsichtigen Flüssigkeit, so dickflüssig wie Sirup, quollen aus der Einstichstelle in seinem Poncho hervor.

Hatte der Junge die Absicht gehabt, ihn zu füttern, indem er ihm eine Art Nahrungsmittel direkt in die hungrige Stelle injizierte? Das glaubte er nicht. Es verstärkte das Gefühl, da drin ausgehöhlt zu sein, nur noch. Und außerdem tat es weh. Es tat schrecklich weh.

Der Obdachlose mochte es nicht, wenn er Schmerzen empfand. Und diese vermeintlichen Freunde mochte er auch nicht.

Er fuchtelte mit seinem anderen Arm herum und traf den schwarzen Jungen am Handgelenk. Das Knacken von Knochen war zu hören und die Hand knickte in einem extremen Winkel um. Die Waffe, die er gehalten hatte, segelte die Gasse hinunter und hüpfte über den Boden. Er begann zu schreien, doch die andere Hand des Obdachlosen legte sich über sein Gesicht, drückte zu und zog daran. Die Augen des Jungen zuckten zwischen den dicken Fingern hektisch umher. Die Hand drückte fester zu, mit der Folge, dass eines der irrsinnig dreinblickenden Augen aus seiner Höhle gepresst wurde und zwischen zwei der Finger hervorquoll. Als der Obdachlose den schlaffen, baumelnden Körper wieder und wieder gegen die Wand schlug, hörte auch das andere Auge auf, sich zu bewegen.

»Mist, Mist, Mist!«, schrie der hellhäutigere Junge und jagte aus der Gasse hinaus. Er versuchte sogar, durch eine Lücke im Straßenverkehr zu rennen, schätzte dabei jedoch seine Laufrichtung und die Geschwindigkeit der Fahrzeuge, zwischen die er sich stürzte, falsch ein. Ein silbernes Schwebeauto streifte ihn gerade so sehr, dass er herumwirbelte, doch ein rotes Schwebeauto traf ihn hart genug, um ihn aus dem Blickfeld des Obdachlosen zu katapultieren.

Er ließ den schwarzen Jungen los und sah dabei zu, wie er zu seinen Füßen auf den Boden der Gasse plumpste. Der Geruch der roten Flüssigkeit, die aus den Rissen im Schädel des Jugendlichen sickerte, brachte seine Eingeweide noch eindringlicher zum Frohlocken, aber wie er dieses Zeug in sich hineinbekommen sollte, wusste er ebenfalls nicht.

Während er seinen Körper gegen den flüssigen Schmerz in seinem Innern anspannte, drehte er sich um und hielt nach dem fallen gelassenen Croissant-Happen Ausschau. Er ging zu ihm und bückte sich, um ihn aufzuheben. Das wiederum sorgte dafür, dass der Schmerz noch intensiver in ihm stach, doch damit kam er klar. Als er sich wieder aufrichtete, sah er sich den Happen ganz genau an. Dann hob er die Ecke seines provisorischen Umhangs hoch und stopfte die Nahrung in das kleine schwarze Loch, das der Junge in das blaue Plastik und in sein Fleisch gebrannt hatte.

Mit den Fingern quetschte er das zerdrückte Gebäck so weit hinein, wie er nur konnte. Doch es stillte seinen Hunger nicht einmal ansatzweise.

Später an diesem Tag, als er seinen Streifzug durch das Gassenlabyrinth fortsetzte, presste sein Körper das zerdrückte Croissantstück schließlich wieder aus ihm heraus. Ein Gutes hatte das jedoch. Das schwarze Loch schloss sich wieder, wurde abgedichtet und war schließlich verschwunden, als hätte es nie existiert. Kurz darauf ebbte auch der heiße Schmerz in seinem Inneren ab.

Der Hunger jedoch blieb.

7.

DER DOPPLER-EFFEKT

Während er John Fukuda zu ihrem Tisch folgte, sah sich Stake die Leute an, die bereits zum Mittagessen Platz genommen hatten. Bei den meisten handelte es sich um Männer in teuren, fünfteiligen Anzügen, von denen manche ihre Mäntel und Melonen – die aktuelle Mode für den stilbewussten Geschäftsmann – einem Robot-Diener übergeben hatten, der kein einziges Teil verlegen würde. Doch ein Kleidungsstück, das viele der Männer außerdem stolz zur Schau trugen, entlockte Stake nur ein verächtliches Grinsen. Diese Männer trugen einen schmutzigen Mädchenschlüpfer, den sie wie ein Einstecktuch in die Tasche ihrer Anzugjacke gesteckt hatten. Vorzugsweise weiß, manchmal aber auch mit einem dezenten Blumenmuster oder sogar niedlichen (Kawaii-)Mustern, wie etwa die süße Qualle, die sich in letzter Zeit auf Kleidungsstücken breitmachte. Andere Männer wiederum hatten sich ihr Höschen in den Hemdskragen gesteckt, wo es an der Vorderseite wie eine Krawatte herabhing. Ein Gentleman, der gerade erst zu seinem Tisch gebracht wurde, trug sein Paar auf seiner unteren Gesichtshälfte, wie eine Luft filternde Maske. Zum Essen würde er es vermutlich abnehmen. Die beiden schick gekleideten, erwachsenen Frauen, die mit ihm zum Tisch gebracht wurden, wirkten angesichts dieser Aufmachung ausgesprochen gleichgültig und fühlten sich anscheinend nicht von der Tatsache beleidigt, dass ihre eigenen, größer ausfallenden Kleidungsstücke offensichtlich nicht im selben Maße wertgeschätzt wurden.

Stake berührte Fukuda am Ellbogen, woraufhin dieser innehielt und ihn ansah. »Was halten Sie von dieser Marotte mit den Schlüpfern, Mr. Fukuda, wo Sie doch selbst eine Tochter im Teenager-Alter haben? Ich habe gehört, dass Mädchen, die sogar jünger sind als Yuki, ihre Unterwäsche an Höschen-Händler verkaufen, die sie in diese Automaten stecken, die man überall sieht.«

Fukudas Hände steckten in den Taschen seines Jacketts. Er zog seine rechte Hand nur so weit heraus, dass man eine glänzende, dünne Seidenmembran sehen konnte, die er zwischen seinen Fingern rieb. »Baumwolle ist am beliebtesten, aber ich empfinde das Gefühl von Seide als beruhigender.« Seine Augen funkelten, während er Stakes Reaktion abwartete.

Stake konnte nicht vermeiden, dass er stotterte. »Die gehören aber nicht … Yuki?«

Das Funkeln verschwand augenblicklich und wurde durch einen Ausdruck des Entsetzens ersetzt. »Was? Natürlich nicht!« Es schien, als benötigte er nach der aufwühlenden Andeutung, er könne ein Kleidungsstück seines eigenen Kindes als Fetisch betrachten, einen Moment, um die Fassung wiederzuerlangen. »Mr. Stake, im Viertel von Luzon, hier in dieser Stadt, mag es den einen oder anderen geben, der den Geschmack von Hundefleisch genießt. Aber niemals würde er seinen eigenen essen. Und er würde seinen Hund auch davor beschützen, auf dem Teller eines anderen zu landen. Verstehen Sie, was ich damit sagen will?«

Stake verstand das nur zu gut, wollte der Angelegenheit aber nachgehen und seinen Klienten fragen, was er davon halten würde, wenn er herausfand, dass einer dieser Geschäftsmänner gerade die benutzten Höschen seiner Tochter trug, die Yuki einem dieser Händler verkauft hatte, die sie wiederum über Verkaufsautomaten in U-Bahn-Stationen, Einkaufszentren und sogar auf den Toiletten nobler Nachtclubs feilboten. Doch dann entschied er sich, den Mann nicht wegen seiner Scheinheiligkeit aufzuziehen. Es war vergleichbar mit einem Mann, der kein Problem damit hatte, wenn eine Frau ihren Körper verkaufte – solange er diesen Körper nicht selbst gezeugt hatte. Außerdem hielten sie den Verkehr hinter sich auf und mussten an ihrem eigenen Tisch Platz nehmen, anstatt zwischen den anderen herumzustehen.

Die Cafeteria der Chefetage von Fukuda Bioforms war kleiner und intimer als jene, in der Stake mit Yuki Fukuda zu Mittag gegessen hatte. Eigentlich war sie mehr wie ein Restaurant, und als sie sich gesetzt hatten, servierte ihnen ein Kellner Getränke und Salate. Stake war sich allerdings sicher, dass die allgemeine Cafeteria für die Horden an Büromenschen und Labortechnikern deutlich weniger prunkvoll war.

Von tropischen Topfpflanzen und gedämpftem Licht umgeben, widmeten sich Fukuda und sein Gast ihren Blutorangen-Martinis, bis ihre Steaks kamen. Nachdem sich Fukuda versichert hatte, dass Stake kein Vegetarier war, hatte er darauf bestanden, für ihn mit zu bestellen. Er sah gespannt dabei zu, wie der Privatdetektiv ein zartes Stück von dem Filet Mignot abschnitt, es sich in den Mund steckte und kaute.

»Mmh.« Er nickte. »Mmh. Sagen Sie nichts – von Ihrem Totvieh, richtig?«

»Oh, Mr. Stake, Sie haben mir die Überraschung verdorben. Ja, das ist richtig. Großartig, hm?«

»Das ist es wirklich. Sehr köstlich. Vielen Dank.«

»Janice Poole hat mich angerufen, um mir zu sagen, dass Sie mit ihr über die Tochter von Adrian Tableau gesprochen haben. Und das Gerede von diesem Metzger Tableau hat mich darauf gebracht, Sie mit etwas deutlich Hochwertigerem zu bewirten als mit dem Fraß, den er bei Tableau Meats am Fließband produziert.«

»Der Verbraucher bekommt das, wofür er bereit ist zu bezahlen, nehme ich an.« Die Erwähnung von Janice Poole weckte in Stake den Wunsch, vorsichtig herauszufinden, wie gut vertraut Fukuda wirklich mit ihr war. Ihm war jedoch klar, dass das nichts mit dem vorliegenden Fall zu tun hatte und er schlecht sagen konnte, dass er eifersüchtig genug war, um das Thema dennoch zwanghaft aufs Tapet zu bringen. Stattdessen konzentrierte er sich auf Fukudas Beziehung zu diesem Adrian Tableau. »Sie beide schätzen sich also definitiv nicht.«

»Er ist derjenige, der anscheinend ein Problem mit mir hat, obwohl der Markt genügend Platz für uns beide bietet. Das ist eine hungrige Stadt, und beide liefern wir unsere Produkte an so nahe gelegene Orte wie Miniosis und an so weit entfernte wie die Erde. Aber unsere Zielgruppe unterscheidet sich ein klein wenig. Wie Sie schon sagten, seine Produkte richten sich eher an jene mit einem weniger anspruchsvollen Gaumen.«

»Und weniger Geld.«

»Ja. Nicht dass unsere Produkte überteuert wären, nur von höherer Qualität. Nun, ich nehme an, dass sich Adrian nach dem Skandal um Alvine Products und der Schließung ihrer Fabrik daran gewöhnt hatte, den Markt ein paar Jahre lang für sich alleine zu haben.«

»Glauben Sie, er hasst Sie genug, dass er die wertvolle Kawaii-Puppe Ihrer Tochter stehlen lassen würde? Wenn nicht von seiner Tochter Krimson, dann von einem anderen Mädchen?«

»Die Möglichkeit besteht. Mir war bewusst, dass seine Tochter vermisst wird, ich habe das aber nie mit dem

Verschwinden von Dai-oo-ika in Verbindung gebracht, bevor Janice es bei ihrem Anruf erwähnt hat. Dennoch wäre das eine ziemlich indirekte Art für Tableau, mich anzugreifen, es sei denn, seine Tochter hat es aus reiner Bosheit von sich aus getan.«

»Yuki hat mir erzählt, dass eine Freundin von Krimson behauptet, sie in einem Ouija-Fon gehört zu haben.«

»Bah!« Fukuda fuchtelte abweisend mit der Gabel herum, während seine Backe prall mit seinem eigenen Bissen Steak gefüllt war. »Ich glaube nicht an diese Dinger. Und selbst wenn sie es Leuten ermöglichen, sich auf irgendeiner anderen Existenzebene mit den energetischen Rückständen der Verstorbenen zu unterhalten, dann ist es nicht gesund. Es steht uns nicht zu, im Rahmen eines respektlosen Spiels Steine in den Brunnen der Seelen zu werfen, um es mal so auszudrücken.«

»Vielleicht können wir etwas von den Toten erfahren?«

»Ich erfahre es eines Tages aus erster Hand. Bis dahin kann ich warten.«

»Ich schätze, Jugendliche haben vor diesen Dingen weniger Angst als wir«, bemerkte Stake. »Sie stehen der Technik aufgeschlossener gegenüber.«

»Oder naiver. Es könnte auch sein, dass wir Älteren uns unserer eigenen Sterblichkeit auf unangenehme Weise bewusster sind.«

Stake hatte Fukuda nach seiner Frau fragen wollen, vor allem, da er jetzt von Janice Poole wusste, dass sie ermordet worden war. Doch auch das hatte nichts mit dem vorliegenden Sachverhalt zu tun. Wie konnte es auch? Yuki hatte ihn gewarnt, dass ihr Vater seine Frau innig geliebt hatte. Warum also sollte er ihn aufregen, wenn es keinen Nutzen daraus zu ziehen gab?

»Nun«, fuhr Fukuda fort, »immerhin ist das Gedankennahrung. Verzeihen Sie mir das Wortspiel.« Er stocherte mit seinem Messer nach dem Steak und wirkte dabei nachdenklich. »Ich kann nur hoffen, dass Tableau nicht dahintersteckt. Ich möchte mir gar nicht vorstellen, was er mit der Puppe im Sinn haben könnte.«

»Ich werde dem nachgehen. Aber ehrlich gesagt halte ich es für wahrscheinlicher, dass die Tochter das von sich aus tun würde, als dass ihr Vater sie dazu anstiftet. Ausschließen möchte ich allerdings nichts.«

»Hm«, murmelte Fukuda, während er Gedanken verdaute, die deutlich weniger appetitlich schmeckten als das Fleisch, das er genoss. Schließlich blickte er auf und forschte in Stakes Gesicht. Und dabei lächelte er seltsam und traurig. »Es liegt nicht in meiner Absicht, Sie verlegen zu machen, aber in den letzten paar Minuten haben Sie wieder angefangen, eine Ähnlichkeit zu mir auszubilden.«

Wie üblich senkte Stake den Blick. »Sorry.«

Fukuda lachte. »Warum entschuldigen Sie sich? Ich betrachte das nicht als persönliche Beleidigung. Wie schon gesagt, es fasziniert mich in hohem Maße.« Sein Lächeln wurde schwächer und bekam wieder diese melancholische Note. »Sie so zu sehen, löst jedoch seltsame Gefühle in mir aus. Sehen Sie, ich hatte einen Zwillingsbruder – James. Er starb vor ein paar Jahren.«

Stake war völlig überrascht. Erst Yukis Offenbarung über ihre Mutter, und jetzt das. Stand ihre Familie unter irgendeinem Fluch? Andererseits war Punktown ein gefährlicher Ort. Dennoch, sollte Fukudas Reichtum ihn davor nicht ein wenig besser schützen?

»Das war mir nicht bewusst«, sagte er. »Das tut mir sehr leid.« Er wusste nicht, was er sagen sollte, wie viel Neugier angebracht war. Er fragte: »War er, äh, ein zweieiiger oder ein eineiiger Zwilling?«

»Eineiig. Das, zu dem Sie gerade werden.«

»*So* gut bin ich auch wieder nicht.«

»Gut genug. Es ist verblüffend. Diese Fähigkeit muss Ihnen in Ihrem Beruf sehr gelegen kommen.«

»Sie war mir schon nützlich. Ich kann Gesichter in meinem Armbandcomputer speichern wie Masken, die ich mit mir trage.« Er tippte auf den Bildschirm. »Das verschafft mir Zugang. Es bringt Leute dazu, sich mit mir zu unterhalten, wenn sie das normalerweise nicht täten. Ich steuere es, so gut ich kann. Wenn sich mein Aussehen ändert, starre ich einfach wieder auf meinen Computer. Und für den Fall, dass ich wieder ich selbst sein muss, habe ich auch mein eigenes Gesicht hier drin.«

»Das alles ist sehr erstaunlich.«

»Noch viel erstaunlicher finde ich manchmal, dass sich die Zellen von Menschen permanent erneuern, ausgetauscht werden, und sie dennoch ihre Erscheinung *bewahren*. Das ist, als würden sie sich immer wieder und wieder von Neuem klonen. Und das bis hin zum letzten Muttermal und bis zur letzten Narbe.«

»Hm. Stimmt.« Fukuda stocherte weiter in seinem Fleisch. »Wir sind faszinierende Organismen, nicht wahr? Fleisch ist der ultimative Lehm. Wie könnte unsere Spezies nicht den Wunsch verspüren, es zu formen? Wir haben es tätowiert, gepierct, es trainiert, um es zu formen und aufzubauen, es gebräunt und gezähmt. Es mittels Biotechnik verändert und verbessert.« Er schüttelte den Kopf, dann nippte er an seinem Martini. Er sah seinen Gast an, als würde er sich selbst in einem Spiegel betrachten. »Waren Sie schon immer Privatdetektiv? Haben Sie von Kindesbeinen an davon geträumt? Von einer romantischen, idealisierten Art der Tätigkeit? Oder sind Sie nur durch Zufall dazu gekommen?«

»Mehr durch Zufall. Ich weiß nicht, ob ich jemals einen Traumberuf hatte. Nur den Traum, Tin Town zu entfliehen. Ich wurde hier geboren.«

»Oh, ich verstehe.«

»Um hier wegzukommen, bin ich mit 18 in die Armee eingetreten.«

»Wirklich? Und waren Sie an der Front?«

»Ein ganzjähriger Einsatz im Blauen Krieg.«

»Diese Hölle haben Sie also überlebt, hm? Gott sei Dank. Und haben die Sie trotz Ihrer Mutation genommen, oder deswegen?«

»Die waren ganz begeistert davon. Die haben mich von Anfang an für Infiltrierungseinsätze hinter feindlichen Linien ausgebildet.«

»Das war Ihre Aufgabe im Blauen Krieg? Kann Ihre Haut dann auch eine blaue Farbe annehmen?«

»Sie versucht es. Sie wird … bläulich. Am Ende habe ich ein Färbemittel dafür verwendet. Die Farbe ließ sich jedoch nicht so leicht abwaschen und hat dazu geführt, dass ich ein paarmal fast von meinen eigenen Leuten erschossen wurde, sogar nachdem mein Gesicht wieder normale Formen angenommen hatte.«

»Sie hatten ein interessantes Leben.«

»Finden Sie?«

»Ja, sogar sehr. Vielleicht nicht einträglich, aber einträglich und interessant gehen nicht notwendigerweise Hand in Hand.«

»Sie klingen, als würden Sie etwas bereuen.«

Nun war Fukuda an der Reihe, den Blick abzuwenden. »Wir alle bereuen irgendetwas, Mr. Stake.«

Nach dem Mittagessen, als ihm die reichliche Mahlzeit und der Drink wie ein Gewicht in Gold im Magen lagen, kehrte Stake in seine Wohnung zurück. Sie befand sich im obersten Stockwerk einer gedrungenen Mietskaserne am äußersten Ende der Foma Street, einer der längsten und buntesten Straßen der Stadt. Bedauerlicherweise war

Rot eine der vorherrschenden Farben. Aber auf eine masochistische Weise passte die Straße zu Stakes Gemütslage, obwohl er es sich hätte leisten können, in einem etwas weniger rauen Viertel zu leben. Anderen gegenüber scherzte er, dass ihn die nächtlichen Schüsse an seine Zeit als Soldat erinnerten.

Ohne Zeit zu verlieren, wechselte er aus seinem schwarzen Anzug von der Stange in etwas deutlich Bequemeres: ein Paar Jeans und ein altes T-Shirt. Dieses hatte ein Tarnfarbenmuster aus Blautönen, von Pastell bis Indigo. Barfuß, in der Hand einen Kaffee, stand er am Fenster und beobachtete für ein paar Minuten den täglichen Karneval, bevor er sich umdrehte und sich an den ramponierten, gebrauchten Schreibtisch setzte, der das Einzige war, was hier als Büro durchging, auch wenn die Computerausstattung darauf ziemlich modern war.

Zeitgleich mit dem Fall von John Fukuda jonglierte er noch mit ein paar anderen Fällen, allerdings waren das konventionellere Dinge. Er hörte seine Nachrichten ab und stellte einige Nachforschungen bezüglich der einen oder anderen laufenden Ermittlung an. In einer davon ging es um eine ausgerissene Tochter in Yukis Alter. Ihr mürrisches Foto auf einem von Stakes zahlreichen Monitoren ließ jedoch vermuten, dass sie weitaus weniger unschuldig war.

Stake war sich inzwischen ziemlich sicher, dass das Mädchen mit einem 34-jährigen Freund gen Süden, in Richtung der Outback-Kolonie, ausgerissen war. Dieses Mädchen rief ihm wieder Krimson Tableau ins Gedächtnis, von der Yuki gesagt hatte, dass sie möglicherweise ebenfalls mit einem älteren Freund ausgerissen war. Als Stake ihren Namen im Internet abfragte, fand er jedoch kaum etwas Hilfreiches. Vor über einer Woche hatte ihr Vater, Adrian Tableau, eine Vermisstenanzeige aufgegeben, offensichtlich einen Tag, nachdem sie von der Schule nicht nach Hause gekommen war. Ein Freund, den die Polizei ausfindig machen und befragen sollte, wurde jedoch nirgends erwähnt. Vielleicht nur ein Schulhof-Gerücht? Wenn man Yukis Geschichte, dass Krimson über ein Ouija-Fon gesprochen hatte, glauben konnte, dann war das Mädchen schließlich keine Ausreißerin, sondern sehr viel wahrscheinlicher ein Mordopfer.

Mordopfer.

Bei seiner nächsten Internetabfrage stellte er Nachforschungen zu dem Tod von Yukis Mutter an. John Fukudas Frau. Nur aus einer bohrenden Neugier heraus.

Und wieder fand er nur wenig darüber. Yuriko Fukuda war vor vier Jahren ermordet worden. (Janice hatte recht gehabt. Sie war nicht gestorben, als Yuki noch ein Baby war, wie das Mädchen behauptet hatte.) In ihrem Haus von einem unbekannten Angreifer erschossen, vermutlich während eines verpfuschten Einbruchs in ihr Luxusapartment. Dem Nachrichtenartikel beigefügt war ein Holoporträt, das Stake auf einem der anderen Bildschirme rotieren ließ. Eine umwerfende Frau. Jetzt verstand er, woher Yuki ihr gutes Aussehen hatte.

Stake lehnte sich etwas in seinem Stuhl zurück, während er weiter den sich drehenden, körperlosen Kopf der wunderschönen Frau anstarrte und gähnte. Er überlegte sich, ein kurzes Nickerchen zu machen, dann aufzustehen und runter zum LOV 69 zu gehen, um dort Burger und Bier zu Abend zu sich zu nehmen. Er fragte sich, ob der Legion of Veterans Post seine billigen Hamburger wohl in größeren Mengen von Tableau Meats bezog.

Ein wunderschöner Kopf. Der sich drehte und drehte. Ein wunderschönes Gesicht. Das sich von ihm weg-, dann wieder zu ihm hindrehte.

Sie war so schön gewesen. So schön wie das Kloster, dessen Außen- und Innenwände mit Mosaiken gekachelt waren, die anstelle einer Heiligen Schrift die Geschichte ihres Glaubens erzählten. (Das ist ein Comicheft, scherzte einer seiner Mitsoldaten, als er die Geschichte verfolgte. Dann hatte der Soldat die hell glasierten kleinen Kacheln weggeschossen, die in einem der Comicbilder das Gesicht ihres Propheten bildeten.)

Das Kloster war im Herzen eines Dschungels versteckt gewesen, wo jeder Farn, jeder Halm, jedes Blatt und jede Ranke eine lebhafte Blauschattierung hatte. Blaue Echsen badeten in den gebrochenen Strahlen einer blau-weißen Zwillingssonne. Hübsche Insekten bewegten ihre blauen Flügel, während sie sich auf blauen Blumen ausruhten. Auf trügerische Weise ähnelten sie Schmetterlingen. Sie tranken jedoch keine Pollen, sondern Blut.

Es hatte eine gewisse Ironie, dass die Mönche selbst die Mosaike nicht sehen konnten, aber jeden Tag Stunden damit verbrachten, ihre Hände ehrfürchtig über die hervorgehobenen und konturenreichen Formen gleiten zu lassen, als würden sie eine in Blindenschrift geschriebene Bibel lesen. Für einige seiner Kameraden war es ihre erste Begegnung mit der Priesterkaste der Ha Jiin, und sie reagierten entsetzt. Ihr Entsetzen machte sie wütend und rabiat, während sie die zehn Mönche des Klosters zusammentrieben und sie mit den Mündungen ihrer Waffen dorthin scheuchten, wo sie sie haben wollten.

Sie trugen wunderschöne, wehende Gewänder aus azurblauer Seide. Bestickt waren sie mit reliefartigen, religiösen Symbolen, die man auch in die Mosaike eingearbeitet fand. Auf dem Kopf trugen sie einen Dreispitz. Und da die Mitglieder der heiligen Kaste als Kinder damit begonnen hatten, ihren Weihrauch zu rauchen, hatte jeder der zehn Mönche ein wirbelförmiges Loch anstelle eines Gesichts.

Wie ein riesiges Astloch in einer ledrigen, blauen Baumrinde. Der Weihrauch hatte krebserregende Eigenschaften, die ihre Gesichtszüge im Laufe der Jahre zerfressen hatten und ihre Identität vernichteten, sodass sie alle identisch aussehende Diener ihres Glaubens waren. Durch den Krebs waren ihre Finger schließlich zu Stummeln verkümmert, sodass die Hände, mit denen sie über die Kacheln rieben, mehr stumpfen Flossen oder fleischigen Handschuhen ähnelten. Ihre Finger opferten sie, indem sie den heißen, glühenden Weihrauch aus den Köpfen der Pfeifen pulten, die sie rauchten. Dann drückten sie die Asche auf eine Stelle in der Mitte ihrer Brust, bis sich dort mit der Zeit eine kleinere, strudelförmige Wunde öffnete wie ein Fenster direkt in ihr Herz. Auf diese Art übten sie sich Tag für Tag in Demut. So lange, bis sie sich vollständig modifiziert hatten. Bis sie den Weihrauch nicht mehr benötigten.

»So krass sind diese Leute also drauf«, staunte einer der Soldaten und schüttelte entsetzt den Kopf. Voll Furcht. »Deshalb ist es so verflucht schwer, gegen sie zu kämpfen!«

Ihrem Glauben ergeben. Entschlossen, ihren Krieg gegen die neu entstehende Jin-Haa-Nation zu gewinnen. Und gegen die Armeen der Erdkolonien, die sie unterstützten.

Aufgrund dieser verbissenen Hingabe wunderte sich Corporal Jeremy Stake ein wenig darüber, dass die beiden Ha-Jiin-Kämpfer, die in dem Kloster Zuflucht gesucht hatten, sich ergaben, als die Erdsoldaten es umzingelten. Als sie das Kloster eingenommen hatten, hatte Stake das Kommando, da der Lieutenant und der Sergeant ihrer Einheit beide durch die Schüsse von Heckenschützen getötet worden waren.

Bei den gefangen genommenen Kämpfern handelte es sich um eine Frau Anfang 20 und einen vielleicht 19-jährigen Jungen mit einer übel infizierten

Beinverletzung, die sie verlangsamt und gezwungen hatte, sich in dem Kloster zu verstecken. Stake befahl ihrem Sanitäter, sich um den Jungen zu kümmern. Ihre Waffen wurden eingesammelt. Der Frau nahmen sie ein Heckenschützengewehr ab. Eine hoch entwickelte Waffe von der Erde, die sie zweifellos irgendwann einer Leiche abgenommen hatte.

»Lass mich die Schlampe abknallen«, wütete Soldat Cortez und richtete seine eigene Waffe auf die nun unbewaffnete Frau, die ihre Finger auf dem Kopf verschränkt hatte. »Sie hat den Lieutenant und Sergeant Lindy getötet – es kann nur sie gewesen sein!«

»Wir exekutieren keine Gefangenen, außer sie versuchen zu fliehen«, ließ Stake anklingen und zitierte damit die Vorschriften.

»Für mich sieht sie ganz danach aus, als würde sie gleich wegrennen«, bemerkte ein weiteres Mitglied der Einheit und senkte seine klobige, mehrläufige Tötungsmaschine.

»Sie hat unsere Anführer abgeknallt«, sagte Cortez. »Du wärst der Nächste gewesen, Mann!«

»Ich meine es ernst«, gab Stake zurück. »Legt ihnen einfach nur ein paar Fesseln an.«

»Sir«, sagte Soldat Henderson, der ihn zu sich bat, damit er sich das Heckenschützengewehr, das sie konfisziert hatten, ansah. Er deutete auf einige Ha-Jiin-Buchstaben, die in den Gewehrkolben geschnitzt oder gebrannt waren. »Können Sie das lesen?«

»Was steht da?«

Henderson erwiderte ernst seinen Blick. »Die Erdlingskillerin.«

Cortez, der die Unterhaltung mitangehört hatte, sprang herum, richtete seine Waffe auf die Frau und fing erneut an zu wüten. »Sie ist es! Sie ist die Erdlingskillerin! So wird sie genannt. Ich weiß nicht, wie viele von uns sie abgemurkst hat, Stake! Wir müssen diese verfluchte Schlampe durchsieben, und zwar *sofort!*«

»Ich habe dir befohlen, dich zurückzuhalten, oder?«, bellte Stake. »Keine Diskussionen, sonst kommt das in meinen Bericht.«

»Der Corporal visiert wohl den Posten des Generals an«, flachste ein weiterer Mann, was er jedoch ignorierte.

Die Erdlingskillerin. Ihre eigenen Leute hatten ihr diesen Spitznamen gegeben. Selbst für sie war sie fast so etwas wie eine Legende. Und diese hatte ihren Weg bis zu den Ohren der Kolonialtruppen gefunden. Eine kaltblütige kleine Schönheit, mit einer Waffe, die fast so groß wie sie selbst war, einem geduldigen Abzugsfinger und einem instinktiven Blick dafür, harte Projektile und verschiedene Arten von Laserstrahlen aus großer Entfernung in feindliche Soldaten zu bohren – sogar durch das störende Wirrwarr der Dschungelvegetation.

Stake wollte jedoch ihren echten Namen erfahren, deshalb trat er näher an sie heran. Er fragte sie danach in einem plumpen, unbeholfenen Versuch, ihre Muttersprache zu sprechen. Sie sagte nichts, starrte ihn nur ungerührt an. Um sie einzuschüchtern, rückte er näher. Allerdings nicht zu nahe, da er selbst eingeschüchtert war. Und das, obwohl sie höchstens anderthalb Meter groß war, so dünn wie ein heranwachsender Junge und ihre Handgelenke vor ihrem Körper gefesselt waren. Diese katzenhaften Augen. Er starrte in sie hinein. Dann wiederholte er seine Frage.

»Thi Gonh«, antwortete sie dieses Mal mit einer Stimme, die für ihre zierliche Gestalt erstaunlich finster und kräftig klang. Und dann keuchte sie. Und Soldat Cortez brach in Gelächter aus.

»Du fängst an, sie zu imitieren, Stake«, sagte er. »Und sie sieht aus, als hätte sie gerade einen Geist gesehen.«

Stake wurde bewusst, dass er sie zu intensiv angesehen hatte, und er brach den Blickkontakt ab. Er hatte aber einfach nicht anders gekonnt. Die junge Frau war tatsächlich eine Schönheit, so wie es die Gerüchte besagten. Ihr Gesicht war grazil geformt, mit zarten Wangenknochen und einem weiblichen Mund, der aber von einer gelassenen Überheblichkeit verhärtet war. Ihre Nase sah aus, als wäre sie irgendwann einmal gebrochen gewesen, doch das – genau wie das schwarze Muttermal unter ihrem Mundwinkel – machte ihre Schönheit noch individueller und gab ihr eine fehlerhafte Menschlichkeit, die sich gut mit ihrer ätherischen Schönheit vertrug. Über ihre inneren Augenwinkel spannte sich eine Hautfalte, auch als Epikanthus-Falte bekannt, die ihren Augen das verengte Aussehen der asiatischen Völker verlieh, und Jake hatte den Eindruck, dass die Ha Jiin deren Gegenstück in dieser Dimension waren.

Die Haut der Frau war so blau wie die Eier eines Rotkehlchens, was Angehörige dieses Volkes so schaurigschön wie Geister erscheinen ließ. Ihre hüftlangen Haare, die in der Mitte geteilt und locker hinter ihrem Kopf zusammengebunden waren, wobei ihr vereinzelte Strähnen ins Gesicht hingen, waren schwarz wie die Nacht – und schimmerten dort, wo das Licht über sie strich, dennoch metallisch rot. Die Pupillen in ihren Augen waren gleichermaßen schwarz wie vulkanisches Glas, doch wenn sich das Licht in ihnen fing, leuchteten sie in einem hellen, beunruhigenden Rot. *Dämonen* wurden die Ha Jiin von einigen Erdsoldaten genannt. Das machte es leichter, sie zu töten.

Stake ließ die Frau nach versteckten Kommunikationsmitteln oder nach Waffen, wie etwa einer Klinge, durchsuchen. Als er bemerkte, dass der Soldat ihr zweimal in die Brust kniff, im Glauben, dass der Corporal nicht sah, wie er der Frau ins funkelnde Antlitz grinste, knurrte Stake: »Benimm dich wie ein Profi, du dämlicher Wichser! Steck sie in eins der Zimmer, die wir abschließen können. Stehe davor Wache.«

»Soll ich ihre Handfesseln dranlassen?«

»Ja, für den Moment.«

Der Soldat sowie auf Stakes Drängen der professionellere Henderson brachten die Frau davon. Stake besann sich eines Besseren und befahl einem dritten Mann, ihnen mit schussbereiter Waffe zu folgen. Selbst ohne Waffen waren die Ha Jiin in der Lage, wie Panther zu kämpfen.

Stake ging dazu über, den Fortschritt zu überprüfen, den der Sanitäter bei dem verwundeten Jungen erzielt hatte. Er war in eine der winzigen Schlafkammern gebracht worden, die kaum mehr enthielten als eine dünne Matratze auf dem Boden und die jeder der Mönche gerade benutzt hatte, bevor die Erdsoldaten sie alle in einen großen Raum gepfercht hatten, wo sie bewacht werden konnten. Bei der Gefangennahme der beiden Ha Jiin hatte der Junge Englisch gesprochen und Stake hatte gehofft, ihn verhören zu können, doch der Sanitäter hatte ihn betäubt, damit er gefahrlos seine Arbeit an ihm verrichten konnte.

Stattdessen kontaktierte er seine Vorgesetzten und erstattete über den Status seiner Einheit Bericht. Der Verlust von zwei Kommandeuren und zwei Infanteristen, die Einnahme des Klosters, die Gefangennahme der Ha-Jiin-Kämpfer. Er erwähnte die Worte, die in die auf der Erde gefertigte Waffe der Frau geritzt waren. Und wurde für seine Arbeit gelobt.

Stake bekam den Befehl, das Kloster so lange zu halten, bis eine weitere Bodeneinheit in ein paar Tagen zu ihnen stoßen würde, und gemeinsam würden sie weiter bis zum nächsten X auf der Karte vorrücken, zur nächsten Reihe auf dem Schachbrett. Da kein Soldat der Kolonialtruppen so schwer verwundet war, dass eine Rettungsmaschine einfliegen musste, um ihn abzutransportieren, würde vorerst auch kein Flieger entsandt werden, nur um die Gefangenen abzuholen. Wahrscheinlich so lange nicht, bis die zusammengeschlossenen Einheiten bereit waren, zu ihrem nächsten Ziel vorzurücken. Aufgrund der Sensibilität ihrer Operationen hatte Stake bisher keine Ahnung, wo sich dieses Ziel befand oder was seine Leute nach ihrer Ankunft dort tun sollten.

Er hatte den Befehl, den Priestern nichts zuleide zu tun, da das eine schlechte Presse geben konnte. Wenn der Flieger schließlich hereinkam, würden sie nicht weggebracht werden. Auch wenn kleine Erkundungseinheiten der Kolonialtruppen durch diesen Teil des Dschungels krochen, hätten sie aufgrund der großen religiösen Bedeutung dieses Gebiets offiziell gar nicht hier sein dürfen. (Die wertvollen, unterirdischen Gase, die gewisse Beteiligte abbauen wollten, traten hier aus gelegentlichen Rissen und stiegen in die Luft wie Geister, die angebetet werden wollten.) Stake hatte den Eindruck, dass seine Vorgesetzten die Situation erst besser einschätzen wollten, bevor sie irgendwelche auffälligen Flugzeuge hineinschickten. Es war sogar denkbar, dass den zusammengeschlossenen Einheiten abverlangt wurde, die Gefangenen zu Fuß mitzunehmen. Wenn die Befehle erteilt wurden, würde er sie befolgen, wie immer sie lauteten.

Bei Anbruch der Nacht sah Stake schließlich noch einmal nach der Gefangenen. Die Wachablösung hatte stattgefunden und Henderson berichtete, dass es ihm mithilfe des aktualisierten Übersetzungschips in seinem Kopf – programmiert mit der Sprache der Ha Jiin und vielen anderen – gelungen war, mit der schweigsamen Gefangenen ein paar Worte in ihrer eigenen Sprache zu wechseln. Lächelnd meinte er zu dem Corporal: »Sie haben sie wirklich in Angst und Schrecken versetzt. Sie nennt Sie einen Ga Noh. Das bezeichnet in etwa eine Chimäre oder einen Gestaltwandler. Eine mystische Wesenheit, halb Mensch, halb Gott. Vielleicht gut, vielleicht aber auch böse.«

»Hast du ihr erklärt, dass ich nur eine Missgeburt aus Tin Town bin?«

»Nein, Sir. Es könnte nützlich sein, wenn sie sich vor Ihnen fürchtet.«

»Genau wie du, stimmt's nicht, Henderson?«

»Genau so, Sir.«

Stake blickte auf die geschlossene Tür des Zimmers, in dem sie gefangen gehalten wurde. Eine dicke Fläche aus blau glasiertem Holz. »Ich gehe rein und sehe sie mir an.«

Die Frau saß im Schneidersitz auf der Matratze, die Handgelenke in ihrem Schoß gefesselt. Sie und der Junge hatten ehrfurchtsvoll ihre Sandalen abgestreift, sobald sie in das Kloster gebracht worden waren. Stakes Blicke begutachteten ihre nackten Füße. Der Abstand und die Verkümmerung des großen Zehs (führten die Riemen der Sandalen mit der Zeit dazu?) ließen sie ein wenig wie ein Greiforgan erscheinen und auf den Knöcheln wuchsen sogar kleine Flecken aus borstigen, schwarzen Haaren. Affenfüße, scherzten die Kolonisten über die Ha Jiin, um sie noch weiter zu entmenschlichen. Die Füße der Frau waren klein wie die eines Kindes. Verlegen löste er seine Augen davon, um ihren Blick zu erwidern. Ihre Augen leuchteten gegenwärtig in dieser beunruhigend roten Farbe, als würden sie von innen heraus angestrahlt.

Stake kniete vor ihr am Rand der Matratze nieder. »Ich bin Corporal Jeremy Stake«, sagte er zu ihr und berührte seine Brust. Stockend und bruchstückhaft versuchte er ihr in der Sprache der Ha Jiin zu erklären, dass er der befehlshabende Kommandeur war, auch wenn sie das bestimmt schon aufgrund der Abzeichen auf seiner blau getarnten Uniform wusste und dadurch, wie er die anderen herumkommandiert hatte. Er zweifelte jetzt nicht mehr daran, dass sie es gewesen war, die den Lieutenant und den Sergeant abgeknallt hatte, und dass sie nur zu gut damit vertraut war, militärische Rangabzeichen auf dem Vergrößerungsschirm ihres Gewehrs zu erkennen.

Sie sagte nichts. Aber sie hielt seinem Blick stand. Ihm wurde klar, dass sie darauf wartete, dass er sich wieder zu verändern begann. Um zu beobachten, wie ihr eigenes Gesicht auf seinem reproduziert wurde, so wie eine Wasserspiegelung, die sich unter kleiner werdenden Wellen abzeichnet, nachdem ein Kieselstein die glatte Oberfläche eines Teichs durchbrochen hat.

Mehrere kleine Fliegen schwirrten durch das Zimmer, von denen eine auf ihrem Kinn landete und zu ihrem Muttermal krabbelte, als könnte es sich dabei um eine seltene Beere handeln. Die Frau drehte den Kopf auf ihre Schulter und zerdrückte das Insekt. Als sie ihre Augen wieder auf die von Stake richtete, sah er, dass das winzige Insekt in schwarzen Flecken auf ihrer Unterlippe verschmiert war.

Ohne nachzudenken, und offenbar auch ohne es zu beabsichtigen – aber wohl wissend, dass die schwere Tür hinter ihnen geschlossen war –, streckte Stake seinen Daumen aus und wischte die Kleckse von ihrer Unterlippe.

Sie öffnete den Mund und umschloss damit seinen Daumen.

Einen Moment lang rechnete er damit, dass sie zubeißen würde. Um dann ihren Kopf von einer Seite zur anderen zu schütteln wie ein Hund mit einer Katze zwischen den Zähnen. Doch stattdessen nuckelte sie an seinem Daumen. Ihre Augen blieben dabei auf seine gerichtet. Jetzt waren sie wieder schwarz und zugleich mysteriös und verheißungsvoll.

Und in diesem Moment wusste Jeremy Stake, dass aus ihm und der Erdlingskillerin ein Liebespaar werden würde.

Während sie noch immer an seinem Daumen nuckelte und ihn mit ihrer Zunge umkreiste, hörte er ein seltsames Geräusch von jenseits der dicken Tür. Unheimlich und mysteriös. Zwischen den Geräuschen und dem, was die Frau da tat, stellten sich seine Nackenhaare auf. Ihm wurde bewusst, dass dies das Geräusch war, das die Mönche durch das Spiralloch ausstießen, dort, wo sich einst ihre Gesichter befunden hatten. Alle zehn Mönche produzierten das Geräusch gemeinsam. Dies war der Zeitpunkt für ein Gesangsritual. Sie konnten zwar keine Uhren erkennen, aber sie mussten innerlich spüren, dass sich die volle Stunde näherte.

Das Geräusch wurde lauter. Und lauter. Es schmerzte in seinen Ohren. Wurde ohrenbetäubend laut.

Stake sah nicht mehr die Frau. Alles, was er sah, war sein eigener Schmerz. Er hielt sich die Ohren mit beiden Händen zu, riss den Mund weit auf und entließ einen Schmerzensschrei. Sein Mund öffnete sich noch weiter. Und weiter. Das Geräusch der Mönche drang nun aus seinem eigenen Mund, der sich immer weiter öffnete. Sein Mund würde sich so weit öffnen, bis er seine Nase verschluckte und dann seine Augen. Bis in der Mitte seines Gesichts nur noch ein klaffendes, schreiendes Loch zurückblieb.

O mein Gott, dachte er. Ich verwandele mich in einen von *ihnen.*

Seine Augen schnellten auf, während er sich noch immer die Handflächen auf die Ohren presste. Und das schreckliche Geräusch noch immer aus seinem weit aufgerissenen Mund strömte. Jeremy Stake erwachte wieder, erhob sich von dem Stuhl vor seiner Computerstation und ging wankend ins Badezimmer. Voller Angst vor dem, was er im Spiegel sehen würde.

Doch als er es wagte, den Spiegelmonitor zu aktivieren (der sein Spiegelbild umdrehte, sodass er sich selbst genau so sah, wie andere ihn sahen), stellte Stake fest, dass sein Mund doch nicht weit offen stand und sich auch nicht vergrößerte. Eigentlich war es mehr eine sabbernde Grimasse. Und die ganze Zeit über keuchte er und umklammerte den Rand des Waschbeckens. Während er sein Spiegelbild anstarrte, murmelte er ein eigenes Gesangsritual vor sich hin.

»Jeremy Stake. Jeremy Stake. Jeremy Stake.« Als wäre er sein eigener Kriegsgefangener, der seinen Namen, seinen Rang und seine Ordnungsnummer nannte.

8.

DIE FLEISCHMASCHINEN

»Das sind die, die wir im Innern des Gebäudes getötet haben«, sagte Mira und schwenkte ihren molligen kleinen Arm. Fünf zum Großteil intakte Körper lagen sauber aufgereiht auf dem Rücken in der Dunkelheit von Wohnung 6-B in Steward Gardens. »Fünf bis zehn von uns haben sie getötet.«

»Als wir draußen waren, habe ich die Lücken gar nicht bemerkt«, sagte Javier und meinte damit die schmalen Nischen, die die Gesichtslosen besetzt hielten. Er ging näher an die Leichen heran und stupste eine von ihnen mit seiner Schuhspitze am Bein an.

»Wie gesagt, das sind nur fünf von 72. Kein Wunder, dass du sie nicht bemerkt hast.«

»Das sind also Androiden, hm?«, sagte Javier skeptisch und ging neben einer der Leichen in die Hocke.

Selbst aus dieser Nähe nahm er bei den Leichen keine Fäulnis wahr, nur einen schwachen Fischgeruch aus den offenen Wunden an den Stellen, an denen die Pistolen der Tin Town Terata Stücke aus ihnen herausgefetzt hatten. Die Köpfe wiesen die meisten tödlichen Wunden auf. Er hob einen schlanken, aber schweren Arm, der am Ellbogen komplett weggesprengt worden war.

Bei der Berührung und in seiner Konsistenz wirkte er gummiartig. Er bemerkte die weißlichen Fäden, die anstelle von Adern, Nerven oder Sehnen aus dem Stumpf hingen.

»Das sind Bilfs«, bemerkte Mira. Biotechnische Lebensformen. »Allerdings sehr simple, nicht wie echte Menschen. Mehr so etwas wie *organische* Androiden.«

Javier legte das Glied wieder auf den Boden und beugte sich näher über den zerstörten Kopf des Wesens. Innen war er so grau wie außen. Eine Schmierschicht aus einer klaren Flüssigkeit bedeckte von innen die Wunden des Wesens und unter seinem Körper hatte sich eine klebrige Lache ausgebreitet, aber er entdeckte keine Schädelsplitter. Er entdeckte auch kein Gehirn. Nur festes, graues Fleisch, das von einem Netz dieser weißen Fäden durchzogen wurde. Im Innern der klaffenden Kopfwunde entdeckte er jedoch eine Ecke des zerschmetterten Programmierchips, auf den Mira hingewiesen hatte. »Diese Chips sind also alle aktiviert.«

»Ich kann mir nur vorstellen, dass die Leute, die dieses Haus eröffnet hätten, es aber nie getan haben, die Gesichtslosen eingeschaltet gelassen haben, um Einbrecher und Randalierer fernzuhalten. Und wahrscheinlich sind alle mit einem einzigen Computerserver verbunden, zusammen mit dem Generator.«

Javier sah zu ihr auf. »Okay, aber wenn hier im Gebäude der Strom eingeschaltet ist und diese Dinger und der mörderische Abfallapparat alle über einen Server laufen, warum kann der Computer dann nicht einfach jedes Fenster in diesem Gebäude öffnen und die gesichtslosen Wichser reinlassen, um uns fertigzumachen?«

»Nun, das weiß ich nicht. Vielleicht haben die Eigentümer den Computer so programmiert, dass er mit diesen Dingen nur kommuniziert und sie als Wachmannschaft einsetzt, und den Abfallautomaten haben sie entweder übersehen oder sie haben ihn vollständig aktiviert gelassen, weil die Eigentümer ihn noch gebraucht haben. Dass es euren Freund aber auf so schräge Weise angegriffen hat, lässt mich vermuten, dass sein Programm mit dem der Gesichtslosen zusammengeschlossen ist. Sie dienen demselben Zweck.«

»Einem gemischten Zweck. Uns Abfallprodukte zu entsorgen.«

»Ja, aber auch das Verhalten der Gesichtslosen kann doch nicht normal sein. Das, was sie hier machen, wäre dem Gebäude nicht gut bekommen. Kannst du dir vorstellen, wie diese Dinger aufwachen und jeden Besucher und jeden Lieferanten töten? Sie sind zu aggressiv. Ihr Programm läuft fehlerhaft. Wer weiß, vielleicht haben die Eigentümer des Gebäudes sie gar nicht angelassen. Vielleicht ist erst kürzlich ein Virus ins System eingedrungen und hat sie geweckt. Es könnte auch sein, dass der obdachlose Kerl, den sie getötet haben, ihre Aktivierung ausgelöst hat, indem er hier irgendeinen Blödsinn angestellt hat. Vielleicht war er der Erste, der einen Alarm ausgelöst und die Dinger aus ihrem Ruhezustand geweckt hat. Und jetzt kommen sie auf eine verdrehte Weise ihrer Aufgabe nach.«

Javier stand auf und stellte sein aggressiv-spöttisches Stadtlächeln zur Schau. »Haha. Du bist ganz schön schlau, weißt du das?«

Er sah, wie ihr schönes Gesicht errötete. »Mein Körper ist verkrüppelt. Nicht mein Gehirn.«

»Bist du also die Anführerin eurer Gang?«

»O nein. Nein. Unser Anführer wurde von der Bande getötet, gegen die wir gekämpft haben, bevor wir überhaupt aus Tin Town herausgekommen sind.«

»Die anderen scheinen aber auf dich zu hören. Mehr oder weniger.«

»Sie respektieren mich, schätze ich.« Sie zuckte bescheiden mit den Schultern.

»Ich wünschte, meine Leute würden mich etwas mehr respektieren. Sie waren schon immer eine schwer zu bändigende Meute, aber in letzter Zeit – ich weiß nicht. Vielleicht werde ich zu alt für diesen Scheiß. Ich bin 25. Ich bin kein Teenager mehr. Verdammt, die meisten ursprünglichen Snarlers sind alle ausgestiegen und haben geheiratet und so. Die Kinder, mit denen du mich hier siehst, sind alle später dazugestoßen.«

»Bei uns Mutanten ist das nicht so das Problem. Wir tun uns mehr zusammen, um zu überleben, als um …«

»Um was – Verbrecher zu sein? Drogen zu verkaufen? Leute auszurauben? Autos und leer stehende Lagerhallen für einen Anteil der Versicherungssumme abzufackeln?« Sein Ton war defensiver geworden. »Ja, das alles habe ich schon getan.«

Mira stotterte: »Ich meine ja nur, in unseren Banden in Tin Town nehmen wir alle Altersgruppen auf.«

Er atmete durch, um sich abzuregen. »Nun, für die Snarlers fühle ich mich definitiv zu alt. 25 ist so, als wäre man ein abgehalfterter alter Opa.«

Mira lächelte. »Ich finde nicht, dass du abgehalftert aussiehst.«

»Schätze, ich sollte mir einen Job besorgen.« Er starrte wieder auf die fünf toten Gesichtslosen hinab. »Aber was soll ich tun? Als was soll ich arbeiten? Ich kann nicht in irgendeinem Büro arbeiten. Und körperliche Arbeit … Ha. Die meisten Fabriken in dieser Stadt haben dichtgemacht und die Jobs, die sie noch haben, werden von Robotern und Klonen erledigt. Sogar diese Wichser hier hatten einen Job.«

Mira wusste nicht, was sie ihm darauf antworten sollte. Bei ihr als Mutantin in einem der ärmsten Slums in Punktown waren die eigenen Träume schon immer so beschränkt gewesen, dass sie keine Fantasie mehr dafür aufbringen konnte.

Plötzlich blickte er zu ihr auf. »Du hast also diese Gabe.

Du hast Brat sterben gehört. Du hast es in deinen Gedanken gesehen. Kannst du das bewusst steuern?«

»Ein wenig, aber meistens passiert es zufällig. Ich empfange Bruchstücke der Gedanken anderer Leute. Irgendwie dringen sie durch das Grundrauschen, wenn du verstehst, was ich meine. Und manchmal hören Leute sogar meine Gedanken, deshalb glaube ich, dass ich auch ein Transmitter bin und nicht nur ein Empfänger.«

»Kannst du gerade meine Gedanken lesen?«

Sie grinste schüchtern. »Nein.«

Er erwiderte ihr Lächeln. »Gut«, sagte er mit neckender Zweideutigkeit. Genau genommen wusste er selbst nicht, wie er das meinte. Flirtete er mit ihr? Einer Zwergin aus Tin Town? Er wusste, dass einige Männer die Mutantenbordelle der Stadt aufsuchten zu dem ausdrücklichen Zweck, derartige Erfahrungen zu machen. Vielleicht sprachen kleine Leute den Pädophilen in ihnen an. Javier selbst hatte nie auf Mutanten, Amputierte und dergleichen gestanden. Allerdings hatte er schon mit Frauen geschlafen, die leicht abgefahrene Körpermodifikationen an sich hatten vornehmen lassen, und fand auch ein paar außerirdische Rassen attraktiv: Er war schon mit einer Choom gegangen, und einmal war er in ein exotisches Kalianer-Mädchen verknallt gewesen, auch wenn sie ihm aufgrund ihrer strengen Kultur nicht gerade den Tag versüßt hatte.

Mira, die schüchterner aussah denn je und vielleicht sogar ein bisschen misstrauisch, aus Angst, er könnte sie verspotten, kehrte zu ihrem vorherigen Thema zurück. »Weißt du noch, wie ich gesagt habe, dass die Gesichtslosen wahrscheinlich alle mit einem einzigen Server verbunden sind? Ich glaube, dass ich sogar einige Gedanken des Computers aufgeschnappt habe. Mehr so etwas wie ein Kauderwelsch, das ich gar nicht in Worte fassen kann. So als würde man den Lauten von Insekten lauschen.«

»Moment! Du kannst auch die Gedanken von Maschinen lesen?«

»Nun, wenn es das ist, was ich höre, muss es sich dabei um einen encephalonen Großrechner handeln. Du weißt schon – ein Computer aus biotechnisch erzeugter, menschlicher Gehirnmasse. Damit wäre er zum Teil organisch.«

»Ah. Ja. Zu blöd, dass deine Gabe nicht stärker ausgeprägt ist, sodass du dem Ding befehlen könntest, diese Gesichtslosen auszuschalten.«

»Ich wünschte, ich wäre so mächtig.«

Javier, der einen Moment lang einem Gedanken nachhing, legte seinen Fuß auf den Kopf eines der Gesichtslosen und drehte ihn auf dem gummiartigen Hals herum, sodass er die Zahl, die in dessen Stirn gekerbt war, besser erkennen konnte. ›9-A‹. Dann meinte er: »Ich frage mich, ob diese Dinger mehr waren als nur Wächter. Vielleicht waren sie auch als Diener vorgesehen.«

»Daran habe ich auch schon gedacht. Besonders in Anbetracht des Namens Steward Gardens.«

»Wieso, was ist denn ein ›Steward‹?«

»Nun, ein Steward ist so eine Art Diener. Oder ein Kellner, oder ein Kerl, der sich auf einem Schiff um die Passagiere kümmert. Du weißt schon.«

»Nett. Jeder mit seinem eigenen Sklaven, Schrägstrich Leibwächter. Aber die Wohnungen selbst sind alle ziemlich klein. Jede mit nur einem Schlafzimmer. Kein geeigneter Ort, um eine Familie zu gründen.«

»Wahrscheinlich haben sie sich mehr an unverheiratete, junge Berufstätige gerichtet. Büromenschen in Arbeitszellen, die sich auch an Wohnzellen nicht stören würden. Aber sie würden einen Haufen Geld dafür bezahlen, weil sie genau im Herzen eines der besten Stadtviertel liegen.«

»Sechs Wohnungen auf der Vorderseite der beiden Flügel und sechs an den Seiten. Was befindet sich auf der Rückseite des Gebäudes?«

»Wartungsbüros und die Aufzüge und Treppen zu den Obergeschossen.«

»Ah. Und was befindet sich in der Mitte der beiden Flügel? Die Wohnungen liegen an den *Außen*wänden, was befindet sich also auf der anderen Seite der Gänge?«

»Komm mit, ich zeig's dir.«

Sie verließen 6-B, schlossen die Tür hinter sich und fanden sich in einem dunklen Gang mit Teppichboden wieder. Javier folgte der Mini-Frau weiter den Gang entlang, bis sie zu einer der breiten Türen in der Wand gegenüber den Wohnungstüren kamen. Sie öffnete sie und sie betraten eine einzelne, große Kammer.

Miras Stimme hallte etwas, als sie erklärte: »Im Erdgeschoss des B-Flügels haben wir dieses große, leere Zimmer, von dem ich vermute, dass es ein Aufenthaltsraum gewesen sein könnte, den die Bewohner für Partys, Geschäftssitzungen und dergleichen benutzt haben. Im Stockwerk über uns befindet sich ein Tennisplatz. Und im dritten Stock ein Swimmingpool, der aber leer ist.«

»Jetzt verstehe ich wirklich, warum man so viele Munits bezahlen würde, um hier zu wohnen. Was ist mit dem A-Flügel?«

»Im Erdgeschoss gibt es ein kleines Café, größtenteils Automaten und ein paar Tische.« Sie sah, wie sich Javiers Mund öffnete, schnitt ihm aber das Wort ab. »Die Automaten wurden nie aufgefüllt. Im zweiten Stockwerk befindet sich eine Turnhalle. Im dritten Stock ist ein kleines Kino untergebracht.«

»Nettes Haus. Und ich kann nicht erwarten, hier verdammt noch mal rauszukommen.« Javier sah sich in dem dunklen, höhlenartigen Aufenthaltsraum um. »Was ist mit dem Dach? Es muss dort einen Hubschrauberlandeplatz geben. Seid ihr da mal raufgegangen?«

»Ja. Aber die Gesichtslosen sind aus ihren Nischen gekommen und haben angefangen, an den Wänden hinaufzuklettern. Wie gesagt, sie haben alle Schweinehühner getötet, die sie dort finden konnten.«

»Sie bleiben also in ihren Nischen, wenn sie nicht direkt angegriffen werden, hm?«

»Ja. Ich weiß nicht genau, ob sie schlafen.«

Sie verließen den Aufenthaltsraum und schlossen die Tür. Gemeinsam machten sie sich auf den Rückweg zu ihrem Lager in 1-B. Javier, der langsamer ging, um auf Mira Rücksicht zu nehmen, fragte: »Hast du eine Pistole?«

»Nein.«

»Dann nimm die hier. Ich habe eine eigene.« Er reichte ihr eine Pistole und erklärte: »Die hat meinem Freund Brat gehört. Ich habe sie ihm einmal zum Geburtstag geschenkt.«

Während sie weitergingen, begutachtete Mira die fiese kleine Pistole und lächelte dabei, als hätte er ihr aus einem Feld, durch das sie gewandert waren, eine Blume gepflückt. »Danke.« Sie steckte sie in den Gürtel ihrer weißen Shorts.

Jetzt, wo sie die Hände wieder frei hatte, griff sie nach ihren Schläfen, um sie mit den Fingerspitzen in Kreisbewegungen zu massieren. Als Javier das sah, runzelte er die Stirn. »Was ist? Kopfweh?«

»Ja. Ich bekomme das oft sehr heftig.«

»Hat das mit deiner Gabe zu tun?«

»Ich nehme es an.«

»Meine Mutter hat auch immer übles Kopfweh bekommen, deshalb ließ sie mich ihre Füße massieren.«

»Ihre *Füße?*«

»Ich glaube, sie hat gedacht, dass das so eine Art

Akupunktur ist, wo ein Teil deines Körpers mit einem anderen verbunden ist.«

»Und ich glaube, dass das nur eine Geschichte ist, die du Mädchen erzählst, damit sie sich von dir die Füße massieren lassen. Das klingt so unschuldig. ›Ich habe das für meine Mama getan, Baby, ehrlich.‹«

Er gluckste. »Ja, da könntest du mich erwischt haben.«

Mira warf ihm einen verlegenen Blick zu. »Ich meine, damit will ich nicht sagen, dass irgendjemand mir die Füße massieren wollen würde.«

»Was? Warum denn nicht?«

»Na ja, weil sie so klein sind.«

»Komm schon. Wer steht denn auf Mädchen mit großen Füßen?«

Inzwischen waren sie zu 1-B zurückgekehrt – und mitten in einen hitzigen Streit. Javier ging erst davon aus, dass er zwischen den Snarlers und den Terata geführt wurde, bis er die wutverzerrten Gesichter von Nhu und Mott sah. Nhu hielt ihren Unterarm, als wäre er verletzt. Der Choom wirbelte zu seinem Anführer herum und sagte: »Sie hat versucht, mit ihrem Armbandcomputer die Forcers herzubestellen, Mann!«

Javier funkelte das vietnamesische Mädchen an. »Ich dachte, ich habe dir befohlen …«

»Wie lange sollen wir denn hier drinbleiben, Javier? Die Mutanten sind seit elf Tagen hier! Vielleicht haben sie keinen besseren Ort, an den sie gehen können, aber ich habe eine Familie, die auf mich wartet! Das ist doch verrückt – wir müssen doch nur jemanden anrufen! Wir sind hier mitten in Beaumonde! Autos fahren direkt an uns vorbei! Wir sitzen nicht auf einem anderen Planeten fest.«

»Wir können die Forcers nicht mit hineinziehen. Wir landen im Gefängnis.«

»Da wäre ich lieber als hier.«

»Oh, wirklich? Das glaube ich nicht. Wir können es hier herausschaffen und das werden wir auch. Wo ist dein Computer?«

Mott hielt ihn hoch. »Ich habe ihn.«

»Du hast mir fast den Arm gebrochen, du Weichbirne!«, schrie Nhu ihn an.

»Zur Hölle mit dir!«

»Na gut, alle geben Patryk ihre Handtelefone, Computer und so weiter.«

»Warum schon wieder Patryk?«, schmollte Nhu.

»Weil er hier einer der wenigen ist, denen ich noch vertrauen kann. Außerdem hat er einen Rucksack.«

»Dann hoffe ich, dass niemand den Rucksack dieses Jungen stiehlt«, scherzte der Mutant namens Satin. »Der hat dann nämlich das ganze Essen *und* alle Telefone.«

»Keiner von euch sollte in Panik geraten«, knurrte Javier in Nhus Richtung, doch dann musterte er auch alle anderen Gesichter mit glühenden Blicken, ganz gleich, ob diese intakt waren oder mutiert. Auch Barbie mit ihren fünf. »Wenn wir die Nerven verlieren und nicht mehr zusammenarbeiten, dann sterben wir. Denkt ihr Wichser, ich bin 25 geworden, weil ich jedes Mal Panik geschoben habe, wenn ich in Gefahr war?«

»Genau«, sagte Tiny Meat zu Nhu. »Kaum verlässt du die Folger Street, vergisst du plötzlich, wer du bist?«

»Sei still, Sackgesicht.«

»Miststück.«

»Alle!«, brüllte Javier. Endlich machte sich Stille breit.

Der große, ruhige Patryk sammelte einige Geräte ein und verstaute sie in seinem Rucksack. Nhu begann zu schluchzen. Sie wich bis zur Wand zurück, glitt an ihr entlang zu Boden und schlang die Arme um ihre Beine. »Es tut mir leid, okay?«, wimmerte sie. »Es tut mir leid.«

Neben ihr gurrte der spinnenartige Choom-Mutant

namens Haanz: »Dir wird nichts passieren. Alles wird gut, okay?« Er streckte seine extralangen Finger aus, um über die seidig schwarzen Haare zu streichen, die jetzt, wo sie sich ihrer lindgrünen Badekappe entledigt hatte, nach unten hingen und ihr Gesicht verbargen. Doch Nhu hob plötzlich den Kopf.

»Fass mich nicht an!«

Der Mutant zog seine Hand zurück und wandte schamvoll die Augen ab.

»Patryk«, sagte Javier und nahm ihn beiseite, »setz dich an Nhus Computer und suche im Netz nach Steward Gardens. Vielleicht findest du etwas, das uns hilft. Grundrisse oder so. Vielleicht etwas, das wir verwenden können, um diese Zombies da draußen zu bekämpfen oder auszuschalten.«

Patryk nickte und ging ins Nebenzimmer.

Javier seufzte, dann hob er einen Arm und schnüffelte an sich. »Die Duschen funktionieren also?«, fragte er Mira.

»Ja. Komm mit, ich zeige dir, wie man sie benutzt.« Sie ging dem Anführer der Snarlers voran zum Badezimmer.

»Ich bin mir sicher, dass er nicht ganz so dumm ist, dass er nicht rausfindet, wie eine Dusche funktioniert«, grummelte Satin, der in seinem kybernetischen Pony festgeschnallt war.

Nick mit dem platten Gesicht schnaubte amüsiert. »Eifersüchtig, Mann?«

Satin drehte seinen kahlen Kopf und warf seinem Freund einen vernichtenden Blick zu.

Im Badezimmer sah Javier dabei zu, wie sich Mira in die Duschkabine beugte, um ihm die unterschiedlichen Bedienelemente zu erklären. Als sie mit ihren Erklärungen fertig war, drehte sie sich um und sah, dass er sich bereits das Hemd ausgezogen hatte. Sie schien verblüfft von dem entblößten Anblick seines schlanken Oberkörpers mit den darauf verstreuten Narben und Tätowierungen. Der stilisierte Hundekopf, der die Zähne fletschte, die Signatur der Folger Street Snarlers, die seine linke Brust zierte.

Als er ihre Verlegenheit bemerkte, oder was auch immer da in ihrem Gesicht war, lächelte Javier und sagte: »Sorry.«

Ihre Augen wanderten zu einer langen, erhobenen Narbe auf seinem Schlüsselbein. Sie streckte die Hand aus, um sie mit einem Finger sanft zu berühren. »Was war das?«

»Wir haben es im letzten Jahr mit einer Tikkihotto-Bande zu tun bekommen. Sie hatten diese Äxte – wie nennt man sie noch – E-ikkos. Dieses Kind hat mir mit seinem E-ikko eins übergezogen. Ich hätte das einebnen lassen können, aber das ist teuer und …« Er zuckte mit den Schultern. Offensichtlich mochte er seine Kampfnarben.

Noch immer rieb sie mit dem Finger über die Narbe, den Blick so vertieft wie eine Ärztin. Als sie ihre Hand schließlich sinken ließ, nahm Javier sie in seine eigene. Er führte sie zu seiner Brust hinunter, führte ihren Finger wie einen Bleistift. Ließ sie über seine Brustwarze gleiten und dort kurz verweilen. Dann seine Rippen hinunter. In die Haare auf seinem Bauch.

Seine Augen bannten ihre. Keiner von beiden lächelte jetzt. Sie hätten sich in diesem Moment zu verletzbar gemacht. Oder es konnte das alles wie einen Scherz erscheinen lassen. Dies war nicht die Zeit für Scherze. Die Situation, in der sie sich hier befanden, war sehr ernst: im Hinblick auf den Krieg und im Hinblick auf ihre gegenseitige Anziehungskraft.

9.

BETTSPIELE

Stake hasste die Sitcom *Buddy Balloon* mit einem Mutanten namens Buddy Vrolik in der Hauptrolle, der von den Produzenten in Tin Town entdeckt worden war. Buddy war eine 70 Kilo schwere Kugel ohne Gliedmaßen, ohne Gesichtszüge, ohne irgendetwas außer künstlich gelegten Anschlüssen, über die er mit Nährstoffen versorgt wurde und aus denen die Ausscheidungsprodukte gepumpt wurden – Substanzen, die unter dem motorisierten Wagen, in dem er saß, in Behältern gelagert wurden. Diesen Wagen konnte er mithilfe eines Chips bewegen, der in sein Gehirn implantiert war, welches im Innern der Kugel wie ein Dotter im Ei ruhte. Auf ähnliche Weise konnte er über einen Lautsprecher in seinem Wagen seine Gedanken in Form einer synthetischen Stimme äußern.

In Tin Town, vor seiner Entdeckung, hatte seine Schwester Buddy den ganzen Tag in ihrem Wohnzimmer in einem Plastikschwimmbecken für Kinder sitzen lassen, wo er eine Nährlösung aufgesaugt hatte, die für gewöhnlich unterernährte Säuglinge mit einer Babyflasche verabreicht bekamen.

In der Comedyserie stand Buddy – dessen Mutation *Acardia amorphus* genannt wurde, wie Stake gelesen hatte – im Mittelpunkt einer liebenswerten, wenngleich problembehafteten Familie, mit der er sich zankte oder der er in einem harten, urbanen Akzent neunmalkluge

Sprüche um die Ohren haute. Er war bekannt für seine anzüglichen Bemerkungen und Doppeldeutigkeiten, wenn weibliche Bekannte der Wohnung einen Besuch abstatteten.

Stake konnte Vrolik nicht zum Vorwurf machen, dass er sich auf diese Art selbst erniedrigte. Er führte ein besseres Leben, als er es je gekannt hatte. Er war in der Lage gewesen, seine Familie aus Tin Town herauszuholen. Stake war jedoch klar, dass Vroliks Wohltäter nicht von der Sorge um sein Wohlergehen geleitet wurden. Und wenn andere Mutanten, einer grotesker als der andere, zu Helden ihrer eigenen, von Konkurrenzsendern produzierten Sitcoms wurden, dann würde das keine Welle der Sorge über die entsetzlichen Lebensbedingungen in Tin Town auslösen wie etwa die epidemische, medizinische Unterversorgung der Armen oder die Giftstoffe in der Luft. Es würde bei Zuschauern, die auf selbstgefällige Weise erleichtert darüber waren, dass sie selbst zwei Arme, zwei Beine und zwei Augen besaßen, eine Welle allgemeinen Gelächters auslösen.

Janice Poole kam in einer purpurnen Seidenrobe ins Schlafzimmer zurück, während sie sich die grauschwarzen Haare mit einem Handtuch abtrocknete. Sie bemerkte, was er sich gerade ansah, während er noch immer nackt auf ihrem Bett lag, das Hautlaken jedoch bis zur Brust gezogen. »Oh, dieser Bursche ist so witzig«, sagte sie und setzte sich auf die Matratzenkante. »Vor ein paar Wochen habe ich ein Interview mit ihm im VT gesehen und er ist im wahren Leben wirklich genauso witzig.«

»Der eiserne menschliche Wille«, sagte Stake trocken.

Janice sah ihn an. »Ich habe dich in der Dusche vermisst, du Faulpelz. Wir hätten da drin unseren Spaß haben können.« Sie beugte sich über ihn und drückte ihr Gesicht seitlich in seinen Schritt, wobei das lebende Gewebe ihres

Bettes eine dünne Barriere zwischen seiner und ihrer Haut darstellte. Sie tat so, als würde sie einem Baby im Mutterleib lauschen. »Ich höre, wie da drin etwas tritt.«

Stake strich ihr mit der Hand durch die Haare – eine Geste, die mehr pflichtbewusst als liebevoll wirkte. Er war nicht zu faul gewesen, um mit ihr zu duschen. Er hatte die paar Minuten für sich gebraucht, nachdem sie die letzten Stunden zusammen im Bett verbracht hatten. Sie hatten sich in der Unterhaltungsanlage am Fußende ihres Bettes Filme angesehen. Einige ihrer Lieblingsfilme mit einigen ihrer Lieblingsschauspieler in der Hauptrolle.

Sie hatte Stake gebeten, seinen Blick auf den Bildschirm gerichtet zu lassen. Damit er sich besser auf seine Zielperson konzentrieren konnte, hatte sie gelegentlich sogar eine große Nahaufnahme mithilfe ihrer Fernbedienung eingefroren. Wie ein Heckenschütze, der sein Ziel im Blick behält. Auf diese Weise hatte Janice Poole zunächst mit dem heißen neuen Schauspieler Crow Tidwell geschlafen. Und nachdem sie von Crow genug gehabt hatte, hatte sie ihn gegen den Hauptdarsteller Harris Docker ausgewechselt, allerdings aus einem jahrzehntealten Film aus der Zeit, in der sein Ruhm gerade begründet worden war. Stake hatte sich nicht gesträubt. Er hatte mitgespielt, entweder passiv neben ihr liegend oder sogar hinter ihr. Um dabei erregt zu bleiben, hatte er von Zeit zu Zeit einen Blick auf ihre nackte Haut geworfen.

Sie hob den Kopf, um ihn anzulächeln. »Mein Spielzeug«, sagte sie. Sie ging so ehrlich damit um. Wie konnte er sie dafür hassen? »Wieder in deinem Standardmodus, wie ich sehe.«

»Tut mir leid.«

Sie verengte prüfend die Augen, sagte aber nichts. Sie folgte seinem Blick zu dem Bildschirm und sah Buddy Vrolik eine Weile lang zu. In einer Slapstick-Szene versuchten seine frechen Sitcom-Neffen, ihn eine Bowlingbahn hinunterzurollen, in der Hoffnung, damit ein Turnier zu gewinnen. Das war VT. Natürlich würden sie die Trophäe gewinnen. Janice sagte: »Wie kommt's, dass dein Gesicht jetzt nicht völlig leer wird? Was hält es davon ab, ihn zu imitieren?«

»Mein Unterbewusstsein scheint zu wissen, wenn etwas außerhalb meiner Fähigkeiten liegt. Ich versuche auch nicht, mich in eine Bettwanze zu verwandeln«, sagte er und bezog sich dabei auf die zweibeinige Insektenrasse, die wie die Ha Jiin aus einer Paralleldimension kam. »Einen Tikkihotto zu imitieren würde ich noch nicht einmal versuchen.« Das war natürlich eine der wenigen außerirdischen Rassen, die wirklich humanoid waren, deren »Augen« aber aus einem wuselnden Gewirr durchsichtiger Okularfäden bestanden. »Grundsätzlich kann ich ihre Gesichter schon nachahmen, weil aber ihre Augen so anders sind, schaltet sich meine Gabe aus und verweigert den Versuch.«

»Okay, wenn deine Gabe also von deinem Unterbewusstsein beeinflusst wird, kann dann dein Unterbewusstsein von Drogen beeinflusst werden? Oder von einem Chip? Oder vielleicht sogar durch Therapie?«

Stake erwiderte ihren Blick. »Warum? Hast du Angst, dass du dein Spielzeug verlierst?«

Sie hob eine Augenbraue. »Ich frage mich nur, warum du das nie getan hast.«

»Wahrscheinlich weil ich das Gefühl habe, dass das jetzt zu mir gehört. Im Krieg hat es sich als nützlich erwiesen. Und ich glaube, es lässt mich eine Verbundenheit mit meiner Mutter spüren. Sie war auch eine Mutantin.«

»Findest du nicht, dass es irgendwie masochistisch ist, nichts dagegen zu unternehmen?«

»Wie meinst du das?«

Sie hob ihre Hände, um einen möglichen Wutanfall abzuwehren. »Vergiss es. Vielleicht bin ich zu persönlich. Die Dinge geraten immer aus den Fugen, wenn Männer und Frauen aufhören zu ficken und anfangen zu reden.« Sie seufzte. »Langzeitbeziehungen liegen mir nicht so wirklich.«

»Mir auch nicht«, murmelte er. Auch wenn er es verabscheute, wie sie ihn heute benutzt hatte, so hatte sie ihn wenigstens auf irgendeine Art und Weise begehrt. Eine Frau kennenzulernen, die überhaupt etwas von ihm wollte, fiel ihm schwer. Wenn sie auf sein Geld aus war, reichte ihm das schon, auf eine kurze und kaum befriedigende Art.

»Hat dieses Spiel schon mal jemand mit dir gespielt?«

»Nun ja, einmal hat mich eine Frau damit beauftragt, ihren vermissten Ehemann zu finden. Es stellte sich heraus, dass er von einem Geschäftspartner ermordet worden war. Sie war am Boden zerstört. Vor allem deshalb, weil sie an ihm gezweifelt und geglaubt hatte, dass er mit einer anderen Frau durchgebrannt war. Ein paar Monate, nachdem ich ihn gefunden hatte, rief sie mich wieder an. Sie, äh, bezahlte mich dafür, das Aussehen ihres Mannes anzunehmen. Wir haben uns dann ein paarmal zum Sex getroffen.« Er zuckte mit den Schultern. »Etwa einen Monat, nachdem wir damit aufgehört hatten, bekam ich mit, dass sie Selbstmord begangen hat.«

»Wow.«

»Eine Zeit lang habe ich mich gefragt, ob ich ihre Probleme durch mein Handeln noch verschlimmert habe.«

»O nein, sag das nicht. Sie war schon ziemlich verkorkst. Du schlüpfst in die Gesichter anderer Menschen, Jeremy, aber ich glaube, du nimmst dabei auch viel von ihrem Schmerz in dich auf.«

Wieder trafen sich ihre Blicke. Diese Beobachtung war scharfsinniger und einfühlsamer, als er es von ihr erwartet hätte.

Einen Moment später war sie jedoch wieder die ausgelassene Janice, die grinste und fragte: »Hat dich ein Mann schon mal dafür bezahlt, dass du eine verflossene *weibliche* Geliebte imitierst?«

»Ich glaube, bei meinem letzten Treffen mit John Fukuda habe ich das, kurz bevor ich gegangen bin, fast befürchtet. Ich hatte Angst, dass er mich darum bittet, das Aussehen seiner verstorbenen Frau anzunehmen. Beim Mittagessen hat er mich die ganze Zeit so seltsam angesehen. Vor allem, nachdem er ein paar Drinks intus hatte. Ich habe geglaubt, Tränen in seinen Augen zu sehen. Allerdings hat er kurz davor ein wenig von seinem Zwillingsbruder erzählt.«

»Nach allem, was man so hört, hat Mr. Fukuda seine Frau vergöttert. Ich glaube aber nicht, dass er einen männlichen Ersatz akzeptieren würde. Er ist ein ziemlich großer Verehrer der Damenwelt.«

»Du klingst, als sprichst du aus Erfahrung«, sprach Stake es endlich an.

Wieder dieses Grinsen. »Eifersüchtig?«

»Neugierig. Es ist also nichts Größeres daraus geworden?«

»Ich denke, wir sind beide zu unruhig, er und ich. Und zwar hier drin«, sagte sie und klopfte auf ihre Brust, »anstatt hier drin.« Sie streckte die Hand aus, um seine Wangen zu berühren.

Stake musste an die Priesterkaste der Ha Jiin denken mit ihren wirbelförmigen Gesichtern und dem kleineren Wirbel in der Mitte ihrer Brust. »Bei mir sind beide Stellen unruhig.«

Sie schlüpfte zu ihm unter das Laken, behielt jedoch zum Glück ihren Bademantel an und gab sich damit zufrieden, auf dem Rücken zu liegen und abwesend auf den VT-Bildschirm zu starren. »Wie geht es Fukuda?«

»Ich habe ihm gegenüber Tableau Meats erwähnt. Die Möglichkeit, dass Adrian Tableaus Tochter Yukis Puppe aus Hass darüber, dass ihre Väter Rivalen sind, gestohlen haben könnte. Dieser Vermutung werde ich als Nächstes nachgehen. Ich denke, ich werde sogar ein persönliches Treffen mit Tableau anpeilen.«

»Wer weiß, vielleicht beauftragt er dich sogar mit der Suche nach Krimson. Oder gäbe es da einen Interessenkonflikt?«

»Streng genommen wahrscheinlich nicht, aber ich denke, momentan würde ich ablehnen müssen, wenn er mich darum bittet.«

»Wie viel weißt du über Johns Fleischfabrik? Die frühere Alvine Products? Sie hat eine ziemlich heftige Geschichte durchlebt.«

»Ich kenne den Skandal in seinen Grundzügen.«

»Oh, mich hat das Ganze ziemlich fasziniert, als es an die Öffentlichkeit kam.«

Wie Tableau Meats war Alvine, Punktowns zweiter großer Fleischhersteller, in der Herstellung von Lebendvieh – oder Totvieh, wie es laut Fukada auch noch genannt wurde – aktiv gewesen. Nutzvieh, wie Biotechniker es förmlicher bezeichneten. Hühner ohne lästige Köpfe oder Federn, die in Tausenden riesiger Behälter mit Nährflüssigkeit rasant gezüchtet wurden. Kopfloses Vieh mit rudimentär ausgeprägten Gliedmaßen. Schweine, die kaum mehr waren als rosafarbene Fleischklumpen, reif für die Ernte. Tikkihotto Hetreki, die riesigen Faultieren ähnelten, und lamaartige Reptilien namens Glebbi vom Planeten Kali. Tatsächlich waren die Topmanager von Alvine Products Kalianer gewesen. Und offensichtlich die Anführer einer bizarren, religiösen Sekte.

»Sie haben eine Monsterarmee gezüchtet, genau dort, wo auch das Fleisch produziert wird«, berichtete Janice. »Die Brut von Ugghiutu haben sie sie genannt. Ugghiutu ist so eine Art kalianischer Gott und Satan in einer Person. Angeblich gehört Ugghiutu zu einer ganzen Rasse gottgleicher Wesen, die man die Outsider nennt und die früher über das Universum geherrscht haben, aber aus unserer Dimension verbannt und in eine Art Tiefschlaf versetzt wurden. Nun gibt es also diese wirklich fanatische Splittergruppe von Ugghiutu-Anhängern, die versuchen, Ugghiutu aus seinem Schlaf zu erwecken. Sie wollen die Apokalypse herbeiführen, um unsere Herrschaft zu beenden und Ugghiutu und vermutlich auch die anderen Outsider wieder an die Macht zu bringen.«

»Was für Monster waren diese Dinger eigentlich? Das Gebäude war nach dem großen Erdbeben stark zerstört.«

»Ja, dadurch kam das mit Alvine erst ans Licht, wegen der Feuerwehrleute und der Rettungskräfte, die reingegangen sind. Wer weiß, was passiert wäre, wenn sie all diese Kreaturen losgelassen hätten. Keiner weiß offenbar, was aus ihnen geworden wäre, wenn sie vollständig ausgewachsen gewesen wären. Die Sektenführer wurden entweder beim Erdbeben getötet oder von einer anderen Art Sekte gejagt, die sich die Kinder der Ältesten nennt und sich anscheinend mit der Sekte der Outsider im Krieg befindet.«

»Himmel. Wie abgefahren«, meinte Stake grübelnd. »Aber warum sollte Fukuda den ganzen Ärger auf sich nehmen, um dieselbe Fabrik wieder aufzubauen und in sein eigenes Unternehmen einzugliedern, anstatt einfach woanders eine ähnliche Fabrik aufzubauen? Man könnte doch annehmen, dass er sich von all dem distanzieren will. Eine Kontroverse kann gute Werbung sein, aber wir reden hier von etwas, mit dem man sich den Magen füllt.«

»Nun ja, John ist selbst ein wenig mysteriös. Muss ich dir das wirklich erklären? Hinsichtlich seines Berufs hat ihn die ganze Geschichte um Alvine Products vor allem fasziniert, denke ich. In Alvine wurden hinter den Kulissen ganz offensichtlich einige sehr seltsame Experimente durchgeführt.« Bedeutungsvoll wandte sie sich zu Stake um. »Ich habe sehr viel darüber nachgedacht, seit wir beide über Tableau Meats gesprochen haben.«

»Worüber?«

»Über Yukis Puppe. Sie ist ein Bilf. Eine primitive Lebensform, die Fukuda eigens für sie hergestellt hat.«

»Stimmt.«

»Und sie heißt Dai-oo-ika. Auf Japanisch heißt das …«

»Der große Tintenfischkönig«, unterbrach Stake.

»Genau. Nun, wie gesagt, man hat nie wirklich herausgefunden, was genau die Sekte in Alvine gezüchtet hat. Wozu sich diese Dinger am Ende entwickelt hätten. Einige Rettungskräfte wurden jedoch von ein paar dieser Monster getötet. Sie brannten und waren völlig wahnsinnig.«

»Ein Bursche wurde gefressen«, sagte Stake. »Ich habe ein Interview mit einem der Rettungshelfer gelesen, der dabei war.«

»Das habe ich auch gelesen. Es hörte sich so an, als wäre er nicht einfach nur gefressen worden, sondern vielmehr absorbiert, so wie bei einer Art Phagozytose.«

»Und das bedeutet?«

»Das ist die Fressweise einer Amöbe. Schreckliche Art zu sterben, hm?«

»Stimmt. Ich hasse es, wenn das passiert.«

»Die Augenzeugen haben jedenfalls ausgesagt, dass die Dinger ziemlich groß waren und keine Gesichter hatten. Stattdessen Tentakel, so wie bei einem Weichtier.«

»Großer Tintenfischkönig«, murmelte Stake erneut, während er sich an die Bilder von Dai-oo-ika erinnerte, die Yuki ihm auf ihrem Armbandcomputer gezeigt hatte. »Mein Gott, Janice.«

»Genau«, entgegnete sie. »Deshalb habe ich darüber nachgedacht, ob John wohl in der Lage war, ein paar der Forschungsergebnisse oder Überreste der Technologie von Alvine zu bergen. Hat er diese vielleicht benutzt, als er für seine Tochter Dai-oo-ika entwickelt hat?«

»Janice«, sagte Stake, »sollte ich es jemals für nötig befinden, einen Partner einzustellen, stehst du an erster Stelle.« Er setzte sich im Bett auf und alle Drähte in seinem Gehirn liefen jetzt auf Hochtouren. »Was also, wenn das stimmt und Tableau denselben Verdacht hatte? Er es sich wie du zusammengereimt hat? Wollte er Dai-oo-ika seinem Rivalen gar nicht so sehr aus Bosheit stehlen, sondern weil er selbst Zugang zu diesen Forschungsergebnissen will?«

»Nicht leicht, für John zu arbeiten, wenn er dich darüber im Dunkeln lässt, oder?«

»Ich würde nur gerne wissen, wie dunkel das alles wirklich ist. Als er mir zum ersten Mal von seiner Übernahme von Alvine erzählt hat, hat er zugegeben, dass er sich sehr ins Zeug gelegt hat, um die ganze Sache zu vertuschen.«

»Könntest du nicht einfach mit der Sprache herausrücken und ihn danach fragen?«

»Wenn er gewollt hätte, dass ich davon erfahre, hätte er es mir erzählt. Vielleicht hält er es für den Auftrag, den er mir erteilt hat, nicht für relevant. Vielleicht traut er mir nicht, dass ich ein solches Wissen für mich behalte. Aber wenn es nötig sein sollte, ihn damit zu konfrontieren, werde ich es tun.«

»Trotzdem bist du kein Forcer, der ein Verbrechen aufklärt, sondern ein Privatspitzel, der auf Rechnung arbeitet.«

»Ganz genau.«

»Du bist auch mein privater Spitzel.« Sie drückte sein Genital unter den Hautlaken.

»Du meinst, der von Crow Tidwell?«, meinte Stake.

»Oh, bist du jetzt auf dein eigenes Gesicht eifersüchtig?« Sie rollte sich auf ihn. »Du bist immer noch du, nicht wahr? Immer du selbst.« Sie küsste sein eigenschaftsloses, androides Gesicht. »Mein kleines Spielzeug.«

Er schrak aus seinem Schlaf hoch. Er war neben ihr eingeschlafen. Sie hätte ihn töten können, während er so angreifbar war. Doch das hatte sie nicht getan.

Ein Klopfen an der dicken Holztür, die in einem glänzenden Blau lackiert war. Stake setzte sich mit klopfendem Herzen auf, dann blickte er auf die Frau neben ihm auf der Matratze hinab. Sie lag auf dem Rücken und starrte zu ihm herauf. In dem Winkel, in dem das Licht ihre blauen Augen berührte, glühten sie in einem laserfarbenen Rot.

Wie lange hatte er geschlafen? Und war sie auch eingenickt? Oder hatte sie ihn die ganze Zeit lang beobachtet?

»Sir?«, rief eine Stimme durch die Tür. Soldat Henderson. Als Stake hier hereingekommen war, hatte er nur Henderson vor der Tür postiert. Ihm vertraute er am meisten.

Corporal Jeremy Stake sprang auf und streifte sich seine blaue Tarnuniform so eilig über, wie er nur konnte, doch dank seiner zum Zerreißen gespannten Nerven war es ein missliches Unterfangen. »Komme gleich, Henderson«, sagte er. Er schloss seinen Gürtel. An ihm befanden sich keine Waffen. In die Zelle der Erdlingskillerin hatte er sie nicht mitgenommen.

Während er geschlafen hatte, hätte sie ihn jedoch auf eine andere Art töten können. Hatte sie sein Leben aus Menschlichkeit verschont oder hatte sie lediglich das

Gefühl, dass ihr seine Ermordung nichts bescheren würde außer ihren eigenen Tod?

Als er hörte, wie sie sich bewegte, drehte er sich um und sah, wie sie ihre Kleidung zu sich heranzog. Diese ähnelte mehr einer bäuerlichen Tracht als irgendeiner Art Uniform: ein ärmelloses Oberteil, das unten an der Vorderseite geschlossen wurde, und eine Hose, die nur bis zur Wade reichte, in einem Blau, das dunkler als ihre Haut war. Ihre liebliche, himmelblaue Haut. Selbst als er sich eilig die Stiefel überstreifte, konnte er, während sie sich anzog, seine Blicke kaum von ihrem zierlichen, geschmeidigen Körper abwenden. Ihre Hüfte war nur sanft gerundet, doch der dicke Teppich aus schwarzen Haaren unter ihrem glatten Bauch strafte ihre kindliche Erscheinung Lügen. Als sie sich nach vorne beugte, um in ihren Slip zu schlüpfen, flossen ihre langen Haare wie Tinte an ihrem Körper hinunter und verbargen ihre kleinen Brüste, deren Brustwarzen sich von der kühl-blauen Haut genauso zartrosa abhoben wie ihre Lippen. Schließlich brachte Stake es fertig, zur Tür zu gehen und sie zu öffnen. Henderson war ein anständiger Kerl, der nicht versuchte, an ihm vorbeizuspähen. »Bei mir ist alles in Ordnung«, erklärte Stake. »Habe nur versucht, äh, sie dazu zu bringen, mit mir zu reden.«

Henderson sagte mit gesenkter Stimme: »Ja, Sir. Sorry, Sir. Aber ich dachte, es interessiert Sie vielleicht, was der andere Gefangene der Gefreiten Martin erzählt hat. Sie kam gerade vorbei und hat es mir erzählt. Es geht um die Erdlingskillerin.« Als er das Zimmer verließ, warf Stake einen Blick zu der Frau namens Thi Gonh zurück. Jetzt, da sie sich wieder angezogen hatte, saß sie im Schneidersitz auf ihrer Matratze auf dem Boden. Mit unergründlicher Miene erwiderte sie seinen Blick. Stake schloss die Tür und verriegelte sie.

Gefreite Martin war die einzige Frau in ihrer Einheit und während sie gingen (ein anderer Soldat der Kolonisten war gekommen, um Thi Gonh an Hendersons Stelle zu bewachen), äußerte Henderson die Vermutung, dass sich der männliche Gefangene ihr deshalb anvertraut hatte.

Sie erreichten das Zimmer – eins von jenen, die die Priester vor der Einnahme ihres Klosters durch die Erdsoldaten als Schlafkammern genutzt hatten. Jetzt fand es als Zelle für den jungen Gefangenen Verwendung. Bei der Wache, die vor der Tür stand, handelte es sich um den Gefreiten Cortez und als Stake näher kam, lächelte dieser.

»Hey«, sagte er, »wann bin ich an der Reihe, äh, die kleine blaue Schlampe zu verhören?«

Stake blieb vor dem Mann stehen. »Halt den Mund, Cortez. Du rührst sie nicht an.«

»Verstehe. Willst sie wohl ganz für dich alleine, hm?«

»Halt deinen verdammten Mund, habe ich gesagt. Jetzt geh mir verdammt noch mal aus dem Weg!«

»Jawohl …, *Sir.*« Cortez trat zur Seite und Stake schloss die Tür auf, um sich und Henderson Zugang zu der winzigen Zelle des männlichen Ha Jiin zu verschaffen.

Der männliche Gefangene, der seinen Namen nicht verraten hatte, sah besser aus, jetzt, da der Sanitäter seine Wunden versorgt hatte. Seine Gestalt war so zierlich und leicht wie die der Frau und er hatte einen kurzen Borstenhaarschnitt. Auch seine Augen blitzten rot, als das Licht von ihnen reflektiert wurde. Er lag auf seiner dünnen Matratze, die er an der Kante umgeknickt hatte, um sie als Rückenstütze zu benutzen.

»Ich höre, du hast dich mit unserer Gefreiten Martin unterhalten«, sagte Stake zu dem jungen Mann, der jünger als 20 sein musste. Er wollte diese Information aus erster Hand. Wenn sich der Junge mit ihm nicht so bereitwillig unterhielt wie mit der attraktiven jungen Frau von der

Erde, dann würde er sich die Geschichte aber stattdessen von ihr erzählen lassen. »Du hast ihr etwas über deine Partnerin erzählt, die Erdlingskillerin?«

»Erdlingskillerin.« Ein Grinsen breitete sich auf seinem Gesicht aus. Es schien ebenfalls das Licht zu reflektieren. »Wie könnte diese Verräterin jemals wieder als Erdlingskillerin bezeichnet werden?«

Er sprach sehr gut Englisch. Das war das Längste, was er ihn bisher hatte sagen hören. Er trat näher an ihn heran. »Warum nennst du sie eine Verräterin?«

»Sie hat zugelassen, dass wir gefangen genommen werden ohne zu kämpfen. Ihr seid momentan nicht sehr viele. Hier drin hätten wir euch vielleicht schlagen oder zurückdrängen können.«

Henderson konnte sich nicht zurückhalten, das Wort zu ergreifen. »Das bezweifle ich sehr, Partner.«

»Es war richtig, dass ihr euch ergeben habt«, sagte Stake. »Jetzt übersteht ihr diesen Krieg vielleicht lebend. Eine kluge Entscheidung macht einen nicht zum Verräter.«

»Sie ist aber eine Verräterin. Zuzulassen, dass ihr uns gefangen nehmt – das ist nicht ihr eigentliches Verbrechen.« Jetzt drehte er sich zur Seite, um Henderson anzulächeln. »Du warst einer der Soldaten auf der Lichtung. Du hast die Briefe deiner Freunde vorgelesen. Ich erinnere mich an dein Gesicht.«

Stake sah Henderson an. »Was meint er damit?«

Henderson senkte den Blick. »Das war ein paar Stunden, bevor wir das Kloster erreicht hatten. Am Tag, nachdem Lindy und Lieutenant Babouris von dem Heckenschützen getötet worden waren. Die Gefreiten LeDuc und Devereux und ich waren ... Nun, wir waren ständig unterwegs, Sir, aber es passierte, als die Einheit anhielt, um eine Pause zu machen. Wir drei sind etwas abseits auf eine kleine Lichtung geklettert. Wir hatten die Habseligkeiten dabei, die wir Lindy und den Gefreiten Nguyen und Howland abgenommen hatten. Wir fanden eine Mail, die sie ausgedruckt hatten. Wir fingen an, uns die Briefe leise vorzulesen. Ich weiß nicht warum. Vielleicht um ihnen die letzte Ehre zu erweisen. LeDuc begann, indem er einen Brief vorlas, den Lindy von seiner Frau bekommen hatte. Er enthielt Bilder seiner Kinder. Und dann habe ich einen Brief vorgelesen, den Howlands Mutter ihm geschickt hatte. In einer kleinen Tüte waren sogar ein paar Kekse. Ich weiß nicht, ob sie sie ihm geschickt oder ob er sie mitgebracht hat. Es sah jedenfalls so aus, als hätte er sie sich einfach nur aufgehoben, um sie zu besitzen. Jeder von uns hat einen der Kekse gegessen. Und LeDuc hat als Erster angefangen zu weinen.«

Stake warf einen Blick auf den Ha-Jiin-Jungen hinunter. Sein Grinsen wirkte breiter.

»Wir alle drei haben geweint, sehr leise, damit uns keiner hört. Der Feind nicht. Und auch nicht unsere Freunde.«

»Aber wir haben euch gehört«, meldete sich der Ha Jiin zu Wort. »Und wir haben euch beobachtet. Und die Frau hatte euch die ganze Zeit lang im Blick. Den Finger am Abzug.«

Stake drehte sich zu ihm um und wagte kaum, ihm zu glauben. »Sie hätte sie töten können?«

»Leichter als eure beiden Vorgesetzten und die beiden Männer, um die ihr geweint habt.« Er deutete mit dem Kinn auf Henderson. »Sie hat aber gewartet. Und gewartet. Ich habe sie angesehen. Sie hat ihre Waffe sinken lassen. Ich habe ihr Zeichen gegeben – erschieß sie, *erschieß* sie! Aber sie tat es nicht. Und als ich versucht habe, mit meiner Waffe zu zielen, hat sie ihre Hand auf meinen Arm gelegt. Sie wollte, dass ich mich mit ihr zusammen zurückziehe. Und ich habe gehorcht.«

»Warum?«

»Weil ich ihr gehorchen musste. Sie hat einen höheren Rang.«

»Nein, ich meine, warum hat sie meine Männer nicht getötet, als sie die Gelegenheit dazu hatte?«

»Warum? Weil sie eine Frau ist.« Er schnaubte. »Sie war stark, als sie euch aus der Ferne getötet hat, aber sie wurde weich, als sie euch nah genug war, um eure Tränen zu riechen.«

Stake wandte sich ab, als konnte er die Erdlingskillerin durch die Wände sehen, die sie voneinander trennten. »Sie hat meinen Männern gegenüber Gnade bewiesen, weil sie gerade wehrlos waren. Und weil ihr Verlust sie berührt hat«, sagte er. »Das macht sie menschlich, nicht schwach.«

»So menschlich wie du? Sie kämpft, um die Einheit unserer Nation zu bewahren! Sie kämpft gegen Dämonen, die aus der Luft heraus in unsere Welt eindringen, aus irgendeiner Hölle, die wir nicht sehen! Sie tötet eure Kommandeure und eure Soldaten, und dann verschont sie die Männer, die um diese Toten weinen? Sie ist eine Verräterin. Und eines Tages kehre ich mit meinen eigenen Leuten zurück, ganz gleich, ob ich ein Jahr oder zehn Jahre dafür brauche. Und dann werde ich sie meinen Vorgesetzten melden, als die Verräterin, die sie ist.«

Jetzt sprang Stake vor, blieb über dem Jungen stehen und richtete die Seitenwaffe, die er aus dem Holster gezogen hatte, auf ihn. Richtete sie auf das überrascht wirkende Loch an der Stelle, an der Sekunden zuvor die hellen Zähne geblitzt hatten. »Wer ist jetzt weich, hä? In einer Minute riechst du deine eigenen Tränen. Vielleicht auch deine Pisse.«

»Sir«, sagte Henderson.

»Nicht!«, schluchzte der junge Mann und schirmte sein Gesicht sinnloserweise mit einer Hand ab.

Stake wich langsam zurück und steckte seine dschungelblaue Pistole wieder in ihr Holster. »Du verdankst dieser Frau deinen Arsch, ob du es dir eingestehen willst oder nicht.« Er drehte sich um, um das Zimmer zu verlassen. »Komm, Henderson.«

Als er zur Zelle der Erdlingskillerin zurückkehrte, fand er die Tür sperrangelweit offen vor. Der Raum war leer. Einen Moment lang sah er sich hektisch um, doch einer der Männer, die in der Nähe standen, erklärte ihm, dass die Gefreiten Martin und Devereux die Frau mitgenommen hatten, damit sie sich waschen konnte. Stake selbst hatte seinen Leuten den Befehl gegeben, ihr das zu erlauben. Er ging zu dem einzelnen, großen Raum, in dem die Mönche sich selbst überlassen waren. Dort fand er die beiden Kolonialsoldaten, die vor der geöffneten Tür Wache schoben. Im Innern hörte er Wasser, das gegen einen Körper klatschte, konnte sie aber aus diesem Winkel nicht sehen.

»Ich habe mit dem männlichen Gefangenen gesprochen«, sagte Stake zu der einzigen Frau der Einheit. »Gut gemacht, wie du deine weiblichen Reize eingesetzt hast, Martin.«

Die Gefreite Martin nickte. »Ich werde versuchen, noch andere wichtige Dinge herauszufinden. Er hasst uns bis aufs Blut, aber es sieht so aus, als hätte er nichts dagegen, mit Erdenfrauen das Bett zu teilen, wenn sich die Gelegenheit bietet.«

»Apropos weibliche Reize, Sir«, meldete sich Devereux zu Wort. »Ein paar von uns fangen an, sich wegen Ihnen und der Frau Sorgen zu machen. In den letzten Tagen waren Sie öfter bei ihr da drin als hier draußen bei uns.«

»Zerbrich dir nicht den Kopf darüber, was ich tue, Gefreiter.«

»Ich mache mir Sorgen, weil Sie jetzt der befehlshabende Kommandeur sind – Corporal. Und Sie sind deshalb unser befehlshabender Kommandeur, weil die Frau da drin Babouris und Lindy getötet hat. Ist das so leicht zu vergessen, nur weil sie hübsch ist?«

»Ich habe das nicht vergessen. Aber wusstest du, dass diese Frau vor ein paar Tagen dein Leben verschont hat?«

»Martin hat es mir erzählt. Ich kann es aber nicht glauben. Ja, wir haben auf der Lichtung Briefe vorgelesen. Und uns die Fotos von Lindys Kindern angesehen: ein fünfjähriger Junge und ein zweijähriges Mädchen. Die ihren Dad nie wiedersehen werden, weil diese Frau ihm das Gesicht weggeschossen hat. Wenn du mich fragst, hat sie uns nur deshalb nicht einfach getötet, weil sie dachte, dass es zu viel Aufmerksamkeit erregt und ihr Partner bereits verwundet war. Nicht weil wir ihr *leidgetan* haben.«

»Glaub, was immer du willst.«

»Das werde ich. Und ich glaube, dass Sie sich mit dem Feind verbrüdern. Oder sollte ich sagen, Unzucht mit dem Feind treiben?«

»Begegne mir gefälligst mit Respekt, Gefreiter!«, brüllte Stake. Er glaubte zu hören, wie die Erdlingskillerin ihren Körper in diesem Moment regungslos anspannte, während sie sie im Nebenzimmer belauschte.

»Wenn wir hier rauskommen, könnte es sein, dass Sie sich eine Meldung einfangen, Corporal.«

»Wenn du hier rauskommst, dann hast du dich bei dieser Frau dafür zu bedanken.«

»Ach ja?« Er grinste. »Wie gesagt, ich bin nicht der Einzige, der nicht besonders glücklich darüber ist, wie dicke Sie mit ihr sind. Wissen Sie, Sie können nicht jede Minute bei ihr sein, so gerne Sie das vielleicht wären. Und wer weiß, sie könnte einen Fluchtversuch wagen. Einer von uns müsste ihr dann vielleicht in den Rücken schießen.«

Stake trat näher an ihn heran, bis sein Gesicht nur noch Zentimeter von dem des anderen Mannes entfernt war. So nah, dass sich seine Gesichtszüge zu Devereuxs wütendem Spiegelbild zu verformen begannen. »Wenn irgendjemand diesen schwerwiegenden Fehler begeht, dann wird er vielleicht auch erschossen. Von vorne.«

Martin legte Devereux eine Hand auf die Schulter. »Tu lieber, was der Corporal sagt. Niemand hat irgendein unangemessenes Verhalten beobachtet. Wir müssen hier zusammenhalten. Die Ha Jiin könnten jederzeit zu dieser Position vorrücken.«

In diesem Moment piepste Stakes Kom-Gerät. Es war an seinem Gürtel befestigt und er sah zu ihm hinunter. »Ich nehme den Anruf entgegen. Bringt die Frau sicher in ihr Quartier, wenn sie fertig ist, und besorgt ihr etwas zu essen.« Dann ging er mit Henderson im Schlepptau davon.

Stake nahm den kleinen Computer ab und hielt ihn sich vors Gesicht. Das Antlitz eines anderen Mannes erschien auf dem kleinen Bildschirm. Es war mit einem blau gefleckten Tarnfarbenmuster bedeckt, das farblich von Pastell bis Indigo reichte. Wie Stake wusste, handelte es sich bei der Tarnfarbe jedoch nicht um Make-up, nicht einmal um eine Tätowierung. Es war die natürliche Hautfarbe des Mannes, sofern ›natürlich‹ hier das richtige Wort war. Stake wusste sofort, dass er gerade einen Klon betrachtete. Viele Infanteristen der Kolonialtruppen waren Kopien, die aus Bilf-Vorlagen geklont waren – Soldaten, die mithilfe von Biotechnik zu besseren Kämpfern gemacht worden waren. Stärker und mutiger, mit einem erweiterten Hör- und Sehvermögen und in diesem Fall besser darauf geeicht, sich ihrer Umgebung anzupassen. Da die Erdkolonien zum gegenwärtigen Zeitpunkt erst seit drei Jahren im sogenannten Blauen Krieg mitmischten, verriet die bläuliche Tarnung, dass dieser Klon vermutlich nur ein oder zwei Jahre alt war. Und dennoch wurde Stake einen Moment später bewusst, dass dieses Wesen einen höheren Rang innehatte als er.

»Corporal Stake? Ich bin Sergeant Adams, von der fünften Truppe des Vorauskommandos. Wir sind die Männer, die unterwegs sind, um bei dem feindlichen Tempel zu Ihnen zu stoßen.«

»Jawohl, Sir. Freut mich, mit Ihnen zu sprechen, Sergeant«, sagte Stake. In Wahrheit war er jedoch stets vorsichtig, wenn er es mit Klonen zu tun bekam. In der Regel kamen sie in eigene Einheiten, weshalb es zwischen ihnen und den »Birther«-Soldaten, wie die Klone Männer wie Stake nannten, häufig zu Missgunst oder gar Feindseligkeiten kam. Die Birther hielten sich für etwas Besseres, weil sie kein Fließbandprodukt waren. Die Klone hielten sich für etwas Besseres, weil sie wussten, dass sie im Allgemeinen bessere Krieger waren. Stake versuchte, sich nicht, wie viele andere, in diese kindischen Stammesfehden und kontraproduktiven Rivalitäten hineinziehen zu lassen. Dennoch war es leicht, sich darin zu verfangen, wenn man selbst die Zielscheibe dieser Feindseligkeiten war.

»Stake, wir sind im Tal der Kae Ta und hier unten geht es gerade ziemlich hoch her.« Tatsächlich konnte Stake im Hintergrund das entfernte Knattern von Gewehrfeuer hören. »Ich gehe davon aus, dass wir uns für den Zusammenschluss unserer beider Einheiten um ein paar Tage verspäten.«

»Verstanden, Sir. Bis zu Ihrer Ankunft halten wir weiter die Position – oder so lange, bis wir neue Befehle erhalten.«

»Guter Mann. Hey – wir haben gehört, Sie haben die Erdlingskillerin geschnappt. Gut gemacht, Corporal.«

»Jawohl, Sir.«

»Ich muss Schluss machen. Weiterziehen, Leute umbringen. Ich melde mich so bald wie möglich bei Ihnen.«

»Danke, Sergeant.« Das gemusterte Gesicht des Mannes verschwand vom Bildschirm seines Kom-Geräts und er befestigte es wieder an seinem Gürtel.

Kurze Zeit später aßen die Soldaten etwas zu Abend und machten es sich bequem, während sie unaufhörlich den Geräuschen des dunkel werdenden Dschungels lauschten, wo tagaktive Tiere den nachtaktiven wichen. Stake schlich zu dem Zimmer zurück, in dem Thi Gonh gefangen gehalten wurde. Dort traf er auf Devereux, der davor Wache hielt. Als er Stake auf sich zukommen sah, machte der Mann einen beunruhigten Eindruck.

»Hol Martin, damit er dich ablöst«, befahl Stake ihm in barschem Ton. »Ich will nicht, dass du diese Frau weiter bewachst.«

»Okay, Sir«, stammelte Devereux, der seltsamerweise auf einmal weniger großspurig klang. »Aber warum holen Sie nicht Martin, und ich warte hier, bis …?«

Hinter der dicken Tür hörte Stake eine gedämpfte Stimme. Die eines Mannes.

Er drückte sich an Devereux vorbei und stieß die glänzend blaue Tür auf.

Die Erdlingskillerin lag bäuchlings auf der Matratze, das Gesicht mit dem Profil hineingedrückt. Sie war nackt, genauso wie der Mann, der auf ihrem Rücken lag. Gefreiter Cortez hatte seine Pistole in der Faust und hielt der blauen Frau den Lauf an den Schädel gedrückt. Als er das Öffnen der Tür hörte, hob Cortez den Kopf. »Mist«, zischte er. Thi Gonh öffnete die Augen.

Stakes Stiefelspitze traf den Erdsoldaten unter dem Kinn. Dann schlug er mit der Faust auf Cortez ein. Als er Cortez' stöhnenden Leib von der kleinen Frau herunterrollte, trat Stake ihm zwischen die Beine und danach ins Gesicht. Er hörte, wie seine Nase brach. Blut glänzte auf seinen Stiefeln.

»Aufhören!«, rief Devereux, während er versuchte, Stake von hinten zu packen.

Stake riss seine Pistole aus dem Holster und zog sie Devereux in weitem Bogen über den Kiefer. Dann richtete er die Waffe auf das Gesicht des benommenen Soldaten. Blut floss über die Hand, die sich Devereux auf den Mund presste. Cortez' weit entferntes Stöhnen klang, als hätte er einen entsetzlichen Albtraum.

»Wer noch einmal diese Frau anrührt, den bringe ich um. Ich bringe ihn … wirklich … um.«

»Sie benutzt Sie!«, schluchzte Devereux. »Sie bedeuten ihr einen Scheiß, genauso wie ich oder jeder andere von uns. Wenn sie könnte, würde sie uns alle töten.«

»Scher dich hinaus! Und bring deinen Freund zum Sanitäter, bevor ich mich dazu entschließe, ihm seine verfluchten Kronjuwelen abzuschießen.«

Devereux zerrte Cortez' nackten Körper aus dem Zimmer und ließ dabei eine breite Blutspur zurück. Stake drehte sich um und sah auf die Gefangene hinab. Sie hatte ihre Kleidung an sich gezogen und hielt sie in ihrer geschlossenen Faust zusammengeknüllt vor sich. Jetzt erst bemerkte er, dass ihre Augen tränenfeucht waren und dass sie darum kämpfte, die Fassung zu bewahren. Zum ersten Mal offenbarte sie Stake, dass sie doch ein paar englische Wörter kannte.

»Danke, Ga Noh«, sagte sie mit ihrer dunklen Stimme. »Danke, du dich kümmern, dich kümmern um mich.«

Ga Noh. Jetzt erinnerte er sich wieder. Henderson hatte Stake erzählt, dass sie ihn so nannte, nachdem sie zum ersten Mal gesehen hatte, wie sich sein Gesicht veränderte. Ga Noh war so etwas wie eine Chimäre oder ein Gestaltwandler. Eine Art mystisches Geschöpf, teils Mensch, teils Gott. Vielleicht gut, vielleicht auch böse.

»Tut mir leid«, sagte er ihr.

Sie hielt ihm die Hand entgegen. Er starrte sie an.

Sie benutzt dich, hatte Devereux gesagt. Sie benutzt dich nur.

Warum hatte er sich bereits zu ihr hingezogen gefühlt, noch bevor er gewusst hatte, dass sie das Leben von drei seiner Männer verschont hatte? War es wirklich nur ihre Schönheit, die ihn blind machte? War der gestaltwandelnde Mutant so gierig auf die Zuneigung einer Frau? *Jeder* Frau? Einen Moment lang empfand er Verachtung für sie. Verachtung für sich selbst.

Und dann nahm er ihre Hand.

Als Privatdetektiv Jeremy Stake erwachte, stellte er fest, dass Buddy Balloon einer Late-Night-Talkshow gewichen war. Ein nacktes Starlet saß kichernd im Gästestuhl und um ihre übergroßen Brüste wanden sich leuchtend grüne Tattoos wie Kürbisranken. Er drehte den Kopf und sah, dass Yuki Fukudas Biologielehrerin Janice Poole in ihrem purpurnen Seidenbademantel neben ihm eingeschlafen war. Ein paar Sekunden lang starrte er ihr Profil an. Gefreiter Devereux war mittlerweile seit zehn Jahren tot – getötet am ersten Tag, an dem Stakes Einheit sich zusammen mit den geklonten Rangern aus dem Kloster gewagt hatte –, doch seine Worte hallten noch immer in Stakes Bewusstsein wider. *Sie benutzt dich.*

Er schlich sich aus dem Bett und sammelte seine Kleidungsstücke zusammen. Er hatte Angst, dass Janice von dem Geräusch der Dusche aufwachen würde, doch nicht aus Rücksichtnahme ihr gegenüber. Deshalb schlüpfte er nur in seine Sachen, schnallte sich sein Pistolenholster um und trat in die kalte Nacht von Punktown hinaus.

10.

DER FREUND

»Mom, ich habe einen Elefanten gesehen!«, sagte der kleine Choom-Junge zu seiner Mutter, während sie ihn den Gehsteig entlangzerrte, weg vom Eingang der Gasse, in die der Junge gerade zeigte. Es war nicht ratsam, sich in Punktown zu nah an Gassen aufzuhalten, ob an der Oberfläche oder hier unten, in dem Bezirk, der Subtown genannt wurde. Andernfalls konnte es passieren, dass man von einem Straßenräuber, einem Vergewaltiger, einem Drogensüchtigen oder einem geistig umnachteten Obdachlosen in ebendiese Gasse gezogen wurde.

Der Obdachlose beugte sich ein wenig aus den Schatten nach vorne und beobachtete das Kind, das nach hinten auf ihn zeigte. Die Worte des Jungen hatten keine Bedeutung für ihn. Er wusste nicht, dass er mit einem Tier verwechselt wurde, von dem der Junge eine nur ungenaue Vorstellung hatte, dem der Obdachlose jedoch durchaus auf eine sehr oberflächliche Art und Weise ähnelte. Zum einen war er gewachsen. Er war jetzt größer als die meisten Leute, die er auf den Straßen sah. Das führte dazu, dass sie ihn noch mehr anstarrten. Und deshalb zog er es vor, sich nur dann aus dem Gassenlabyrinth herauszuwagen, wenn die Lichter im Betonhimmel schwächer wurden und sich eine künstliche Nacht über die zwillingshafte Schattenstadt Subtown senkte.

Er wandte sich vom Eingang der Gasse ab, der ihn mit seinem Blick auf den lebhaften Trubel von Verkehr und

Leuten herausforderte. Leute, die im Gegensatz zu ihm genau zu wissen schienen, wohin es sie zog. Nein, er ging in die andere Richtung, tiefer in das Netz aus Gängen hinter und zwischen den untersetzten Gebäuden, die wie Stalagmiten aus dem Boden dieser Höhle in die Höhe wuchsen.

Hinter einem ungewöhnlich breiten Bauwerk, das als ›Fallon Abfallwirtschaftssystem‹ bezeichnet wurde, duckte sich der Obdachlose unter einigen dicken Rohren hindurch, die seitlich aus dem Gebäude ragten, sich nach unten bogen und im Boden des Hinterhofs verschwanden wie riesige Baumwurzeln, die das Wachstum des Gebäudes mit Nährstoffen unterstützten. Er trat durch einen Schwall warmer Luft, der hinter einem Schutzgrill aus einem riesigen Ventilator geblasen wurde. Hier hinten gab es etwas, das einer Grotte ähnelte, in die er sich bisher nicht hineingewagt hatte. Sie wirkte wie ein geeigneter Zufluchtsort, auch wenn der Ventilator die klimakontrollierte Luft wärmer machte, als ihm lieb war.

Es gab dort weitere Röhren unterschiedlicher Dicke. Ein ganzes Netzwerk davon. Rote Ventile, die in durchsichtigen Sicherheitskästen aus Plastik verschlossen waren. Dennoch gab es hier und da einige Lecks, aus denen Dampf zischte. Der Obdachlose musste sich auf Hände und Knie niederlassen, um tiefer hineinzukriechen, und schließlich erreichte er einen Verschlag, der aus den Rohren und einem Gebäudevorsprung bestand, der eine Ecke bildete. Er bemerkte zwei Augen, die das Licht grell zu ihm zurückwarfen und ihn beim Näherkommen beobachteten. Als er diese Augen bemerkte, hielt der Obdachlose zunächst inne. Doch dann wurde ihm klar, dass dies einer jener Metallmenschen war, die er gelegentlich sah. Wörter wie Automat oder Roboter kannte er nicht, doch er verstand, dass es sich hierbei um ein Wesen handelte, das nicht ganz so lebendig war wie er selbst. Normalerweise bewegten sie sich. Dieses hier bewegte sich überhaupt nicht und sah außerdem so aus, als würden ihm ein paar Teile fehlen. Obwohl er wusste, dass diese Metallmenschen nicht lebendig waren, vermutete er, dass dieser in das verborgene Nest gekrochen war, um hier zu sterben.

Als der Obdachlose sich dem Roboter näherte, sprach dieser ihn mit besorgter, zitternder Stimme an. »Wer ist da? Was willst du?«, fragte er.

Der Obdachlose blieb verwirrt stehen. Als ein anderes Wesen seinen Kopf hinter dem toten Roboter hervorstreckte, wurde ihm klar, dass er einem Irrtum erlegen war. Aber er wusste noch immer nicht, ob er sich zurückziehen oder darauf warten sollte, dass die versteckte Person noch etwas sagte. Bevor er etwas tun konnte, sprach die Person erneut. Außerdem wurde jetzt mehr von ihr sichtbar. Sie war eine Frau mit verfilzten, gelb-weißen Haaren, über die sie eine Wollmütze gezogen hatte. Mit ihrer blau geäderten Faust hielt sie ein Rohrstück umklammert. Vielleicht war es auch ein Teil des Roboters, hinter dem sie sich versteckt hielt.

»Das ist meine Behausung. Siehst du das denn nicht?«, knurrte sie ihn an. Dann verzog sich ihr nervöses Gesicht in einem übertriebenen Ausdruck der Verwunderung. »Was zur Hölle bist du? Ein Mutant?«

Er hatte zuvor schon gehört, wie dieses Wort ihm gegenüber benutzt wurde, wenn Leute ihn auf der Straße sahen. Das Wort drückte jedoch nicht jene enthusiastische Verwunderung aus wie das Wort »Elefant«, das der kleine Junge gesagt hatte.

Die Frau betrachtete den zerrissenen, schmutzigen, aus einer blauen Plastikplane gefertigten Poncho des Obdachlosen. »Du bist wie ich, hm?«, grummelte sie. »Hast keine Bleibe, zu der du gehen kannst?«

Er regte sich nicht. Er war scheu, weil ihre Stimme so barsch klang und sie noch immer dieses Rohr in der Hand hielt, dabei wog sie wahrscheinlich so viel wie ein einziges seiner stämmigen Gliedmaßen.

»Ich hatte eine Bleibe, eine schöne Bleibe!«, platzte sie heraus, als würde sie ihm die Schuld daran geben, dass sich diese Situation geändert hatte. »Ich bin auf der Erde geboren, nicht hier unten, nicht in diesem Loch! Ich hatte einen Ehemann und einen guten Job – glaubst du mir das? Wir hatten aber keine Kinder. Die Luftverschmutzung hat meinem Körper geschadet. Oh, eine Behandlung konnten wir uns nicht leisten, und auch keine Adoption. Als er seinen Job verlor, ging alles den Bach runter, und dann habe ich auch noch meinen verloren. Glaubst du denn, wie die Leute in dieser Stadt zu leben gezwungen werden? Während dieser reiche Abschaum in seinen schnieken Restaurants sitzt und auf den Rest von uns herabblickt?«

Der Obdachlose spürte, wie seine Eingeweide von diesem nicht endenden, namenlosen Hunger grollten. Konnte die alte Frau es hören? Er schämte sich etwas für seinen eigenen, erbärmlichen Zustand, als wäre er sogar ihr gegenüber minderwertig.

Sie musterte ihn erneut mit diesen zusammengekniffenen Augen. Und als hätte sie tatsächlich den Aufruhr in seinen Eingeweiden gehört, sagte sie: »Du bist ein großer Junge, nicht wahr? Aber bestimmt isst du nicht anständig. Leute wie wir essen niemals anständig, stimmt's?« Endlich senkte sie ihre provisorische Waffe. »Ein großer Junge wie du hält mir vielleicht die Halbstarken vom Leib. Wusstest du, dass die mir meine Medizin stehlen? Es ist schwer, meine Medizin zu besorgen. Ich habe keinen Job mehr wie früher, verstehst du? Ich muss Schrottteile verkaufen.« Sie deutete auf den teilweise zerlegten Roboter. »Gut, dass ich früher elektronische Geräte zusammengebaut habe.

Ich weiß verdammt noch mal, was ich tue! Aber diese Halbstarken stehlen mir meine Medizin.« Sie beäugte den Obdachlosen mit listigen Augen. »Bei einem großen Jungen wie dir würden sie sich vielleicht nicht hertrauen. Vielleicht können wir uns gegenseitig helfen, hm?«

Er erwiderte nichts. Dazu war er nicht in der Lage. Er glaubte jedoch, ihren Worten oder zumindest ihren Absichten auf irgendeine instinktive Art einen Sinn entnehmen zu können. Indem er irgendeine verborgene Fähigkeit einsetzte.

»Du verstehst kein verdammtes Wort von dem, was ich sage, nicht wahr?«, grummelte sie. »Oder doch? Komm her. Komm zu mir rüber. Ich tu dir nichts, wenn du mir nichts tust.«

Sie machte eine Handbewegung. Er zögerte, noch immer schüchtern, ein demütiger Riese. Doch schließlich kroch er näher an sie heran.

»Ich bin Dolly«, erklärte sie, während sie, von seiner Größe und seiner Gestalt noch immer etwas eingeschüchtert, weiter hinter dem Roboterkadaver in Deckung blieb. »Hast du einen Namen?«

Einen Namen. Einen Namen. *Hatte* er einen Namen?

»Du siehst aus wie ein großes, dickes Baby«, murmelte sie. »Ich nenne dich Baby. Oder vielleicht Junior. Ach, scheiß drauf.« Sie winkte ihn ungeduldig heran. »Komm schon. Komm hier hinter. Hier hinten gibt es einen besseren Ort, falls du durchpasst. Zumindest ist er besser, solange sich diese Halbstarken von hier fernhalten.«

»Bastarde wie diese sind der Grund, warum ich meinen Job verloren habe«, sagte sie mit hallender Stimme, während sie sich durch einen Verbindungsschacht auf der Rückwand der Fallon Abfallwirtschaftssysteme zwängte. Um ihnen beiden den Einstieg zu ermöglichen, hatte sie ein rundes Gitter beiseitegestoßen, das jetzt nur noch von einer Schraube an der Oberkante gehalten wurde. Sie meinte damit den Roboter, den sie in dem Verschlag aus Rohren zurückgelassen hatten. »Deshalb habe ich kein Problem damit, ihn auseinanderzunehmen, um damit meine Medizin zu bezahlen. Poetische Gerechtigkeit nenne ich das.«

Der Obdachlose musste noch immer auf Händen und Knien durch ein dünnes Rinnsal aus übel riechendem Schlamm vorwärtskriechen. Sie warf einen flüchtigen Blick zurück und sah zu, wie er sich voranbewegte.

»Genau wie ein großes Baby. Wahrscheinlich wärst du mir kein guter Beschützer, wenn ein paar von diesen Halbstarken versuchen würden, mich auszurauben, aber wahrscheinlich schlägt sie alleine dein Anblick in die Flucht.« Dolly richtete den Blick wieder nach vorne. »Wir sind fast da.«

Der Verbindungsschacht kreuzte einen größeren, nach unten abknickenden Durchgang, der ebenfalls rund war, doch in diesem waren Lampen in die Wand integriert, die an der gebogenen Decke entlang verliefen. Der Obdachlose konnte jetzt auf zwei Beinen gehen, beugte sich dabei jedoch tief nach unten. Dieser gebogene Tunnel führte schließlich in ein dunkles, feuchtes Gewölbe, ein Labyrinth aus abzweigenden Gängen. Wasser strömte aus Abflusskanälen, die in den Boden eingelassen waren, und entlang der Wände schlängelten sich bündelweise Kabel und Rohre, sowohl feste als auch biegsame. Der Blutkreislauf und Verdauungstrakt einer Riesenmetropole. Dolly drückte es einfacher aus.

»Jetzt befinden wir uns in den Eingeweiden von Punktown«, sagte sie triumphierend wie eine Forscherin, die eine altertümliche, vergrabene Stadt entdeckt hatte. »Aber das hier ist mein eigenes, kleines Eckchen davon.«

Sie traten auf eine gekachelte Plattform über dem giftigen Bach, wo eine schmutzige Decke von einem höher gelegenen Rohr herabhing. Hinter diesem Vorhang befand sich Dollys Ecke von Punktown. Hier standen einige Kartons voll mit geborgenem und gestohlenem Schrott, der ihre irdischen Besitztümer darstellte. Werkzeuge, mit denen sie ein paar der Maschinen auseinandergebaut hatte. Teile der Maschinen, die sie zerlegt hatte. Ein paar Essenskartons. Eine Matratze, auf die sie sich nun setzte. Sie bedeutete dem Obdachlosen, sich neben sie auf die blanke Plattform zu setzen und sich mit dem breiten Rücken an die weißen Wandfliesen aus Keramik zu lehnen.

Dolly holte eine rote Metallröhre aus ihrem Plunder hervor und grinste wie eine aus einem hutzeligen Apfel geschnitzte Puppe. »Schätze, manchmal beschere ich den Leuten da oben kleinere Stromausfälle und Abwasserprobleme, wenn ich mir meinen Schrott besorge. Pech für sie! Selbst schuld, dass sie unter der Stadt kein besseres Sicherheitssystem haben. Die haben Glück, dass Terroristen noch nicht alles in die Luft gejagt oder das Wasser vergiftet haben! In der Fabrik, in der mein Mann und ich gearbeitet haben, hat sich einmal eine Ratte in die Elektroleitungen verirrt. Sie wurde gegrillt, und denen ist der Strom ausgefallen und sie mussten alle nach Hause schicken. Wegen einer kleinen Ratte! Geschieht ihnen also recht. Sie bauen und bauen, schnell und unbekümmert. Stöpseln immer mehr von diesen Rohren zusammen, bis sie sie nicht mehr auseinanderhalten können. Die Menschen scheren sich nur um den Profit von heute, nicht um die Sicherheit von morgen, verstehst du? Denkst du, dass die Regierung alles reguliert? Nicht solange es Firmen gibt, die ihnen hübsche, druckfrische Munits in ihre Tangas stopfen. Gierige Bastarde, alle miteinander.« Sie warf die Röhre zurück in den Karton. »Einmal sind ein paar Mechaniker mit einem Wartungsroboter hier nach unten gekommen, um sich um irgendein Problem zu kümmern, das ich verursacht habe, und haben mich bedroht. Ich habe diese Idioten auf der Stelle verjagt und sogar ein Teil von ihrem verdammten Roboter erbeutet.«

Der Obdachlose hatte während der ganzen Tirade mit respektvollem und verständnislosem Staunen dagesessen, wie in Gegenwart einer zornigen Gottheit, die die gesamte Stadt vernichten und in die Knie zwingen konnte, wenn sie den Wunsch danach hegte.

»Nun, es wird Zeit für meine Medizin. Tut mir leid, ich kann nicht mit dir teilen, also frag gar nicht erst, aber ich gebe dir etwas von dem hier.« Sie zeigte auf eine größere Tüte mit abgestandenen Kartoffelchips, die oben wieder verschlossen worden war.

Der Obdachlose drehte den Kopf in die Richtung. Der Duft sorgte dafür, dass seine Eingeweide in Zeitlupe Purzelbäume schlugen, doch inzwischen wusste er, dass der Versuch, sich diese verlockenden Happen einzuverleiben, vergebliche Mühe war. Er richtete seine Aufmerksamkeit wieder auf Dolly und beobachtete sie dabei, wie sie sich ihre Medizin verabreichte.

Unter ihrer schmutzigen Kleidung hatte die alte Frau einen spritzenartigen Apparat hervorgeholt. Sie hielt ihn zu einer der Wartungslampen hinauf, kniff ein Auge zusammen und betrachtete die durchsichtige Kartusche. Im Innern wand sich ein silberner Glitzer. »Das sind Nanomiten«, erklärte sie. »Die kriechen überall in mich rein und vertreiben für eine Weile die Schmerzen. Wenn man so alt ist und so lebt wie ich, bekommt man viele Schmerzen, weißt du?« Sie senkte die Spritze und drückte die Spitze gegen eine dicke, blaue Ader in ihrem astdürren Handgelenk. »Sie sind nicht genau dafür gemacht, aber der Mann, bei dem ich sie kaufe, programmiert sie um, verstehst du? Um Leuten wie mir zu helfen, die keine verfluchte Krankenversicherung für anständige Ärzte haben.«

Dolly jagte eine vorsichtig bemessene Menge des Inhalts in ihren Blutkreislauf. Sie stieß einen keuchenden, schwachen Seufzer aus, dann versteckte sie die Spritze mit den glitzernden, mikroskopisch kleinen Bio-Maschinen. Schließlich lehnte auch sie sich mit dem Rücken gegen die Wand.

»Die machen sich jetzt in mir drin an die Arbeit«, sagte sie. »So wie ich früher in die Fabrik gegangen bin, um Maschinen zu bauen. Jetzt ist es genau andersherum, verstehst du?« Sie lachte prustend und klang bereits schläfrig. »Die kriechen direkt in mein Gehirn. Kitzeln mich … Kitzeln mich … Vertreiben den Schmeeerz …«

Dolly schloss die Augen, die in ihren faltigen Tränensäcken verschwanden. Der Obdachlose sah sie nur an. Eine Ruhe legte sich über sie. Er spürte sie am eigenen Leib und eine angenehme Gelassenheit überkam ihn. Für einen kurzen Moment wurde er von seinen täglichen Angstgefühlen befreit. Das Verstecken, die ziellosen Erkundungsgänge. Diese Verwirrung, die in ihm nagte, ihn aushöhlte.

Bald schon driftete er in dieser inneren Verbundenheit mit Dolly in seinen eigenen traumartigen Zustand.

Zuerst erinnerte er sich an den Jungen, der ihn wegen seines grauen, massigen Körpers und der sich permanent windenden, baumstammartigen Gliedmaßen an der Stelle, an der Wesen wie Dolly ein Gesicht hatten, einen Elefanten genannt hatte. Dann verwandelte sich der Junge jedoch in ein älteres, weibliches Kind. Doch obwohl sie noch ein Kind war, war sie auch seine Mutter. Das war sie doch? Weil sie ihn an ihrer Brust wiegte. Aber wie konnte ein solch kleines und zierliches Wesen ihn im Arm halten? Dann erinnerte er sich daran, dass er größer geworden war. Jeden Tag größer. Sie hatte ihn mit ihrer Liebe genährt. Mit der schieren Essenz ihres Lebens. Vielleicht war es das, was er brauchte, um diese Leere in ihm zu füllen.

Er träumte von ihrem wunderhübschen Gesicht, ihren wachen Augen, ihren zärtlichen Küssen auf seinem molligen kleinen Bauch, der im Gegensatz zu den graueren Farbtönen seines restlichen Körpers weiß war. Die kleinen Flügel auf seinem Rücken bewegten sich zufrieden, genau wie jetzt, rieben dabei gegen die Kachelwand und brachten die blaue Plastikplane, die ihn bedeckte, zum Rascheln.

Sie gurrte ihm etwas zu, seine Kindmutter. Sie gurrte einen Namen. Und dann wurde er wach, ganz wach, während der Name noch immer in seinem Geist nachhallte.

Jetzt wusste er, wie er hieß.

Dai-oo-ika.

11.

DER LEIERKASTENMANN

Adrian Tableau war kurz gewachsen, hatte aber kräftige Muskeln, seine grauen Haare waren ordentlich geschnitten, aber nicht gefärbt, sein Gesicht so faltig, aber auch so hart wie eine geballte Faust. Sogar mit seinem fünfteiligen Maßanzug und dem Schreibtisch mit der Marmorplatte, hinter dem er saß, redete er noch immer mit dem harten Akzent der Straße, die ihn geformt hatte. Ein früherer Geschäftspartner namens Grant Leery hatte über Adrian Tableau gesagt, dass er den beschwerlichen Weg von der Straße bis in sein Penthouse-Apartment nicht durch das Innere des Gebäudes gegangen, sondern an der Außenseite emporgeklettert war wie ein riesiger Affe, der einen Wolkenkratzer erklimmt.

Das Gesicht, das in diesem Moment Tableaus Computermonitor ausfüllte, hatte ein weicheres und intellektuelleres Erscheinungsbild. Der Mann stellte sich Tableau als Simon McMartinez vom Paxton-Zentrum für vermisste und misshandelte Kinder vor. Während McMartinez sprach, ließ Tableau seinen Blick zu der Symbolleiste am unteren Bildschirmrand sinken. Die Anrufererkennung verriet ihm, dass der Anruf tatsächlich aus dem Zentrum für vermisste und misshandelte Kinder kam, obwohl die Anzeige darüber hinaus angab, dass es sich bei dem dabei benutzten Gerät um ein Münztelefon handelte. Das war zwar etwas seltsam, aber er nahm einfach an, dass sich der Mann gegenwärtig nicht in seinem Büro aufhielt.

Nachdem er sich vorgestellt hatte, fuhr McMartinez fort: »Meinen Informationen zufolge, Sir, haben Sie bei der City Police eine Vermisstenanzeige bezüglich Ihrer Tochter Krimson aufgegeben.«

»Warum, haben Sie etwas gehört?«, fragte Tableau, der es kaum erwarten konnte, zum Wesentlichen zu kommen.

»Nein, Sir, tut mir leid, aber ich habe gehofft, dass wir Ihnen und der Polizei bei diesem Fall etwas Beistand leisten können. Wir bemühen uns, die Polizei bei der Überprüfung so vieler Fälle zu unterstützen, wie es unsere Arbeitsbelastung erlaubt.«

»Nun, ich bin dankbar für jede Hilfe, die ich bekommen kann.«

»Sehr gut, Sir. Könnte ich jetzt zu Ihrem Geschäftssitz kommen und persönlich mit Ihnen darüber sprechen?«

»Ja, ja, natürlich. Wissen Sie, wo ich bin? Ich kann Ihnen meinen Fahrer schicken, wenn das leichter für Sie ist.«

»Ah ja, genau genommen würde mir das ersparen, öffentliche Verkehrsmittel nehmen zu müssen. Sehr gut, Sir. Ich warte dann in der Lobby.«

»Jemand macht sich auf den Weg zu Ihnen.« Tableau drückte auf einen Knopf und unterbrach die Verbindung, dann drückte er einen weiteren Knopf, um seinen Sicherheitschef zu verständigen.

Augenblicke später füllte ein anderes Gesicht den Schirm aus. Das Gesicht war mit einem blau gefleckten Tarnmuster bedeckt, das von Pastell bis Indigo reichte. Bei dem Tarnmuster handelte es sich jedoch nicht um Make-up, nicht einmal um eine Tätowierung. Es war die natürliche Hautfarbe des Mannes, sofern ›natürlich‹ hier das richtige Wort war. »Sir?«, sagte der Mann.

»Jones, fahren Sie zum Zentrum für vermisste und misshandelte Kinder hinunter.« Er las noch die Adressinformationen vor, die von seiner Computerleiste gespeichert worden waren. Dann zeigte er dem Mann namens Jones ein Foto von Simon McMartinez, ein eingefrorenes Bild des Anrufers, das sein System automatisch aufgezeichnet hatte, wozu es, wie bei allen Anrufen, programmiert war. Und zwar so lange, bis er alle unnötigen Informationen von den Speicherdateien löschte. »Ich will, dass Sie diesen Mann abholen und hierherbringen«, befahl er Jones, für den es so aussah, als käme seine Stimme aus dem eingefrorenen Bild von McMartinez. »Er wartet in der Lobby auf Sie.«

»Sehr wohl, Mr. Tableau.« Jones meldete sich ab und sein blaues Tarnfarbengesicht verschwand.

Was für eine tolle Idee, Tableaus Angestellten hierherkommen und sich von ihm abholen zu lassen, dachte Jeremy Stake. Er wünschte, ihm wäre das zuerst eingefallen.

Stake hatte damit gerechnet, dass Tableau möglicherweise seine Anruferidentifikationsfunktion überprüfen oder den Anruf zurückverfolgen würde. Wenn Tableau daran zweifelte, dass er der war, als der er sich ausgab, dann konnte der Fleischmagnat später beim Zentrum für vermisste und misshandelte Kinder anrufen und die Bestätigung einholen, dass ein Simon McMartinez tatsächlich dort arbeitete (auch wenn er sich hoffentlich nicht zu dem Mann persönlich durchstellen ließ). Und wenn Tableau auf die Idee kam, alle erdenklichen Internetquellen zu überprüfen, dann würde er möglicherweise ein Foto von McMartinez' Gesicht finden und wiederum dessen Identität bestätigt sehen. Aus dieser Reihe von Gründen hatte Stake beschlossen, eine reale Person einer real existierenden Organisation zu imitieren, anstatt einfach nur eine Tarnidentität zu erfinden. Aber dass Tableaus Fahrer ihn direkt aus dem Zentrum abholte, war einfach zu perfekt.

Das einzige Problem war, dass, während Stake wartend in der Lobby saß, ein paar der vorbeikommenden Leute Hallo zu ihm sagten und ihn mit Namen begrüßten. Eine Frau sah ihn sogar fragend an und sagte: »Haben Sie eine neue Frisur, Simon?« Er lächelte und tat so, als wäre er zu sehr in ein Gespräch über seinen Armbandcomputer vertieft, um ihr zu antworten, deshalb ging sie weiter. Es beunruhigte ihn jedoch. Was, wenn McMartinez gerade jetzt aus dem dritten Stock des Gebäudes, in dem das Zentrum seine Büros gemietet hatte, herunterkam?

Stake hatte das Zentrum vor weniger als einer Stunde betreten und sich als Privatdetektiv vorgestellt, der von Adrian Tableau mit der Suche nach seiner vermissten Tochter Krimson beauftragt worden war. Er war Simon McMartinez vorgestellt worden und hatte den Mann dabei heimlich mit seinem Armbandcomputer fotografiert – mehrmals, um sicherzugehen, dass er ein scharfes, von vorne aufgenommenes Bild erhielt. Wenn er mehr Zeit gehabt hätte, dann hätte er eines dieser Bilder sogar benutzt, um damit eine gefälschte Ausweismarke zu erzeugen, wie er es tat, wenn er einen Forcer imitierte.

Martinez sagte ihm, dass er Krimsons Vermisstenakte bisher nicht angesehen hatte, rief sie aber auf seinem Computer auf. Er schien ehrlich besorgt und entschuldigte sich bei Stake dafür, dass er sich nicht bereits früher mit diesem Fall vertraut gemacht hatte. In einer Stadt dieser Größe verschwanden einfach zu viele Kinder. Er versprach jedoch, Stake sofort wissen zu lassen, wenn er auf irgendwelche Informationen über den Teenager stieß.

Stake war dann hinunter in die Lobby gegangen, hatte sich in einer Kabine auf der Herrentoilette eingesperrt, die zahlreichen Bilder angestarrt, die er von McMartinez' Gesicht gestohlen hatte, und ganz allmählich seine Gesichtszüge in jene des anderen Mannes umgewandelt.

Wie immer, wenn er sich eine andere Identität leihen musste, war Stake froh gewesen, dass der Mann keine Gesichtsbehaarung hatte, nicht übergewichtig und auch kein 80-Jähriger war.

Nicht dass seine Zellen, zumindest in den letzten beiden Fällen, nicht ihr Bestes gegeben hätten. Die Ebenen seines Gesichts veränderten sich, fügten sich neu zusammen, als würde der bloße Knochen seines Schädels verformt werden, doch so extrem der Vorgang auch war, er ging ohne Schmerzen vonstatten. Als die Metamorphose abgeschlossen war, ging er zurück in die Lobby, um seinen Anruf zu tätigen.

Und als dieses Trugbild von Simon McMartinez nun aufblickte, sah es, wie ein Mann mit einem blauen Tarnfarbengesicht die Lobby des Büroturms betrat.

»Mist«, keuchte Stake.

Natürlich war das nicht das erste Mal, dass er in Punktown einen Klon aus dem Blauen Krieg sah. Die meisten Klone, die den Blauen Krieg überlebt hatten, hatten jedoch Jobs als Minenarbeiter auf entlegenen Mondkolonien bekommen, wurden als Bauarbeiter auf orbitalen Raumstationen eingesetzt oder als Tagelöhner an anderen Orten, an denen sie es nicht in nennenswerter Weise mit einer Öffentlichkeit zu tun bekamen, die zu sehr darauf fokussiert war, Klone als Arbeitskonkurrenten anzusehen, um ihnen für ihren Kriegsdienst zu danken.

Der Blick des Klonveteranen begegnete dem von Stake und er kam sofort auf ihn zu. Stake hatte jedoch bereits angenommen, dass es sich bei ihm um Tableaus Angestellten handelte. Was sonst hatte ein als Krieger gezüchteter Homunkulus hier in diesem silbernen Turm zu suchen? Der dazu noch einen teuren schwarzen Anzug und eine modische Melone trug?

»Mr. McMartinez?«

Stake tat so, als würde er sein erfundenes Telefonat auf dem Armbandcomputer beenden, dann stand er auf. »Ja? Sind Sie der Fahrer von Mr. Tableau?«

»Ja, Sir. Ich bin Mr. Jones, der Sicherheitschef von Tableau Meats.« Er dirigierte ihn zur Drehtür der Lobby zurück. »Wenn Sie mir bitte folgen würden.«

Sie fuhren in Tableaus luxuriösem Heli-Auto, das sich über die verstopften Straßen erhob und an unsichtbaren Navigationsbahnen entlangglitt, die durch die Täler aus Stahl und Beton projiziert wurden. Der Innenraum roch stark nach Mr. Jones' teurem Aftershave, das er im Übermaß zu benutzen schien, nur um zu zeigen, dass er sich das mit seinem Gehalt leisten konnte. Vielleicht aber waren das Aftershave, der schnieke Anzug und die Melone nur seine Art, seine Erscheinung zu kompensieren – und seine Herkunft. Stake konnte nicht anders, als sich zum Vordersitz vorzubeugen und ihn zu fragen: »Sie waren also im Blauen Krieg dabei, hm?«

»Ja, Sir. Ich war dort vier Jahre.«

Ich auch, hätte Stake ihm gerne geantwortet. »Das muss ein krasses Erlebnis gewesen sein.«

»Ja, das war es. Bei einem Gefecht im Tal von Kae Ta habe ich meinen linken Fuß verloren.«

»Wirklich? Haben Sie ihn erneuern lassen?«

»Ich glaube nicht, dass ein geklonter Soldat einer derartigen Zuwendung als würdig erachtet wird, Sir. Nein, ich erhielt eine Prothese.«

Ah. Hörte Stake da einen ganz leichten Hauch an Verbitterung über diese Station im Leben des Klons heraus?

Dann stutzte er. Das Tal von Kae Ta? Die Klonsoldaten der fünften Kompanie des Vorauskommandos, angeführt von Sergeant Adams, waren an diesem Schauplatz durch heftige Kampfhandlungen festgesetzt worden, bevor sie zu Stakes Einheit gestoßen waren, die sich in dem eroberten

Kloster verschanzt gehabt hatte. Er ermahnte sich jedoch, nicht paranoid zu werden. Die Fünfte konnte unmöglich die einzige geklonte Einheit gewesen sein, die sich ihren Weg durch das Tal von Kae Ta gekämpft hatte. Aber sogar in dem unwahrscheinlichen Fall, dass dieser Mann zu den Rangers gehört hatte (da sie ohnehin alle gleich aussahen, erinnerte sich Stake nicht an ihn), hätte ihn seine Maskerade als McMartinez davor bewahrt, erkannt zu werden. Dennoch verunsichert, aktivierte Stake seinen Armbandcomputer, rief McMartinez' Bild auf und starrte es intensiv an, aus Furcht, sein Gesicht könne damit beginnen, sich vorzeitig wieder in seine ursprüngliche Form aufzulösen.

Er musste seine Tarnung aufrechterhalten. Sein Gefühl sagte ihm, dass das die beste Art war, um an Tableau heranzutreten und ihm wegen seiner vermissten Tochter auf den Zahn zu fühlen. Und vielleicht würde er dabei auch Yuki Fukudas gestohlene Puppe ausfindig machen. Ihm war klar, dass Tableau wohl kaum die Fragen eines Privatdetektivs beantworten würde, der von seinem Geschäftskonkurrenten angeheuert worden war.

»Ich hoffe, Sie können Mr. Tableau helfen, seine Tochter zu finden«, meldete sich Jones auf dem Vordersitz zu Wort. »Er ist darüber sehr bestürzt.«

»Ich tu mein Bestes«, entgegnete Stake. Zumindest das war nicht gelogen.

Stake fiel es zunächst schwer, sich Tableau genauer anzusehen oder auch nur seine Worte wahrzunehmen. Er war zu überwältigt von der Menagerie, die das Büro des Mannes hier bei Tableau Meats darstellte.

Die Wände des Büros waren durchsichtig und hinter der Barriere befand sich ein Dutzend Zellen, die eine Vielzahl an Tieren beherbergten. Das waren die natürlichen Vertreter jener Kreaturen, die seine Firma in Form von kopf- und beinlosen Käfigtieren produzierte. In einer Zelle lag eine Kuh in einem Strohbett auf der Seite und ihre langwimprigen Augen erwiderten sanftmütig Stakes Blick. In einem anderen Käfig zwei Schweine. Eine Gruppe Hühner, die nach Körnern pickten. Ein kalianisches Glebbi, ein Reptil mit langen Beinen und einem langen Hals, das einem Lama ähnelte. Stake wusste, dass die Käfigversionen dieser Tiere, die in den Fertigungsabteilungen dieser Anlage hergestellt wurden, größer und dicker, ohne Fell, Schuppen und Federn sein würden, die entfernt werden mussten. Aber was hatte es mit dem Affen in einer der Zellen auf sich?

Stake hatte noch nie von einer Rasse in Punktown gehört, auf deren Speiseplan eine so hoch entwickelte Primatenart stand. Diese Kreatur sah sogar aus wie ein Zweibeiner, mehr wie ein menschenartiges Wesen als wie ein Affe. Doch dann erinnerte er sich an die außerdimensionale Rasse der L'lewed, die als Opfertier für ein religiöses Ritual eine Affenart züchteten, auf die sie auf einer anderen Welt gestoßen waren. Die L'lewed hätten es vorgezogen, sich für diesen Zweck vollständigerer menschlicher Wesen zu bedienen, doch das war bei den Erdkolonien freilich verpönt. Konnte es sein, dass Tableau die Hominiden hier für die Bedürfnisse der L'leweds produzierte? Stake zeigte auf die Kreatur, die unruhig in ihrer Zelle herumlief, vor und zurück, ihnen dabei feindselige Blicke zuwarf und einmal ihre Zähne in einem Schrei entblößte, den sie nicht hören konnten.

»Ist dieses Tier auch zum Essen gedacht, Mr. Tableau?«

Tableau drehte sich, um die Kreatur zu betrachten, und lachte. »Oh, dieser Bursche ist einzigartig, Mr. McMartinez. Ich hatte einmal einen Geschäftspartner namens Grant Leery. Wir sind im, äh, Streit auseinandergegangen. Hinter meinem Rücken hat er mich gerne einen

Affen im Anzug genannt. Deshalb habe ich meine Labormitarbeiter gebeten, aus einer DNA-Probe von Grant, die ich in die Finger bekommen habe, diesen haarigen Burschen hier zu kreieren. Sie haben jedoch ein wenig daran herumgedoktert und wir haben ihn ein klein wenig rückentwickelt. Mir wurde gesagt, dass mein Grant ein Prachtexemplar des *Australopithecus africanus* darstellt.« Er lachte erneut. »Ich habe ihm einen Hut machen lassen, wie für den Affen eines Leierkastenmannes, aber er wollte ihn nicht aufbehalten.«

»Das ist eine ziemlich originelle Racheaktion«, sagte Stake, der fast zu verblüfft war, um abgestoßen zu sein.

Tableau wandte sich wieder seinem Gast zu und sah aus, als würde er seine Offenheit bereuen. Als er das Thema auf seine Tochter lenkte, verdüsterte sich seine Laune. »Ich weiß Ihre Hilfe in Bezug auf Krimson zu schätzen. Die Forcer haben keinen verdammten Finger gerührt, wenn Sie mich fragen. Die leiern mir genügend Steuergelder aus dem Hintern, um ein halbes Dutzend Reviere zu finanzieren, finden aber keinen einzigen Hinweis. Ich habe auch meine eigenen Sicherheitsleute herumsuchen und sich umhören lassen, aber … Sie wissen schon.« Er zeigte auf Jones, als wollte er sagen: Was kann etwas, das so aussieht, schon herausfinden?

»Ich werde tun, was in meiner Macht steht, Mr. Tableau.«

»Hier, setzen Sie sich. Kaffee?«

»Äh, gerne.«

Tableau deutete auf Jones, der, mit der Melone im Arm, prompt den Raum verließ. Der Geschäftsmann richtete seinen Blick wieder auf Stake und plötzlich verengten sich seine harten Augen zu Schlitzen. Er deutete mit dem Kinn auf Stakes Hände, die dieser im Schoß gefaltet hatte. »Funktioniert Ihr Armbandcomputer nicht?«

»Sir?«

»Sie haben mich von einem Münztelefon aus angerufen.«

Stake warf einen flüchtigen Blick auf das Gerät an seinem Handgelenk. »Oh, stimmt. Nein, tut er nicht. Er ist defekt.«

»Ah.«

Stake, in der Rolle von McMartinez, bat Tableau, ihn näher in die Umstände des Verschwindens seiner Tochter einzuweihen. Vor ihrem Verschwinden hatte sie keine Nachricht hinterlassen, sich auch seitdem nicht gemeldet und ihn nicht angerufen – nichts. Sie war einfach eines Tages nicht von der Schule nach Hause gekommen. Mit entschuldigender Miene fragte Stake: »Glauben Sie, dass sie mit einem älteren Freund ausgerissen sein könnte, wie es Gerüchte besagen?«

Wieder verengten sich Tableaus Augen und sein Kiefer schob sich kampfeslustig nach vorne. »Das Problem mit dieser Theorie ist, dass ich den Namen der angeblichen Person nicht kenne. Sie hat mir gegenüber angedeutet, dass es da einen älteren Kerl gab, den sie mochte – sie wollte mir nicht sagen, *wie* alt. Ich habe ihr daraufhin gesagt, dass kein Kerl, der versuchen würde, mit ihr auszugehen, noch sehr viel älter werden würde, sollte er es wagen, sie anzufassen. Sie ist 16! Es ist mir egal, mit wem ihre Freundinnen vög… ausgehen. Ich wollte nicht, dass sie von irgendeinem notgeilen Dreckskerl ausgenutzt wird. Na ja, und nachdem ich ihr meine Meinung dazu gesagt hatte, wollte sie mir verdammt noch mal nichts mehr über ihn erzählen.«

»Aber sie hat sich auch keiner ihrer Freundinnen anvertraut?«

»Wenn doch, dann haben die sie gedeckt. Aber ich glaube nicht, dass sie sie jetzt noch decken, schließlich wissen sie ja, dass sie in Gefahr sein könnte. Außerdem habe ich ein paar ihrer Freundinnen eine Belohnung für den Fall angeboten, dass sie mich auf die Spur dieses Freundes bringen, aber sie wissen immer noch nichts. Daher weiß ich nicht, ob ein Freund etwas damit zu tun hat oder nicht. Ich weiß auch nicht, ob ich sie davon abgehalten habe, mit ihm auszugehen, oder ob sie seine Identität sogar vor ihren Freundinnen geheim hält, damit ich sie nicht finden kann.«

»Das ist bedauerlich«, dachte Stake laut nach.

Ihm war klar, dass es eine Information gab, die er Tableau mitteilen konnte, doch das traute er sich nicht. Zumindest noch nicht. Dass eine von Krimsons Freundinnen behauptete, ihre Stimme in einem Ouija-Fon gehört zu haben. Wie es aussah, hatte niemand ihren Vater über dieses Gerücht in Kenntnis gesetzt.

Stattdessen kam Stake beiläufig auf die Angelegenheit zu sprechen, mit deren Nachforschungen er beauftragt worden war. »Ein weiteres, seltsames Gerücht, das ich gehört habe, besagt, dass sie eine ihrer Klassenkameradinnen um eine dieser Kawaii-Puppen beneidet hat, die gerade so beliebt sind. Eine äußerst wertvolle, die einem Mädchen namens Yuki Fukuda gehört.« Nachdem die Bombe geplatzt war, beobachtete er die Augen des Geschäftsmannes genau. »Offenkundig wurde die Puppe gestohlen. Halten Sie es für möglich, dass sie die Puppe gestohlen hat und damit abgehauen ist? Um sie zu verkaufen, oder …?«

Tatsächlich blitzten Tableaus Augen so wachsam wie die eines Raubtiers. »Mit wem unterhalten Sie sich, dass Sie solche Geschichten aufschnappen?«

»Nun«, geriet Stake ein wenig ins Stottern, »ich habe mich des Falls gerade erst angenommen, allerdings habe ich bei der Arbury School angerufen und …«

»Meine Tochter ist keine Diebin. Und sie hat es wohl kaum nötig, Diebesgut zu verkaufen, um an Geld zu kommen, wenn Sie verstehen, was ich meine.« Er machte eine ausladende Geste, die sein Büro umspannte. »Und übrigens besitzt sie selbst eine dieser Puppen. Ich habe ihr das Geld für diesen Blödsinn gegeben.«

»Nun, ich habe eben gehört, dass sie und Yuki nicht gerade die besten Freundinnen sind.«

»Ja, und? Der Vater der Kleinen und ich sind auch nicht die besten Freunde, trotzdem würde meine Tochter kaum von zu Hause ausreißen, nur weil sie eine Puppe gestohlen hat.«

Stake warf einen flüchtigen Blick durch das Zimmer zu den Tieren hinter der durchsichtigen Barriere. Er hatte Angst davor, Tableau weiter in die Augen zu sehen. Sie waren einfach zu ausdrucksstark. Er spürte, wie sich die Zusammensetzung seines Gesichts auf einer beinahe unterbewussten Ebene veränderte. Mit einem weiterhin beiläufigen Ton sagte er: »Nun, mir wurde jedoch gesagt, dass die Puppe bei Fukuda Bioforms mithilfe einiger sehr umstrittener Forschungsarbeiten hergestellt wurde.«

»Davon weiß ich nichts und es ist mir auch egal. Ich bin in der Branche der Fleischproduktion, nicht der Züchtung von Missgeburten, wie dieser arrogante Bastard.«

Stake widerstand seinem Drang, den Menschenaffen zu erwähnen, der gegenwärtig in seiner Zelle hockte und sein Fell nach imaginären Flöhen durchsuchte. Auch wenn Stake es Tableau inzwischen durchaus zutrauen würde, eigens für den Zweck, diese erbarmungswürdige Kreatur zu quälen, Flöhe zu züchten.

»Als Produkt dieser Forschungsarbeiten«, sagte er, »könnte die Puppe anderen Biotechnikern äußerst interessante Erkenntnisse liefern. Somit vergrößert sich ihr Wert.«

»Wollen Sie andeuten … Sie deuten doch wohl nicht an, dass meine Tochter die Puppe gestohlen hat, um sie mir zu übergeben? Damit ich Fukudas Technologien analysieren kann?«

»Ich gebe hier nur Gerüchte weiter, die …«

»Nun, das hat sie nicht!«, blaffte Tableau. »Selbst wenn sie sie für mich gestohlen hat, wo ist sie dann jetzt? Hm? Wo ist meine Tochter? Das ganze Gerede über die Puppe dieser Fukuda-Göre hilft mir nicht weiter, Mr. McMartinez. Und Sie haben gesagt, dass Sie mir helfen werden, meine Tochter zu finden. John Fukudas irre Forschungsarbeiten oder das Spielzeug seines verzogenen Balgs interessieren mich einen Dreck.«

»Ich verstehe, Sir«, sagte Stake, der versuchte, den Mann damit zu beschwichtigen.

Da kam Mr. Jones mit einem Tablett mit zwei Kaffeetassen und einem Teller mit Croissants ins Zimmer zurück. »Wird aber auch verdammt noch mal Zeit, Jones«, grummelte Tableau in Richtung des Klons und nahm seinen Kaffee.

»Ja, Sir. Tut mir leid«, meinte der Kriegsveteran.

Tableau wandte sich wieder an Stake. »Okay, Folgendes, Sie bleiben mit mir in Kontakt und ich mit Ihnen. Sie helfen mir aber nur, wenn Sie bei einem realistischen Szenario bleiben.«

»Mr. Tableau, ich habe nur das Gefühl, dass es im besten Interesse Ihrer Tochter wäre, wenn wir jede Möglichkeit in Betracht ziehen, ganz gleich, wie weit hergeholt sie zum gegenwärtigen Zeitpunkt erscheinen mag. Wie Sie schon sagten, ist Krimson erst 16. Ein schwieriges Alter. Vielleicht hat sie etwas Unbedachtes getan und dann aus Angst vor den Konsequenzen beschlossen, das Weite zu suchen. Entweder alleine oder mit ihrem geheimnisvollen Unbekannten.«

»Ich gebe zu, dass wir uns mit diesem mysteriösen Unbekannten weiterhin beschäftigen müssen.«

»Nun, das werde ich tun, Sir.«

Stake hatte seinen Kaffee zur Hälfte getrunken, als Tableau bekannt gab, dass er in 15 Minuten einen Geschäftstermin hatte.

Stake stand auf und die Männer schüttelten einander erneut die Hände. Der Händedruck des älteren Mannes war schraubstockartig. »Na dann. Wie gesagt, Sie melden sich«, sagte Tableau.

»Danke für Ihre Hilfe und Ihre Gastfreundschaft.«

Jones ging vor Stake zur Tür und hielt sie ihm auf. »Ich fahre Sie jetzt zu Ihrem Büro zurück, Sir.«

»Jones, lassen Sie Mr. Doe unseren Gast zurückfahren. Ich möchte Sie in dem Meeting dabeihaben.«

»Wie Sie wünschen, Mr. Tableau. Dann komme ich gleich zurück.«

Der Klon führte Stake durch einen mit Teppich ausgelegten Gang und in ein anderes Büro, auf dessen Tür SICHERHEITSDIENST stand. Stake war verwirrt – wenn nicht gar überrascht –, als er in diesem großen Raum an zwei der Schreibtische zwei Klone entdeckte, die identisch mit Mr. Jones waren.

»Mr. Doe – würden Sie unseren Gast hier, Mr. McMartinez, zurück zu seinem Büro in der Trade Avenue 969 fahren? Ins Zentrum für vermisste und misshandelte Kinder?«

Prompt erhob sich einer der anderen beiden Klone und nahm seine Melone von der Stelle, an der er sie abgelegt hatte. »Natürlich. Folgen Sie mir bitte, Sir.«

Stake lächelte Jones über seine Schulter hinweg an, während er aus dem Sicherheitsbüro geführt wurde. »Danke, Mr. Jones. Auf Wiedersehen.« Er konnte der Doppeldeutigkeit dieser Worte nicht widerstehen. Als er dem schwarz gekleideten Doe zum Heliport auf dem Dach folgte, war es, als wäre sein Begleiter derselbe geblieben.

Der nächste Mann auf Adrian Tableaus Computermonitor wirkte verstohlen, weil er sich in einer Toilettenkabine versteckte. Und er versteckte sich deshalb in einer Toilettenkabine, weil er nicht wollte, dass seine Kollegen mitbekamen, dass er diesen Anruf auf seinem Armbandcomputer entgegennahm. Und das wiederum wollte er nicht, weil dieser Mann – Gordon Fester – für Fukuda Bioforms arbeitete.

Jones stand neben dem Schreibtisch seines Bosses, während Tableau mit dem Mann sprach, an den er, kurz nachdem Fukuda Bioforms Alvine Products übernommen hatte, mit einem Geldangebot herangetreten war. »Vor einem Weilchen kam mir ein schrecklicher Gedanke, Fester, und ich wollte mit Ihnen kurz darüber sprechen.«

»Ach, ja?«, flüsterte das verstohlene Gesicht. Tableau hörte, wie in einer anderen Kabine die Spülung gezogen wurde.

»Wie Sie wissen, wird meine Tochter Krimson vermisst. Nun, mir ist zu Ohren gekommen, dass an ihrer Schule ein Gerücht kursiert, dem zufolge meine Tochter eine Puppe gestohlen hat, die John Fukudas Tochter gehört. Eins von diesen verfluchten Kiwi-Dingern oder wie immer die heißen.«

»Kawaii-Puppen, ja. Die Puppe seiner Tochter Yuki wurde wohl aus ihrem Spind gestohlen. Sie muss sehr wertvoll für ihn sein, ich habe nämlich gehört, dass er sie durch ein Team aus Spezialisten hat anfertigen lassen.«

»Irgendeine Art Experimentalforschung?«

»Genau. Das Team stand unter der Leitung von Pablo Fujiwara. Pablo war ein Designer bei Alvine Products, der überlebt hat, als das Erdbeben dort hindurchgefegt ist.«

»Fukuda ist also ganz wild darauf, das Ding zurückzubekommen.«

»Ja. Ich habe gehört, er hat einen Privatdetektiv mit der Suche danach beauftragt.«

»Tatsächlich? Wissen Sie, wie diese Person heißt?«

»Nein.«

»Dann finden Sie es heraus. Mein schrecklicher Gedanke ist nämlich folgender, Fester: Wenn einige Leute denken, dass Krimson die Puppe gestohlen hat, bedeutet das, dass auch John Fukuda Krimson die Schuld geben könnte. Und wenn Fukuda das glaubt, dann hat dieser Bastard meiner Tochter vielleicht etwas angetan.«

Auf dem Computermonitor weitete Gordon Fester die Augen und nickte entsetzt bei dem Gedanken. »Wow. Na ja, ich weiß nicht.«

»Nun, überprüfen Sie es! Und besorgen Sie mir den Namen des Detektivs, den er engagiert hat. Wenn Fukuda Krimson etwas angetan hat – sie entführt hat, oder … was auch immer –, dann hat er so jemanden vielleicht als Schläger engagiert.«

»Ich werde sehen, was ich herausfinden kann«, versprach Tableaus Spitzel, wohl wissend, dass er für seine Bemühungen ordentlich entschädigt werden würde.

Adrian Tableau trennte die Verbindung, dann blickte er zu Mr. Jones auf, der wie eine Statue vor ihm aufragte. »Wenn Fukuda ihr auch nur ein Haar gekrümmt hat«, knurrte er, »ziehe ich diesem Wichser bei lebendigem Leib die Haut ab. Und bevor ich das tue, ziehe ich seiner Tochter vor seinen Augen bei lebendigem Leib die Haut ab.«

Eine Bewegung im Augenwinkel ließ Tableau aufblicken und er sah einen frischen Kotklumpen, der an die Innenseite der Zelle des Menschenaffen geklatscht worden war. Dieser starrte ihn herausfordernd an.

»Jones«, sagte Tableau, »wissen Sie, dass es Leute gibt, die lebenden Affen den Schädel aufknacken, um ihr Gehirn zu essen?«

»Ja, Sir.«

»Finden Sie mir einen Koch, der das kann.«

12.

NACH UNTEN

Miras Haare waren locker zu einem Pferdeschwanz zusammengebunden. Javier legte seine Hand auf ihren Nacken, jedoch nur leicht, sodass er ihre Kopfbewegungen nicht so sehr führte, sich ihnen eher anpasste. Ineinandergreifende Zahnräder in einer Maschine der Lust. Er lehnte sich leicht an den Rand des Waschbeckens zurück. Sein Nabel war auf der Höhe ihrer Stirn. Beide hatten ihre Kleidung abgelegt, doch keiner hatte die Dusche betreten. Er starrte auf ihren Körper hinab. Ihre Beine – dick und seltsam gebogen – reichten in ihrer gesamten Länge nicht einmal bis zu seinen Knien, doch ihr Oberkörper war beinahe normal proportioniert, und er bewunderte die füllige Rundung ihres Pos.

Die Lust wurde zu stark. Er zog sich von ihr zurück, griff nach diesem runden Hintern, nahm ihre Pobacken in seine Hände und hob sie in die Höhe. Ihre Beine klammerten sich um seine. Keuchend ließ sie ihn eindringen und sah ihm dabei ins Gesicht. Er beobachtete ihre Augen, hatte Angst, ihr wehzutun, doch ihr Mund stand aus einem anderen Grund offen als aus Schmerz oder aus einem Ausdruck des Protests. Sie legte ihre Hände, so klein und faltig wie die eines Kleinkinds, auf sein Gesicht und zog es zu ihrem heran. Ihre Zungen glitten in Ekstase übereinander.

Javier drehte sie beide um und ließ Mira zu der Ablage neben dem Waschbecken hinab. Er beugte sich über sie.

Ihre pummeligen Beine reckten sich in die Höhe und winzige Füße legten sich auf seine Hüfte. Wieder blickten sie einander tief in die Augen. Ihr Gesicht war wunderschön. Das hätte jeder gesagt. Sein Blick glitt zu ihrer weichen Brust hinab, über die sich straffe, makellose Haut spannte. Dann wieder zu ihren Augen hinauf. Ihr Kopf war leicht zur Seite geneigt. Er entdeckte lilafarbene Adern, die von den schwarzen Haaren an ihren Schläfen fast verdeckt wurden. Erinnerte sich an ihre Gabe. Las sie gerade in seinen Gedanken? Das beunruhigte ihn. Wenn ja, was sah sie wohl darin? Er war sich nämlich selbst nicht ganz sicher, was sie beherbergten.

Dann keuchte sie: »Patryk.«

»Was?«, krächzte Javier, während er auf seinen Orgasmus hinarbeitete. Er wich zurück. Da war ein lautes Klopfen an der Badezimmertür und Patryks Stimme erklang auf der anderen Seite.

»Javier, bist du da drin?«

»Ja, einen Moment!«, rief er verärgert zurück. »Ich muss eben noch fertig duschen.«

»Okay. Ähm, ich wollte dir nur etwas zeigen.«

»Bin gleich da!« Dann zischte er mit leiserer Stimme: »Ich kann meine Babys keine Sekunde alleine lassen.«

Mira blickte verlegen lächelnd zu ihm hinauf. Und errötete. Und in ihren großen, dunklen Augen blitzte noch etwas anderes auf, das Javier als unangenehm empfand und ein sonderbares Gefühl der Übelkeit in ihm auslöste. Etwas, das sein Herz schneller schlagen ließ, und das nicht nur vor Anstrengung.

Javier duschte schnell noch, damit er mit nassen Haaren zurückkam, doch gemessen an den Blicken, die ihn und Mira begrüßten, schien es nicht, als würden die anderen ihm das abkaufen. Satin meinte in seinem kybernetischen

Pony: »Jetzt fühlen wir uns sehr viel erfrischter, nicht wahr?« Javier ignorierte ihn und richtete seine Aufmerksamkeit auf Patryk. Nhu schmollte, als Patryk ihr den Armbandcomputer entgegenhielt, den er ihr abgenommen hatte.

»Ich habe im Netz die Grundrisse von Steward Gardens gefunden«, verkündete er. »Bei der Baubehörde von Paxton hinterlegt.«

»Gut gemacht«, sagte Javier. »Können wir etwas davon gebrauchen?«

»Wie sie vermutet hat, gibt es im Keller einen Generator.« Der große Jugendliche nickte in Miras Richtung. »Und ein zentrales Rechenhirn, das Zugriff auf alle Systeme hat.«

»Ein organisches Gehirn. Ein, wie nennt man es noch ...?«

»Encephalon«, sagte Mira.

»Genau«, meinte Patryk.

»Nhu.« Javier wandte sich ihr zu. »Du bist hier der Technikfreak. Denkst du, du kannst dich da reinhacken? Diese Gesichtslosen ausschalten?«

»Versuchen könnte ich es«, sagte sie schmollend, »aber ...«

»Ich glaube, es gibt noch eine bessere Idee«, unterbrach Patryk. Er tippte mit dem Finger auf das Gerät, damit Javier näher kam. Der Bandenchef hielt sein Gesicht direkt über den kleinen Monitor. Plötzlich wurde die Verbindung zu seinem Gehirn hergestellt und das Bild füllte den sehr viel größeren Monitor in seinem Geist aus. Patryk erklärte ihm, was er sah. »Da unten gibt es einen Wartungskanal. Er ist direkt mit dem städtischen Abwassersystem verbunden.«

»Heißt?«

»Sieht aus, als könnten wir in die Kanalisation gelangen. Wenn uns das gelingt, dann können wir in der Stadt so ziemlich überallhin, wo wir wollen.«

Javier sah zu ihm auf und ließ sein Gehirn aus der Umhüllung des Computers gleiten. »Ach ja?«

»Bestimmt ist es verschlossen. Die Stadt will nicht, dass jeder einfach in die Kanalisation runterklettert. Aber es wird trotzdem gemacht. Es muss also einen Weg hinein geben. Wenn ich oder Nhu uns nicht reinhacken können, dann können wir uns vielleicht gewaltsam einen Weg bahnen. Ihn uns freischießen, wenn es sein muss.«

Javier zeigte ein spöttisches Grinsen. »Mann, ich muss dein Gehalt erhöhen.«

»Dazu müsstest du mir erst ein Gehalt zahlen«, gab Patryk zurück.

Javier wandte sich um, um die anderen in den vereinten Gangs anzusprechen. »Hey. Aufsatteln. Sieht aus, als kommen wir hier raus, Leute.«

Im hinteren Bereich des B-Flügels von Steward Gardens, hinter dem Mittelteil, der im Erdgeschoss als Veranstaltungsraum gedient hatte, führten die fünf verbliebenen Tin Town Terata die sieben verbliebenen Folger Street Snarlers zu den Aufzügen, mit denen man in die beiden oberen Stockwerke gelangte. Sowie in den darunterliegenden Keller.

Das Wichtigste hatten sie mitgenommen. Patryk hatte seinen Rucksack mit ihren spärlichen Essensvorräten und den eingesammelten Kommunikationsmitteln. Und alle hatten ihre Waffen dabei. Als sie sich den Aufzügen näherten, sagte Satin – der sich in seiner insektoiden Art vorwärtsbewegte – zu Mott: »Wenn du schlau wärst, hättest du den Körper deines Freundes aufgelöst, bevor du gegangen bist. Wenn die Forcer ihn später hier finden, kommen sie in die Folger Street und befragen dich danach.«

»Zur Hölle mit dir! Ich schmelze doch meinen Freund nicht ein. Außerdem habe ich kein Plasma dabei.«

Satin hielt seinen eindrucksvollen Decimator 220er Revolver in die Höhe. »Ich schon. Grünes Plasma, Mann, der beste Scheiß. Hinterlässt keine Spuren. Zersetzt sein Fleisch, seine Knochen, seine Klamotten, seine …«

Mott blieb stehen und sah aus, als wäre er kurz davor, seine eigene Waffe zu ziehen. »Ich habe dir gesagt, dass niemand meinen Freund einschmilzt, Freak!«

»Hey!« Javier blickte zu ihnen zurück. »Ihr zwei seid still und kommt her.«

»Jedenfalls«, grummelte der Choom mit den Dreadlocks, »ist unsere Signatur außen draufgesprüht. Wenn die Forcers uns finden wollen, dann finden sie uns auch. Das können wir jetzt nicht ändern. Von euch liegen auch ein paar Leichen da hinten in 5-B, vergiss das nicht.«

»Ja, aber die haben keine Tattoos und Bandenklamotten wie ihr Punks.«

Javier sah sich die beiden Aufzüge an. »Ich weiß nicht. Ich fänd's scheiße, wenn ich mich in einen davon reinzwänge und der dann stecken bleibt. Wenn dieses Gehirn da unten die Gesichtslosen und den Müllautomaten kontrolliert, wer sagt dann, dass es uns nicht auch absichtlich in einem Aufzug einsperrt?«

»Ist uns nicht passiert«, nuschelte Nick, der Mutant mit dem eingefallen aussehenden Kopf.

»Na ja, ihr seid damit ein Risiko eingegangen, das ich nicht wiederholen will. Kommt mit!«

Javier führte sie stattdessen zum Treppenhaus und stemmte die Eisentür auf. Als sie sich an den Abstieg machten, klapperten die Metallstufen unter ihren Füßen. Mira, die damit ihre Mühe hatte, sagte: »Ich hoffe, wir bekommen die Kellertür auf. Bisher haben wir das nämlich nicht geschafft.«

»Ich versuche es mit meiner Generalschlüsselkarte«, sagte Nhu und meinte damit den Kartenrohling, auf dem sie mithilfe ihres privaten Computersystems zahllose, zufällig generierte Schlüsselcodes gespeichert hatte.

Javier warf Mira einen flüchtigen Blick zu, während sie nebeneinander die Treppe hinunterstapften. Mit tiefer Stimme fragte er sie: »Alles in Ordnung?«

»In Ordnung? In welcher Hinsicht?«

»Ich weiß nicht. Du weißt schon. Nur … in Ordnung?«

Sie lächelte. »Glaube, schon.«

»Tut mir leid wegen der Treppe. Ich würde dich ja tragen, aber …«

»Oh, bitte. Ich bin doch kein Baby.«

»Dann kann ich auch nicht ›Baby‹ zu dir sagen, hm?«

Mira lächelte ihn wieder an.

Sie erreichten den Gang im Erdgeschoss. Neben den Aufzügen gab es nur eine einzige weitere Tür und das Wort SPERRBEREICH war darauf mit Schablone gepinselt. Javier bedeutete Nhu, ihr Glück zu versuchen. Sie zückte ihre Karte und zog sie durch den Leseschlitz. Nichts. Sie zog sie erneut durch. Drückte einige Knöpfe auf der Tastatur.

»Mist«, grummelte Tiny Meat, der wie ein unflätiger Papagei hinter der Schulter seines größeren Bruders kauerte. »Das wird nichts.«

Ein Piepton erklang, die rote Statusanzeige auf dem Kontrollbalken wurde grün, die Metalltür glitt in ihren Schienen zur Seite und zwei graue Arme stießen aus der dahinterliegenden Dunkelheit hervor, in dem Versuch, Nhu am Kopf zu packen.

Eine weitere Hand packte sie am Arm und riss sie mit erstaunlicher Kraft zurück, außer Reichweite.

»Verdammt!«, rief Javier und feuerte mit seiner Pistole auf die heranpreschende Gestalt.

Nhu stolperte, als sie herumgerissen wurde, weg von der geöffneten Tür. Sie drehte sich im Griff ihres Retters und blickte in das skelettartige Gesicht von Haanz, dem spinnengliedrigen Choom-Mutanten. Er hatte sich zwischen sie und die Tür gestellt.

Javiers Kugel hatte die erste Gestalt zurückgeschleudert, doch das zweite grauhäutige Wesen warf sich durch den Durchgang und sprang Satin entgegen. Dieser hob eine seiner roboterartigen Handprothesen und erwischte das Wesen am Hals. Er hielt es in die Höhe und seine Gliedmaßen strampelten dabei wie die eines Mannes am unteren Ende einer Schlinge. Mott hob seine Pistole und jagte mehrere Kugeln durch den baumelnden Körper, bevor Satin seinen mit Plasma geladenen Revolver darauf richten konnte. Der Körper erschlaffte in seinem Griff.

Eine dritte Kreatur sprang über den toten Körper der ersten. Auch Nick hatte eine Pistole, und er und Javier schossen auf das näher kommende Wesen – doch dessen Schwung führte dazu, dass es dennoch in Javier krachte. Beide flogen nach hinten zu Boden. Der Bandenchef schlug sich den Kopf an der gegenüberliegenden Wand.

Ein vierter Angehöriger der Gesichtslosen stürmte aus dem Zimmer, doch jetzt spritzten ihm sowohl Big Meat als auch Tiny Meat eine große Ladung Säure ins Gesicht. Die Kreatur schlug auf dem Boden auf, überschlug sich und landete dampfend, Blasen werfend und wie wild um sich tretend auf Javier. Mira und Tabeth packten jedoch Javiers bewusstlosen Körper an den Beinen und zogen ihn zur Treppe zurück. »Zurück zur Tür! Zur Tür!«, schrie Nhu, die hinter Haanz kauerte.

Nummer fünf, sechs und sieben rangen darum, gleichzeitig durch die Tür zu gelangen. Ein Gewirr aus Armen, wie die gefräßigen Köpfe einer Hydra. Tiny Meat wurde von der Schulter seines Bruders geschleudert und fiel zu Boden. Big Meat wurde gepackt und in die Finsternis des Kellers gezogen.

»Wichser!«, brüllte Mott, stürmte mit seiner Pistole vorwärts, fürchtete aber, Big Meat zu treffen, der auf der anderen Seite schreiend in der Menge der Körper verschwand – wie viele es waren, war schwer zu sagen.

Doch dann löste sich überraschend einer der Gesichtslosen aus dem Gewimmel, sprang Mott an wie einen Liebhaber, schlang seine Beine um ihn, packte seinen Kopf mit den Händen und stieß seine Daumen in seine Augenhöhlen. Der Choom jaulte auf und fiel auf den Rücken, während ihn dieses Ding weiter umklammert hielt.

»Verdammt! Verdammt! Verdammt!«, brüllte Satin, dann zielte er mit dem Decimator und feuerte. Eine blaue Gelkapsel, die mit ätzendem Plasma gefüllt war, knallte der grauen Kreatur an die Schläfe. Sofort schien sich eine leuchtende, grüne Flüssigkeit über dem gesichtslosen Kopf des Wesens zu verteilen und wie brennende Lava seinen Hals und seine obere Brustpartie hinunterzulaufen. Bis das Plasma an den Armen des Wesens hinabrann und Kurs auf seinen Bauch nahm, hatte es den Kopf und den Hals bereits völlig zerfressen.

Die Kreatur war noch immer dabei, sich aufzulösen, als sie seitlich von Mott herunterkippte. Als Mott von der Last befreit war, richtete er sich jedoch nicht auf. Blut strömte aus seinen eingedrückten Augenhöhlen und sickerte ihm aus den Ohren.

Nick stand auf der anderen Seite der Schwelle und versuchte, die Tür zu schließen, indem er auf die Tastatur einstach. Er wurde am Handgelenk gepackt. Von den Füßen gerissen. In den Keller gezerrt. Sie hörten noch, wie seine Pistole zwei Schüsse abfeuerte, bevor sie verstummte.

Tiny Meat hatte sich aufgerichtet und drehte sich bestürzt zu der offen stehenden Tür um. »Big!«, kreischte er. »Big! Ihr Wichser! Fickt euch, ihr verfickten Wichser!« Und dann rannte er direkt in die Dunkelheit, zwischen den Beinen der aneinandergedrängten Körper hindurch wie ein Baby, das noch zu klein war zum Laufen. Die anderen hörten ihn weiter fluchen, bis die geschrienen Flüche zu bloßen Schreien mutierten.

Barbie, ebenfalls auf der anderen Seite der Tür, streckte als Nächste die Hand nach dem Tastenfeld aus. Sie tippte auf einige Knöpfe und die Tür begann sich zu schließen. Arme und die Hälfte eines grauen Körpers quetschten sich zwischen Türkante und Rahmen und blieben dort stecken. »Haltet Abstand!«, rief Satin und feuerte noch ein paar Gelkapseln ab. Noch mehr von dem gefräßigen, grünen Feuer breitete sich auf den ausgestreckten Gliedmaßen und dem Oberkörper des Wesens aus, das es beinahe durch die Tür geschafft hatte. Zwei Arme wurden abgetrennt und fielen zu Boden. Innerhalb weniger Augenblicke blieb nichts mehr von ihnen übrig als schwarze Flecken. Die halbierte Kreatur folgte ihnen mit einem dumpfen Schlag, während ihre eigenen, leuchtend grünen Arme unkontrolliert um sich schlugen. Doch diese Gliedmaßen schrumpften zu Stümpfen zusammen, bis sich die Kreatur nicht mehr bewegte. Sie löste sich ebenfalls auf und ließ erneut nur eine Art Schatten auf dem Teppich zurück.

Die Tür glitt in ihren Schienen zur Seite. Barbie, mit den fünf Gesichtern, tippte auf die Taste mit der Aufschrift SCHLIESSEN. Als das vollbracht war, hörten sie die Kontrollleiste piepen. Die Statusanzeige wechselte von Grün zu Rot.

Die beiden Banden sahen sich angesichts ihrer Verluste verstört um. Vier der Terata waren übrig geblieben. Vier der Snarlers. Mira beugte sich über Javier, legte ihre Hände auf sein Gesicht, wie sie es eine knappe Stunde zuvor getan hatte, als sie beide alleine im Badezimmer gewesen waren, und wiederholte dabei immer wieder seinen Namen.

13.

SÉANCEN

Janice Poole saß hinter ihrem Schreibtisch und Jeremy Stake auf der Tischkante, als jemand leise an die Tür des Biologieraumes klopfte. Sie öffnete sich einen Spaltbreit und ein 16-jähriges Mädchen steckte den Kopf in das Zimmer. »Sie wollten mich sehen, Miss Poole?«

»Komm rein, Caren«, entgegnete Janice. »Ich habe hier jemanden, den ich dir gerne vorstellen würde. Sein Name ist Mr. Stake und er würde dir gerne ein paar Fragen über deine Freundin Krimson Tableau stellen.«

Die Schülerin hatte sich bereits in das Zimmer hineingewagt, fror bei der Erwähnung des vermissten Mädchens jedoch wie ein Standbild ein. Caren Bistro war ein recht hübsches Mädchen, das in seiner Schuluniform anständig und attraktiv zugleich aussah, doch ihre Ähnlichkeit mit ihrem Vater Ron Bistro war stark genug, um Stake zu verwirren. Ron Bistro war der »Pornoprinz von Punktown«, der bekannteste männliche Pornostar der Stadt, und Stake hatte sich erst kürzlich ein Holovideo von Bistro bei einem Dreier mit zwei Androidinnen angesehen. Eine von ihnen war der attraktiven Ehefrau des amtierenden Premierministers nachempfunden gewesen, die andere hatte der längst verstorbenen Filmschauspielerin Brigitte Bardot ähnlich gesehen. (Er erinnerte sich daran, dass der Titel *Und Ron erschuf die Frauen* gelautet und Bistro darin einen triebhaften Roboterdesigner gespielt hatte.) Bistro verdiente genug, um seine Tochter auf die Arbury School zu schicken und ihr die Kawaii-Puppe zu kaufen, die aus ihrem Rucksack herausragte. Ihr Name war Bup Be – eine vietnamesische Bezeichnung für »Puppe«. Bup Be hatte zwei rote Striche, die ihre Augen darstellen sollten, aber keine Nase und auch keinen Mund. Ihre langen, schwarzen Haare bewegten sich permanent in einem Luftzug, für den es keine sichtbare Quelle gab. Vielleicht wurde er aus Löchern im Kopf der Puppe geblasen, wie Stake vermutete.

Und ihr Vater verdiente auch genug, um Caren ein schönes, modernes Ouija-Fon zu kaufen.

Stake hatte zunächst überlegt, Yuki Fukuda zu bitten, ihn diesem Mädchen vorzustellen. Schließlich war es Yuki gewesen, die Carens Namen ihm gegenüber erwähnt hatte. Er hatte jedoch befürchtet, dass Caren Yuki genauso feindlich gesonnen war wie Krimson und sich deshalb als wenig kooperativ erweisen würde. Deshalb hatte er stattdessen Janice um Hilfe gebeten, in der Annahme, ihre Gegenwart würde Caren so weit unter Druck setzen, dass sie sich hilfsbereit zeigte.

»Ich habe bereits mit der Polizei über Krimson gesprochen«, stotterte Caren und blickte ausweichend drein. Zu ausweichend für Stakes Geschmack.

»Ich bin nicht von der Polizei«, versicherte Stake, ohne jedoch auszuführen, wer er war oder wer ihn engagiert hatte. »Hast du der Polizei eigentlich von Krimsons Nachrichten erzählt, die du in deinem Ouija-Fon gehört hast?«

»W... was? Von wem haben Sie das?«, fragte Caren und sah nervös von ihrer Biologielehrerin zurück zu Stake. Sie sah aus wie ein Reh, das kurz davor war, das Weite zu suchen. Bup Be drehte ganz leicht seinen Kopf, als wäre auch er argwöhnisch geworden.

»Setz dich bitte, Caren«, sagte Stake, während er sich von der Tischkante erhob und sich vor ihr aufrichtete, um körperlich eindrucksvoller zu wirken. Sie tat wie geheißen und ließ sich an den Tisch hinab, der ihr am nächsten war. Während er sprach, bemühte er sich, das Mädchen nicht über einen längeren Zeitraum hinweg oder zu intensiv anzusehen, um nicht auf indirektem Wege eine Ähnlichkeit zu Punktowns Pornoprinz zu entwickeln. »Caren, du weißt, dass dieses Thema von äußerster Wichtigkeit ist. Eine Sache von Leben und Tod. Krimson ist deine Freundin und wir müssen tun, was wir können, um …«

»Sie ist bereits tot«, unterbrach Caren ihn.

Stake verstummte. Dann fragte er: »Und wie kommst du darauf?«

»Wegen dem, was Sie gerade gesagt haben«, schluchzte Caren. »Weil ich sie in meinem Ouija-Fon gehört habe! Natürlich ist sie tot!« Tränen begannen ihre Augen zu verschleiern.

»Hast du sie an der Stimme erkannt?«

»Sie war meine beste Freundin! Ich weiß, dass es so ist!«

»Und was hat sie alles zu dir gesagt?«

»Sehen Sie, ich fühle mich echt nicht wohl dabei, wenn ich darüber rede, okay? Krimson hatte Angst vor ihrem Vater. Sie hat gesagt, er sei ein sehr angsteinflößender Typ. Und wenn sie Angst vor ihm hatte, dann habe ich das auch. Wenn er davon erfährt, wird er wütend auf mich sein, aufgrund der Dinge, die ich weiß. Die Dinge, von denen Krimson nicht wollte, dass er davon erfährt!«

»Ihr Vater erfährt nichts davon. Ich arbeite nicht für ihren Vater. Ich verspreche dir, deinen Namen da rauszuhalten, ganz egal, was du mir erzählst.« Stake warf Janice einen flüchtigen Blick zu. »Sie versprechen das auch, nicht wahr, Miss Poole?«

»Natürlich! Caren«, sagte Janice, während sie sich auf eindringliche Weise vorbeugte, »wir wollen nur das Beste für Krimson. Wenn sie tot ist, dann müssen wir das offiziell bekannt geben, nicht wahr? Hat sie das nicht verdient? Und wenn ihr jemand etwas zuleide getan hat, verdient sie es dann nicht, dass man sie rächt? Dass die Person, die ihr etwas angetan hat, bestraft wird?«

Caren tupfte sich die Augen ab. »Ja.«

»Dann verrate es mir, mein Engel«, sagte Stake mitfühlend, aber bestimmt. »Was genau hast du in deinem Ouija-Fon gehört?«

»O Gott«, stöhnte Caren und legte das Gesicht in ihre Hände. »Beim ersten Mal habe ich sie nur meinen Namen sagen hören. ›Caren. Caren.‹ Damals war ich mir noch nicht sicher, dass sie es war. Aber als ich sie das nächste Mal gehört habe, da habe ich sie ganz bestimmt erkannt. Sie sagte so etwas wie: ›Ich befinde mich im Nichts.‹« Caren Bistro sah mit geröteten Augen auf. »Die sagen so unheimliches Zeug. Alle tun das.«

»Aber hat sie noch etwas anderes gesagt, das nur Krimson sagen würde?«

»Ja. Als ich sie zum dritten Mal gehört habe, da hat sie gesagt: ›Caren. Sag Brat … ihn liebe. Caren. Sag es Brat.‹«

»Und wer ist Brat. Ihr Freund? Der ältere Freund, mit dem sie sich gerüchteweise getroffen hat?«

»O Gott«, stöhnte Caren erneut, schüttelte den Kopf und ließ ihre Haare über ihr Gesicht fallen, als könnte sie sich dahinter verstecken.

»Caren, bitte. Erinnere dich. Denk daran, dein Name wird nicht erwähnt, das schwöre ich.«

»Ja«, seufzte sie. »Brat war ein älterer Typ. 19. Sie hat gewusst, dass ihr Vater Brat etwas angetan hätte, wenn er davon erfahren hätte. Mir hat sie als Einziger vertraut.«

»Und du warst eine gute Freundin, Caren. Du hast das Geheimnis deiner Freundin für dich behalten, wie es ihr Wunsch war. Wenn sie jetzt aber tot ist, gibt es dafür keinen Grund mehr …«

»Es gibt aber einen Grund! Ich habe Ihnen doch gesagt, dass ihr Vater außer sich sein wird, wenn er erfährt, dass ich sie auf diese Weise gedeckt habe. Wissen Sie, wie nah dran ich war? Ich vertraue ihm aber nicht.«

»Er wird nichts davon erfahren. Niemand erfährt etwas. Aber ich bitte dich, Caren, wie lautet der Nachname von diesem Brat? Wo könnte ich ihn eventuell finden?«

»Ich weiß nicht, wo er hin ist! Ich habe versucht, ihn anzurufen, um ihn nach Krimson zu fragen, aber sein Bruder behauptet, er sei ebenfalls verschwunden!«

»Hast du den Eindruck, dass er derjenige sein könnte, der ihr etwas angetan hat?«

»Vielleicht. Ich habe ihn nur einmal getroffen, ganz kurz. Er schien nett zu sein, aber er ist Mitglied in einer Gang, deshalb weiß ich es nicht.«

»Mitglied in einer Gang? Wo hat sie ihn denn kennengelernt?«

»Ähm, in der Canberra Mall.«

»Weißt du, woher er kommt? Den Namen seiner Gang?«

»Oh, ähm, Folger Street hat sie gesagt. Ebene B in Subtown. Das sind die Folger Street irgendwas.«

»Hm.«

Sie schniefte betreten. »Wollen Sie wissen, was ich glaube?«

»Das wäre?«

»Ich glaube, ihr Vater hat sie zusammen erwischt. Vielleicht im Bett. Und er ist so ausgerastet, dass er beide umgebracht hat. Und jetzt versucht er so zu tun, als würde er trauern, und stachelt die Forcer auf, sie zu finden. Dabei ist er derjenige, der es in Wahrheit getan hat.«

Stake und Janice tauschten ernste Blicke. War ein solches Szenario denkbar?

Caren, die bereute, dass sie ihre Theorie ausgeplaudert

hatte, bat ihn verzweifelt: »Sie dürfen bitte, bitte niemandem verraten, dass ich das gesagt habe!«

»Wie ich es dir verspochen habe, mein Engel«, beruhigte Stake sie. »Keiner Menschenseele. Aber ich muss wissen, wie der Junge mit Nachnamen heißt. Brat …?«

»Brat Gentile. Sie hat ihn Brat Genital genannt.« Sie lächelte schief. »Und er hat sie Smirk genannt. Das ist Krimson rückwärts buchstabiert. Zum Teil.«

Stake nickte. »Sehr gut, Caren. Du hast uns sehr, sehr geholfen. Und warst Krimson eine gute Freundin. Aber irgendwie war es nicht fair von Krimson, dir solch eine Bürde aufzuerlegen. Fühlst du dich nicht besser, jetzt, wo du dich jemandem anvertraut hast?«

»Wahrscheinlich schon«, wimmerte Caren Bistro. Sie griff hinter sich nach einer Packung Taschentücher, die sie in einer Reißverschlussaußentasche ihres Rucksacks aufbewahrte. Dabei löste sich Bup Be, der aus dem Rucksack zu Boden fiel. Dort lag er nun, in einem gelben, vietnamesischen Ao Dai und einer weißen Hose. Unter Stakes Blick hob die Puppe ihre untersetzten Ärmchen in die Luft und wartete darauf, dass Caren sich bückte, um sie aufzuheben. Caren tat es und drückte die Puppe an ihre Brust, wie um sie zu stillen. Ohne Stakes Blicke zu erwidern, murmelte sie: »Da ist noch etwas, das Krimson zu mir gesagt hat. Erst vorletzte Nacht.«

»Ja? Und was war das?«

»Es klang, als würde sie sagen: ›Yukis Mom weint‹.«

»Yukis Mom?« Stake trat näher an sie heran. »Sag mal, Caren, hast du dein Telefon gerade dabei? Denkst du, du könntest versuchen …?«

Die Augen des Mädchens weiteten sich. »Nein! Nie mehr! Nie mehr!« Und bevor Stake versuchen konnte, sie zu beruhigen, floh Caren Bistro aus dem Zimmer, die kleine asiatisch aussehende Puppe auf eine Art und Weise umklammert, als würde sie ein Kleinkind vor einer Gefahr in Sicherheit bringen.

Yuki Fukuda hatte ihren »Hey Quallie!«-Pyjama angezogen, gemustert mit Bildern der beliebten glupschäugigen Qualle, die die gegenwärtige Qualleneuphorie ausgelöst hatte. Sie saß im Schneidersitz auf ihrem Bett, den Blick auf ihren wandgroßen VT gerichtet, doch ihre Gedanken waren bei dem Mann, den ihr Vater damit beauftragt hatte, Dai-oo-ika zu finden. Früher am heutigen Tag hatte er sie nach Caren Bistros Namen gefragt. Jetzt hätte Yuki ihn gerne angerufen und ihn gefragt, was – wenn überhaupt – die gemeine kleine Caren darüber verraten hatte, dass sie Krimson Tableau in ihrem Ouija-Fon gehört hatte. Yuki wusste jedoch, dass ihr Vater es missbilligen würde, wenn sie den Detektiv eigenmächtig kontaktierte und sich in die Ermittlungen einmischte, solange Mr. Stake sie nicht selbst um Informationen ersuchte.

Der Gedanke daran, dass Krimson Tableau in Caren Bistros Ouija-Fon gesprochen hatte, ließ sie an ihr eigenes Ouija-Fon denken.

Yuki faltete ihre Beine auseinander, verließ das Bett und tappte barfuß über den makellos weißen Teppich ihres weitläufigen Schlafzimmers. Sie nahm das Telefon von ihrem Schreibtisch und setzte sich damit auf den Bürostuhl, schaukelte nur vor und zurück und starrte dabei auf den spielzeugartigen kleinen Apparat in ihrem Schoß. Mit einem Schlucken aktivierte sie ihn schließlich, drückte den Knopf mit der Aufschrift SUCHLAUF und schob das Telefon durch ihre glatten Haare, um es sich ans Ohr zu drücken.

Zischendes Rauschen. Das war das ständige Hintergrundgeräusch, egal wie sehr man an dem Regler drehte und mit den Bedienelementen hantierte. Man konnte es zwar vermindern, aber nicht eliminieren. Gelegentliches Knacken und kurze, lautere Zischgeräusche ließen sie manchmal zusammenzucken. Gelegentlich schälte sich aus einem solchen Ausbruch eine Stimme hervor. Ein unglückliches Heulen. Ein wütender, undeutlicher Schrei. Doch nichts bisher. Yuki ließ den Suchlauf eingeschaltet. Sie würde ihren Teil der Suche durchführen, und wenn sie willens waren, würden die Essenzen, die in diesem rauschenden Meer hausten, ihr auf halbem Weg entgegenkommen.

Sie schloss die Augen. Sie stellte sich in einer Art Taucherkugel vor, in einem winzigen Ein-Personen-U-Boot, das in die Tiefe hinabsank. Tiefer in ein fremdartiges Reich. Mit schattenhaften, formlosen Arten, wie Quallen, die knapp jenseits der grellen U-Boot-Scheinwerfer vorbeitrieben. Immer tiefer.

»Yuki.«

Abgehackt. Aus einem Mund voll knisterndem, zischendem Hintergrundrauschen. Verzerrt. Gedämpft.

Dennoch wusste sie, dass es ihre Mutter war. Sie spürte es in den kleinen Härchen, die sich auf ihren Armen aufrichteten. Sie spürte es in ihren Körperzellen.

»Mom«, flüsterte sie in die Sprechvorrichtung. »Mom, bitte rede mit mir.«

»Yuki.«

Wie immer quollen die Tränen, die sie nicht unter Verschluss halten konnte, hinter ihren geschlossenen Augenlidern hervor. »Mom«, sagte sie mit zitternder Stimme, »sag mir bitte, wie es dir geht. Bitte, bitte, Mom, ich habe dich lieb.«

Dann noch mehr Worte, durch das Knacken jedoch in Fragmente zerhackt. Worte aus so weiter Ferne wie ein Sonnenstrahl, der durch die Tiefe des Ozeans gestreut und gefiltert wurde. Für Yuki klang es, als hätte die entfernte Stimme gesagt: »Du bist a...lleine.« Alleine?

»Mom? Hallo? Mom?«

»Yuki.«

Diese Stimme war nicht weit entfernt und nicht undeutlich. Eher zu nah, zu laut, zu bestimmt. Ihre Augenlider klappten auf. Ihr Vater stand in der Tür ihres Schlafzimmers. Mit unbewegtem Gesicht, auch wenn sich unter der ebenen Maske das bösartige Grollen eines Dämons zu verbergen schien.

»Daddy«, quiekte sie.

John Fukuda trat in ihr Zimmer, groß und kantig, und noch immer in seinem Geschäftsanzug. »Ich bereue, dass ich dir je dieses Ding gekauft habe.«

»Warum, Daddy? Was …?«

»Ich habe dich gehört. Ich habe gehört, was du versucht hast. Du versuchst, deine Mutter zu kontaktieren.«

»Das habe ich aber wirklich!«, protestierte sie. »Daddy, sie hat schon vorher zu mir gesprochen! Ich hatte Angst, es dir zu sagen, aber das hat sie! Ich weiß, dass sie es ist!«

»Wie kannst du das wissen?«, blaffte er. »Als sie starb, warst du noch ein Baby.«

»Du hast mir Videos von ihr gezeigt. Dein Hochzeitsvideo!«, erinnerte sie ihn, während ihre Tränen nun in Strömen flossen, das Gesicht halb verknittert, wie das Taschentuch, das sie mit ihrer freien Hand umklammerte. »Aber ich weiß es einfach. Ich weiß, dass sie es ist! Sie will mir etwas mitteilen.«

»Was denn mitteilen?«

»Das weiß ich nicht. Ich höre sie nur ganz schwach.«

Er kam näher und streckte seine Hand aus. »Gib mir das Ding.«

»Bitte, Daddy!«

»Gib es mir!«, schrie er.

Schluchzend stand Yuki von ihrem Stuhl auf und reichte ihrem Vater das Gerät. Ohne es anzusehen steckte er es in seine Tasche und sagte: »Es war töricht von mir, dir das zu kaufen. Ich will auch nicht, dass du mit denen deiner Freunde spielst. Sollte ich davon erfahren, wird es dir leidtun. Hast du verstanden?«

»Aber warum? Warum willst du nicht, dass ich …?«

»Genug!«, bellte er. Er hatte sie noch nie auf diese Weise angeschrien und sie taumelte beinahe zurück, als wäre sie geschlagen worden. Er wandte sich der Tür zu. »Geh jetzt ins Bett!«

Yuki fiel wieder in ihren Stuhl zurück, als hätten ihre Beine unter ihr nachgegeben. Und sie vergrub das Gesicht in den Händen, weinte unartikuliert wie eine dieser traurigen Kreaturen, die in einem weiten Ozean schwammen, den sie nicht erkennen konnte, bei dem es sich aber im Wesentlichen um die Luft handelte, die sie umgab.

Zuvor an diesem Nachmittag, nachdem Caren Bistro gegangen war, war Janice Poole hinter ihrem Schreibtisch hervorgekommen und hatte Stake so lasziv angelächelt, wie sie es sich in Reichweite der Kamera, die ihr Klassenzimmer überwachte, traute.

Sie flüsterte: »Willst du mit zu mir nach Hause kommen, wenn ich hier fertig bin?«

Er blickte über ihre Schulter. Auf einer Arbeitsplatte, die sich über die gesamte Zimmerlänge erstreckte, standen zahlreiche Glasbehälter mit unterschiedlichen Tieren, von Fischen über Insekten und Nagetiere bis hin zu einer Gruppe kalianischer Echsen, die viel kleiner waren als die essbaren Glebbi. Diese kurzgliedrigen Exemplare hatten jedoch lange, schlangenartige Hälse, auf denen lächelnde krokodilähnliche Köpfe saßen. Diese Kreaturen lagen aufgehäuft übereinander wie in einer reglosen Orgie. Allenfalls drehte sich gelegentlich einer der Periskopköpfe faul in die eine oder andere Richtung. Schließlich sagte Stake:

»Ähm, ich fühle mich heute nicht so toll. Ich habe nicht gut geschlafen.«

»Oh, wirklich?« Janice trat näher an ihn heran, als könnte ihre Nähe, die Aura ihrer Lust, ihn möglicherweise umstimmen. »Hey«, sagte sie. »Bin ich jetzt eigentlich deine Freundin oder was?«

Jetzt sah er sie direkt an und lächelte. »Bin ich deine Freunde?«

»Hm. Plural, hä?«

Er grinste und fühlte sich ein wenig schuldig. »Sorry. Sieh mal, ich bin wirklich geschafft. Ich ruf dich morgen an, okay?« Dann steuerte er die Tür ihres Klassenzimmers an. »Danke erst mal für deine Hilfe.«

Janice verschränkte die Arme und musterte ihn mit hochgezogener Augenbraue. »Mhm« war alles, was sie sagte, als er hinausging.

Jetzt war er zurück in seiner Wohnung, in der lauten und bunten Forma Street. Und jetzt, wo er alleine war, bereute er es doch noch beinahe, nicht mit Janice nach Hause gegangen zu sein. Er musste wieder an diese Echsen denken, die im gegenseitigen Kontakt ihrer Körper unbekümmerte Geborgenheit fanden.

Das wiederum ließ ihn an Thi Gonh denken.

Unbeantwortete Fragen verfolgten ihn bis zu diesem Tag, als hätte sie sie mit ins Grab genommen. Er war jedoch sicher, dass sie noch lebte. Das lag daran, dass er versucht hatte, sie zu finden, und zumindest noch Spuren von ihr entdeckt hatte, bevor diese im Nebel verschwunden waren.

Nach dem Krieg war er nie wieder in ihre Welt, in ihre Dimension zurückgekehrt – das stimmte. Aber er hatte mit verschiedenen Stellen telefoniert. Nachrichten verschickt. Das Netz durchkämmt. Die ersten Spuren waren eigentlich nur allzu deutlich gewesen.

Nachdem die Ranger der fünften Kompanie des Vorauskommandos zu seiner Gruppe gestoßen waren, sie das besetzte Kloster verlassen und davor die Geistlichen freigelassen hatten, die während der Besetzung interniert gewesen waren, hatten die vereinten Trupps die beiden Ha-Jiin-Häftlinge mitgenommen. Erst drei Tage später war es einer Maschine der Luftstreitkräfte möglich gewesen, zu der Gruppe zu stoßen und die Gefangenen zur weiteren, offiziellen Befragung abzutransportieren. Manchmal wurden Gefangene benutzt, um sie gegen in Gefangenschaft geratene Soldaten der Kolonialtruppen auszutauschen. Stake hatte jedoch befürchtet, dass die Erdlingskillerin ein zu bedeutender Fang war, um sie einzutauschen. Eine Gefangene, die zu bösartig war, um sie freizulassen.

In diesen drei Tagen schleppten sie die Gefangenen mit sich. Einige Male hatten sie sogar Feindkontakt (und in einem dieser kurzen Feuergefechte passierte es, dass der Gefreite Devereux, dessen Leben Thi auf der Lichtung verschont hatte, von der Kugel eines anderen Ha Jiin getötet wurde). Doch es waren seine Soldatenkameraden, viele von ihnen nun Klone mit Tarnfarbengesichtern, von denen Stakes Gefühl nach die größte Bedrohung ausging. Nicht für ihn selbst, sondern für die blauhäutige Frau. Da Sergeant Adams nun das Kommando hatte, stand es nicht mehr so sehr in seiner Macht, sie zu beschützen. Oder mit ihr alleine gelassen zu werden. Wie sich jedoch herausstellte, war der Treck zu gefährlich und Adams zu sehr auf seine Mission fixiert, als dass es, abgesehen von gelegentlichen hasserfüllten Kommentaren, zu irgendeinem Übergriff gegen die Frau kam. Als jedoch die Maschine der Luftstreitkräfte landete, um sie auszufliegen, war Stakes Furcht noch größer als zuvor. Ab jetzt würde er gar nicht mehr in der Lage sein, sie zu beschützen. Aller

Wahrscheinlichkeit nach würde er sie ab jetzt nie wiedersehen.

Während er in seinem schäbigen Apartment stand und, ohne etwas davon wahrzunehmen, auf das Treiben auf der Straße starrte, erinnerte sich Stake daran, wie ihre Augen ausgesehen hatten. Damals, als sie die Maschine bestiegen und einen flüchtigen Blick zu ihm zurückgeworfen hatte, bevor sich die Tür hinter ihr und dem Soldaten, der sie abführte, schloss. Er erinnerte sich daran, dass ihre Augen nichts an sich hatten, an das man sich erinnern konnte. Leer, dunkel und so mysteriös wie die der Echsen, die in Janice Pooles Klassenzimmer zu ihm zurückgestarrt hatten. Erst schwarz, dann ein grellrotes Aufleuchten, und schließlich war sie weg.

Nach seiner Rückkehr aus dem Einsatz in die verbündete Stadt Di Noon hatte er bei verschiedenen Dienststellen und Dienststellenleitern angerufen und mehrere eindringliche Nachrichten verschickt. Jeden, der ihm zuhörte, bat er inständig darum, der Erdlingskillerin gegenüber Gnade walten zu lassen. Dabei gab er die Geschichte weiter, die ihm ihr eigener Gefährte offenbart hatte – wie sie sich gegenüber drei Erdsoldaten, die sich schutzlos in ihrem Visier befunden hatten, gnädig gezeigt hatte.

Vor Ende des Krieges war sie nicht an die Ha Jiin überstellt worden, aber sehr viel länger hatte es danach nicht gedauert. Während Stake ihr Schicksal verfolgte, hauptsächlich über die Nachrichtenmedien und Militärberichte, erhielten seine Befürchtungen jedoch neue Nahrung. Nachdem ihre eigene Regierung die Zeugenaussage ihres Gefährten gehört hatte, die ihr die Milde der irdischen Streitkräfte bescherte, machte sie ihr den Prozess wegen Hochverrats. Doch da waren noch ihre Verdienste, die ebenfalls in Betracht gezogen werden mussten. Auch wenn sie in einem schwachen Moment drei Erdlingsmänner verschont hatte, machte das die vielen anderen Soldaten, die sie ohne einen Moment des Zögerns weggeblasen hatte, nicht wieder lebendig. Am Ende wurde der Erdlingskillerin die Freiheit geschenkt und sie wurde aus dem Militärdienst entlassen. Außerdem bekam sie durch ihr Volk, zum Teil aus Verachtung, zum Teil aus Humor, der auf einem verbliebenen Rest Respekt basierte, einen neuen Spitznamen verliehen.

Man nannte sie fortan die Erdlingsliebhaberin.

Die Spuren der Erdlingsliebhaberin waren danach in den blauen Urwäldern ihres Planeten verschwunden. Irgendwo hatte sie sich in ihr Privatleben zurückgezogen, verborgen vor ihrem Ruf und der Schande. Eine Frau, die zur Patriotin geworden war, dann zu einer Mörderin und schließlich zu einer Ausgestoßenen. Ein weiteres, überlebendes Opfer des Krieges.

Bis zu diesem Tag war sie für Stake ein so großes Mysterium geblieben wie er für sich selbst. War es ihr am Leben gebliebener Geist oder sein eigener, der in den Hallen des Schlafes auf zunehmend beunruhigende Weise mit den Ketten rasselte? Oder waren er und sie auf irgendeine Art, in einer abstrakten Ausprägung seiner Mimikry, zu einer Einheit geworden? Er fragte sich, ob er durch die Suche nach ihr auch versucht hatte, sich selbst zu finden.

Sie benutzt dich, hatte der Gefreite Devereux ihm gesagt. Um sich davor zu bewahren, von seinen Männern exekutiert zu werden. Indem sie Stake erlaubte, mit ihr zu schlafen, um damit zu verhindern, dass sie von den anderen vergewaltigt wurde.

In einer Gasse unter sich sah er zwei Hunde verschiedener Rassen, die gemeinsam an einer aufgeplatzten Mülltüte schnupperten. Wie die Echsen. Dieses unbedarfte, instinkthafte Bedürfnis nach enger Gesellschaft. Er hoffte, dass wenigstens das zwischen ihnen sichergestellt war. Dass sie ihn nicht nur benutzt hatte. Wenn nicht Liebe, wenn nicht einmal Zuneigung, dann wenigstens das. War das zu viel, als dass er es von ihr als Gegenleistung erwarten konnte?

Wie viele Male zuvor rief er ihr Gesicht auf seinem geistigen Monitor ab, so wie sie ausgesehen hatte, als er auf ihr gelegen hatte. Bei zwei oder drei Gelegenheiten schien sie ehrlich in ihrer Lust aufgegangen zu sein. Bei einer dieser Gelegenheiten hatten sich ihre Augen beinahe ganz geschlossen, bis nur noch ein weißer Streifen zu sehen gewesen war, so als hätte sie sich in Trance versetzt. Und sie hatte gegurrt, mit dem leisesten Ton, den er je von ihr gehört hatte. »Oh, ban ta gefällt. Ban ta *gefällt.*«

Später hatte er den Gefreiten Henderson gefragt, was »ban ta« bedeutete. Er hatte geantwortet: »Ah, das heißt wohl ›deine Geliebte‹.« Dann hatte sich die Erkenntnis im Gesicht des anderen Soldaten abgezeichnet. Aber er hatte nichts gesagt. Ein anständiger Mann, dieser Henderson.

Außerdem hatte sie ihn immer Ga Noh genannt. Die Chimäre. Den Gestaltwandler.

Er erinnerte sich daran, wie ein anderes Mal ihre Augen geöffnet gewesen waren, während er in sie stieß, als könnte er so ihre Körper miteinander vereinen, ihr linkes Bein in seiner Armbeuge eingehängt, ihr Knie zu ihrem Ohr zurückgebogen und ihr Fuß ruckte und ruckte in die Luft, schlug fast schon gewalttätig um sich, beinahe wie bei einer Vergewaltigung. Doch ihre Augen waren nicht hasserfüllt gewesen. Oder ängstlich. Verlieh die Erinnerung ihnen fälschlicherweise einen Ausdruck von Leidenschaft?

Er hatte sein Gesicht, seine Seele in diesem dicken, dunklen Urwald zwischen ihren Beinen vergraben. Sie hatte seinen Kopf dort festgehalten. Ihn nach vorne gedrückt, ihn gedrängt, sich tiefer in ihr zu verlieren. Und sie hatte für ihn dasselbe getan, hatte begierig an ihm geleckt wie ein Wasser trinkender Hund. Ihre Augen verharrten dabei die ganze Zeit auf seinen, hielten Ausschau nach seiner Wonne und nach seinen magischen Fähigkeiten – bis seine Scham über seine Gabe und darüber, wie *er sie* benutzte, ihn dazu brachte, die Augenlider zu schließen.

Er roch jetzt ihre Haut. Er roch die Haare auf ihrem Kopf, ihre Haare dort unten. Ihre harten, schlanken Schenkel waren unrasiert und so haarig wie die eines Jungen. Es törnte ihn an. Ein paar Haare wuchsen aus der Korona ihrer Brustwarzen. Es bezauberte ihn, alles – jedes Detail, ob hübsch oder unansehnlich –, weil sie kein Traum war, keine Fantasie. Reales Fleisch und Blut, eine Kreatur der Erde und des Waldes, die Hände nicht weiß versteinert, wie die der Aristokratie ihrer Rasse, sondern mit Schmutz und Blut unter ihren Fingernägeln.

War sie das wirklich? War sie jetzt auch so real? War sie am Ende nicht doch zu einer Fantasie geworden, wie eine Pornofilm-Androidin, wie eine scheinbar dreidimensionale Schauspielerin in einem Holovid?

Warum nur konnte er sie nicht vergessen? Er hatte es versucht. Und manchmal erfolgreich, sogar monatelang. Doch einige Geister konnten nicht ausgetrieben werden.

Warum war sie zurückgekehrt, als wäre sie wiedergeboren worden, und das ausgerechnet zu diesem Zeitpunkt? Was passierte gerade, oder auch nicht, in seinem Leben, dass er sie mit solch zusätzlicher Inbrunst wiedererweckte?

Der Reiz zu spüren, wie Janice sich von ihm angezogen fühlte? Die wunderschönen, schmalen Augen von Yuki? Oder war es sogar John Fukuda, der sich nach seiner ermordeten Frau sehnte, um seinen verstorbenen Zwillingsbruder trauerte, eine fehlende Hälfte, deren Abwesenheit ihn unweigerlich zerbrochen und unvollständig zurückgelassen hatte? Hatte Stake, indem er sich zu sehr in

Fukuda hineinversetzte, nur wieder seine eigenen Kriegswunden geöffnet?

Sie *hat* etwas für mich empfunden, wies er sich selbst zurecht. Voller Hass – voller Angst – seinen Zweifeln gegenüber. Er rief sich die Erinnerung an etwas anderes, das sie gesagt hatte, ins Gedächtnis zurück. Etwas, das sie ihm gesagt hatte, bevor sie in die Maschine der Luftstreitkräfte geführt worden war. Die Stimme war wieder dunkel und kräftig, nicht wie bei ihrem Bettgeflüster.

»Danke, Ga Noh. Danke, du kümmern, du kümmern um mich. Irgendwann ich kümmern um dich.«

Tränen brannten wie Säure in Stakes Augen. Wütend wischte er sich mit der Faust über das Gesicht. Und dann zog er den Rollladen vor seinem Fenster nach unten.

Als John Fukuda sein eigenes Schlafzimmer betrat, vernahm er ein leises Zischen und stellte fest, dass das Ouija-Fon in seiner Anzugjacke noch immer aktiviert war. Er schloss die Tür, zog das Gerät heraus und starrte es an, wie um es durch die Hitze seiner Blicke zu schmelzen.

Hatte er eine schwache Stimme vernommen? So schwach wie die eines Insekts, das durch ein Loch in der Sprechvorrichtung ins Innere dieses Dinges gekrabbelt war?

Langsam, wie aus Angst, es könnte ihm in der Hand, an seinem Schädel explodieren, hielt sich Fukuda das Gerät ans Ohr. Einen Zentimeter weit davon weg.

»James.«

»Mein Gott«, flüsterte er. Er zitterte mehr innerlich als äußerlich. »Yuriko.«

»James.«

John Fukuda ließ das Telefon auf den Teppich fallen. Und dann stampfte er mit dem Absatz seines Schuhs darauf.

14.

DER AUSSENSEITER

Dai-oo-ika hob seinen augenlosen Kopf, um zu beobachten, wie Dolly mit einer Plastikeinkaufstüte in der Hand aus dem Labyrinth der Abwasserkanäle auftauchte. Sie trat über den fließenden Bach eines Abflusskanals, dann hievte sie sich auf die gekachelte Plattform hinauf, die ihrer beider Zuhause war. Um wenigstens den Anschein von Sicherheit zu erwecken, zog sie die herabhängende Decke hinter sich wieder zu. Als sie sich neben ihm bückte und sich daranmachte, ihre Tasche zu öffnen, hielt die alte Frau inne, um ihren Gefährten verwundert anzusehen.

»Bist du gewachsen, während ich weg war, oder was? Ich weiß nicht, wie du es anstellst, ständig größer zu wirken, ohne einen verdammten Bissen zu essen, den ich dir anbiete.« Sie wühlte in ihrer Tasche. »Kann nicht behaupten, ich hätte es nicht versucht. Wie wär's damit?« Sie zog eine Banane heraus, die abgesehen von der Spitze ganz schwarz und weich war. Sie brach die Spitze ab und reichte sie ihm. Die Tentakel, die er anstelle eines Gesichts hatte und die sich aus schwarzen und silbernen Ringen zusammensetzten, krümmten und wanden sich, ohne jedoch nach dem Bissen zu greifen. Seine Hände blieben auf seinen Knien. »Nein?«, sagte Dolly. »Herrgott, bist du so wählerisch oder isst du überhaupt nichts?« Sie stopfte sich das gute Ende der Banane in den Mund, dann schälte sie das gallertartige, faulende Mittelstück und aß auch das.

Als er sie dabei beobachtete, dachte Dai-oo-ika wieder

an seine Kind-Mutter. Die ihn mit ihrer Liebe ernährte. Ihn an ihre Brust drückte. Er vermisste sie. Ein nicht in Worte zu fassendes Verlangen, das wie eine Schlucht in ihm klaffte. Ja, das war der Hunger, den er ständig verspürte.

Dolly machte es sich neben ihm bequem und setzte sich auf ihre fleckige Matratze. Sie holte ihre Spritze hervor, gefüllt mit einem metallfarbenen Sand aus mikroskopisch kleinen Nanomiten, nicht ganz Insekten, nicht ganz Maschinen. »Wieder mal Zeit für meine Medizin, Junior«, erklärte sie ihm. »Sei ein guter Junge und gib auf mich acht, während ich mich ausruhe.«

Sie injizierte eine wohldosierte Menge der Nanomiten in ihr Handgelenk, dann seufzte sie und versteckte die Spritze wieder in ihrem Mantel. Sie lehnte den Kopf an die gekachelte Wand und schloss die Augen. »Lass nicht zu, dass diese Halbstarken mir mein Zeug stehlen, während ich schlafe«, schnurrte sie mürrisch. »Die versuchen … mir meine … Medizin zu steee…«

Dai-oo-ika beobachtete sie weiter, ganz wie sie es gewollt hatte. Er beobachtete, wie sich ihre Augäpfel unter den dünnen Lidern vor- und zurückbewegten, als würden sie sich unter einer zerknüllten Decke in unruhigem Schlaf wälzen. Er spürte, dass es für Angehörige ihrer Art keine Ruhe geben konnte, auch nicht im Schlaf. Andererseits hatte er auch seine eigenen verstörenden Träume. Nicht nur von der Vergangenheit – von seiner lieblichen, engelsgleichen Kind-Mutter, die seinen Bauch küsste –, sondern von einer Zukunft, die eintreffen würde oder zumindest vorherbestimmt war. Kurz bevor Dolly von der Nahrungssuche zurückgekehrt war, hatte er wieder einen dieser Träume gehabt. Dai-oo-ika hatte die Vision einer brennenden, zum Großteil zerstörten Stadt gehabt, die sich schwarz und verdorben in alle

Himmelsrichtungen erstreckte. Am Boden waren Tausende nach oben blickende Gesichter und lobpreisend erhobene Arme gewesen. Unter den Gesichtern befanden sich sowohl menschliche als auch nichtmenschliche, doch alle waren schwarz verkohlt, blasig vom Feuer und von der Strahlung verformt. Silbriger Eiter rann aus Augen, die in der Hitze zugeschmolzen waren. Doch trotz der Schmerzen, die diese Leute verspüren mussten, sangen sie für ihn, mit einer gemeinsamen Stimme der Verehrung. Und er sah aus großer Höhe auf sie hinab. Denn er war riesig. Riesiger als ein Elefant. Gewaltig.

Er war ihr Gott.

Erhobene Arme, so viele erhobene Arme, als wollten sie ihn umarmen. Es bedurfte auch so vieler, ihn zu umarmen. Als er noch klein gewesen war, hatte es jedoch nur ein Paar gebraucht. Nun, wo er sich an diese Arme erinnert hatte, konnte er sie nicht wieder vergessen. Wie sehr sehnte er sich danach, nur noch ein einziges Mal von ihnen umschlossen zu sein.

Dai-oo-ika bewegte sich, drehte seinen wachsenden Körper herum. Die blaue Plane, die er wie einen Poncho trug, machte ein raschelndes Geräusch, als er sie auszog, doch Dolly war zu sehr in ihren Träumen gefangen, um davon gestört zu werden. Er kam näher an sie heran. Und breitete seine dicken Arme aus, um sie zu umarmen. Seine Freundin. Er liebte sie. Sie war die einzige Mutter, die er noch hatte.

Dolly gab ein verschlafenes, gedämpftes Stöhnen von sich, als ihr Gesicht gegen seinen weißen Bauch gedrückt wurde. Er drückte sie fester, bis sie nicht nur in sein Fleisch gedrückt wurde, sondern hineinzugleiten begann. Wo das Fleisch seines Körpers Augenblicke zuvor so fest gewesen war wie die Flanke eines Wals, befand sich jetzt eine nachgiebige Zellwolke, ein roher Pudding aus Protoplasma, der es Dollys Körper erlaubte, seine Oberfläche zu durchbrechen und darin einzutauchen.

Dai-oo-ika umarmte Dolly so lange, bis es nichts mehr zu umarmen gab. Und als er seine Arme wieder öffnete, war sie verschwunden.

Und so kniete er hier, in ihrer kleinen Ecke von Punktown, umgeben von ihren Schrottkartons, mit leeren, ausgebreiteten Armen. Auf eine gewisse Art fühlte er sich endlich wieder genährt. Doch auf eine andere Art hatte die Umarmung nur dazu geführt, dass er sich noch leerer fühlte. Seine Freundin hatte ihn genährt. Und seine Freundin war nicht mehr da.

Die Verwirrung überwältigte ihn. Ein Gefühl von Hilflosigkeit. Er verstand diese Welt nicht. Er verstand nicht, wer er war oder welche Erwartungen er an sich selbst stellen sollte. War das, was er gerade getan hatte, wider seine Natur, oder wurde er ihr damit gerecht?

Durch all diesen inneren Aufruhr bohrte sich ein greller, brennender Strahl. Er schoss aus ihm heraus, als würde er die ganze Stadt zu Asche verbrennen wollen. Obwohl er nicht in der Lage war, einen Ton von sich zu geben, war da ein Heulen, das das Trommelfell – oder den Verstand – jeder Lebensform im Universum zum Platzen bringen konnte. Es war etwas, das er nie zuvor verspürt hatte.

Schuld.

Zusammen mit den Nanomiten in Dollys Blutkreislauf hatte er auch ihre Spritze absorbiert und der gesamte Schwarm strömte nun durch Dai-oo-ika, raste wie wild umher, erforschte und kartografierte diese Terra incognita und passte seine Programmierung an eine neue Art von Gehirn an, um es zu stimulieren und seine Schmerzen zu lindern. Doch ihre tausendfachen, winzigen Klauen kribbelten nur leicht, kratzten daran, reizten es vielmehr. Ein zum Wahnsinn treibender Flohbefall tief im Innern seines Gehirns. Von brummenden Zuckungen ergriffen, breitete Dai-oo-ika die Flügel aus, mit Federbeinen wie Klauenfinger, mit denen man einen unbekannten Gegner beharken konnte. Wie die Flügel eines Schmetterlings, der frisch aus dem Kokon geschlüpft war und der sich in der Luft trocknete. Doch in diesem Moment wünschte Dai-oo-ika, er wäre nie aus seiner Chrysalis des Vergessens geschlüpft.

Dann, ganz plötzlich, neigte er seinen medusengesichtigen Kopf, als hätte ein weit entferntes Geräusch seine Aufmerksamkeit geweckt. Es war, als hätte sein stummes Wut- und Verlustgeheul einen Tunnel durch den Äther gebrannt, der es diesem weit entfernten Geräusch ermöglichte, zu ihm zu gelangen. Es klang wie eine geisterhafte, aber vertraute Stimme. Ihr hing etwas Verwandtes an.

Er ging darauf zu, weil er nirgendwo sonst hingehen konnte. Er würde der Stimme wie einem Leuchtfeuer folgen. Doch anstatt ihn nach oben, hinaus aus den Abwasserkanälen zu geleiten, führte es ihn nur noch tiefer in ihr Labyrinth.

»Willst du irgendwas aus der Cafeteria?«, fragte Mirelle ihren Kollegen Suuti.

Mirelle war vermutlich attraktiv für eine Frau irdischer Abstammung, aber er konnte sich nicht an diese schrecklich kleinen Münder gewöhnen. Dennoch empfand der Choom ihre Gesellschaft als angenehm. Während ihrer gesamten Schicht waren sie in diesem kleinen Kontrollbüro von Fallon Waste Management Systems zusammengepfercht, eine harmonische Atmosphäre war deshalb von höchster Priorität.

»Äh, wie wär's mit einer Tasse Senf?«, sagte er. Heißer Senf war ein traditionelles Getränk der Choom und seit er Mirelle dazu überredet hatte, es zu probieren, bestellte sie sich gelegentlich sogar selbst eine Tasse. Er begann, nach etwas Kleingeld zu kramen.

»Nein, nein.« Sie hielt ihre Hand in die Höhe. »Der geht auf mich.« Mirelle verließ das Büro und Suuti lehnte sich in seinem Stuhl zurück und streckte sich stöhnend. Gelangweilt richtete er seinen Blick wieder auf die Reihe der Statusanzeigen und Überwachungsmonitore, die sich über seinem Terminal erstreckte.

Etwa 20 Minuten, nachdem Mirelle das Zimmer verlassen hatte (er nahm an, dass sie noch einen Toilettenstopp einlegte), beugte sich Suuti vor, um einen der Monitore so einzustellen, dass er eines der Pornovids abspielte, die er in das System geschmuggelt hatte. Er war gerade dabei, einen Klassiker mit Ron Bistro auszuwählen, als ein lautes Krachen im Äther auf einem der anderen Monitore seine Aufmerksamkeit erregte.

Ein Pixelsturm erfüllte den Bildschirm. Suuti stutzte und ließ seinen Blick auf die Befehlsleiste am unteren Ende des Bildes sinken. Eines der Abwasserrohre, nicht weit von hier. Abschnitt D-16. Suuti hob den Blick wieder und sah eine undeutliche dunkle Gestalt, die sich hinter dem rauschenden Schleier bewegte. Dann legte sich der knackende Schneesturm zum Großteil und Suuti erkannte die Gestalt nun deutlicher.

Sie hatte sich langsam von links nach rechts über den Bildschirm bewegt, doch jetzt blieb die massige Gestalt in der Mitte stehen. Ein Kopf wie der Körper eines Weichtieres drehte sich um. Er wandte sich Suuki zu. Und obwohl der Kopf keine Augen besaß, wusste Suki, dass er ihn ebenfalls sah.

Mit einer Tasse dickem, dampfendem Senf in der einen Hand und einem Tee für sich selbst in der anderen kam Mirelle in das Kontrollbüro zurück. Und ließ beinahe beide Tassen fallen, als sie nur einen Schritt hinter der Tür wie angewurzelt stehen blieb und Suuti anstarrte. Er lag wie ein Fötus zusammengerollt in der gegenüberliegenden Ecke, die Arme um die Knie geschlungen, wippend und vor sich hin brabbelnd.

»Suuti, alles klar?«

Sein Kopf schob sich mit breitem Choom-Grinsen hinter seinen Knien hervor. Suutis Augen waren zugeschwollen, rosa und glänzten, als wäre er übel verdroschen worden. Und dicke, silbrige Tränen sickerten wie Quecksilber hinter den verschlossenen Lidern hervor.

»Outsider«, kicherte er wie ein Junge, der während Mirelles Abwesenheit bei etwas Unanständigem erwischt worden war. »Outsider.«

15.

BEFREIUNG

»Corporal!«, sagte Captain Rick Henderson, der Jeremy Stake aus dessen Computermonitor heraus anlächelte. »Welch nette Überraschung.«

»Schön, Sie zu sehen, Sir«, erwiderte Stake und lächelte zurück. »Danke für die Weihnachtskarte. Wie geht's Ihrer Frau und den Kindern?«

»Gut, gut, danke. Hey, nennen Sie mich nicht ›Sir‹, okay? Als wir zusammen gedient haben, waren Sie der ›Sir‹.«

»Nun, seitdem hat sich viel verändert. Aber wenn Sie es so wollen, dann nennen Sie mich auch nicht ›Corporal‹. In Ordnung?«

»In bester Ordnung. Wie lebt es sich so als Privatdetektiv? Macht sicher mehr Spaß, als einbalsamiert hinter diesem Schreibtisch zu sitzen wie ich.«

»Nun, ich habe eine kleine privatdetektivische Bitte an Sie, aber sie ist nicht Teil eines Auftrags. Etwas Persönliches.« Stake veränderte nervös seine Sitzhaltung.

»Raus mit der Sprache.«

»Die Erdlingskillerin.«

Henderson starrte seinen früheren befehlshabenden Offizier mehrere Sekunden lang an. »Die Erdlingsliebhaberin«, korrigierte er ihn.

»Sicher. Ich habe die letzten Jahre versucht, sie zu finden. Immer mal wieder. Meistens aufseiten der Ha Jiin, aber deren Informationssysteme lassen zu wünschen übrig. Vor ein paar Jahren habe ich ihre Spur dann verloren.«

»Mit den Ha Jiin oder den Jin Haa habe ich heute nicht mehr so viel zu tun, Jeremy. Aber wenn Sie wollen, strecke ich gerne meine Fühler aus und sehe mal, was ich herausfinden kann.«

Stake hoffte, dass Henderson die Schluckbewegung seiner Kehle nicht sehen konnte. »Ich bin nur neugierig, wie es ihr seit dem Prozess und so ergangen ist. Ob es ihr jetzt gut geht. Verstehen Sie?«

Henderson nickte. »Klar. Ich verstehe schon, Jeremy.«

»Das weiß ich zu schätzen. Wenn Sie mal eine kostenlose Schnüffelei brauchen, bin ich Ihr Mann.«

»Ich denke dran. Ich habe eine Nervensäge von einem Colonel am Hals, den ich liebend gerne als SM-Sklaven entlarvt sehen würde oder so.«

Stake lächelte wieder. »Ich muss noch einen anderen Anruf erledigen, Rick. Ich melde mich bald wieder bei Ihnen. Wie gesagt, ich weiß das sehr zu schätzen.«

»Ganz ehrlich, ich gebe mein Bestes. Passen Sie auf sich auf, Jeremy. War toll, von Ihnen zu hören.«

Stake meldete sich ab. Dann machte er den zweiten Anruf, den er erwähnt hatte. Dieser ging ins Haus von John Fukuda.

Auf Stakes Monitor wirkte der Eigentümer von Fukuda Bioforms erschöpft und trug noch immer seinen Geschäftsanzug, hatte aber den Kragen gelockert. »Mr. Stake«, sagte er. »Hallo. Haben Sie Neuigkeiten für mich?«

»Ein paar Fragen, Mr. Fukuda. Einige Dinge, die vielleicht etwas, vielleicht aber auch nichts mit dem Diebstahl zu tun haben. Ich finde sie jedenfalls beunruhigend.«

»Ich hatte auch eine unruhige Nacht«, seufzte Fukuda. »Ich habe meine Tochter angeschrien. Ich war sehr hart zu ihr. Sie schläft jetzt, deshalb muss ich bis morgen früh warten, um mich zu entschuldigen.« Stake fiel auf, dass er angetrunken war.

»Nun, tut mir leid, dass ich Sie jetzt noch anrufe. Ich habe gehofft, dass wir uns irgendwo treffen können, wenn das nicht zu spät für Sie ist.«

Fukuda nickte abwesend. »Denken Sie, Sie könnten hierher zu mir nach Hause kommen? Ich schicke die Wegbeschreibung an Ihr Auto, wenn Sie so frei wären, mir den Programmcode zu geben.«

»Danke. Ja, wäre prima, wenn Sie das tun könnten.«

»Nettes Haus«, sagte Stake, der sich umsah, während er seinem Gastgeber über die weite Steppe des Wohnzimmerteppichs folgte. Fukuda hatte ihn im Flur vor seiner Wohnung getroffen, nachdem das Sicherheitspersonal den Privatdetektiv durch das Foyer zu den Aufzügen durchgelassen hatte.

»Hätten Sie wieder Lust auf einen Blutorangenmartini, Mr. Stake?«, fragte Fukuda.

»Vorzugsweise einen Kaffee, Sir.«

Fukuda drehte sich um und sah Stake genauer an. Seine Augen schienen sich dazu zwingen zu wollen, nüchtern zu wirken. »Dann unterhalten wir uns doch in der Küche«, sagte er. Stake lenkte seinen Blick auf den Rücken seines Klienten, als dieser ihnen zwei Tassen Kaffee aus seinem topmodernen Essensautomaten bestellte. »Sir, vielleicht überschreite ich hier die Grenze zwischen beruflicher und persönlicher Neugier, aber ich würde Ihnen gerne ein paar Fragen über einige Dinge stellen, über die ich während meiner Nachforschungen gestolpert bin. Mehr durch Zufall. Wie gesagt, vielleicht haben sie rein gar nichts mit dem Fall zu tun, aber ich muss allen Hinweisen nachgehen. Jeder Möglichkeit. Und …«

Fukuda drehte sich zu ihm um und reichte dem

Auftragsdetektiv eine der Kaffeetassen. »Was müssen Sie mich denn fragen, das einer so langen Einleitung bedarf?« Er lächelte, während er das sagte.

Stake erwiderte seinen Blick und kam direkt zur Sache. »Ihre Frau wurde ermordet, wie ich gehört habe.«

Es war Fukuda, der sich gezwungen sah, den Blickkontakt abzubrechen. »Ja. Das ist wahr.«

»Und Ihr Zwillingsbruder. Auch er ist tot. Die Sache ist die, Sir, ich muss wissen, ob Sie Feinde haben. Sei es Tableau oder ein anderer, der Sie doch etwas mehr hasst, als ich es für möglich gehalten habe.« Stake rief sich den Menschenaffen ins Gedächtnis, der in Adrian Tableaus privatem Minizoo ausgestellt wurde. »Ich habe erfahren, dass Tableau ein ziemlich nachtragender Bursche sein kann.«

»Adrian Tableau hat meine Frau nicht ermordet«, murmelte Fukuda und starrte hinunter in den Dampf, der aus dem schwarzen Teich seines Kaffees aufstieg. »Und auch nicht meinen Bruder James.«

»Sie sagen aber, James wurde ebenfalls ermordet?«

»Sind Sie mit dem Dichter Robert W. Service vertraut, Mr. Stake?«

»Das bin ich tatsächlich. Er hat Kriegsgedichte geschrieben. Er war ein Sanitäter im Ersten Weltkrieg auf der Erde.«

»Sehr gut. Und von ihm stammt ein Gedicht namens ›Die Zwillinge‹, die ebenfalls James und John heißen. Die Gedichte von Service sind sehr einfach und schlicht gehalten, aber ich finde, sie entfalten eine starke Wirkung. In diesem Gedicht zieht einer der Brüder los, um im Krieg zu kämpfen, und während er weg ist, stiehlt der andere ihm den Job. Und danach stiehlt er ihm die Frau. Der letzte Vers lautet:

›Die Zeit verging. John ertränkte seine Trauer.
James gehört nun die halbe Stadt, bis zu ihrer Mauer.
Die Armeeverträge erhöhen noch seinen Gewinn.
Und John? Nun, schau zum Armenfriedhof hin.‹«

Stake beobachtete Fukudas Gesicht und wartete darauf, dass noch etwas kam. Irgendeine weitere Erklärung. Doch es schien, als würde keine mehr kommen. »Sir?«

»Es war mein Bruder James, der meine Frau Yuriko ermordet hat, Mr. Stake.«

»Was? Warum hätte er das tun sollen?«

»Mein Bruder und ich standen uns sehr nahe, was niemanden überraschen sollte. Doch unsere Beziehung war auch stets von Konkurrenzdenken geprägt. Ich denke, dass ich der Praktischere, Disziplniertere war. James war ungestümer, ging mehr Risiken ein. Man könnte aber auch sagen, er hatte eine größere Vorstellungskraft. Als ich Fukuda Bioforms gegründet habe, bot ich ihm eine Stelle an, aber er wollte sich mir nicht unterordnen. Und ich gebe zu, dass ich ihn nicht als gleichberechtigten Partner wollte. Nicht dass ich den Ruhm nicht teilen wollte, aber ich traute seinem Urteilsvermögen nicht. James versuchte sein Glück deshalb mit anderen Unternehmen. Eine Reihe von erfolglosen Unternehmen. Zwischen diesen Abenteuern arbeitete er für fremde Firmen, aber für mich wollte er noch immer nicht arbeiten. Als die Jahre vergingen und er einen Schiffbruch nach dem anderen erlitt, wuchs seine Eifersucht auf mich, wie ich weiß. Doch sein krönender Misserfolg stand noch bevor.«

»Und der war?«, fragte Stake, der seinen Klienten mit beinahe wissenschaftlicher Akribie im Auge behielt. Als würde er jetzt einen Psychologen mimen anstelle eines Privatdetektivs.

»Steward Gardens«, fuhr Fukuda fort. »Eine Wohnanlage in der Nähe von Beaumonde Square. Eine teure Immobilie, wie Sie sich vorstellen können, und James war verdammt stolz, den Kredit dafür bekommen zu haben. Er kam zu mir und gab mir den Auftrag, den Encephalon-Server herzustellen, der das Gehirn des Anwesens darstellen sollte – natürlich zu einem deutlich geringeren Preis, wenigstens damit war er einverstanden. Da mein Fachgebiet mehr das Organische als das Anorganische ist, musste ich mit einer Firma zusammenarbeiten, die sich auf encephalonische Anlagen und Programme spezialisiert hatte. Aus demselben Grund lagere ich zum Beispiel auch einige Arbeiten an den Nanomiten aus, die wir herstellen. Jedenfalls sind Encephalone deshalb nichts, was wir normalerweise bei Fukuda Bioforms herstellen, doch James wusste, dass ich es schon einmal getan habe. Und die Vorstellung, dass das Gewebe, aus dem ich dieses halborganische Gehirn erzeugen würde, aus seinem eigenen Gehirn stammte, amüsierte ihn.«

»Hm?«, brummte Stake.

»Genau. Ein extravaganter Ansatz. Ein James-artiger Ansatz. Er scherzte gerne, dass er sich ›in Wahrheit selbst in diesem Gebäude installierte‹. Das habe ich dann also gemacht. Zusammen mit der kleinen Firma, die wir engagierten, erzeugten und installierten wir das Computergehirn. Das war jedoch nur James' zweitrangiges Anliegen bezüglich meines Beitrags zu seinem Traumprojekt. Was James wirklich faszinierte und wovon er hoffte, dass es diesem Gebäude seine Einzigartigkeit verlieh, ein Köder, um all diese Wohnungen mit ambitionierten jungen Geiern aus der Beaumonde Street zu füllen, war seine Idee, jedem Einzelnen von ihnen einen biotechnischen Diener zur Seite zu stellen. Insgesamt 72 davon. Eine einfache Art organischer Roboter, die in der Lage sind, Ihnen einen

Kaffee zu bringen. Die Laken zu wechseln. Eine Pflanze zu gießen. Den Müll zu vernichten. Nichts, mit dem man redet oder dem man sein Kind anvertraut. Oder mit dem man ins Bett geht, falls Sie daran gedacht haben. Nichts mit einem derart entwickelten Gehirn. Anstatt ein menschliches Gehirn für diese Lebensformen zu entwickeln, tat ich mich mit seiner Encephalon-Mannschaft zusammen, um einen computergesteuerten Chip zu entwickeln, der als anorganisches Gehirn dienen sollte. Eigentlich war es noch nicht einmal das. Mehr eine Art ferngesteuerter Empfänger als ein Gehirn, denn diese Diener sollten sich alle ein einziges, gemeinschaftliches Gehirn teilen: den Encephalon, den wir im Keller installierten.«

»Verstehe.« Für wenige Augenblicke hatte Stake an die tarnfarbenen Klone gedacht, an deren Seite er im Blauen Krieg gekämpft hatte. Und an Mr. Jones, den Kriegsveteranen, der für Adrian Tableau arbeitete. Jetzt wusste er jedoch, dass die Golems, die Mr. Fukuda für seinen Bruder entwickelt hatte, nicht annähernd so menschlich waren.

»Außerdem hatten diese Kreaturen noch einen weiteren Reiz. Theoretisch zumindest. Jede war dazu programmiert, sich wie ein Wachmann zu verhalten. Ein persönlicher Bodyguard für seinen Besitzer, sollte dieser vor seiner Wohnung von einem Vergewaltiger oder einem Straßenräuber überfallen werden. Denn dort sollte jede der Kreaturen aufbewahrt werden, wenn sie nicht gebraucht wurden. In einer kleinen Nische neben der Wohnungstür ihres Apartments. Ich habe sie so konzipiert, dass sie Statuen ähneln, damit sie sich nahtlos in die Architektur des Gebäudes einfügen. Ein künstlerischer Schnörkel. Auch das natürlich eine Idee von James.«

»Das alles beruhte jedoch auf einer Fehleinschätzung? Die Leute hatten kein Interesse an ihrem eigenen, hirnlosen Sklaven, der ihnen die Hausschuhe holt?«

»James' Fehleinschätzung bestand darin, dieses inkompetente kleine Team zu engagieren, das mit mir an dem Encephalon und an den Empfangschips der Diener gearbeitet hat. Sie bekommen das, wofür Sie bezahlen, und die waren billig, weil sie jung, überheblich und unerfahren waren. Es gab eine Panne nach der anderen. Am Ende hat James sie verklagt. In der Zwischenzeit zahlte er beträchtliche Steuern für seine Immobilie, schuldete den Baumeistern Geld und so weiter. Mir gelang es, mich aus dem Rechtsstreit weitestgehend rauszuhalten, aber James hasste mich dafür. Weil ich diese Idioten nicht selbst verklagt habe. Er warf mir vor, mich aus dem ganzen Schlamassel davonzustehlen. Mich von ihm abzuwenden. Und heute, vier Jahre später, mit unzähligen offenen Prozessen und Pfandverschreibungen der Stadt, befindet sich das Anwesen in einem juristischen Schwebezustand. Eine Fliege, gefangen in einem Netz aus Bürokratie, auch wenn die Spinne bereits tot ist.«

»Wie ist James denn nun gestorben?«

John erbat sich Geduld, indem er einen Finger hob. »James hatte noch einen weiteren Grund, mich zu hassen. Mich zu beneiden. Meine Frau Yuriko. Eine wunder-, wunderschöne Frau. Zart. Und graziös.« Fukuda atmete tief ein. »Eines Nachmittags kam James in meine Wohnung, als ich nicht da war. Er versuchte, meine Yuriko zu verführen. Sie wehrte sich. Und in einem Wutanfall hat James sie getötet.«

»Mein Gott.« Stake schüttelte den Kopf. »Das tut mir sehr leid.«

»Als ich nach Hause kam, war er immer noch dort. Genauer gesagt habe ich den Schuss gehört und bin hineingestürmt. Ich habe James gepackt, ihm die Waffe entrissen. Und dann habe ich ihn erschossen. Ich bin derjenige, der ihn getötet hat. Meinen eigenen Zwillingsbruder.« Der

Mann war Stakes Blick bisher ausgewichen, doch jetzt sah er wieder zu ihm auf.

»Ich glaube nicht, dass Ihnen irgendjemand die Schuld daran geben würde.«

»Nun, das Gesetz denkt über solche Dinge anders. Deshalb habe ich meinen Einfluss und meinen Reichtum geltend gemacht, um die ganze Sache zu vertuschen. Yuriko wurde bei einem Einbruch von Unbekannten getötet. James starb eine Woche später in einem verunglückten Schwebeauto und sein Körper wies schwere Verbrennungen auf.« Fukuda lächelte zitternd und hielt ihm seine Handgelenke entgegen. »Wollen Sie mich jetzt verhaften, Detective?«

»Ich bin kein Forcer. Und, wie gesagt, ich kann nachvollziehen, was Sie getan haben. So wie Sie Ihre Frau vorgefunden haben.«

»Meine Frau.« Fukuda wich seinem Blick erneut aus. »Ich versichere Ihnen, dass ich sie angebetet habe. Wir waren nur zwei Jahre verheiratet. Wir haben davon geträumt, Kinder zu bekommen.«

»Geträumt? Und was ist mit Yuki?«

»Überlegen Sie doch selbst, Mr. Stake.« Er ließ ein leises, schnaubendes Lachen vernehmen. »Ich hatte nie eine Tochter. Es gab und gibt nur Yuriko.«

»Was wollen Sie damit sagen? Dass Yuki … ein Klon ist?«

»Wie konnte ich angesichts meiner Möglichkeiten widerstehen? Doch ganz gleich, wie sehr ich um sie getrauert habe, trotz meiner Qual, sie nicht an meiner Seite zu haben, konnte ich mich nicht zu dem Versuch überwinden, Yuriko exakt zu kopieren. Wie könnte diese einzigartige Frau, die ich so geliebt habe, jemals ersetzt werden? Ich spürte, dass Yurikos Seele nicht mehr existierte, wenn man denn an so etwas glaubt. Zumindest nicht in dieser

Dimension. Das Wesen, das ich aus ihr erschaffen habe, war zwar Yuriko, hatte gleichzeitig aber auch ihr eigenes Ich. Deshalb habe ich eine Art Kompromiss geschlossen: Wenn etwas von Yuriko überleben sollte, dann sollte es eine Art Sprössling sein. Das Kind, das zu gebären sie nicht lange genug gelebt hat. Obwohl Yuki natürlich mehr eine Art Zwilling als eine Tochter ist. Nein, mehr als ein Zwilling.« Fukuda begegnete Stake mit einer plötzlichen Schärfe, als hätte ihm dieser einen Vorwurf gemacht. »Sie ist meine Huldigung an Yuriko. Aber denken Sie nicht, dass ich mich ihr gegenüber jemals in irgendeiner Art unsittlich verhalten habe. Ich war noch nicht einmal in Versuchung. Ich habe sie wie meine Tochter großgezogen. Als etwas anderes sehe ich sie heute nicht.«

»Sie weiß aber von alldem nichts.«

»Nein. Vor vier Jahren habe ich die Entwicklung des Klons bis zum Alter von zwölf Jahren beschleunigt. Ein gutes Alter, wie ich fand. Ein Kind, das alt genug ist, um eigenständig zu sein, und mir dennoch eine charmante Gefährtin ist. Alt genug, um ihrer Mutter zu ähneln. Aber noch immer unschuldig. Jedenfalls habe ich ihr aus Fotos und Videos, die eigentlich Yuriko zeigen, und kostspielig gefälschten Akten eine Vergangenheit erstellt. Mithilfe einer Infusion habe ich ihr sogar mit Erinnerungen angereicherte, langkettige Moleküle zugeführt – eine Methode, mit der man einem Klon sofortige Informationen zukommen lässt. Sofort verfügbare Erinnerungen, ob real oder erfunden.«

»Ich weiß«, sagte Stake. Auf diese Weise waren die geklonten Soldaten geschult worden, an deren Seite er gekämpft hatte, was einigen von ihnen – wie etwa Sergeant Adams von der fünften Kompanie des Vorauskommandos – ermöglicht hatte, in der Rangfolge über ihm zu stehen, obwohl sie biologisch gesehen nur ein paar Jahre alt gewesen waren.

Fukuda fuhr fort: »Nein, Mr. Stake, mein liebes Kind weiß von alledem nichts. Und sie weiß auch nicht, dass die Frau, die sie immer wieder in ihrem Ouija-Fon hört und die so verzweifelt versucht, mit ihr zu sprechen, in Wahrheit sie selbst ist.«

»Fair ist das nicht, wissen Sie? Ihr das nicht zu sagen.«

Ein wütender Funke blitzte in Fukudas Augen auf, wurde jedoch von einer aufsteigenden Tränenflut gelöscht. »Irgendwann werde ich es ihr sagen. Wenn sie alt genug ist, es vollständig zu verstehen. Und mir zu vergeben.«

»Tut mir leid. Das hätte ich nicht sagen dürfen.«

»Entschuldigen Sie sich nicht, Mr. Stake. Ich sollte mich bei Ihnen dafür entschuldigen, dass ich Ihnen das verschwiegen habe. Und gleichzeitig auch dafür, dass ich mich Ihnen gegenüber erleichtert habe. Vergeben Sie mir. Bitte. Vergeben Sie mir.«

Stake war schockiert, als Fukuda mehrere ungelenke Schritte auf ihn zuging und seine Hand beidhändig umklammerte. Er drückte sie und starrte Stake dabei ins Gesicht, das nur noch einen kurzen Abstand entfernt war.

Und dann verstand Stake. Ihm wurde bewusst, dass er Fukuda inzwischen beinahe so sehr ähneln musste wie sein Bruder James. Und da wusste er, dass nicht er es war, den Fukuda um Vergebung bat – sondern sein Zwillingsbruder, den er vor vier Jahren ermordet hatte.

»Ich vergebe dir«, krächzte Stake leise.

Fukuda, der immer noch seine Hand umklammerte, brach in Tränen aus.

16.

JEDER EINZELNE

Javier Dias war mit heftigem Kopfweh, mit Tränen und Flüchen und vermissten Freunden erwacht.

Jetzt, wo er wieder auf den Beinen war, sah er sich die Gesichter der Überlebenden genauer an: Patryk, Nhu, Tabeth. Und von den Tin Town Terata waren es Mira Cello, Satin, Haanz und Barbie. Sieben. Doch die Frage war, wie viele der Gesichtslosen sich auf der anderen Seite der Kellertür befanden.

»Wahrscheinlich jeder Einzelne von ihnen«, sagte Barbie mit den sich überschneidenden Stimmen von zwei kleineren ihrer fünf miteinander verwachsenen Gesichter. »Ich meine, vielleicht besteht ja die Möglichkeit, dass sie von außen in den Keller gelangen können. Das würde bedeuten, dass jeder Einzelne auf diesem Weg reinkommen könnte.«

»Sie hat recht«, sagte Nhu, die in dem schwach beleuchteten Gang aufgebracht herumtigerte, während Tränen auf ihren Wangen glänzten. »Wir können nicht riskieren, die Tür noch einmal zu öffnen.«

»Aber wie sollten sie von außen hier hereinkommen?«, fragte Javier. »Patryk, siehst du irgendetwas?«

Patryk begutachtete erneut die Grundrisse von Steward Gardens auf Nhus Armbandcomputer. »Nein. Ich bin mir aber nicht sicher, wie gut ich die Grundrisse in allen Einzelheiten verstehe.«

»Ich glaube nicht, dass sie von außen Zugang haben«, sagte Mira zu Barbie. »Dieser tote Obdachlose, den wir hier drin gefunden haben, als wir damals eingebrochen sind – erinnerst du dich, wo wir seine Leiche gefunden haben? Genau im Gang über uns.« Sie deutete zur Tür, die zum Treppenhaus führte. »Er muss diese Dinger irgendwie aufgeweckt haben, indem er hier unten herumgestöbert hat. Vielleicht hat er an dem Großhirn herumgepfuscht, um die Versorgungseinheiten einzuschalten. Er hat es geschafft, ein paar von ihnen im Keller einzusperren, aber ein paar weitere haben ihn eingeholt und getötet oder er ist ganz einfach an seinen Wunden gestorben.«

»Ja.« Barbie nickte mit ihren zusammengewachsenen Köpfen. »Ja, das klingt plausibel.«

»Aber selbst wenn nur noch eine begrenzte Anzahl von ihnen hier drin ist«, sagte Tabeth, »wissen wir nicht, wie viele genau. Und wenn wir versuchen, wieder reinzugehen, enden wir womöglich wie unsere Freunde.«

»Wir schießen beim Reingehen einfach wie verrückt um uns«, knurrte Satin. »Alle gleichzeitig.«

»Nein«, schluchzte Nhu, die unablässig herumlief. »Das werde ich nicht tun! Ihr habt gesehen, was passiert ist! Wir müssen durch eins der Fenster – das ist die einzige Möglichkeit!«

»Du hast doch gesehen, was mit Clara passiert ist«, erinnerte sie Tabeth. »Die Gesichtslosen sind fast alle immer noch da draußen. So viel ist sicher.«

»Bis zur Straße ist es aber nur ein kurzer Sprint. Glaubst du, die gehen alle das Risiko ein, das Grundstück einfach so zu verlassen? Bis die reagieren, könnten wir bereits auf der Beaumonde Street sein!«

»Vielleicht halten sie dort nicht an«, entgegnete Tabeth. »Vielleicht ist es ihnen egal, wenn sie uns vor den Augen der ganzen Straße in Stücke reißen. Außerdem schaffen wir es vielleicht gar nicht so weit. Diese Dinger sind schnell.«

»Mira«, sagte Javier mit bedächtiger Stimme. »Du sagtest, du glaubst, dass du zum Teil die Gedanken des Computergehirns gehört hast.« Er deutete auf die Tür mit der Aufschrift ZUTRITT VERBOTEN.

»Stimmt. Der Encephalon. Aber ich habe dir doch gesagt, dass meine Fähigkeiten nicht stark genug sind, um ihm Befehle zu erteilen.«

»Könntest du wenigstens versuchen, dich auf ihn zu konzentrieren und herauszufinden, wie viele Gesichtslose noch hier drin sind? Wenn das ihr Server ist und sie mit ihm verbunden sind, könntest du vielleicht die Anschlüsse zählen?«

Mira nickte bedächtig. »Ich könnte es versuchen. Hier unten bin ich näher an dem Gehirn dran.«

»Dann versuch es!«

»Denke nicht einmal daran, da noch mal reinzugehen!«, sagte Nhu. »Sieh mal, als wir damals hergekommen sind und Patryk uns Zutritt verschafft hat, haben uns da die Dutzende und Aberdutzende Gesichtslose draußen angegriffen? Nein. Erst als wir reingegangen sind, wurde ihr Programm aktiviert. Und ich wette, als ihr Teratas eingebrochen seid, war es genauso. Ihr habt euch dem Gebäude genähert, ohne dass sie aufgewacht sind. Aber sobald ihr eingebrochen seid, sind sie es. Sie sind hier reingeströmt und ihr habt sie im Kampf zurückgedrängt und dann ausgesperrt. Aber denkt mal darüber nach! Die wollen hier rein und uns töten, weil wir hier drin sind! Wenn wir draußen sind, verlieren sie das Interesse. Sogar Clara – denk doch mal nach –, Clara war nicht draußen, als sie sie umgebracht haben. Sie haben sie aus dem Innern herausgezogen.«

»Eine gute Theorie«, sagte Javier, »aber was ist mit Brat? Ihn haben sie draußen getötet.«

»Mira hat gesagt, dass es der Abfallautomat war.«

»Was macht das für einen Unterschied? Der ist auch mit dem Gehirn verbunden.«

Mira sagte: »Hört mal, ihr könnt die Reaktion dieser Dinger nicht vorhersagen – sie sind zu unberechenbar. Ihre Programmierung ist im Eimer. Das ist so, als wären sie verrückt geworden. Okay, vielleicht haben sie zuerst nicht auf uns reagiert, bis sie gemerkt haben, dass wir eingebrochen sind. Aber jetzt haben sie uns als Kriminelle im Visier. Wenn wir rausgehen, werden sie uns diesmal nicht ignorieren.«

»Gut. Gut. Dann hör nicht auf mich. Öffne die Tür und stirb so wie die anderen.« Nhu stürmte davon, den Gang hinunter, und riss die Tür zum Treppenhaus auf. Sie hörten, wie sie die Metallstufen nach oben stampfte, bevor die Tür scheppernd wieder zuflog.

»Geh ihr nach«, befahl Javier Tabeth. »Behalte sie im Auge.«

»Ich komme mit«, sagte der ausgemergelte, vierbeinige Haanz und stakste wie ein Weberknecht Richtung Treppe.

Mira trat an die Metalltür heran, die in den Keller führte, und legte ihre kleinen Hände darauf. Dann lehnte sie ihre Stirn gegen die kühle Oberfläche und schloss die Augen. Die anderen schwiegen, während sie ihr dabei zusahen. Javier fand, dass die Adern auf ihren Schläfen dunkler aussahen, vielleicht sogar dicker. Er glaubte sogar zu sehen, wie das Fleisch fast unmerklich pulsierte.

»Hm«, knurrte sie abwesend, als würde sie träumen.

»Bist du gerade auf Goldstaub?«, rief Tabeth, die Nhu durch den Gang im ersten Stock hinterherlief. »Das bist du doch, oder?«

»Es hält mich geistig wach und anscheinend bin ich die Einzige hier, deren Gehirn noch richtig funktioniert, wenn du mich fragst.« Sie ging mit zügiger Entschlossenheit und betrat die Lobby durch den Hintereingang. In der Rückwand der Lobby befand sich eine Tür, die in den Wartungsbereich führte, zu dem die Terata – genau wie in den Keller – keinen Zutritt gefunden hatten. Auf der Vorderseite der Lobby befand sich natürlich die zweiflügelige, gläserne Eingangstür.

Tabeth sah, dass Nhu genau darauf zuging, und streckte die Hand aus, um sie am Arm zu packen. »Bleib stehen! Hey!« An Haanz gerichtet schrie sie: »Hol Javier – schnell!«

Nhu begann zu rennen, rief aber nach hinten: »Haanz, wenn du schlau bist, kommst du mit mir! Mach schon!«

Haanz' Blick war von verzweifelter Sorge geprägt gewesen, doch jetzt wurde seine Verzweiflung in eine neue Richtung gelenkt. Die Verzweiflung, von der hübschen Nhu zurückgelassen zu werden. Mit einer seiner langgliedrigen Hände schnappte er Tabeth am Knöchel und brachte sie dazu, dass sie nach vorne auf die Ellbogen fiel. Dann sprang er an ihr vorbei und spurtete hinter der kleinen Vietnamesin her.

Tabeth, die sich wieder auf die Beine stemmte, griff nach ihrer Handfeuerwaffe. »Stehen bleiben!«, rief sie. »Ihr bringt uns alle um!«

Nhu prallte beinahe gegen die Tür und kam zum Stehen, indem sie sich mit den Handflächen daran abstützte. Neben dem Rahmen befand sich eine Kontrollleiste. Sofort schlug sie auf den großen, grünen Knopf, auf dem in Weiß das Wort ÖFFNEN stand. Das Sicherheitsglas war von außen in einem blickdichten Schwarz getönt, doch von innen konnte sie den Springbrunnen vor dem Gebäude sehen. Und dahinter, am Ende eines breiten Gehwegs, Schwebeautos, die in der Ferne die Straße entlangglitten. Nur ein kurzer Sprint. Sie konnte ein Auto anhalten. Sie war attraktiv, irgendjemand würde schon anhalten, und dann würde sie Haanz hinter sich herziehen.

Als sie mit dem Finger auf den Knopf drückte, begannen sich die beiden Türen leise zischend zu teilen, indem sie an ihren Schienen entlang zur Seite glitten. Nhu wurde vom Geruch der Stadtluft und dem kühlen Hauch des Frühlings begrüßt. Und dann hechtete sie hindurch, wie ein Turmspringer in ein Schwimmbecken. Und sie bekam mit, wie Haanz in ihrem Schlepptau durch die sich öffnende Tür galoppierte.

Tabeth stürmte mit der Pistole in der Hand hinter ihnen her. Jetzt war sie aber weniger darauf aus, sie zurückzupfeifen, sondern mehr darauf konzentriert, den großen roten Knopf mit der Aufschrift SCHLIESSEN zu drücken.

Haanz hörte, wie Tabeth hinter ihm herrannte, das sogar erstaunlich schnell, und sie dabei fast einholte. Er drehte den Kopf auf seinem langen, schlangenartigen Hals, dann sah er die graue Gestalt, die hinter ihm herspurtete. Und sich in die Luft katapultierte.

Nhu hörte Haanz' Schrei, blickte zurück, stolperte noch ein paar Schritte weiter, bis sie den verdreckten Springbrunnen erreichte. Haanz heulte jetzt auf. Die graue Kreatur drückte ihn fest auf den Gehweg, einen Arm um seinen Hals gelegt. Hinter sich hörte Nhu ein Schwebeauto, das auf der Straße ein anderes anhupte.

»Mist«, zischte sie und riss ihre Pistole aus dem Holster. Noch während sie das tat, sah sie, wie sich die Gesichtslosen in beiden Gebäudeteilen aus ihren Nischen lösten. Auf allen drei Stockwerken. Einer hier, zwei dort, drei weitere auf dieser Seite. Und auf den verwilderten Rasen hinuntersprangen.

Sie sah Haanz in die Augen, die in seinem totenkopfartigen Gesicht geweitet waren, und sein Choom-Mund öffnete sich weit, um einen Schrei auszustoßen: »Nhu …, *lauf!*«

»Drauf geschissen«, sagte sie und schoss dem Wesen, das Haanz festhielt, in sein gesichtsloses Gesicht. Sein Kopf zuckte zurück und seine um den Mutanten geschlungenen Arme glitten von ihm ab. Dann kippte Haanz' Kopf nach vorne und sein Hals hing schlaff herab. Gebrochen. Ohne dass sich seine Augen und sein Mund schlossen, schlug sein Gesicht auf dem Gehweg auf.

»Verdammt, verdammt, verdammt«, schluchzte Nhu, die herumwirbelte, um weiter Richtung Straße zu rennen.

Im Gebäudeinnern sah Tabeth, wie ihre Freundin inmitten von einem Dutzend grauer Körper zu Boden ging. Nhu gelang es, ein paar Schüsse abzufeuern. Zwei der Gesichtslosen rollten tot zur Seite. Der Rest saß gebückt um ihre verdeckte Gestalt herum, wie Geier über der Beute eines Löwen.

Tabeth hatte den Knopf, mit dem man die Tür schloss, noch nicht berührt. Stattdessen hatte sie die Haltung eines Scharfschützen eingenommen, indem sie die Pistole mit beiden Händen ausgestreckt vor sich hielt. Sie begann, die Gesichtslosen um ihre gefallene Kameradin herum abzuknallen. Dass sie dabei schluchzte und gleichzeitig Obszönitäten ausstieß, war ihr gar nicht bewusst. Als sie jedoch sah, wie sich die Köpfe der in Deckung gegangenen Gesichtslosen in ihre Richtung zu drehen begannen und immer mehr von ihnen von den Balkonen sprangen, wurde ihre Sorge um die Snarler-Kameradin von eisiger Angst überdeckt und sie streckte die Hand nach dem roten SCHLIESSEN-Knopf aus.

Die menschenähnliche Kreatur, die um die Ecke des Eingangs trat und sich Tabeth Auge-in-keinem-Auge gegenüberstellte, glich ihren zahlreichen Brüdern bis aufs Haar, abgesehen von der Zahl, die in ihre Stirn geritzt war: ›12-B‹. Und dem riesigen, roten, auf die Vorderseite gesprühten Penis.

Sie packte sie am Hals und begann, sie rückwärts mit sich zu ziehen. Tabeth feuerte mit der Waffe in ihren Mittelteil, den Schalldämpfer direkt auf das graue Fleisch gepresst. Die Kreatur zuckte unter den Einschlägen zusammen, zerrte sie aber weiter und drückte ihr noch immer den Hals zu. Doch dann lockerte sie den Griff und sackte tot über Tabeth zusammen, die, durch den Sauerstoffmangel halb ohnmächtig, selbst auf den Rücken fiel.

Während die tote Kreatur mit ihrem unechten Phallus wie ein Inkubus auf ihr lag, hob Tabeth den Kopf und sah noch die Flut, die durch die geöffnete Vordertür stürzte. Eine Flutwelle aus grauem, lebendem Fleisch.

Dann, bevor sie die Pistole erneut heben konnte, brach die lebende Welle über ihr zusammen.

Über sich – und draußen – hörten die Snarlers und die Terata, die sich im Keller aufhielten, das ferne Krachen von Nhus und danach von Tabeths Schüssen. Sofort hatten Javier und Satin ihre eigenen Waffen gezogen und setzten sich Richtung Treppe in Bewegung.

»Nicht!«, schrie Mira und sprang von der eisernen Kellertür zurück, als wäre sie von einem Elektroschock durchzuckt worden. »Ich war mit dem Gehirn verbunden«, keuchte sie mit hervorquellenden Augen. »Ich habe es gehört. Sie sind reingekommen. Die Vordertür steht offen. Die Gesichtslosen kommen rein.«

»Was ist mit Nhu und Tabeth?«, fragte Javier.

»Tot. Ich habe ihre Schreie gespürt. Die von Haanz auch. Und jetzt kommen die Gesichtslosen!«

»Jeder Einzelne von ihnen«, sagte Satin mit hartem, kampfeslustigem Blick.

»Jeder Einzelne«, bestätigte sie.

Noch während sie das sagte, hörte sie im Stockwerk über sich das Donnern ihrer Tritte. Sie hörte, wie die

Tür zum Treppenhaus mit einem Knall aufflog. Wie die Metallstufen zu scheppern begannen.

»In den Aufzug!«, rief Patryk, stürmte zum nächstgelegenen und drückte den ÖFFNEN-Knopf. Die Tür glitt ohne Verzögerung zur Seite. Er schob zuerst Barbie hinein, dann Mira, und tauchte hinter ihnen durch die Tür. Javier folgte, und Satin, der als Letzter kam, wirbelte herum, um ein paar Schüsse aus seinem Decimator-Revolver abzugeben, als die ersten Gesichtslosen den Keller erreichten und die Tür zum Treppenhaus aufrissen. Mit gefräßigem, grünem Plasma bespritzt, gingen mehrere von ihnen zu Boden und behinderten die anderen lange genug, dass sich die Aufzugtür schließen konnte.

Sie hörten, wie Hände ohne Fingernägel, Hände ohne Fingerabdrücke an der geschlossenen Sicherheitstür kratzten und darauf einschlugen, während der Aufzug selbst nach oben fuhr.

17.

DIE VETERANEN

»Hey, der Mann mit den tausend Gesichtern ist da«, lallte Lark an der Bar, als Jeremy Stake den Legion of Veterans Post 69 betrat. »Und jedes einzelne davon ist hässlich.«

Doch das war es dann auch schon so ziemlich mit dem Spott des Blauen-Kriegs-Veteranen und als Watt, der Choom-Barkeeper, für Stake ein Zub vom Fass zapfte, erklärte er: »Er weiß nicht mehr, dass du ihm neulich dabei geholfen hast, sich den Kopf an der Bar anzuschlagen.«

Stake grinste und ging mit seinem Drink zu einem der Tische. Als er sich hingesetzt hatte, informierte ihn sein Armbandcomputer über einen eingehenden Anruf. Stake überprüfte seine Herkunft: Captain Richard Henderson. Er nahm den Anruf sofort entgegen und beugte sich über das kleine Gerät, um sein Bewusstsein in den Computerbildschirm zu verwandeln. Dort sah er das Gesicht seines alten Freundes, der ihn anlächelte, wenn auch mit einem etwas argwöhnischen Ausdruck in den Augen.

»Ich habe sie gefunden, Jeremy.«

Ein paar Sekunden lang erwiderte Jeremy den Blick seines Kameraden, schüttelte sich jedoch, als er das leise Kribbeln seines unruhigen Fleisches verspürte. »Das ging ja schnell.«

»Auf ihrer Welt ist jetzt alles etwas offener. Und sie ist neuerdings im Netz aktiv, was sie bisher wahrscheinlich nicht war. Ich habe sie persönlich kontaktiert, Jer.

Ihr Englisch hat sich verbessert. Ich habe ihr gesagt, Sie würden sie anrufen.«

Stake nickte. »Danke, Rick. Ich schulde Ihnen was.«

»Nun, sie hat an jenem Tag mein Leben verschont. Das kann ich ihr nicht vergessen. Aber sind Sie sicher, dass Sie das wirklich tun wollen? Ich meine, mich geht's ja nichts an, aber nur aus Sorge um Sie. Sind Sie sicher, dass Sie wieder dorthin zurückwollen?«

»Es gibt ein paar Dinge, die ich wissen muss.«

»Das verstehe ich. Glaube ich.« Henderson streckte den Hals aus, als wollte er Stake über die Schulter blicken. »Sieht aus, als wären Sie in einem Veteranen-Schuppen. Die sehen alle gleich aus. Ich muss es wissen – ich habe selbst so einen als Stammkneipe.«

»Wenn man im Krieg war«, sagte Stake, »dann lebt man so sehr in der Vergangenheit wie in der Gegenwart.«

»Ich glaube nicht, dass das nur uns Veteranen so geht«, sagte Henderson. »Ich denke, dass alle Leute das tun.«

Stake hatte heute sein Schweberad genommen und fuhr damit zurück in die Forma Street, da er Thi Gonh nicht vom LOV 69 aus anrufen wollte. Da er weder undercover unterwegs war noch im Dienst, trug er seine Freizeitkleidung. Ein schwarzes Sakko über einem weißen T-Shirt, eine schlabberige Khakihose, zerschlissene Turnschuhe und einen schwarzen, flachen Filzhut. Der alberne kleine Hut war ein Objekt seiner Individualität, zumindest in seinen Augen. Etwas, das auf fast schon provozierende Weise *er selbst* war, wie um die Anonymität seiner schwach ausgeprägten Wesensmerkmale auszugleichen. Wie ein Briefbeschwerer für sein schwer zu fassendes Ich, damit es nicht vom Wind davongetragen wurde. Manchmal trug er ihn sogar in seiner Wohnung. Während er radelte, erwischte er sich bei einem zu starken Windstoß selbst dabei, wie er danach griff, um ihn festzuhalten. Aus Angst, ihn zu verlieren.

Doch ganz gleich, wie leger er gekleidet war, er trug in einem Schulterholster unter seinem Mantel noch immer seine Lieblingspistole. Es handelte sich dabei um eine Darwin Kaliber 55, »die Krone der Schusswaffenevolution«, wie die Werbeanzeigen verkündeten. Dienst oder nicht, dies war immer noch Punktown.

Während er auf dem Sattel seines Fahrrads dahinbrauste, erinnerte er sich wieder an die Zeit seiner Stationierung in der Stadt Di Noon, deren Straßen mit Fahrrädern überschwemmt gewesen waren. Und er erinnerte sich daran, wie er zu Thi aufgeblickt hatte, die auf ihm geritten war, sich dabei jedoch zurückgelehnt hatte, ihr glatter, blauer Bauch kräftig pumpend, das Gesicht von Stärke und Kontrolle beherrscht, während sie auf eine hilflosere Version ihrer selbst hinabgesehen und ihn gefragt hatte: »Ga Noh *mögen?* Ga Noh *mögen?*«

Eine Echse auf der anderen. Der ursprünglichste aller Impulse. Das Bedürfnis von Zellen, neben anderen Zellen zu liegen. Und selbst jetzt sehnte er sich nach ihr. Als wäre ein lebenswichtiger Teil von ihm abgetrennt worden. Oder gar nicht erst an ihm befestigt.

Er erreichte sein kleines Mietshaus am Ende der berüchtigten Straße, dessen äußerstes Eck leicht hervorragte, wie der Bug eines Schiffes, das sich durch ein glitzerndes Meer aus Fahrzeugen schiebt. Statt sein Schweberad auf dem Gehsteig stehen zu lassen, stieg er ab, um damit in die Lobby zu gleiten und es unter der Treppe abzustellen. Zu seiner Wohnung im obersten Stock nahm er den Aufzug.

Als er die Wohnungstür aufschloss, bemerkte Stake sofort das teure Aftershave, das in der Luft lag, so als hätte es jemand zu gut damit gemeint, nur um zu demonstrieren, dass er es sich bei seinem Gehalt leisten konnte.

Eine Hand kam hinter der Tür hervor, packte ihn am Revers und riss ihn beinahe von den Beinen. Die andere Hand der Person rammte den Lauf eines stupsnasigen Decimator-Revolvers schmerzhaft unter Stakes Kinn. Ein zweiter Mann schloss die Tür und verriegelte sie. Im Augenwinkel sah Stake, dass dieser Mann eine Pumpgun in den Händen hielt. Genau genommen erkannte er, dass es seine eigene war. Der Mann hatte sie in der Ecke zwischen seinem Computertisch und der Wand gefunden.

Beide Männer trugen teure, protzige, schwarze Anzüge und Melonenhüte. Und ihre Haut war im Gesicht und an den Händen mit einem blauen Tarnfarbenmuster gesprenkelt.

Der erste Mann ließ Stakes Jacke los und schob stattdessen seine Hand hinein, um ihn um seinen Darwin .55 zu erleichtern. »Nett«, sagte er lächelnd und steckte ihn sich selbst in den Hosenbund.

Während Stake zwischen den beiden Klonen dastand, tauchte ein Dritter aus dem Schlafzimmer auf. Er war natürlich das Ebenbild der anderen beiden, doch aus irgendeinem Grund wusste Stake, dass es sich bei diesem hier um Mr. Jones handelte. Der Klon nickte höflich. »Mr. Stake.«

»Wie sind Sie hier hereingekommen?«, wollte er wissen.

»Dafür habe ich gesorgt«, sagte der Mann mit dem Gewehr. Handelte es sich bei diesem um Mr. Doe, den Klon, der ihn nach seinem Treffen mit Adrian Tableau zum Zentrum für vermisste und missbrauchte Kinder zurückgefahren hatte? »Generalschlüsselkarte«, erklärte er.

»Und was wollen Sie?«

»Sie sind ein Veteran aus dem Blauen Krieg«, bemerkte Jones, der jetzt durch das Zimmer schlenderte und auf eine Vitrine deutete, die Stake an der Wand aufgehängt hatte und die mehrere Medaillen enthielt. Ansonsten waren die Wände größtenteils kahl und ganz besonders vermied er es, Fotos oder Gemälde von Leuten aufzuhängen, um zu vermeiden, dass er sie zu imitieren begann. In seinem privaten Rückzugsraum wollte er nur er selbst sein. Wer auch immer das war. Deshalb gab es hier nur dieses eine Foto von ihm selbst, falls die Notwendigkeit eintrat, dass er es nach seiner Heimkehr anstarren musste.

»Warum fragen Sie?«, scherzte Stake trocken. Als wäre das aufgrund der äußeren Erscheinung des Klons nicht offensichtlich.

»Sehr witzig«, sagte der mit dem Gewehr.

Stake lächelte und kam sich ein bisschen blasiert vor. Diese Männer erinnerten sich von seinem Besuch in Tableaus Firma her nicht an ihn, davon war er überzeugt. Doch das wiederum brachte ihn zu seiner Frage zurück. »Ich habe Sie gefragt, wie Sie dazu kommen, in meine Wohnung einzubrechen.«

»Wir arbeiten für Adrian Tableau, Mr. Stake«, erklärte Jones. »Er ist der Eigentümer von Tableau Meats.«

»Aha. Und?«

»Und Sie arbeiten offensichtlich für John Fukuda. Den Eigentümer von Fukuda Bioforms. Ein Geschäftskonkurrent von Mr. Tableau.«

»Woher wissen Sie das?«

»Wir haben unsere Quellen«, schnurrte der, der ihm den Revolverlauf in die Kehle drückte. Dessen Korn hinterließ Kratzer an seiner Haut.

»Uns ist zu Ohren gekommen«, fuhr Jones fort, der noch immer herumlief, »dass Mr. Fukuda Mr. Tableaus Tochter Krimson verdächtigt, die teure Kawaii-Puppe seiner Tochter gestohlen zu haben. Und offenbar erhöht sich ihr Wert noch dadurch, dass die Puppe mithilfe unkonventioneller Forschungsergebnisse erschaffen wurde, in deren

Besitz Mr. Fukuda nach Übernahme der früheren Alvine Products gekommen ist. Es ist möglich, dass Mr. Fukuda Mr. Tableau sogar verdächtigt, diese Forschungsergebnisse zu begehren, und daher seine Tochter dazu angehalten hat, ihm die Puppe zu stehlen.«

Stakes Gedanken rasten. Ihm war klar, dass ihm diese Information selbst über die Lippen gekommen war, in Gestalt des Sachbearbeiters Simon McMartinez. Dennoch, wie hatten sie von ihm erfahren – von Jeremy Stake, dem Privatdetektiv, der von Fukuda engagiert worden war? Sie hatten ihre »Quellen«, hatte der mit dem Decimator gesagt. Wer konnte das sein? Er bezweifelte, dass Janice ihn hintergehen würde. Hatte Caren Bistro ihre Angst vor Tableau überwunden? Andererseits wusste sie gar nicht, dass Stake für Fukuda arbeitete. War die Quelle dann einer von Fukudas Untergebenen? Stake konnte sich gut vorstellen, dass Tableau eine solche Person dafür bezahlte, dass sie Augen und Ohren offen hielt.

»Worauf wollen Sie hinaus?«, fragte er Jones.

»Uns geht es darum, dass Krimson Tableau nun seit etwa zwei Wochen vermisst wird. Unser Arbeitgeber hat Angst, dass John Fukuda, der Krimson dieses Verbrechens verdächtigt, für ihr Verschwinden verantwortlich sein könnte.«

»Was? Nein, nein … Fukuda hat ihr nichts angetan.«

»Und würden Sie ihr, Mr. Fukuda zuliebe, etwas antun? Sie vielleicht entführen? Oder gar Schlimmeres?«

»Seien Sie nicht albern! Ja, okay, Fukuda hat mich damit beauftragt, diese Puppe zu finden. Und ja, er denkt, Krimson könnte etwas damit zu tun haben, weil Krimson Yuki genauso hasst, wie ihr Vater John Fukuda hasst. Fukuda hat aber Krimson Tableau nicht entführt. Und ich würde so etwas niemals, für keinen Klienten und auch für kein Geld der Welt tun.«

Würden sie so weit gehen, ihn zu foltern? Obwohl Folter strikt verboten war, war sie beim Verhör von Ha-Jiin-Gefangenen nicht ungewöhnlich gewesen, ob durch Klonsoldaten oder anderweitig. Hatten sie vielleicht sogar vor, ihn zu töten? Stake wägte seine Chancen ab, die drei Klone zu überraschen. Den Revolver mit seinem linken Arm von seinem Hals wegzustoßen. Die Darwin aus dem Hosenbund des Mannes zu ziehen und nach oben zu richten, um den Mann mit dem Gewehr damit auszuschalten. Dann nach hinten, um den ersten Mann wegzuballern. Dann herumzukreiseln und Jones unschädlich zu machen, bevor er die Waffe herausreißen konnte, die er möglicherweise trug. Vielleicht. Vielleicht konnte er es schaffen. Stake schreckte vor diesem Szenario jedoch zurück. So kräftig, schnell und geschickt er auch war, diese Männer waren dazu geschaffen worden, noch kräftiger, schneller und geschickter zu sein. Sie waren zu *dritt*. Und einer von ihnen hielt seine Waffe nur Zentimeter von ihm entfernt.

»Und das sollen wir Ihnen einfach glauben?«, fragte der Mann mit dem Gewehr. »Auf Ihre berufliche Ethik vertrauen?«

»Hey, bringen Sie mich in das nächste Forcer-Revier. Ich unterziehe mich sofort einem Lügenscan. Ja, Mr. Fukuda würde gerne wissen, ob Krimson die Puppe gestohlen hat. Und ja, deshalb habe ich selbst versucht, sie zu finden. So gesehen helfe ich Tableau sogar, stimmt's? Je mehr Leute, aus welchen Gründen auch immer, nach seiner Tochter suchen, desto besser.«

»Sie werden mit jeder Minute mehr zum Heiligen«, sagte der Mann mit dem Gewehr.

»Wenn Fukuda Krimson entführt hat, warum hat Yuki dann nicht ihre Puppe zurück?«

»Weil Krimson sie nie gestohlen hat«, sagte Jones, der ein paar Schritte von Stake entfernt stehen blieb. Als wollte er ihn schlagen. Seine Waffe herausreißen, um ihn zu exekutieren. »Wenn er herausfindet, dass Mr. Tableau die Puppe besitzt, könnte er sie gefangen nehmen, um sie gegen sie einzutauschen. Wenn er gemerkt hat, dass ihre Entführung ein Fehler war, hat er Krimson Tableau vielleicht sogar ermordet und verschwinden lassen, um ihre Entführung zu vertuschen.«

»Das ist doch alles Quatsch. Paranoider Quatsch, den Ihr Boss Ihnen eintrichtert. Das sollten Sie besser wissen.«

»Ihr verdammter Boss ist der mit dem Verfolgungswahn, *Corporal*«, sagte der Mann mit dem Decimator. Offensichtlich hatte er auch Stakes Medaillen begutachtet.

»Hey, Kumpel, wir haben damals doch alle auf derselben Seite gekämpft.«

»Ach ja? Jetzt aber nicht mehr.«

»O mein Gott«, sagte Jones so leise, dass es kaum noch ein Flüstern war, und trat einen Schritt näher an Stake heran. »Ihr Gesicht verändert sich. Sie sehen allmählich so aus wie wir.«

Mist, dachte Stake. Da er in der Vergangenheit Zeit mit ihresgleichen verbracht hatte, wusste er, dass es nicht die Farbe war, aber definitiv die Physiognomie.

Um ihn anzusehen, beugte sich der Mann mit dem Decimator um Stake herum. »Nicht wie wir«, korrigierte er ihn. »Wie du. Er ist ein Chamäleon.«

»Warum kopieren Sie mich?«, fragte Jones barsch.

»Ich kann nichts dagegen tun«, blaffte Stake.

»Sie sind also so wie wir, hm? Ein Bilf?«

»Nein. Ich wurde geboren, nicht gezüchtet. Ich bin ein Mutant.«

»Verstehe. Ein Mutant ist wohl etwas Besseres als ein Klon.«

»Das haben Sie gesagt.«

Der Schalldämpfer des Decimators bohrte sich noch

schmerzhafter in seinen Kiefer. Die Vorderseite schnitt in seine Haut und er spürte, wie ein Blutstropfen an seinem Hals hinunterlief. »Wichser«, knurrte der Mann.

Mr. Jones begutachtete Stake von unten bis oben. »Nicht so überheblich, mein Freund. Sie könnten trotzdem ein Bilf sein, ohne es zu wissen. Ihre Schöpfer könnten Ihnen eine falsche Lebensgeschichte mitgegeben haben. Eine Gehirninfusion mit erinnerungsangereicherten, langkettigen Molekülen, so wie sie es bei unserer Ausbildung getan haben.«

»Warum sollten sie sich die Mühe machen, mich glauben zu machen, ich sei ein Birther?«

»Vielleicht hat es etwas mit der Aufgabe zu tun, für die sie Sie im Krieg programmiert haben? Waren Sie ein Spion? Ein Infiltrationskundschafter?«

»Hört auf, mich zu verarschen! Ihr werdet mich nicht davon überzeugen, dass ich ein Fabrikprodukt bin wie ihr Bastarde.«

Der Lauf des Gewehrs krachte ihm in die Rippen und Stake ging zu Boden, mit einem Gefühl, als hätte ihn eine Ladung ihrer Schrotkugeln getroffen. Der Decimator zeigte jetzt auf die Spitze seines Filzhutes. Nur Jones hatte es nicht für nötig erachtet, seine eigene Waffe zu ziehen. Besonnen sagte er: »Vielleicht sind Sie ja ein Haustier, das dieser Wahnsinnige Fukuda in einem seiner Labore gezüchtet hat. Und er ist derjenige, der Ihnen eine falsche Biografie in den Schädel gepflanzt hat. Denken Sie mal eine Weile darüber nach, Mr. Stake.«

»Fahrt zur Hölle«, keuchte er.

»In der Zwischenzeit schlage ich vor, Sie denken darüber nach, wie schlau es war, uns Informationen vorzuenthalten, die uns zum Aufenthaltsort von Krimson Tableau führen könnten, tot oder lebendig. Wenn Sie sich bereit erklären, uns zu helfen, zeigen wir uns nachsichtig, selbst dann, wenn Sie etwas damit zu tun haben. Sie sind schließlich nur ein Werkzeug. Wenn wir aber noch mal zurückkommen müssen, könnte unsere Laune beim nächsten Mal unangenehmer ausfallen.«

»Ich werde weiter nach dieser Puppe suchen«, sagte Stake monoton. »Und wenn ich währenddessen auf Krimson Tableau stoße – tot oder lebendig –, das verspreche ich, werde ich es euch wissen lassen. Ich versichere euch aber erneut, dass ich mit ihrem Verschwinden nichts zu tun habe.«

»Können Sie uns versichern, dass auch Fukuda nichts damit zu tun hat?«

Das konnte Stake ihnen streng genommen nicht versichern. Der Mann war für ihn noch immer ein zu großes Rätsel. Mit zu vielen Überraschungen.

»Nicht dass ich wüsste« war das Beste, was er sagen konnte, während er langsam wieder aufstand, um sie nicht zu erschrecken. Er zuckte zusammen, legte sich die Hand auf die Seite.

Der Mann mit dem Gewehr zog die Darwin .55 aus dem Hosenbund seines Kameraden und ging in das Schlafzimmer. Offensichtlich ließ er das Gewehr und die Pistole dort, um sie Stake zurückzugeben, denn er kam ohne sie wieder. Inzwischen hatte Jones die Tür angesteuert.

»Denken Sie an das, was ich Ihnen gesagt habe, Mr. Stake. Tun Sie jetzt nichts Dummes.«

»Das tue ich nicht, wenn Sie es nicht tun.«

Der Mann mit dem Decimator verließ als Letzter das Zimmer und machte einen spöttischen Militärgruß, bevor Stake die Tür vor seinem blau gefleckten Gesicht schloss.

Eine gefälschte Lebensgeschichte. Als wäre er nur ein »Haustier«, von Fukuda persönlich erschaffen, als Teil eines Spiels, einer Aufführung – deren Ausmaß und Zweck er sich nicht komplett ausmalen konnte. Würde sein Schöpfer sich die Mühe machen, die Medaillen zu fälschen, die gerahmt an der Wand hingen? Die Fotos seiner Eltern, die er zwar aufbewahrte, aber unter Verschluss hielt? Auf dieselbe Art, auf die Fukuda eine Lebensgeschichte für Yuki, seine zur Tochter gewordene Ehefrau, fabriziert hatte? Nein, in seinem Fall war das zu unlogisch. Die Vorstellung, dass er ein militärischer Klon war, erschaffen wegen seiner chamäleonartigen Fähigkeiten, ergab mehr Sinn.

Es war aber nicht wahr! *Das war es einfach nicht!* Er wusste, wer er war. Er hatte Eltern gehabt. Eine Vergangenheit. All diese Erinnerungen waren real. Sie waren ihm so vertraut wie dieser Moment.

Er drehte sich um und blickte durch das Zimmer zu seinem Computer.

Rick Henderson hatte ihm die Nummer gegeben, unter der sie via Netzverbindung zu erreichen war. In ihrer anderen Welt. In ihrer eigenen Dimension, die fast so weit entfernt war wie die einzige Woche, die sie gemeinsam verbracht hatten.

Stake setzte sich vor seinen Computer. Und machte sich schließlich an den Anruf, wie er es sich ein Jahrzehnt lang vorgestellt hatte.

An ihrem Ende der Leitung klingelte es mehrmals. Fünf Minuten ließ er es weiterklingeln. Wie spät war es dort? Und wenn schließlich jemand antwortete, war es dann möglicherweise ihr Freund? Ihr Ehemann? Ihre Tochter oder ihr Sohn?

Von diesem Gedanken erfüllt, war er kurz davor, aufzulegen, als ihr Gesicht auf dem Bildschirm erschien. Er blinzelte und spürte, wie die Übelkeit in seine Eingeweide kroch.

Ihre Haare waren zur Seite gescheitelt und hinter ihren Kopf gebunden, dennoch erkannte er, dass sie so lang waren wie eh und je. Wo das Licht ihnen einen Glanz verlieh, wechselten sie wieder von Schwarz zu metallisch Rot. Ihr blaues Gesicht, das dem einer wunderschönen Geistererscheinung ähnelte, hatte vielleicht eine Spur seiner jugendlichen Sanftheit verloren. Ihre Augen und ihr schwaches Lächeln hatte er jedoch noch nie so sanft gesehen. Oder ihre Stimme so zart.

»Ga Noh.«

»Hi«, sagte er und versuchte dabei, sein eigenes Lächeln zwanglos wirken zu lassen. »Hi, Thi Gonh. Schön, dich wiederzusehen. Mein Freund hat dir also gesagt, dass ich dich kontaktieren würde?«

»Ja. Dein Freund. Hen-da-son.«

Stake nickte. »Prima. Danke, dass du mit mir redest. Wie geht es dir?«

»Thi geht gut«, sagte sie. »Wie geht dir, Ga Nho? Du jetzt verheiratet? Kinder?«

»Ich? Nein. Keine Zeit, schätze ich. Viel Arbeit.«

»Was arbeiten?«

»Ich bin ein Detektiv.« Er sah, wie sich vor Verwirrung ihre Gesichtszüge verkniffen. »Ich bin so etwas wie ein Polizist, aber gegen Geld.«

»Ah.« Sie machte jedoch den Eindruck, als hätte sie es nur zum Teil verstanden.

»Was macht du denn jetzt, als Arbeit?«

»Ich habe gutes Geld. Farm. Große Farm.« Stake kam es so vor, als würde sie ihn genauer betrachten, nach seiner Reaktion Ausschau halten, als sie hinzufügte: »Meine Eha-mann und ich.«

»Ah.« Er nickte erneut. Ehemann. »Du hast geheiratet.«

»Ja. Sechs Jahre verheiratet.«

»Glückwunsch. Wow. Äh … Kinder?«

»O nein.« Sie veränderte leicht ihre Haltung, unangenehm berührt, als würde sie sich für ein Versagen schämen. »Thi Körper nicht gut.«

»Nein, sag so etwas nicht. Dein Körper … Du …«

Seine Worte verebbten. Er wollte sich übergeben. Er wollte weinen. Er fragte sich, ob es zu spät war, Jones und den anderen Klonen nach draußen zu folgen – und sie zu erschießen. Ihnen die blau gemusterten Gesichter wegzuballern.

Jetzt verengte Thi ihre Augen, als sie ihn sogar noch prüfender ansah. Warum? Fing er an, sich zu verändern? Ihr Gesicht zu spiegeln, so wie er es getan hatte, als sie ihm zum ersten Mal ihren Namen gesagt hatte? Wie er es getan hatte, als ihre Körper hinter der verschlossenen blauen Tür ihrer Zelle ineinander verschlungen gewesen waren?

»Ga Noh, was passieren?« Sie zeigte auf den Bildschirm.

»Hä?« Er ertastete das Blut, das seinen Hals hinabrann, und verstand. »Oh. Ich, äh, habe mich beim Rasieren geschnitten.« Er machte Rasierbewegungen und grinste dümmlich. Mit gebrochenem Herzen.

»Ga Noh«, sagte Thi. »Du okay? Okay?«

»Ich bin okay.«

»Warum du mich anrufen? Du brauchst Thi sich um dich kümmern? Ga Noh helfen?«

»Helfen? O nein. Nein. Es ist nur … Ich habe dich vor so langer Zeit aus den Augen verloren und mich dabei immer gefragt, wie es dir geht. Nach dem Prozess und so. Ich bin nur froh, dass bei dir alles in Ordnung ist. Ich bin erleichtert.«

»Jemand dich verletzt, hm?«

»Mich verletzt? Nein. Nein, mir geht's gut.«

»Jemand Ga Noh verletzt.« Ihr Gesicht wurde härter, grimmiger.

»Mach dir um mich keine Sorgen. Das ist nur wegen meines Berufs. Manchmal ist es verrückt.« Er räusperte sich. »Hey, pass auf, ich muss Schluss machen. Ich habe aber mit Rick – Henderson – gesprochen und ich dachte, ich melde mich bei dir und sage Hallo. Jetzt, wo wir einander nicht mehr bekriegen, hm?«

Ihre Augen sondierten ihn noch immer. Die scharfen Augen einer Scharfschützin. »Thi sich um dich sorgen. Viel sorgen.«

»Nein. Nein, wirklich. Pass auf, ich muss Schluss machen. Vielleicht rufe ich dich mal wieder an.«

»Von wo anrufen? Wo du jetzt sein?«

»Punktown, auf Oasis. Ich bin hier geboren.«

Sie warf einen Blick hinter sich, ehe sie fortfuhr. »Ich haben Angst, Eha-mann böse Thi reden mit Ga Noh.«

»Ja, ja, verstehe ich.«

»Aber du brauchen Thi, du anrufen. Okay?«

»Klar. Gilt auch für dich. Ruf mich an, wenn du was brauchst. Behalte einfach meine Nummer, okay?«

»Mhm.«

»Okay, dann. Nun … Schön, dich zu sehen. Mach's gut, Thi, okay? Mach's gut.«

Traurigkeit in ihrem Gesicht. Es sah wirklich wie Traurigkeit aus. *Frag sie!*, rief ein Teil von ihm. Doch was spielte es heute noch für eine Rolle, ob und was sie damals für ihn empfunden hatte? Was der Sinn und Zweck des Ganzen gewesen war?

Jetzt war da ein Ehemann. Sie führte ein völlig anderes Leben, als wäre eine andere Frau im selben Körper wiedergeboren worden.

»Mach's gut, Ga Noh«, sagte sie.

Er drückte eine Taste und vertrieb ihr Gesicht. Dann ließ er den Kopf hängen. Und lachte. Schüttelte den Kopf und lachte.

»Trottel«, murmelte er. »Dummer, dummer Trottel.« Zehn Jahre für diese fünf Minuten. Und jetzt war alles vorbei, nicht wahr? Das war sein Abschluss. Endlich vorbei, mit einem Wimpernschlag. Mit einem Kichern.

Stake hob den Kopf, um einen weiteren Anruf zu tätigen. Um John Fukuda über den Besuch von Tableaus geklonten Schlägern zu informieren. Und um ihn wissen zu lassen, dass sein eigenes Leben möglicherweise in Gefahr war.

Zurück zum Fall, um seine Gedanken von dem Telefonat abzulenken, das er gerade geführt hatte. Von der Leere, die er nur mit stechender, schmerzhafter Schwere gefüllt hatte wie die nutzlosen Überbleibsel ihres Krieges. Stacheldraht und verbrauchte Magazine, blutverkrustete Messer und schlammüberzogene Pistolen. Zurück zum Fall, denn der war alles, was ihm noch blieb.

18.

VEREINIGT

Während er durch einen breiteren Tunnelabschnitt ging, bemerkte Dai-oo-ika, dass ihn zwei schäbig gekleidete Jugendliche beobachteten, die über ihm auf einem Sims kauerten. Als er den Kopf jedoch in ihre Richtung drehte, zogen sie sich in eine schmale Öffnung zurück. Er war versucht, die Leiter hochzuklettern und ihnen nachzugehen, um noch mehr Nahrung zu sich zu nehmen, wollte sich aber durch nichts von dem unsichtbaren Leitstrahl ablenken lassen – dieser lautlosen Vibration, wie eine Stimme fast –, die ihn immer weiter durch die Eingeweide von Punktown vorantrieb. Sie versprach ihm, dass er sein Dasein, dass er sich selbst, an dessen Ursprung verstehen würde. Oder zumindest war dies sein sehnlichster Wunsch.

Einige Tunnelstrecken waren vollkommen unbeleuchtet. Das störte ihn jedoch nicht im Geringsten. Seine Sinne waren geschärft worden. Die dicken Tentakel in seinem Gesicht berührten – wie Blindenschrift – die Lichtpartikel, aus denen Bilder geformt wurden. Sie streichelten die Geräuschströme wie eine Hand, die in einen fließenden Bach getaucht wurde, und die durch die Luft wirbelnden Geruchssporen blieben daran haften und lösten sich in ihrem silbern-schwarz gestreiften Fleisch auf. Weiter kroch er voran. Immer weiter. Wie ein Archäologe in unterirdischen Ruinen, darauf hoffend, die Fragmente seiner Erinnerung zu bergen und zusammenzusetzen. Es musste mehr geben als nur seinen Namen, das Gesicht seiner Kind-Mutter und Fetzen eines Traums. Das musste es einfach.

Er erreichte die Grenzen der unterirdischen Subtown, kam aber zu einer Leiter, an der er hinaufkletterte, immer weiter hinauf, bis er in eine höhere Ebene der Unterwelt kam. An einer Stelle kroch er auf allen vieren über ein netzartiges Metallgitter und beobachtete eine U-Bahn, die unter ihm vorbeiraste, ihn in einem Strom aus warmer und stinkender Luft badete. Jetzt, dicht unter der Kruste der Stadt, folgte er weiter dem lockenden Ruf. Einer Stimme, ihm fast so vertraut wie die seiner Mutter.

Er erreichte ein verschlossenes, rundes Gitter, doch es war nicht das Erste, das ihm den Weg versperrt hatte. Das Metall kreischte gequält, als er es aus dem Rahmen stieß. Dai-oo-ika betrat einen leuchtend weißen Gang, so glänzend wie der Darm eines Meeresungeheuers. Eine kurze Strecke kroch er daran entlang, während ihm warme Luft wie der Sog der U-Bahn kräftig entgegenblies. Er war jedoch ein Fisch, der eifrig flussaufwärts gegen den Strom schwamm. Am Ende dieses Lüftungsschachtes kam er zu einem Ventilator, der sich im Innern eines Käfigs drehte. Er quetschte seine Finger zwischen die Gitterstäbe und riss den Käfig aus dem Tunneldurchgang heraus. Der Ventilator folgte in einer Funkenexplosion und die Rotorblätter kamen langsam zum Stehen. Er bog das Hindernis zur Seite, die Rotorblätter nur mehr die Blüten einer riesigen Pflanze, die es zu zerdrücken galt.

Dai-oo-ika fand sich in einem langen Durchgang wieder, der trotz der Wartungsbeleuchtung in jeder Richtung in der Dunkelheit verschwand. Der Tunnel war mit Röhren vollgestopft, die Stromkabel und Abflüsse umschlossen und sowohl frisches als auch schmutziges Wasser beförderten. Viele dieser Rohre waren mit

Etiketten, manche sogar farblich markiert. Entlang des Tunnels befanden sich Leitersprossen in den gekachelten Wänden. Diese führten zu Luken, die mit Wörtern beschriftet waren, die er nicht verstand. Es war jedoch gar nicht nötig, dass er sie las. Zielsicher ging er zu einer der Sprossenreihen und hievte seinen massigen Leib daran hinauf. Die Metallluke war abgeschlossen, doch er riss sie mit einer Hand aus dem Rahmen und ließ sie unter sich zu Boden krachen.

Der Zugang war schmal und er musste seinen schweren Körper wie die knochenlose Masse, die er ja auch war, hindurchquetschen. So wie ein Oktopus seinen Körper durch die schmalste Spalte drücken kann. Kaum hatte er jedoch den Keller der Wohnanlage namens Steward Gardens betreten, konnte er wieder aufrecht stehen.

Es gab hier mehrere miteinander verbundene Zimmer. Dai-oo-ika musste sich nur leicht bücken, um auch in ihnen stehen zu können. Hier befanden sich die Versorgungssysteme des Gebäudes über ihm. Seine leise brummenden Generatoren. Schränke mit funkelnden Leuchtanzeigen. Monitoranlagen mit Bildschirmen, auf denen sich bewegende Datenabfolgen zu sehen waren, oder knisterndes Rauschen. Manche waren aber auch schwarz und tot. Eines der Zimmer wurde von einem großen Behälter beherrscht. Er enthielt eine generische Suppe aus vergorenen Bakterien, die die Essensautomaten der Wohnungen wie Ton zu einer Vielzahl einprogrammierter Mahlzeiten formen konnten – zumindest hätten sie das gekonnt, wäre die Suppe nicht schlecht geworden. Dies war ohnehin keine Nahrung, die ihn ernährt hätte, selbst dann nicht, wenn sie noch genießbar gewesen wäre.

All das nahm er jedoch nur im Vorbeigehen wahr. Hier hatte die Stimme in seinem Kopf ihren Ursprung, so laut klang sie jetzt. Während er auf sie zuging, lösten sich mehrere bisher verborgene Gestalten aus der Dunkelheit.

Dai-oo-ika empfand ein äußerst undeutliches Gefühl der Verbundenheit mit diesen vier Gestalten. Ihre Herkunft glich zumindest in Teilen der seinen. Wie er hatten sie keine Augen, schienen ihn aber dennoch zu sehen, während sie sich ihm in einem sich öffnenden Halbkreis näherten. Ihre Haut war grau, wie größtenteils seine eigene. Das Einzige, was sie voneinander unterschied, war die Zahl, mit denen ihre Stirn markiert war.

Doch offensichtlich empfanden sie mit ihm keine Verbundenheit. Sie betrachteten ihn eindeutig als einen weiteren Eindringling.

Die erste der Kreaturen, die sich auf ihn stürzte und ihn ansprang, versuchte, ihre Finger in sein Fleisch zu graben. Das machte Dai-oo-ika wütend und er zupfte die sich an ihn klammernde Kreatur mit einer Hand ab und schleuderte sie quer durch den Raum. Eine weitere stürmte auf ihn zu, die er jedoch einfach wegschlug, sodass diese hart gegen die Wand prallte. Die dritte und die vierte fing er in seinen Armen – und nahm sie fest in den Klammergriff. Drückte sie gegen seinen dicken, weißen Bauch. Bis sie, sosehr sie auch zappelten, in sein Fleisch sanken, als wäre es ein mit Milch gefülltes Becken.

Eine der beiden, die er abgewehrt hatte, versuchte aufzustehen. Doch er ging auf sie zu, noch während das Bein ihres Bruders einen weiteren Moment lang aus seinem Bauch heraushing, bevor es verschwand. Auch diese verdutzte Kreatur nahm er in seinen Klammergriff. Kaum war sie in ihm versunken, richtete er seine Aufmerksamkeit auf den Letzten der vier. Dieser zappelte unter Krämpfen auf dem Boden. Er setzte sich nicht zur Wehr, sondern wand sich nur in seinen Händen, als er ihn mit dem Kopf voraus in den Mittelteil seines Körpers schob.

Nahrung. Wie sehr er sie genoss. Jetzt fühlte er sich noch stärker. Und jetzt konzentrierte er seine Aufmerksamkeit wieder auf die Stimme. Folgte ihr bis tief in den Kern dieses Gebäudes, das durch den Besitzer der Stimme in gewisser Weise zu einem fühlenden Wesen wurde. Wenn auch auf eine verdorbene Weise. Steward Gardens war wie eine riesige, lebendige Einheit, die selbst nicht so recht wusste, was sie eigentlich war.

Der Encephalon war eine Masse aus grauem, in sich verschlungenem Gewebe, das flach in einen senkrecht stehenden, durchsichtigen Rahmen gepresst war. Dieser war ungefähr anderthalb Meter groß, einen halben Meter breit und 15 Zentimeter dick. Drähte schlängelten sich aus dem gigantischen Gehirn und trieben fast unmerklich in der grünlichen, amniotischen Lösung, die es am Leben erhielt. In dem Zimmer gab es noch weitere Computerstationen, doch das Rechenhirn selbst war die eigentliche Seele des Gebäudes.

Dai-oo-ika näherte sich langsam dem Glasbehälter, von dem fungusartigen, grünen Leuchten angestrahlt. In welcher Beziehung stand er zu ihm? War es sein Bruder? Es machte mehr den Eindruck wie … sein Vater. Sein Schöpfer. Ein Gott der Götter. Er streckte die Hand aus und legte sie flach auf die Oberfläche. Die Gedanken des Gehirns strömten in seine Handflächen, flossen seinen Arm hinauf und in sein Fleisch, zum Ursprung seiner eigenen Gedanken. Er zuckte ein wenig unter der Kraft ihrer Verbindung. Und bei diesen Zuckungen zerbrach das Glas, das seine Hand umgab. Die Nährlösung begann auszulaufen und auf seine Füße zu prasseln. Dai-oo-ika schenkte dem jedoch keine Beachtung. Er drückte seine Hand in den Behälter hinein und legte sie nun direkt auf das verknotete Hirngewebe. Die Stimme, die in seinen Arm hineinlief, wurde zu einem Brüllen.

Ein stigmaähnliches Loch öffnete sich aus eigener Kraft in seiner Handfläche. Die verknotete Gehirnmasse begann sich zu entknoten, um von dem hungrigen Mund in seiner Hand eingesaugt zu werden. Sie verschwand in der Öffnung, während immer mehr Flüssigkeit aus dem Behälter plätscherte.

Wie die Habseligkeiten eines verstorbenen Elternteils, verstaut in einem Reisekoffer auf dem Dachboden, hatte Dai-oo-ika das anorganische Material, aus dem er keine Nährstoffe herausziehen konnte, für das er sich aber auch nicht die Mühe gemacht hatte, es als Abfallprodukt wieder auszuscheiden, in einen Hohlraum in seinem eigenen Körper gestopft. Dieses feste Knäuel beinhaltete Dollys Kleidung und ihre zerdrückten Schuhe. Was er jedoch mit Dollys Nanomiten anfangen sollte, hatte er noch nicht so ganz herausgefunden, da sie sich in der Grauzone zwischen organisch und anorganisch befanden. Deshalb hatte er sie, sosehr sie auch sein Gehirn mit ihren unnützen Tätigkeiten gekitzelt hatten, als Teil seines sich noch in der Entwicklung befindenden Zustands akzeptiert.

Jetzt schienen sie den Encephalon zu erschnüffeln und seine schiere Größe machte sie rasend. Die mikroskopisch kleinen Maschinentiere jagten durch Dai-oo-ikas Organismus, durch seinen Arm und in das Gehirngewebe, sogar noch, als er sie in seinen eigenen Körper zurückbeorderte. Dann fingen sie an, wie ein Stamm fleißiger Arbeiterameisen zwischen diesen beiden Wesenheiten hin und her zu wuseln, als wollten sie ihm die Einverleibung des riesigen Organs erleichtern. Unbewusst hatte er ihre Programmierung geändert – oder hatten sie sich ihrerseits durch die Membranen gefressen, die seine eigene Programmierung abschirmten? In jedem Fall arbeiteten die Nanomiten mit rasender Geschwindigkeit daran, die beiden Körper auf zellularer Ebene zu vereinen. Ein Korps von Kriegschirurgen, die Schnitte setzten und kauterisierten, die mit ihren winzigen Mundwerkzeugen und Werkzeuggliedern transplantierten und reparierten.

Auch die Drähte, die in das Gehirn gestöpselt waren, wurden von Dai-oo-ikas Hand aufgesaugt. Wie die anderen anorganischen Materialien, die er in sich aufgenommen hatte, wurden auch diese nicht aufgelöst und verdaut. Sogar nachdem der letzte Rest des Encephalon verschwunden war und sich nur noch ein wenig Flüssigkeit am Grund des Behälters ansammelte, hingen die Drähte noch immer aus seiner Handfläche heraus.

Er sackte, wie bei einer Ohnmacht, schwer zu Boden und ließ sich wie ein betrunkener Buddha in der Pfütze aus Nährlösung nieder. Seine Arme hingen noch immer im Innern des Kastens, doch er war sich der Glaszacken, die seine Handgelenke dort fixierten, nicht bewusst. Die anderen Drahtenden führten in Relaisstationen, die mit den verschiedenen Rechenanlagen des kleinen Zimmers kommunizierten. Und plötzlich flackerten die Monitore, auf denen zuvor bunte Grafiken, knisterndes Rauschen oder leblose Schwärze zu sehen gewesen waren, und zeigten alle dasselbe Bild. Es war grobkörnig und wie beschädigtes Zelluloid von Streifen und Echozeichen überlagert, doch unter diesem Chaos erkannte Dai-oo-ika eine brennende und größtenteils dem Erdboden gleichgemachte Stadt, die sich schwarz und verdorben in alle Himmelsrichtungen erstreckte. Am Boden waren Tausende nach oben blickende Gesichter und lobpreisend erhobene Arme. Unter den Gesichtern befanden sich sowohl menschliche als auch nichtmenschliche, doch alle waren schwarz verkohlt, blasig vom Feuer und von der Strahlung verformt. Silbriger Eiter rann aus Augen, die in der Hitze zugeschmolzen waren. Doch trotz der Schmerzen, die diese Leute verspüren mussten, sangen sie für ihn, mit einer gemeinsamen Stimme der Verehrung. Und er sah aus großer Höhe auf sie herab. Denn er war riesig. Er war ihr Gott.

Und da verstand Dai-oo-ika das kosmische Netz des Schicksals. Er verstand, dass es notwendig war, dass er und dieser Bruder/Vater sich vereinigt hatten (oder musste es *wiedervereinigt* heißen?), damit sich beide ihres Leistungsvermögens bewusst wurden. Mit dem Ziel, ihre Bestimmung zu erfüllen.

19.

INTERVIEWS

In der Soundanlage von Stakes Wagen lief ein Jazzstück namens »Yesterdays« des aus dem 20. Jahrhundert stammenden Trompetenspielers Clifford Brown. Es war melancholisch, und melancholische Musik, gleich welcher Epoche und auch welches Planeten, kam ihm gerade recht. Er lenkte das Schwebeauto eine breite, mehrspurige Rampe hinunter, die in Punktowns unterirdischen Sektor führte.

Caren Bistro hatte ihm erzählt, dass Brat Gentile zu einer Gang gehörte, die hier unten in Subtown ansässig war. Ebene B der Folger Street. »Die Folger Street irgendwas«, hatte sie gesagt.

Über ihm befand sich nun ein massiver Himmel mit Dampfwolken, die dort oben aus einem verschachtelten Röhrensystem zischten. Als die Rampe in ein Straßennetz mündete, in dem der frühe Morgenverkehr zu einem Sickern gerann, verlangsamte Stake das Auto. Unter den Fußgängern, die auf dem Weg zur Arbeit den Gehweg entlanggingen, entdeckte er mehrere, die in einem leuchtenden Blau erstrahlten. Jeder von ihnen wandte ihm den Kopf zu, um ihn anzulächeln. Eine der durchscheinenden blauen Gestalten stand mit ausgestreckten Daumen am Bordstein, als wollte sie mitgenommen werden, und ihre langen Haare wehten dabei versonnen im Wind. In diesem Moment erklang eine flüsternde Stimme im Wagen, die ihn ansprach.

»Lassen Sie Séance Friends in Ihr Leben – für die leistungsstärksten und deutlichsten Ouija-Kanäle in Paxton.« Soeben hatte er die holografische Anhalterin hinter sich gelassen, doch nun trat sie erneut vor ihm an den Bordsteinrand und schien ihm dabei direkt in die Augen zu blicken. Die Stimme fuhr fort: »Finde einen besonderen Freund, der dir von einer lange zurückliegenden Vergangenheit berichten kann, oder sogar von deiner eigenen Zukunft.«

»Bastarde«, sagte Stake. Solche Werbeeinblendungen, die in das eigene Soundsystem eindrangen, waren legal und wurden als »atmosphärische Störungen« abgetan, so als würde man ein fremdes Radio hören, das aus einem Nachbarauto wummerte. Die Werbung schaltete seine Musik nicht aus, sondern übertönte sie, was aufdringlich genug war. Sie setzte sich mit einem Erfahrungsbericht fort. Die Stimme eines jungen Mädchens.

»Mein Geistführer hat mir erzählt, dass ich sterbe, bevor ich 20 werde. Deine nächste Geisterfreundin könnte also ich sein.« Sie kicherte.

Stake schaltete seine Soundanlage komplett aus.

Auf der Weiterfahrt kam er durch ein Viertel mit grauhäutigen Kalianern, die blaue Turbane trugen. Vor den Wohnhäusern und den Geschäften hingen schwarze Transparente und eine Gruppe Demonstranten schrie die vorbeifahrenden Fahrzeuge an. Mehrere Aufstands-Forcer sorgten dafür, dass sie nicht auf die Straße drängten, um den Verkehr zu blockieren. Stake bedachte ihre wütenden, schwarzäugigen Gesichter mit einem flüchtigen Blick. »Was haben die schon wieder für ein Problem?«, murmelte er.

Ihm fiel ein, was Janice ihm über die kalianische Gottheit namens Ugghiutu erzählt hatte. »So etwas wie Gott und Teufel der Kalianer in einer Person.« Einer der sogenannten »Outsider«, aus seiner eigenen Dimension verstoßen, aber darauf wartend, wieder an die Macht zu gelangen. Er dachte an die früheren Eigentümer von Alvine Products und an ihren wahnsinnigen Plan, eine Horde riesiger Monster zu erschaffen und zu züchten, um mit ihrer Hilfe das Universum zurückzuerobern.

Trotz der strengen, religiösen Überzeugungen der meisten Kalianer war Stake noch nie in einem ihrer Viertel gewesen, die keine eigene Straßengang hatten, und schon bald bemerkte er eine Gruppe kalianischer Jungen mit blauen Seidenjacken und dazu passenden Turbanen, die sie verkehrt herum trugen. Das waren jedoch nicht die Banden-Kids, nach denen er suchte. Er fuhr weiter, bis er schließlich die Folger Street erreichte.

Stake fuhr die ausgedehnte Straße in ihrer gesamten Länge ab. Als er schließlich ihr augenscheinliches Ende erreichte, wendete er und fuhr in die entgegengesetzte Richtung zurück.

Er erspähte kein einziges Bandenmitglied. Beziehungsweise entdeckte er keine erkennbare Bandenkleidung, und welchen Sinn hatte es, in einer Gang zu sein, wenn man es nicht zur Schau trug, es nicht stolz und kühn in irgendeiner Form nach außen kehrte?

Stake kannte nicht den kompletten Namen der Gang, zu der Gentile gehörte, aber er glaubte, Gang-Graffiti zu erkennen, wenn er sie sah. Auf die Vorderseite eines der Wohnhäuser, zwischen zwei Fenster, hatte jemand mit roter, wie Neon leuchtender Farbe einen großen, stilisierten Hundekopf mit gefletschten Zähnen gesprüht. Und auf den Stufen der Eingangstreppe des Wohnhauses saßen, auch wenn sie kein offensichtliches Bandenverhalten an den Tag legten, drei verwegen aussehende Jugendliche, die es offensichtlich nicht eilig hatten, sich auf den Weg zur Schule zu machen.

Ein kleines Stück weiter am Bordsteinrand fand Stake eine freie Parklücke und ging dann zu Fuß zu dem Wohnhaus zurück. Mit geschärften, tierähnlichen Instinkten bemerkten die Kids sofort, dass er auf sie zukam. Als er im Auto die auf seinem Armbandcomputer gespeicherten Gesichter durchstöbert hatte, war ihm kein Einfall gekommen, welche Maskerade er hätte abrufen können, um ihr Vertrauen zu gewinnen. Ihm war einfach keine Rolle eingefallen, die er hätte annehmen können. Deshalb hatte er beschlossen, ohne Vorwand direkt mit der Tür ins Haus zu fallen.

»Hey«, sagte er zur Begrüßung, als er an die Treppe herantrat. Die drei waren noch keine Teenager und wirkten etwas zu jung, um in einer ausgewachsenen Straßengang zu sein. Höchstens in einer Grünschnabelgang. Aber möglich war alles. Die Kindergang, die sich – nach dem Gott des Krieges – die Marsianer nannte, war eine der gefährlichsten in ganz Punktown. »Kennt ihr einen Jungen namens Brat Gentile? Ich bin mit einem Freund von ihm befreundet, und niemand scheint zu wissen, wo er abgeblieben ist.«

»O bitte, Officer«, sagte eine der drei, ein Choom-Mädchen, das seine stacheligen Haare metallisch silbern gefärbt hatte, mit einem Grinsen auf dem breiten Mund. Obwohl sie noch sehr jung war, hatte sie ihre Augenlider chirurgisch verändern lassen, um ihnen ein exotisch schmales Aussehen zu verleihen.

»Nein, nein, ich bin kein Forcer. Ich bin ein Freund von Brats Freundin Krimson. Krimson wird auch vermisst.«

»Ich habe keine Ahnung, von wem du da laberst.«

»Brat ist in einer Gang aus der Gegend. Die Folger Street soundso.«

»Snarlers«, sagte einer der beiden Jungs, der neben dem Mädchen saß. »Die Folger Street Snarlers.«

»Snarlers. Du kennst Brat also?«, fragte er den Jungen.

»Ich erkenne bestimmt sein Gesicht, wenn ich es sehe. Ich habe aber weder ihn noch einen der anderen Snarlers in letzter Zeit gesehen.«

»Wie meinst du das?«

Der zweite Junge ergriff das Wort. »Der Freund Ihres Freundes ist nicht der Einzige, der vermisst wird, Mr. Forcer. Seit *Tagen* hat keiner ein Mitglied der Folger Street Snarlers gesehen.«

»Mr. Gentile?«

Beinahe hätte Stake Genital gesagt, weil er daran denken musste, dass Caren Bistro erzählt hatte, dass dies Krimson Tableaus scherzhafter Spitzname für Brat war. In Janices Klassenzimmer hatte Caren auch noch erzählt, dass Brat einen Bruder hatte, den sie kontaktiert hatte, um herauszufinden, was mit ihrer Freundin passiert war. Stake war froh darüber gewesen, dass er seine Telefonnummer im Netz gefunden hatte.

»Wer ist da?«, fragte das Gesicht auf dem Kontrollmonitor des Schwebeautos.

Theo Gentile sah aus wie Mitte 20 und der Blick in seinen Augen war mit dem Begriff ›misstrauisch‹ nicht einmal ansatzweise beschrieben.

»Ich heiße Jeremy Stake, Sir. Ich bin Privatdetektiv. Ich suche nach einem Mädchen namens Krimson Tableau und habe erfahren, dass Ihr Bruder …«

»Ich kenne niemanden, der so heißt«, blaffte Gentile.

»Man hat mir gesagt, dass er sie Smirk nennt. Sie ist die Freundin Ihres Bruders …«

»Ich weiß nicht, wo sie ist. Ich weiß noch nicht einmal, wo mein Bruder sich aufhält. Wer hat Sie engagiert?« Stake setzte stotternd zu einer Antwort an, doch Gentile unterbrach ihn. »Ich bin gerade eben aus Miniosis zurückgekommen. Sagen Sie das Ihrem Boss – ich weiß gar nichts.«

Theo Gentile unterbrach die Verbindung. Seufzend startete Stake den Wagen und fädelte sich in den Verkehr ein. Bei seiner vorherigen Spritztour hatte er bereits herausgefunden, wo sich das örtliche Polizeirevier befand.

»Ich war heute nicht an der Reihe, die Folger Street Snarlers zu beaufsichtigen«, knurrte der stämmige Forcer hinter dem Schalter und machte sich dabei nicht einmal die Mühe, Stake anzusehen. »Warum verdienst du dir dein Geld nicht selbst, Schnüffler, anstatt dass du uns bittest, dir die Arbeit abzunehmen?«

»Schnüffler?«, murmelte Stake unhörbar und mit einem empörten Lächeln.

Eine Frau, die hinter dem korpulenten Polizisten an einem Schreibtisch saß, blickte jedoch auf und sagte zu ihrem Kollegen: »Eric hat etwas davon erwähnt, dass die Snarlers nicht mehr in der Gegend sind.« Dann sagte sie zu Stake: »Wollen Sie mit Detective Moudry sprechen, Sir? Er hat mit den Banden in der Gegend schon viel zu tun gehabt.«

»Stimmt«, sagte der erste Forcer. »Von einem Snarler hat er sogar eine Kugel in den Hals abbekommen. Sah sich gezwungen, den verdammten Punk zu töten.«

Stake ignorierte ihn und sagte zu der Frau: »Ja, bitte, wenn es nicht zu viele Umstände macht.«

Sie holte den Zivilbeamten ans Telefon und eine Minute später trat dieser aus einem Büro im Innenbereich und signalisierte der Frau, sie solle Stake durch die Sicherheitstür lassen. Stake folgte ihm in sein Büro.

»Ja«, sagte Moudry und musterte Stake mit dem prüfenden Auge eines Polizisten. »Das ist seltsam. Ich habe gehört, dass die Snarlers nicht auffindbar sind, und ein paar ihrer Angehörigen und Freunde werden allmählich nervös.«

»Was halten Sie denn davon?«

»Ich glaube nicht, dass die alle in einem groß angelegten Straßenkampf getötet wurden. Das wäre schwer zu vertuschen, ohne dass es jemandem auffällt. Ich bin eben erst zu der Ansicht gelangt, dass sie aus irgendeinem Grund untergetaucht sind. Vielleicht verstecken sie sich, weil eine andere Gang es auf sie abgesehen hat. Im letzten Jahr hatten sie eine üble Keilerei mit einer Tikkihotto-Bande, die sich Morlocks nennt.«

»Es kommt mir nur komisch vor, weil ich die Freundin von einem von ihnen suche, die ebenfalls verschwunden ist. Ein Mädchen namens Krimson Tableau. Ihr Freund nennt sie Smirk.«

»Kenne ich nicht«, sagte Moudry, während er Stake die Tür öffnete. »Aber wo immer die sich verstecken, versteckt sie sich wahrscheinlich auch.« Beide nahmen Platz. »Wie heißt ihr Freund denn?«

»Brat Gentile.«

»Gentile«, wiederholte Moudry und durchsuchte seine Computerdateien. »Hm. Ich finde keine Polizeiakte über ihn, aber ich habe seinen Namen auf einer Liste der aktuellen Gangmitglieder, die ich zusammengestellt habe.« Plötzlich schien in einem staubigen Hinterzimmerarchiv im Kopf des Polizisten ein Licht anzugehen. »Oh, Gentile. Ja, ja. Ich kenne seinen Bruder Theo. Theo war selbst jahrelang bei den Snarlers. Diese Kids kommen und gehen, deshalb fällt es mir schwer, bei allen auf dem Laufenden zu bleiben. Aber wir kennen uns schon länger, die Snarlers und ich.«

»Der Mann am Empfang sagt, dass einer von ihnen Sie bei einem Kampf angeschossen hat.«

Moudry winkte ab, als wäre das alles nur Teil des Spiels. »Das ist neun Jahre her. Javier Dias war damals noch nicht einmal der Anführer.«

»Ist er der jetzige Anführer?«

»Ja. Kein völliger Drecksack, soweit man das sagen kann. Aber ich hatte ihn erst kürzlich hier, wegen des Verdachts der Brandstiftung in einer Lagerhalle. Diese Halbstarken bekommen manchmal einen Knochen hingeworfen, wenn sie wegen eines Versicherungsbetrugs ein Gebäude anzünden.« Er tippte auf einige Tasten. »Das ist er.« Er drehte den Monitor herum, damit Stake ihn sehen konnte. Auf dem Bildschirm wurde ein Video aus einem Verhörzimmer abgespielt.

Die Kamera zeigte Moudry, der im Stehen an einem Kaffee nippte, während ein junger Mann mit einer Wasserflasche vor sich hinter einem Tisch saß. Die Kamera zoomte näher an Javier Dias heran. Drahtig, angespannt, die krausen, schwarzen Haare zu einer Schmalzlocke frisiert. Außerdem trug er eine weiße Lederjacke. Beim Reden sprach er aus dem Mundwinkel heraus und mit zusammengebissenen Zähnen, was so sehr wie eine partielle Lähmung wirkte, wie es Härte vermittelte.

»Sie vergeuden nur Ihre Zeit, wenn Sie mich wegen diesem Müll hierherschleppen, Moudry«, sagte er mit einer gewissen Vertrautheit zu dem Polizisten. »Warum müssen Sie mich die ganze Zeit belästigen? Tut die Kugel in Ihrem Hals immer noch weh? Die war nicht von mir, erinnern Sie sich?«

»Ich erinnere mich. Und ich erinnere mich auch daran, dass ich Banshee dafür eine Kugel durch den Schädel gejagt habe.«

»Ja, ja, das ist alles Vergangenheit, richtig?«

»Genau. Ich rede vom Jetzt. Ich rede vom Feuer im alten Lager von Magog Industries.«

Moudry stoppte das Video und wollte etwas sagen, doch Stake fragte: »Wäre es okay, wenn ich mir noch ein Stück davon ansehe?«

Der Zivilbeamte zuckte mit den Schultern und ließ die Aufnahme weiterlaufen.

Zuvor, als Stake so getan hatte, als würde er seinen Hemdskragen ordnen, hatte er auf seinem Armbandcomputer heimlich ein paar Standbilder von Detective Moudry gemacht, im Glauben, dass sein Gesicht – das den Folger Street Snarlers und vielleicht auch ihren Angehörigen ein Begriff war – sich als nützlich erweisen konnte. Doch jetzt hatte er begonnen, von dem Bildschirm vor ihm eine neue Bildserie aufzunehmen.

Von Brat Gentile selbst war in keinem aktuellen Verzeichnis eine Adresse zu finden, doch als Stake ins Netz ging, um nach der Telefonnummer seines Bruders zu suchen, fand er heraus, dass Theo Gentile und seine Frau ebenfalls in der Folger Street wohnten.

Auf der Eingangstreppe von Gentiles Wohngebäude drückte Stake den Knopf mit seiner Apartmentnummer, bis ein ihm bekanntes Gesicht, misstrauischer denn je, auf dem Bildschirm des Monitors erschien. »Was?«, bellte es.

Auf seinem eigenen Bildschirm sah Theo Gentile in diesem Moment das attraktive Gesicht eines jungen Mannes mit hohen Wangenknochen, der aus dem Mundwinkel heraus und mit zusammengebissenen Zähnen sprach. »Hey, Mann, lass mich rein, schnell. Hier ist Javier.«

Sowohl das Bild als auch der Ton würden mit Störgeräuschen übertragen werden. Dabei handelte es sich nicht um eine Fehlfunktion, auch wenn Stake hoffte, dass es danach aussehen würde. Er besaß einen billigen Multifunktionsscanner, den er aus dem Handschuhfach seines

Wagens mitgebracht hatte. Er hielt das Gerät genau unter die Kameralinse des Sicherheitssystems. Er hatte es bereits unzählige Male benutzt, deshalb wusste er, dass sein Feld, so wie es momentan eingestellt war, das Bild mit Schnee stören und zugleich den Ton verzerren würde. Gentile konnte zwar sein verändertes Gesicht sehen – nur eben nicht allzu deutlich. Darüber hinaus hatte er eine Skimütze über die Haare gezogen und stand unmittelbar vor der Linse, damit nicht auffiel, dass er nicht die typische weiße Lederjacke der Folger Street Snarlers trug.

»We… Javier?«

»Javier Dias, du blöder Wichser!«

Gentiles Misstrauen schien dadurch nicht allzu besänftigt. »Javier, Mann, was zur Hölle? Wo ist mein Bruder?«

»Genau das wollte ich dir erzählen. Beeil dich, bevor mich hier draußen jemand sieht. Hier läuft dieser unheimliche Typ herum, der sich als Privatdetektiv ausgibt und sich nach mir erkundigt.«

»Ja, ja, dieser Wichser hat mich auch angerufen!«

Eine Leuchtanzeige wechselte von Rot zu Grün und die Tür wurde mit einem Klicken geöffnet.

Gentile hatte die Tür zu Apartment 12 im zweiten Stock geöffnet, und bevor der junge Mann erkennen konnte, dass dieser Javier nicht nur keine Lederjacke hatte, sondern auch ein paar Zentimeter größer war, als er hätte sein sollen, war Stake bereits eingetreten. Stake sah die Pistole in Gentiles anderer Hand und griff sofort danach, packte sein Handgelenk und drehte es mit einem Griff herum, den er beim Nahkampftraining gelernt hatte. Dann donnerte er Gentile mit dem Gesicht voraus gegen die geschlossene Tür. Gentile schrie auf und versuchte, in der Absicht, Stake wenigstens ins Bein zu schießen, den Abzug zu drücken. Stake drückte sein Handgelenk jedoch so weit zurück, dass es beinahe brach, und die Pistole flog scheppernd zu Boden. Stake zog seine eigene Waffe, die Darwin Kaliber 55, die Mr. Jones und seine Männer ihm vor Verlassen seiner Wohnung aufmerksamerweise zurückgegeben hatten, und hielt sie Gentile hinter das Ohr.

»Wichser, hm?«, sagte Stake.

»Javier, bitte, Mann, bitte«, platzte Gentile heraus.

»Beruhige dich«, sagte Stake, der nun nicht mehr die Stimme von Javier Dias imitierte, wie er sie von dem Polizeivideo in Erinnerung hatte. »Ich bin nicht hier, um dir was zu tun. Ich will dir nur ein paar Fragen stellen, dann gehe ich wieder.«

»Du bist nicht Javier.«

»Und du bist nicht dein Bruder, aber du genügst mir auch. Wo ist deine Frau?«

»Auf der Arbeit.«

»Gut. Ich lasse dich jetzt los und du setzt dich hin. Du bleibst brav sitzen und ich muss nicht mehr unhöflich sein. Verstanden?«

Stake stieß die fallen gelassene Pistole zur Seite, dann trat er zurück, um sie aufzuheben und Theo Gentile dabei loszulassen. Dieser drehte sich wütend, ängstlich und verwirrt um. Dann sagte er noch einmal: »Du bist nicht Javier.«

»Ich bin der Privatdetektiv, der dich vorhin angerufen hat. Hättest du mit mir geredet, dann müsste ich dir jetzt keinen Besuch abstatten.«

»Ich hetz dir die Forcers auf den Hals, du Güllelecker!«

»Mach schon, von denen komme ich gerade. Habe mich mit einem alten Freund von dir namens Moudry unterhalten. Jedenfalls liegt es ganz in deinem Interesse, dass du mitspielst, Gentile. Wir wollen beide dasselbe: deinen Bruder Brat finden.«

»Und was willst du von ihm?«

Stake fuchtelte mit seiner Pistole herum. »Mach schon, setz dich.«

Gentile zögerte. »Wie geht das, dass du gerade wie mein Freund Javier aussiehst?«

»Ein kleiner genetischer Trick von mir. Mach dir nicht ins Hemd, wenn es sich zurückbildet.«

Im Nebenzimmer gehorchte Gentile und ließ sich auf einen Stuhl sinken. »Du arbeitest für Adrian Tableau«, sagte er. »Stimmt's?«

»Hände auf die Armlehnen!«, befahl Stake, aus Angst, in den Polstern könnte eine weitere Waffe versteckt sein. »Nein, tu ich nicht, aber ich suche nach seiner Tochter Krimson. Du gibst jetzt also zu, dass sie was mit deinem Bruder hat.«

»Ich weiß nichts über dieses Mädchen. Ich habe sie nur ein paarmal getroffen.«

»Wovor hast du so viel Angst, Mr. Genital? Vor wem versteckst du dich?«

»Hey, wie ich am Telefon gesagt habe, sind meine Frau und ich gerade von einem Besuch bei ihrer Familie in Miniosis zurückgekommen. Ich komme zurück und mein Bruder ist weg. Nicht nur das, seine ganze Gang ist verschwunden. Ich weiß nicht, ob ihnen eine andere Gang was getan hat oder ob der Vater dieses Mädchens dahintersteckt, was auch immer. Deshalb pass ich auf meinen Arsch auf, bis ich mehr herausgefunden habe. Ich war dagegen, dass meine Frau wieder arbeiten geht, aber sie findet, dass ich überreagiere. Ich habe nicht das Gefühl, dass sie die Sache ernst genug nimmt.«

»Brat hat dir also gesagt, dass Krimsons Vater ein gefährlicher Mann ist.«

»Ja. Er sagte, ihr Dad habe schwer was dagegen, dass er mit ihr geht. Sicher, dass du nicht für ihn arbeitest?«

»Nein«, versicherte Stake, »er hat mich nicht engagiert.

Der Vater einer Klassenkameradin von Krimson hat mich beauftragt. Ich glaube, dass Krimson die Kawaii-Puppe dieses Mädchens gestohlen hat, und versuche, sie zurückzubekommen.«

»Was? Das ist alles, wonach du in Wahrheit suchst?«

»Ja. Es ist eine teure Puppe. Um die Wahrheit zu sagen, ist mir Tableaus Tochter egal, abgesehen von meiner Vermutung, dass sie diejenige ist, die die Puppe gestohlen hat.«

»Ja, sie hat sie genommen«, sagte Gentile, der nicht aussah, als wollte er glauben, dass das biotechnische Spielzeug Stakes einzige Sorge war.

Einfach so – endlich die Bestätigung. »Hat sie dir das selbst gesagt oder war das dein Bruder?«

»Brat hat es mir erzählt. Er hat mich angerufen, als ich in Miniosis war, weil er aufgebracht war. Sie ist ihm weggelaufen oder so und er hat gesagt, es sei seltsam gewesen.«

»Weggelaufen? Erzähl mir, was er gesagt hat. Über die Puppe ... Alles.«

»Um das zu erklären, muss ich dir sein Zimmer zeigen. Darf ich aufstehen?«

»Okay. Langsam.«

Gentile erhob sich von seinem Stuhl und rieb sich mit einem bitteren, anklagenden Blick in Stakes Richtung das Handgelenk. Stake folgte ihm mit locker gehaltener, aber schussbereiter Pistole, während ihn das ehemalige Bandenmitglied in einen kleinen, an das Wohnzimmer angrenzenden Flur führte. Er öffnete eine der Türen im Flur und die beiden Männer betraten Brat Gentiles Schlafzimmer.

Die Wände verschwanden unter einem verwirrenden Kaleidoskop aus Graffiti wie Dutzende, übereinandergelegte Jackson-Pollock-Gemälde, einige in Neonfarben, die in der Dunkelheit leuchteten. Stake schreckte beinahe zurück. Da gab es falsche, aufgemalte Fenster und vorgetäuschte offene Türen, die den Blick auf surreale Savannen oder Meerestiefen erlaubten, die von fantasievollen Tieren bevölkert wurden. Hier und da ergänzten Poster von Musikstars oder beliebten Filmen das Chaos um eine weitere Facette, einschließlich des Posters eines kalianischen Glebbi, der auf einer Tiefebene graste. Stake musste an das lebende Exemplar denken, das er in Adrian Tableaus kleiner Menagerie gesehen hatte.

»Mein Bruder liebt Tiere«, sagte Gentile, der Stake beobachtete.

»Und Krimson Tableau liebt er auch, hm?«

»Die Puppe zu stehlen war ihre Idee, um das klarzustellen. Brat hatte nichts damit zu tun. Das hat er mir erzählt und er hatte keinen Grund, mich darüber anzulügen.«

»Aber hat er gesagt, ob ihr Vater sie dazu angestiftet hat?«

»Warum hätte er das tun sollen?«

»Der Vater der Puppenbesitzerin ist ein Geschäftskonkurrent von Tableau.«

»Hm. Darüber weiß ich nichts. Wie ich es verstanden habe, hat Smirk es nur deshalb getan, weil sie dieses Mädchen hasst. Brat hat gesagt, dass Smirks Vater ihr eine eigene Kawaii-Puppe besorgt hat, aber es war kein besonders exklusives Modell, deshalb mochte sie sie nicht – sie wollte die des anderen Mädchens. Ich schätze, diese Smirk ist ziemlich verwöhnt. Reiches Mädchen, verstehst du? Brat meinte auch, dass sie schwierig ist.«

»Hast du die Puppe gesehen?«

»Nein, da war ich schon weg. Aber als Brat angerufen hat, da hat er mir erzählt, dass sie die Puppe bei ihrem letzten Besuch dabeihatte. Das müsste vor zwei Wochen gewesen sein.« Gentile schüttelte den Kopf. »Ich verstehe echt nicht, was an diesen blöden Puppen so besonders sein soll. Schätze, die denken, dass sie damit sexy aussehen, wie kleine Mädchen.« Er schnaubte. »Na ja, wahrscheinlich tun sie das auch. Smirk ist ein heißes kleines Monster, das muss ich zugeben. Ich verstehe schon, warum sich Brat den ganzen Mist von ihr gefallen lässt. Mir war aber klar, dass sie früher oder später Ärger bedeutet.«

»Was, hat er erzählt, ist passiert, als er sie zuletzt gesehen hat?«

»Okay, nun, er hat gesagt, dass sie nach der Schule zu ihm gekommen ist. Genau genommen hat sie die Puppe da gerade erst geklaut gehabt und hat vor ihm damit angegeben, total stolz und durchtrieben. Er sagte, das sei ein seltsames Ding, mit einem Gesicht wie ein Oktopus und kleinen Teufelsflügeln. Bewegt hat es sich auch. Wie ein Baby unter Drogen, so hat er es ausgedrückt. Er sagte, es sei irgendwie lebendig.«

»Brat hat dir aber erzählt, dass sie ihn sitzen gelassen hat?« Stake ließ seine Blicke wachsam über die mit Farbe beschmierten Wände, das heruntergekommene Mobiliar und die schmutzigen Kleidungsstücke gleiten, die dort aufgehängt und angehäuft waren, wo Brat sie vor seinem Verschwinden zurückgelassen hatte. Auf dem kleinen Beistelltisch lag sogar noch eine fettverschmierte Pizzaschachtel und daneben standen mehrere leere Zub-Bierflaschen in einer Reihe, als hätte Gentile sich nicht getraut, an einem Tatort herumzupfuschen. Stake nahm an, dass das reiche Mädchen einen perversen Gefallen daran gefunden hatte, sich mit ihrem nicht gerade wohlhabenden Liebhaber unters gemeine Volk zu mischen.

»Dazu komme ich gleich. Wie gesagt, Smirk kam nach der Schule hier vorbei, um ihm die Puppe zu zeigen, dann sind sie für eine Weile ins Bett gegangen. Du weißt schon. Danach ist Brat eingepennt. Als er aufgewacht ist, war das

Mädchen verschwunden. Er hat mir gesagt, wie seltsam er es fand, dass sie ihn nicht aufgeweckt hat, um sich zu verabschieden, hat aber zuerst gedacht, dass sie ihn nur nicht stören wollte. Dann hat er das hier gefunden.«

Gentile ging zu einem Schrank, der mit unzähligen Plastikhüllen mit Musik- und Film-Chips vollgestopft war, und kramte einen Gegenstand heraus, den er dahinter aufbewahrt hatte. Er drehte sich um und hielt Stake den Gegenstand entgegen. Es war die Handtasche eines jungen Mädchens.

»Sie war nicht mehr da, aber das hing über der Lehne seines Computerstuhls. Und auch ihre Kleidung lag zusammengefaltet auf dem Stuhl. Sogar die Schuhe hat sie dagelassen. Das ganze Zeug habe ich ebenfalls versteckt. Jedenfalls, als er ihre Klamotten und so gesehen hat, da hat er gewusst, dass etwas nicht stimmt. Deshalb hat er sich Sorgen gemacht und schließlich mich angerufen. Ihren Vater konnte er jedenfalls nicht anrufen. Smirk hat Brat selbst erzählt, dass ihr Vater ein fieser Bastard ist. Hat Kontakte zur Neptune-Teeb-Familie und so.« Gentile wand sich ein wenig. »Das hätte ich vielleicht nicht sagen sollen.«

»Ich habe den Mann kennengelernt. Würde mich nicht überraschen, wenn er Freunde im Syndikat hat.«

Stake hatte Gentile die Handtasche abgenommen und setzte sich auf die Bettkante, um sie auf seinen Knien zu öffnen. Make-up, eine Packung Taschentücher, ein kleiner Handcomputer (er nahm an, dass Krimson die Armbandvariante nicht mochte). Und ein schwarzes Handtelefon mit kulleräugigen Bettlakengeistern darauf: ein Ouija-Fon.

Gentile fuhr fort: »Ich habe den Handcomputer blockiert, damit er nicht geortet werden kann, für den Fall, dass ihr Vater auf die Idee kommt, seinen Aufenthaltsort anzupeilen.« Das ging auch dann, wenn das Gerät gerade ausgeschaltet war. »Ich habe auch ihren Rucksack mit einigem Mist für die Schule darin. Bücher und so. Da drin ist genug Platz, dass sie vielleicht Kleidung zum Wechseln mitgenommen hat. Aber selbst wenn, warum sollte sie ihre Schuluniform bei Brat lassen?«

»Aber die Puppe ...«

»Er hat erzählt, dass sie ihre eigene Kawaii-Puppe nicht dabeihatte, als sie rübergekommen ist. Aber, ja, die ist offensichtlich das Einzige, was sie mitgenommen hat, als sie gegangen ist – die Kawaii-Puppe dieses anderen Mädchens.«

»Als Brat sie zum letzten Mal gesehen hat, waren sie also beide im Bett?«

»Genau. Die haben da nackt herumgelegen, weißt du? Liebesgeplänkel, Bettgeflüster. Sie hat die Puppe in die Hand genommen und sie an sich gedrückt, war dabei total albern, hat er gesagt. Hat versucht niedlich zu wirken. Brat selbst konnte es nicht ertragen, sie anzufassen. Jedenfalls ist er dann irgendwann eingeschlafen.«

Stake erhob sich von der Bettkante und drehte sich um, um das Bett erneut zu begutachten. Die Laken waren noch immer zerwühlt, wie Brat sie an jenem Tag vorgefunden hatte, an dem er aus einem tiefen, postkoitalen Schlaf, vielleicht auch aus einem postalkoholischen Nickerchen erwacht war und festgestellt hatte, dass seine Freundin nicht mehr neben ihm lag.

Gentile musterte den Privatdetektiv, während er sagte: »Grundgütiger, Mann, jetzt siehst du allmählich ein bisschen so aus wie ich. Oder wie ich aussehen würde, wenn Javier und ich ein uneheliches Kind zusammen hätten.« Er schnaubte erneut. »Machst du das mit Absicht?«

»Nein«, sagte Stake. »Das passiert von alleine.«

Gentile wandte den Blick ab, um ihn wie Stake durch das Zimmer schweifen zu lassen, allerdings melancholischer.

»Ich wünschte, ich wäre gleich nach seinem Anruf von meinen Schwiegereltern zurückgekommen, aber woher sollte ich wissen, was noch passiert? Ich nahm an, dass das kleine Biest dem armen Jungen nur einen Streich spielt. Er hat mich danach nicht mehr angerufen, und als ich zurückkam, war er weg. Ich dachte, er müsste bei seiner Clique sein, aber als er nicht mehr aufgetaucht ist, habe ich mich auf die Suche nach den Snarlers gemacht und konnte von denen auch keinen finden. Da habe ich dann Schiss bekommen, Mann, richtig Schiss.«

»Ich muss schon sagen«, räumte Stake ein, während er die Kissen umdrehte, um darunter nachzusehen, »dass das sehr beunruhigend ist. Ich kann mir ja noch vorstellen, dass sich Tableau deinen Bruder vorgeknöpft hat, aber ich finde keine Erklärung dafür, dass die ganze Gang verschwunden ist.«

»Ich gebe mir Mühe, nicht so negativ zu denken«, sagte Gentile. »Vielleicht sind die Snarlers mit Brat zusammen untergetaucht, um ihn vor Tableau zu beschützen. Vielleicht geht es allen gut.«

»Das klingt, als wäre das sehr gut möglich«, beruhigte ihn Stake. Für Krimson standen die Chancen seiner Meinung nach schlechter. Der Anblick ihres Ouija-Fons hatte ihn daran erinnert, dass Caren Bistro das vermisste Mädchen auf ihrem gehört hatte.

Er ging auf alle viere und sah unter Brats Bett nach. Eine Socke, ein Pornomagazin, Wollmäuse. Auf der anderen Seite des Bettes entdeckte er jedoch etwas Interessanteres. Er stand auf, ging zum Fußende des Bettes und machte sich daran, es von der Wand wegzuziehen. Gentile trat an ihn heran, um ihm zu helfen. »Was ist?«, fragte er.

Stake deutete auf ein quadratisches Loch dicht über dem Boden in der Wand. Zum Teil wurde es von einem Gitter verdeckt. Nur zum Teil, da das Gitter an einer Ecke aus dem Rahmen gerissen und nach oben gebogen worden war. »Ist das ein Luftschacht?«

»Ja. Und bevor du fragst … Nein, ich hatte keine Ahnung, dass er so aussieht. Dass Smirk da durchgepasst hat, ist aber ausgeschlossen, wenn du das denkst.«

Stake starrte den Luftschacht an. »Das ist nicht ganz das, woran ich gedacht habe«, sagte er.

20.

RENNEN, UM STILLZUSTEHEN

Dritter Stock. Als Nächstes wieder der Knopf für den Keller, bevor sich die Tür öffnen konnte. Manchmal, wenn sie kurz anhielten, bevor sie zum wiederholten Male nach oben oder nach unten fuhren, hörten sie Fäuste an die äußere Sicherheitstür schlagen. Dankenswerterweise kamen diese Wesen nicht auf die Idee, die Fahrstuhlknöpfe in den einzelnen Etagen auszuprobieren. Und dankenswerterweise hatte die Mechanik des Fahrstuhls bisher nicht den Geist aufgegeben und sie irgendwo zwischen den Stockwerken eingesperrt. Vor seinem inneren Auge sah Javier, wie die Gesichtslosen am Kabel hinaufkletterten und die Luke über ihren Köpfen aufbrachen.

Der Aufzug musste immer in Bewegung bleiben, wie ein Hai, der stirbt, wenn er aufhört, Wasser durch seine Kiemen strömen zu lassen.

Javier sah Patryk an, der mit seinem wuchtigen Körper in der Ecke lehnte und an Nhus Armbandcomputer herumspielte. Er verspürte ein Gefühl von Zuneigung und bittersüßem Stolz. Der Letzte der Folger Street Snarlers, abgesehen von ihm selbst. Auf eine ruhige Art stark, loyal und gelassen, mit einem bedingungslosen Glauben an seinen Anführer. Doch den anderen gegenüber empfand Javier keine geringere Zuneigung, ungeachtet ihrer Fehler, die möglicherweise zu ihrem Tod geführt hatten. Wie war es ihm gelungen, sie zu überleben? Er war 25. Ein paar der anderen waren Teenager gewesen. Er war in seinem Leben auf der Straße durch mehr Feuer gegangen als sie, war aber dennoch auf der anderen Seite herausgekommen, was sie nicht geschafft hatten.

Bis jetzt.

Er betrachtete die Letzten der Tin Town Terata. Barbie war eingeschlafen und kauerte zu Patryks Füßen, die Arme um ihre Knie geschlungen. Ihre beiden wahrnehmungsfähigen Gesichter hatten die Augen geschlossen, doch das größte der fünf zuckte wie wahnsinnig und von Panik ergriffen mit den Augen. REM-Schlaf, wurde es Javier bewusst. Um im Innern des vollgestopften Aufzugs Platz zu gewinnen, hatte Satin die Gliedmaße seines mechanischen Körpers so gut er konnte zusammengefaltet und eingeklappt. Sein finsterer Blick war auf etwas gerichtet, das nur er sehen konnte, doch gelegentlich schrak er aus seinem distanzierten Zorn hoch, um seine verbliebenen Kameraden anzusehen, wie Javier es gerade tat.

Und Mira. Sie war ebenfalls eingeschlafen, lag wie ein Kind auf die Seite gerollt zu seinen Füßen. Er wollte sich zu ihr hinunterbeugen und ihre Haare berühren, ihr Gesicht, ihre Schultern, fühlte sich im Beisein der anderen jedoch zu gehemmt. Warum fühlte er sich so zu ihr hingezogen? Hatten die Umstände die beiden nur deshalb zusammengeführt, weil sie einander brauchten? Er hatte gehört, dass die Nähe des Todes den Instinkt zu vögeln, sich fortzupflanzen, die Spezies weiterzuführen hervorbrachte. War es möglich, dass dieser Impuls in ihnen beiden eine zartere Erscheinungsform angenommen hatte? Hätte er Mira auf der Straße getroffen, hätte er dann irgendetwas anderes getan, als vielleicht hinter ihrem Rücken Mott und Hollis gegenüber einen Witz zu reißen? Er hatte wunderschöne Frauen jedweder Rasse gehabt. Vollständige Frauen. Mutanten verspottete man, mied sie oder empfand bestenfalls Mitleid mit ihnen. Vielleicht hatte sie von ihrer Gabe

Gebrauch gemacht, dachte er scherzhaft. Hatte sich in sein Gehirn geschlichen und es wie ein Ballontier verknotet, ihm die Form der Liebe gegeben.

Das war es jedenfalls, was er spürte, als er erneut zu ihr nach unten blickte, was auch immer die Ursache war. Er spürte Liebe.

Der Aufzug hatte den Keller erreicht. Schnell drückte Javier den Knopf für den dritten Stock. Wieder fuhren sie sanft durch den Körper von Steward Gardens nach oben.

Javier bemerkte, dass Satins Blicke auf ihm ruhten. In ihnen lag ein wütender Ausdruck, andererseits war das immer der Fall. Ihm wurde bewusst, dass der Mutant etwas sagen wollte, sich aber zurückgehalten hatte. Vielleicht schon seit einer ganzen Weile.

»Du magst unser kleines Mädchen, hm?«, knurrte er.

Ha, dachte Javier. Vielleicht verfügte auch Satin über eine leichte Gabe. »Stimmt«, sagte er. »Ich mag sie.«

»Ja, nun, sie mag dich auch.« Satin wandte den Blick ab. »Kann ich ihr nicht verdenken. Sie braucht einen Mann mit diesen ganzen Extras – wie Arme und Beine. Echte Arme und Beine. Gibt nicht viel, was einer wie ich für sie tun könnte.«

Jetzt wurde Javier so einiges klar. Nicht dass er es nicht davor schon vermutet hatte. »Hey. Ich habe gesehen, wie du gegen diese Gesichtslosen gekämpft hast. Wärst du nicht gewesen, in erster Linie du, dann wäre keiner von euch Terata noch am Leben. Auch Mira wäre jetzt nicht hier.« Der Bandenführer kicherte. »Ich würde mich jedenfalls ganz sicher nicht mit dir anlegen, Mann.«

Satin richtete seinen Blick wieder auf Javier. Und lächelte.

»Uh«, sagte Mira.

Javier sah sie wieder an, sah, dass sie heftig zitterte. Ihre starken Gesichtszüge waren wie unter Schmerzen verzerrt. Jetzt war ihm egal, was die anderen dachten. Er kauerte sich neben sie, umfasste ihre Schulter und beugte sich mit dem Gesicht dicht über ihres. »Mira! Mira, wach auf!«

»Javier«, murmelte sie, als würde sie im Schlaf sprechen. Er merkte jedoch, dass dem nicht ganz so war. »Irgendetwas im Keller. Jemand. Etwas.«

»Was ist das? Was siehst du?«

Die lilafarbenen Adern auf ihren Schläfen traten geschwollen und pulsierend hervor. Ihre Verästelungen waren weitläufiger, als er es in Erinnerung hatte, berührten die Enden ihrer Augenbrauen und die Spitzen ihrer Wangenknochen wie Risse im Porzellankopf einer Puppe. »Javier, jetzt, in diesem Moment, ist etwas im Keller.« Sie sprach deutlich, doch ihre Augen waren noch immer fest geschlossen. Wach und doch nicht wach. »Es hat das Gehirn verschluckt. Den Encephalon. Sich mit ihm vereint. Jetzt sitzt er dort unten, wird größer. Stärker.«

»Was ist es? Wovon sprichst du?«

»Dai-oo-ika.« Dann erschauderte sie und schien ihre Meinung zu ändern. »Outsider. Dai-oo-ika. Outsider. Die Brut von Ugghiutu. Outsider … Die *Outsider.*«

»Okay, das reicht – wach auf!« Er schüttelte sie. »Wach auf!«

Sie öffnete nicht die Augen, doch ihre Gesichtszüge entspannten sich etwas und ihr Zittern wurde schwächer. Javier strich ihr über die Haare und blickte zu Satin auf, der sagte: »Wir müssen hier raus. Wir können nicht ewig in diesem Ding hoch- und runterfahren. Wir müssen einen Fluchtversuch unternehmen.«

»Wir werden sterben, so wie Nhu«, sagte Patryk.

»Was können wir denn sonst tun?«, knurrte Satin. »Uns bleibt nichts anderes übrig. Die Frage ist, gehen wir zur Vordertür raus oder durch den Keller?«

»Im Gebäude sind jetzt zu viele von ihnen«, sagte Javier. »Lebend würden wir die Vordertür gar nicht erreichen. Aber wir wissen nicht, wie es um den Keller bestellt ist. Wenn die Gesichtslosen von draußen nicht reinkommen, sind vielleicht nur noch ein paar von ihnen da drin.«

»Nhu hat ihre Schlüsselkarte mitgenommen, oder etwa nicht?«

»Wir brauchen sie nicht mehr«, sagte Patryk. »Sie hat die Schließanlage im Keller ausgehebelt, und jetzt haben wir Zugriff auf die allgemeinen Türfunktionen.«

»Und was ist mit diesem Ding, von dem Mira gesprochen hat? Was hat es damit auf sich?«

»Das weiß ich nicht«, sagte Javier. »Aber ich schätze, angesichts der beiden Auswahlmöglichkeiten müssen wir wohl auf diese Weise einen Fluchtversuch starten.«

»Es gibt noch einen anderen Plan«, sagte Patryk. »Nhus Plan.«

»Und der war?«, fragte Satin.

»Wir holen die Forcer hierher. Die sind das kleinere Übel. Lassen wir sie doch gegen die Gesichtslosen kämpfen. Während sie einander ablenken, können wir vielleicht sogar leichter entkommen.«

Javier hielt Patryks Blick für ein paar lange Sekunden stand, dann sagte er: »Lass uns das tun.«

»Okay. Ihr Armbandcomputer verhält sich seltsam – ich komme nicht ins Netz –, aber in meinem Rucksack sind noch ein paar Handtelefone.« Er nahm ihn von der Schulter und kramte darin herum. Dann zog er eins der kleinen Geräte heraus und reichte es Javier.

Javier nahm es und erkannte, dass es Tabeth gehörte. Er aktivierte es, drückte die Notrufnummer der Polizei und hielt sich das Telefon ans Ohr. Zischende, knackende Störgeräusche. Er nahm ein paar Veränderungen an den Einstellungen vor, allerdings ohne Erfolg. Dann versuchte er, andere Nummern anzurufen, die in Tabeths Adressbuch gespeichert waren. Aber auch bei diesen kam er nicht durch. »Gib mir ein anderes«, sagte er.

Patryk tauschte es gegen Hollis' Handtelefon aus. Wieder tippte er die Nummer der Forcer ein und hielt sich das Gerät ans Ohr.

Ein knisterndes, zischendes Geräusche-Wirrwarr, das wellenartig anschwoll und wieder abebbte. Dann im Hintergrund Wortfetzen verschiedener Stimmen, die kurz auftauchten, dann wieder verebbten wie schlüpfrige Fische in einem Meer aus Störgeräuschen. Javier hörte jedoch eine Stimme, die er erkannte. Es hatte fast etwas Komisches an sich, weil es eine schrille Stimme war, die mit hysterischer Vehemenz fluchte.

»Scheiße! Fick dich! Scheiiiße!«

»Tiny Meat«, flüsterte er.

Die Stimme verklang. Patryk beobachtete ihn. »Irgendeine Störung. Sie dürfte eigentlich nicht das Netz *und* die Telefone beeinträchtigen.«

Javier legte das Telefon von Hollis, das praktisch zu einem Ouija-Fon geworden war, beiseite. Dann blickte er wieder auf Mira hinab, die jetzt friedlich schlummerte. »Das Ding im Keller macht das«, sagte er. »Was auch immer das ist, wovon Mira gesprochen hat.« Er kniete sich nieder, um sie sanft aufzuwecken. »Wir haben aber keine Wahl. Wir müssen hier auf diesem Weg raus.«

21.

BESUCHER

John Fukuda wurde von einem der Sicherheitsleute seiner Firma vor seiner Wohnanlage abgesetzt, doch als er das Foyer betrat, war er ein wenig überrascht darüber, dass das gebäudeeigene Sicherheitsteam nicht vor Ort war. Dennoch machte er sich zunächst keine großartigen Gedanken über den verwaisten Sicherheitsschalter, bis er den Knopf für den Aufzug drückte und zwei Männer im Gang um die Ecke kamen, die sich beidseitig neben ihm aufstellten, als würden sie ihrerseits lediglich auf den Aufzug warten. Eigentlich eine harmlose Situation, doch die Tatsache, dass diese Männer – wenn auch mit ihren schwarzen Anzügen und den Melonen adrett gekleidet – beide ein blaues Tarnfarbenmuster auf Gesicht und Händen hatten, beruhigte Fukuda nicht. Nicht nach dem gestrigen Anruf von Jeremy Stake, dem zufolge er von drei Männern mit derselben Beschreibung besucht worden war.

Fukuda steckte die Hände in die Taschen seiner Anzugjacke und lächelte den Mann zu seiner Rechten beiläufig an. »Neu im Gebäude?«, fragte er.

»Oh, ich glaube nicht, dass man ein solch nobles Haus an ein paar dahergelaufene Bilfs vermieten würde, oder was denken Sie?«

»Ich würde nicht annehmen, dass hier jemand diskriminiert wird. Das ist gegen das Gesetz. Solange man das Geld dafür hat.« Fukuda wandte sich dem anderen Mann zu. »Sie besuchen also jemanden?«

Die Aufzugtür öffnete sich und gab den Blick auf eine junge Frau frei, die in der Kabine stand. Ihr Gesicht war vollständig von einem Pixel-Tattoo bedeckt, das gegenwärtig die Filmschleife eines Delfins zeigte, der unter Wasser dahinglitt. Dennoch warf sie den beiden Männern mit den Tarnfarbengesichtern beim Aussteigen einen argwöhnischen, missbilligenden Blick zu.

»Iris, hallo«, platzte es beinahe aus Fukuda heraus. »Schön, Sie zu sehen.«

Die Frau hielt inne und sah Fukuda etwas seltsam an. »Hi, Mr. … ähm …«

»Fukuda.«

»Ja, hallo. Äh, wie geht's Ihrer Tochter?«

»Gut. Gut, danke.«

»Wie schön.« Die Delfine wurden durch eine andere Filmschleife mit wimmelnden, glasigen Quallen ersetzt. »Nun – haben Sie einen schönen Abend.«

»Sie auch.«

Fukudas Nachbarin verschwand in Richtung Eingangstür des Gebäudes. Der Mann zu seiner Rechten blickte ihr nach und sagte: »Sie wollten wissen, ob wir jemanden besuchen. Die Antwortet lautet Ja.« Er nahm Fukuda am Ellenbogen. »Unser Besuch gilt Ihnen.«

Fukuda machte sich daran, seinen Arm dem festen Griff des Klons zu entreißen, doch der andere kam näher und Fukuda spürte, wie sich der Schalldämpfer einer Pistole in seine Rippen bohrte. »Steigen Sie ein«, sagte Mr. Jones.

Alle drei betraten die Aufzugkabine und die Tür schloss sich leise. Fukuda sagte: »Sie wissen, dass da drin eine Kamera ist?«

Mr. Doe grinste. »In Punktown gibt es Klone des Blauen Krieges in großer Zahl, Mr. Fukuda. Und jeder Einzelne von uns sieht genau wie der andere aus.«

»Drücken Sie den Knopf für Ihre Etage«, befahl Jones.

»Drücken Sie ihn doch selbst.«

»Wir wissen nicht die genaue Etage oder die Nummer. Würden Sie uns also freundlicherweise behilflich sein?«

»Warum verraten Sie mir nicht, was Sie wollen?«

»In der Privatsphäre Ihres Apartments.«

Fukuda machte keine Anstalten, die Tastatur zu berühren. »Ich nehme Sie nicht mit in mein Apartment.«

»Haben Sie Angst, Ihre liebreizende Tochter könnte von der Schule zurück sein? Keine Sorge, das ist sie nicht. Sie hat sich und einige ihrer Freundinnen von Ihrem Fahrer in die Canberra Mall bringen lassen.«

Fukudas Kiefer verspannte sich. »Ihr Mistkerle beobachtet meine Tochter?«

»Es ist nicht *Ihre* Tochter, die uns interessiert, Mr. Fukuda.«

»Ja, das habe ich vermutet. Sie arbeiten für Adrian Tableau.«

»Drücken Sie jetzt den Knopf, dann können wir in einer bequemeren Umgebung darüber reden.«

»Es gibt nichts zu reden. Ich weiß nichts über Tableaus Tochter. Sie hat nichts mit mir zu tun.«

»Nein? Aber Sie scheinen der Auffassung zu sein, dass sie das exklusive kleine Spielzeug Ihrer Tochter gestohlen hat.«

»Ich überprüfe in dieser Angelegenheit alle Möglichkeiten.«

»Auch die Möglichkeit, dass Mr. Tableaus Kind es gestohlen hat? Sein *verschwundenes* Kind?«

Fukuda blickte von dem einen gefleckten Gesicht zu seinem ununterscheidbaren Duplikat. »Was haben Sie mit dem Wachmann in der Lobby gemacht?«

»Er lebt. Ruht sich nur aus. Unser anderer Freund passt auf ihn auf.«

»Gehen Sie zu Ihrem Boss zurück und sagen Sie ihm, dass seine kriminellen Spielchen bei mir nicht funktionieren.«

Auf der anderen Seite der Tür drückte jemand auf die Ruftaste des Aufzugs. Rasch tippte Doe den Knopf für den zweiten Stock an und die Kabine fuhr nach oben. »Das Beste wäre, Sie bringen uns zu Ihrem Apartment, Mr. Fukuda, sonst wird es gleich hässlich.«

»Wirklich? Ich finde Sie bereits hässlich genug.«

Jones zog seinen Arm zurück und schlug Fukuda mit dem Kolben seiner Pistole aufs Ohr. Fukuda jaulte auf und fiel rücklings gegen die Rückwand der Kabine, hielt dabei sein Ohr mit einer Hand und hob gleichzeitig seinen anderen Arm, um einen zweiten Schlag abzuwehren. »Schon gut! Schon gut!«, schrie er.

Der Klon steckte seine Waffe in das Holster und nickte höflich. »Danke, Mr. Fukuda.«

Jeremy Stake lag gerade unter Janice Poole, als sein Telefon über seinen Armbandcomputer klingelte. Er streckte sich, um es auf ihrem Nachttischschränkchen zu erreichen. Einen Moment lang nahm sie neckend seinen Arm in beide Hände, um ihn aufzuhalten, aber als er mit hitzigem Blick zu ihr hinaufsah, ließ sie ihn sofort los. Um ein Haar ließ er das Gerät fallen, während er mit den Händen tastend danach griff.

Sie war es aber nicht. Es war nicht Thi Gonh. Der Bildschirm zeigte nur Schwärze. Es gab allerdings einen Ton:

»Sie wollten wissen, ob wir jemanden besuchen. Die Antwortet lautet Ja. *Unser Besuch gilt Ihnen.*«

»Steigen Sie ein.«

»Sie wissen, dass da drin eine Kamera ist?«

Stake konnte erkennen, dass der Anruf von John Fukudas Handtelefon kam. Er wusste aber nicht, dass die Dunkelheit auf dem Bildschirm die Dunkelheit im Innern von Fukudas Jackentasche war, oder dass Fukuda beim Eintippen von Stakes Nummer das Piepen der Tasten übertönt hatte, indem er sich lautstark mit seiner Nachbarin Iris unterhalten hatte. Stake konnte sich jedoch zumindest zusammenreimen, dass sein Auftraggeber ihn angerufen hatte, damit er eventuell dieses Gespräch mithörte.

»Was …?«, setzte Janice an, doch er warf ihr erneut einen hitzigen Blick zu, diesmal mit dem Finger auf seinen Lippen. Er aktivierte die Stummtaste, damit er und Janice am anderen Ende nicht gehört werden konnten. Die Stimmen fuhren fort:

»Drücken Sie den Knopf für Ihre Etage«, befahl Jones.

»Drücken Sie ihn doch selbst.«

»Wir wissen nicht die genaue Etage oder die Nummer. Würden Sie uns also freundlicherweise behilflich sein?«

Stake kroch unter Janice hervor und warf sie dabei fast aus dem Bett. »Tableaus Männer sind in Fukudas Apartment.«

»Dann solltest du vielleicht die Forcer verständigen.«

»Er hat nicht die Forcer angerufen. Er hat mich angerufen.«

Stake begann hastig, sich anzuziehen. Da sein Auftraggeber so clever reagiert hatte, hoffte er, dass er auch so weitsichtig sein würde, seine Wohnungstür unverschlossen zu lassen.

Es war ein Glück, dass Janices Wohnung so viel näher als seine eigene bei der von Fukuda lag. Stake ging davon aus, dass er bis zur Ankunft bei Fukudas Wohnung mit seinem Schweberad seine physische Ähnlichkeit mit Yukis Biologielehrerin – die ihn vom Bett aus dabei beobachtete, wie er seine im Holster verstaute Darwin Kaliber 55 aufhob – verloren haben würde.

»Was ist das?«, fragte John Fukuda beunruhigt. Er war in der Mitte des teuren Teppichmeeres in seinem Wohnzimmer auf einen Stuhl gesetzt worden, die Hände hinter dem Rücken in Handschellen gelegt. »Ein Wahrheitsserum?«

Mr. Jones hatte seine Melone abgenommen und seinen haarlosen Kopf entblößt, der aussah wie ein blauer Planet mit zahlreichen Kontinenten, so wie man ihn vom Weltall aus sah. Er nahm einige Einstellungen an einem spritzenartigen Gerät vor. In einem verbindlichen, plauderhaften Ton sagte er: »Kürzlich habe ich einen Artikel über Wahrheitsseren und Wahrheitsscanner gelesen. Darin stand, dass immer mehr Firmenleute sich Firewall-Chips ins Gehirn implantieren lassen, um die Wirkung derartiger Seren zu blockieren. Vermutlich für den Fall, dass ein ehrgeiziger Kollege ihnen die Zunge lockern will, indem er ihren Kaffee verfeinert. Hauptsächlich sind diese Chips jedoch dazu da, um Scanner daran zu hindern, ihre Gedanken zu lesen. Offensichtlich befürchten sie, dass Geschäftsrivalen, die Spionage betreiben, über Telefonate oder andere aus der Ferne bedienbare Mittel versuchen könnten, ihre Gedanken zu lesen. Oder sogar, indem sie telepathische Mutanten beschäftigen.«

»Das alles ist sehr interessant, aber ich habe keinen solchen Chip.«

»Nein? Nun, würden Sie es mir verraten, wenn doch? Wie Sie sehen, vertraue ich keinen Wahrheitsseren und Wahrheitsscannern.« Er hielt die Spritze ins Licht und linste mit einem Auge in die durchsichtige Kammer. Im Innern wand sich ein silbriger Glitzer. »Worauf ich jedoch vertraue, das ist Schmerz.«

»Wovon reden Sie?«

»Das hier sind Nanomiten. Sie müssten sie eigentlich erkennen, hm? Sie produzieren doch selbst ganz ähnliche Kreaturen. Diese Sorte habe ich im Blauen Krieg mit großem Erfolg an Ha-Jiin-Gefangenen angewandt. Oh, das war gegen die Vorschriften. Die Nanomiten waren für Notoperationen im Kampfeinsatz gedacht. Ihre Programmierung lässt sich jedoch verändern.« Er hielt das Gerät einsatzbereit in der Hand, dann näherte er sich seinem Gefangenen.

Fukuda erstarrte. Er musste sich dazu zwingen, nicht aufzustehen und wegzurennen. Neben ihm, auf einem Zweiersofa, saß Doe und richtete eine Waffe auf ihn. Fukuda wusste, dass es ein Modell war, das Strahlen statt fester Projektile verschoss. Er sagte: »Hören Sie, ich habe Ihnen die Wahrheit gesagt!« Jones drückte ihm die Nadel der Spritze seitlich an den Hals. »Bitte nicht!«

Er spürte keinen Schmerz. War es demnach Einbildung, oder spürte er das Klacken Tausender mikroskopisch kleiner Krallenfüße, mit denen die maschinenartigen Insekten in seinem Blutkreislauf herumwuselten?

Jones ließ die Spritze in seiner Tasche verschwinden und zog stattdessen eine kleine Fernbedienung hervor. Er hielt sie vor Fukuda in die Höhe. »Es ist wirklich ganz einfach – wie ein Spielzeug. Ein Knopf bringt die Nanomiten dazu, sich an Ihren Nerven zu schaffen zu machen, um unerträgliche Schmerzen auszulösen. Und dieser Knopf hier lässt sie den Schaden reparieren, den sie verursacht haben. Sie beherrschen beides sehr gut.« Er lächelte. »Wir warten jetzt einfach und geben ihnen ein wenig Zeit, um sich auszubreiten und es sich gemütlich zu machen.«

Doe kicherte auf dem Sofa.

»Bitte, hören Sie, Sie wissen, dass ich ein reicher Mann bin. Ich kann euch Männern jede Menge Geld geben, wenn ihr das sein lasst.«

»Wir verspüren Loyalität, Mr. Fukuda, ist Ihnen das klar?« Jones' freundliche Art begann zu bröckeln. Seine Augen leuchteten und beim Sprechen biss er die Zähne zusammen. »Es fällt Ihnen vielleicht schwer zu glauben, dass am Fließband produzierte Schaufensterpuppen wie wir derartige Prinzipien haben können. Sie glauben vielleicht sogar, dass wir nur roboterhaft unserer Programmierung folgen, wobei der militärische Anführer durch einen privaten ausgetauscht wird. Ich verrate Ihnen jedoch etwas: Die meisten Klonveteranen wie wir brechen sich in diesem Moment das Kreuz in Asteroidenminen oder bauen Raumstationen auf oder verrichten irgendeine andere Sklavenarbeit. Mr. Tableau hat uns dreien einen Job gegeben, auf den wir stolz sein können. Einen Job, der es uns erlaubt, die Straßen mit Birthern wie Ihnen zu teilen.«

»Ich habe euch doch nicht gemacht! Ich stelle keine menschlichen Klone her!«

»Ich will damit sagen, dass Sie unsere Loyalität nicht kaufen können. Es geht uns um mehr als um das verdammte Geld.« Jones war jetzt so aufgebracht, dass er Fukuda beim Sprechen anspuckte. Hätte er eine natürliche Hautfarbe gehabt, wäre er jetzt möglicherweise tiefrot angelaufen. Doch er beruhigte sich genug, um einen Blick auf eine Uhr an der Wand zu werfen. Als er seine Fassung wiedererlangte, kam auch sein Lächeln zurück. »Ich denke, das war lange genug.«

Mr. Jones richtete die Fernbedienung auf Fukuda, der schrie: »Nicht, nicht, nicht!«

Er wollte vom Stuhl aufspringen, doch der Schmerz riss ihn hart zurück. Es war schwer zu sagen, wo genau er herkam. Anscheinend von überall gleichzeitig, wie Elektrizität, die knisternd durch jeden Nerv schießt. Feuer, das sich seine Arme und Beine hinauf- und hinunterbewegte, Feuer auf seinem Rücken, in seinen Fingerspitzen und in den empfindlichen Nerven in der Spitze seines Penis. Er schrie. Tränen stiegen ihm in die Augen.

Jones drückte einen weiteren Kopf. Rasch machten sich die Nanomiten an die Arbeit, um die angenagten Nerven zu reparieren, doch Fukuda kam der Vorgang quälend langsam vor.

Fast bewusstlos sackte er in seinem Stuhl zusammen und der Sabber lief ihm dabei auf die Vorderseite seines Hemds. Obwohl er keinen einzigen Kratzer hatte, fühlte er sich, als würde er aus jeder Pore bluten. Bei einem Kriegsgefangenen wäre, für den Fall, dass jemand ermittelte, schwer nachzuweisen gewesen, dass er gefoltert worden war. Fukuda war eigentlich ein Besessener, doch der quälende Dämon in ihm hatte sich zurückgezogen. Für den Moment.

»Sie sind wie wir«, fuhr Jones fort. »Wie Soldaten. Uns wurde eine Kampfsportausbildung einprogrammiert, die Fähigkeit, eine andere Person in Stücke zu brechen und zu zerreißen. Uns wurde aber auch gelehrt, den Körper mit bloßen Händen zu heilen. Einen gebrochenen Knochen geradezurücken. Eingetretene Eier wieder in den Hodensack zu bugsieren. Ein Auge wieder in die Höhle zu stecken, solange es noch befestigt ist.«

»Ich weiß nichts«, murmelte Fukuda, immer noch sabbernd. »Ich weiß nicht, wo sie ist.«

»Wenn ich sie getötet hätte, dann hätte ich auch Angst, es zuzugeben.«

»Ich habe sie nicht getötet, du Wi…«

Jones drückte noch einmal den ersten Knopf. Die Nanomiten verwandelten sich wieder in Piranhas. Fukuda fing erneut an zu schreien. Ein weiteres Mal wurde er in seinem Stuhl durchgeschüttelt wie ein Mann, der auf dem elektrischen Stuhl hingerichtet wird.

Es gab nicht wirklich einen Schuss, nur ein *Puff.* Die Darwin Kaliber 55 war nämlich eine teure Pistole mit zahlreichen Funktionen und eine davon war eine optionale

Stummschaltung. Deshalb war es, als würde Does Handgelenk aufgrund einer extremen, medizinischen Anomalie ganz von selbst explodieren. Die Strahlenkanone fiel zu Boden, zusammen mit der abgetrennten Hand, die noch immer den Griff umklammerte. Gleichermaßen überrascht und schmerzerfüllt heulte er auf.

Jones wirbelte herum und sah Jeremy Stake hinter sich im Eingang stehen, die Pistole beidhändig haltend, um genauer zielen zu können. »Mach es rückgängig!«, knurrte er.

Der Klon drückte den Knopf, mit dem er die Nanomiten von Dämonen wieder in Engel verwandelte, von Soldaten in Heiler. Fukuda sackte mit einem tiefen Seufzer schlaff auf seinen Platz zurück.

»Okay, und jetzt lass das Ding fallen!« Jones warf das Gerät auf den Teppich. »Hände auf den Kopf.« Jones gehorchte und verschränkte die Hände auf seinem Schädel. Seine Augen leuchteten und er hatte die Zähne zusammengebissen, wie als er Fukuda angeschrien hatte.

»Du bist ein Narr, dass du dich da reinziehen lässt, Stake. Du solltest auf der Stelle vor alldem davonlaufen.«

»Du Wichser! Du Wichser!« Doe heulte und umklammerte seinen Arm, um die Adern zusammenzudrücken. Er machte sich daran, aufzustehen.

Stake richtete seinen Blick auf ihn. »Setz dich hin!«

Während aus seinem Armstumpf rhythmisch pulsierend das Blut spritzte, griff der Klon mit der verbliebenen Hand in seiner Jacke nach einer Ersatzwaffe. *Puff.* Dieses Mal durchschlug das 55er Projektil die Kehle des Veteranen und zerbrach dabei irgendetwas Gläsernes, das sich im Raum verteilte. Dieses Mal hörte der Klon auf Stakes Befehl. Er sank wieder auf das Sofa zurück, während sich eine Flutwelle tiefroten Blutes über die Vorderseite seines hellweißen Hemds ergoss.

»Ich habe ihm doch *gesagt,* dass er sich hinsetzen soll«, murmelte Stake.

»Du Wichser«, zischte Jones – dasselbe, was Doe gesagt hatte, mit derselben Stimme. Er war jedoch so vernünftig, sich nicht zu bewegen.

Stake ging weiter ins Zimmer. Er trat um Mr. Jones herum, bis er Fukudas Stuhl erreichte, und griff dort nach den Schellen, mit denen seine Handgelenke zusammengebunden waren.

»Wie lautet der Öffnungscode?«, blaffte er. Jones verriet ihm die Zahlen und Stake tippte sie mit der freien Hand ein, während er den Darwin auf den Sicherheitschef gerichtet hielt.

»Du stirbst dafür, dass du meinen Kumpel getötet hast!«

»Soldaten sterben nun einmal, Mr. Jones. Wir stehen nicht mehr auf derselben Seite, wie mir einer von euch erklärt hat.«

Jetzt, wo seine Hände frei waren, erhob sich Fukuda wankend von dem Stuhl. Er hob die fallen gelassene Fernbedienung auf, aus Angst, Jones könnte auf den Schmerzauslöser treten.

Stake fuhr fort: »Hätte Fukuda Krimson Tableau etwas angetan, dann hätte er es euch soeben erzählt. Du hast also herausgefunden, was du wolltest. Geh zu deinem Boss zurück und sage ihm das.«

»Sie lassen ihn gehen?«, keuchte Fukuda.

»Was wäre denn die andere Möglichkeit?«

Flüsternd sagte Fukuda: »Wir sollten ihn erledigen, genau wie den da!« Er deutete auf Does Leichnam mit den überrascht dreinblickenden geöffneten Augen und der auslaufenden Halsverletzung.

»Ich bin hier, um Sie zu beschützen. Ich bin kein Killer.«

»Welch edler Soldat«, spottete Jones.

»Wir beide, hm?«

»Meinetwegen. Lassen Sie ihn frei«, sagte Fukuda. Er ging jedoch zu Jones, griff tief in seine Tasche und fischte das Spritzengerät heraus. Er sah, dass ihm nur ein Bruchteil des Inhalts injiziert worden war. Dann rammte er Jones ohne Zögern die Spitze des Geräts in die Seite und injizierte es ihm durch sein Hemd. Die gesamte verbliebene Dosis.

Jones wirbelte herum und schlug Fukuda den Ellbogen ins Gesicht. Dieser fiel rücklings auf den Teppich, hielt jedoch die Fernbedienung weiter in der Hand und zielte wie mit einer Waffe damit. Dann drückte er einen der Knöpfe.

Der Klon fiel sofort auf die Knie, den Mund weit zu einem Schrei aufgerissen, der nicht herauskam. Seine Augen bebten in den Höhlen, als könnten sie durch den Druck dahinter zum Platzen gebracht werden. Dann schlug er bewusstlos mit dem Gesicht auf dem Boden auf, während er noch immer von spasmischen Zuckungen erfasst wurde.

»Genug.« Stake nahm seinem Auftraggeber die Fernbedienung ab und drückte den Knopf, der den Nanomiten befahl, sich an die Reparaturarbeiten zu machen. Dann steckte er sich das Gerät in die Tasche. »Sie haben Glück, dass das zielgerichtet funktioniert, sonst hätten Sie sich gerade mit ihm zusammen zu Boden befördert.«

»Daran habe ich wohl nicht gedacht.« Fukuda legte Stake die Hand auf die Schulter und schüttelte den Kopf. »Zum Glück sind Sie hergekommen.«

»Nun, jetzt müssen wir ihn und seinen Freund hier rausschaffen. Wo ist der Dritte?«

»Offenbar hat er sich den Wachmann in der Lobby geschnappt und hält ihn irgendwo fest. Vielleicht im Sicherheitsbüro.«

»Was für ein Murks«, schimpfte Stake, während seine Blicke über den Schauplatz wanderten. »Was für ein verdammter Murks.«

»Allerdings. Wir müssen sie loswerden, bevor Yuki nach Hause kommt.«

»Wie sehr vertrauen Sie Ihrem Sicherheitspersonal?«

»Sehr, denke ich.«

»Wir könnten uns damit an die Forcer wenden, aber ich denke, wir sollten Does Leichnam entsorgen und Jones in der Nähe von Tableaus Firma absetzen. Wenn es später auf uns zurückfällt, würde ein Gedächtnisscan beweisen, dass es Notwehr war. Außerdem war er ohnehin nur ein Klon. Warum bestellen Sie also nicht ein paar Ihrer Männer mit dem Auto hierher? Außerdem sollten Sie einen von ihnen bitten, ab sofort bei Ihnen in der Wohnung zu bleiben, so lange, bis das hier vorbei und ausgestanden ist.«

»Na gut. Äh, was ist mit Nummer drei, im Erdgeschoss?«

»Jones soll mit ihm reden und ihn wegschicken, wenn er aus seinem Nickerchen erwacht.« Stake kniete nieder und nutzte Jones' Handschellen, um ihm die Handgelenke auf den Rücken zu fesseln. Dann filzte er ihn und nahm ihm zwei Pistolen sowie ein Schnappmesser ab. »Hui«, sagte er zu sich selbst. »Der verfluchte Clone Ranger.« Er stand auf und wandte sich wieder Fukuda zu.

»Ich kann nicht behaupten, Sie hätten mich nicht davor gewarnt, dass Tableau etwas unternimmt, aber ich habe wohl nicht geglaubt, dass er so weit gehen könnte.«

»Sehen Sie, Mr. Fukuda, ich habe Ihnen doch erzählt, dass ich mit dem Bruder von Krimsons Freund gesprochen habe. Ich habe Ihnen erzählt, dass der Freund nicht wusste, wohin sie verschwunden ist. Aber ich habe Ihnen nicht alles erzählt, vielleicht weil es zu verrückt klingt.«

Als Nächstes berichtete Stake von den Umständen von Krimson Tableaus Verschwinden aus der Wohnung der Gentile-Brüder in Subtown. Dass sie alle persönlichen Habseligkeiten, inklusive ihrer Kleidung, zurückgelassen hatte. Schließlich beschrieb er das Lüftungsgitter, das aufgebogen worden war und sich hinter dem Bett befand, in dem Krimson sich zusammen mit ihrem Liebhaber ausgeruht hatte.

Fukuda runzelte die Stirn. »Ich verstehe nicht ganz, worauf Sie hinauswollen.«

»Wir wissen jetzt sicher, dass Krimson sich ursprünglich mit der Puppe aus dem Staub gemacht hat, ja. Ich glaube aber, dass sich die Puppe später gewissermaßen mit *ihr* aus dem Staub gemacht hat.«

»Was?«

»Ich glaube, die Puppe ist von ganz alleine durch den Lüftungsschacht entkommen, nachdem sie Krimson etwas angetan hatte, während sie neben Brat Gentile schlief.«

»Ihr etwas angetan? Was denn? Sie gefressen?«

»Wer weiß? Wie ernährt sich das Ding überhaupt? Wie eine Amöbe?«

»Wovon reden Sie? Das bisschen Nahrung, das es benötigt, bekommt es über Fotosynthese. Die Puppe könnte wohl kaum einen Menschen verschlingen, danach aus dem Bett klettern, einen Lüftungsschacht aufreißen und wer weiß wohin davonkriechen. Nichts von alledem. Sich ein bisschen winden und krümmen ist das Äußerste, was sie kann! Sie haben doch Yukis Freundin Maria kennengelernt, erinnern Sie sich? Und Sie haben ihre Kawaii-Puppe Stellar gesehen. Diese Puppe habe ich ebenfalls erschaffen. Dai-oo-ika ist als Lebensform nicht weiter entwickelt als sie. Eine Schnecke wäre aktiver – und empfindsamer.«

»Dai-oo-ika wurde aber nicht auf dieselbe Art hergestellt wie Stellar, nicht wahr? Bei ihm haben Sie ein anderes Verfahren benutzt, oder? Ein drastischeres, wenn man so will.«

Fukuda wurde besorgt. »Was meinen Sie?«

»Hey, sehen Sie mal da rüber, Mr. Fukuda!«, blaffte Stake. »Da liegt ein Toter, der gerade seine fünfeinhalb Liter in Ihr schönes, teures Sofa schüttet. Das war ich, und jetzt muss ich damit rechnen, dass Adrian Tableau mein Leben interessanter gestaltet. Wahrscheinlich dachten Sie nicht, dass ich im Vorfeld etwas darüber wissen muss, und ich dachte das wahrscheinlich auch nicht, aber jetzt müssen Sie mir alles erzählen! Dai-oo-ika … Sie haben ihn mithilfe von Informationen erschaffen, die in Ihren Besitz gelangt sind, als Sie Alvine Products gekauft haben, nicht wahr?«

Fukuda berührte seine Unterlippe, die von Jones' Ellbogen aufgeschlagen worden war, und betrachtete das Blut an seinen Fingerkuppen. »Selbst wenn ich Dai-oo-ika zurückbekomme, traue ich mich nicht, ihn Yuki als harmloses Spielzeug zurückzugeben. Hätte ich von Beginn an gewusst, in welche Gefahr ich sie womöglich gebracht habe …«

»Dann ist es also wahr. Und Ihnen ging es gar nicht nur um Ihre arme, traurige Tochter oder auch nur um eine teure Kawaii-Puppe. Sie können nicht zulassen, dass Tableau oder jemand anders Ihre spezielle Forschungsarbeit in die Hände bekommt.«

Fukuda hob den Kopf und lächelte den Detektiv mit einem gewissen Trotz an. »Wenn ich glauben kann, was Sie da sagen, dann könnte er aus Wut tatsächlich Tableaus Tochter etwas angetan haben. Im Wissen, dass sie ihn Yuki gestohlen hat.« Er klang fast so, als wäre er deswegen stolz auf seine Kreatur. Sein voller Überraschungen steckendes Wunderkind.

»Ich kann nicht fassen, dass Sie so verantwortungslos sind, die Nachforschungen dieser fanatischen Sekte zu benutzen, um Ihrem Kind ein *Spielzeug* zu machen.«

»Es war ein Experiment! Aber ich habe nicht damit gerechnet, dass etwas Außergewöhnliches passiert. Auch der Entwickler, dem ich die Leitung über das Projekt übertragen habe, hat nichts Gefährliches erwartet.«

»Ich dachte, Sie wären der praktisch orientierte Bruder und James der mit den verrückten Ideen.«

»James war nicht verrückt!«, sagte Fukuda. »Nur kreativer als ich. Mutiger.«

»Na ja, Mut und Leichtsinn sind zwei verschiedene Paar Schuhe. Am besten wäre es, wenn Sie Dai-oo-ika zerstören, vorausgesetzt dass wir jetzt überhaupt noch eine Chance haben, ihn in dieser riesigen, verdammten Stadt zu finden.«

»Lassen Sie uns nichts überstürzen. Der erste Schritt bleibt, ihn zu finden. Ob er von alleine weggelaufen ist oder nicht.«

»Ich würde gerne mit Ihrem Entwickler sprechen. Nur für den unwahrscheinlichen Fall, dass ihm vielleicht etwas einfällt, das sich bei der Jagd nach dem Ding als nützlich erweisen könnte.«

»Er heißt Pablo Fujiwara. Genau genommen hat er für Alvine Products gearbeitet.«

»Reizend.«

Stake und zwei Männer aus der Wachmannschaft von Fukuda Bioforms fuhren mit Mr. Jones im Aufzug nach unten. Da Jones sich mit Kampftraining auskannte, es ihm seit seiner Zeugung eingeimpft worden war, ließ Stake die Handschellen an seinen Händen und seine Darwin .55 auf seinen Rücken gerichtet. Kurz nachdem Jones aufgewacht war, hatte Stake ihm befohlen, den dritten Veteranen aus dem Blauen Krieg anzurufen und ihn anzuweisen, ihr Fahrzeug zu holen und draußen zu warten. Und darauf zu achten, dass er nichts Dummes unternahm, wenn seine

Begleiter in der Lobby ankamen. Stake hatte sich außerdem nach dem Wachmann der Wohnanlage erkundigt. Jones hatte berichtet, dass der Mann unter Drogen gesetzt und bewusstlos, aber grundsätzlich unversehrt im Sicherheitsbüro lag. Fukuda hatte dann erklärt, dass er dem Wachmann eine finanzielle Überzeugungshilfe in Aussicht stelle für den Fall, dass er die ganze Angelegenheit nicht der Polizei meldete.

»Was gedenkst du wegen Mr. Doe zu unternehmen?«, fragte Jones jetzt, als sie nach unten fuhren.

»Ich habe euch eure beiden Kanonen abgenommen. Eine davon hat Plasmakugeln, wie ich sehe. Deshalb werde ich ihn einschmelzen.«

»Dann schmilzt du dich schlauerweise gleich mit ein, denn das ist die einzige Möglichkeit, wie du mir entkommen kannst, Corporal Stake.«

»Ich tue nur meinen Job. Genau wie du.«

»Mein Job ist getan, wenn dein Schädel zwischen meinen Handflächen zerbricht. Ich hätte dich schon in deiner Wohnung töten sollen, aber wahrscheinlich bin ich weich geworden, weil du ein Veteran bist. Wir dürfen uns alle gelegentlich ein Fehlurteil erlauben, nicht wahr?«

»Denke, schon.«

»Und dein Fehlurteil liegt darin, dass du mich jetzt am Leben lässt.«

»Ach ja? Das wird sich noch zeigen.«

Der Aufzug kam im Erdgeschoss an und Fukudas Männer beobachteten alle drei, wie der Klon zum Haupteingang ging und dabei in seinem teuren Anzug und der Melone äußerst würdevoll aussah, obwohl seine Handgelenke auf den Rücken gefesselt waren und trotz der nicht dazu passenden Farbe seiner Haut. An der Tür drehte er sich um und nickte Stake auf eine Art und Weise zu, die nicht höflich, nicht freundlich war. Es war ein

Versprechen. *Wir beenden diese Angelegenheit ein anderes Mal.*

Stake erwiderte sein Nicken.

22.

DER VERWANDELTE

Der Abfallautomat hinter Steward Gardens erweckte den Eindruck, als würde er in dem herumwirbelnden Herbstlaub versinken, das sich jetzt, da der Winter wie ein Gletscher allmählich näher rückte, unaufhörlich ansammelte. Die toten Schweinehühner, die daneben auf einem Haufen lagen, waren jetzt vollständig begraben, wie unter Unmengen toter Kreaturen einer anderen Spezies. Zu dem Heliport auf dem Dach des Gebäudes kamen keine weiteren Schweinehühner zum Brüten. Inzwischen hatten sie gelernt, dass sie hier nicht sicher waren. Gefährliche Dinge konnten auftauchen, schnell und raubtierartig. Die schnüffelnden, schnaubenden Geräusche, die sie mit ihren kleinen Tapirschnauzen machten, waren nicht mehr zu hören. Nur der an- und abschwellende, hupende Verkehr in der Ferne und das Rascheln der Blätter, wann immer ein Windstoß sie aufwirbelte. Aktuell kam jedoch ein Geräusch auf, das die Stille beendete. Ein metallisch quietschendes Geräusch, laut, kratzend, kreischend. Die beiden eingefahrenen mechanischen Arme des Abfallautomaten hatten sich auseinandergeklappt und streckten sich in die Höhe, in Richtung der wolkenbedeckten Sonne. Ausgestreckt, die Krallen weit ausgefahren, wie um ein Loch in den Himmel zu reißen und eine andere, hinter seiner Struktur lauernde Dimension freizulegen. Wie um einem Gott den Schleier vom Gesicht zu reißen.

Im Keller von Steward Gardens begann der große Tank, in dem die bakteriell basierte Suppengrundlage gärte, die die Essensautomaten des Gebäudes versorgte, zu poltern und zu erbeben. Aus jedem Automaten in jedem Apartment kamen laute, feuchte Rülpser, und dann wurde eine schaumige, verfault riechende, schwarze Brühe ausgespien, die über die marmornen Arbeitsflächen strömte, um schließlich auf die Böden der kleinen Küchen zu platschen. Die verrottende Substanz ähnelte zahlreichen voranschreitenden Scheinfüßchen eines riesigen, amorphen Organismus.

Genau wie Mira Cello Javier Dias erzählt hatte, gab es im dritten Stock des A-Flügels ein kleines Kino. Vier Jahre lang hatte es ungenutzt in der Dunkelheit gelegen, doch jetzt endlich erwachte sein wandgroßer Vid-Tank flackernd zum Leben. Zunächst war auf dem holografischen Schirm nur Rauschen wie ein tobender Sandsturm, gefangen in einem Aquarium. Dann begannen sich bruchstückhafte Bilder aus dem Sturm herauszuschälen. Die Bilder verschmolzen zu einer brennenden, größtenteils dem Erdboden gleichgemachten Stadt, die sich schwarz und verdorben in alle Himmelsrichtungen erstreckte. Am Boden befanden sich Tausende nach oben blickende Gesichter und lobpreisend erhobene Arme. Unter den Gesichtern befanden sich sowohl menschliche als auch nichtmenschliche, doch alle waren schwarz verkohlt, blasig vom Feuer und von der Strahlung verformt. Silbriger Eiter rann aus Augen, die in der Hitze zugeschmolzen waren. Doch trotz der Schmerzen, die diese Leute verspüren mussten, sangen sie für ihn, mit einer gemeinsamen Stimme der Verehrung.

Die Tür des Kinos wurde geöffnet und etwas mehr Licht fiel hinein. Eine dunkle Gestalt ging bis zur ersten Reihe hinunter und nahm dort unbeweglich einen Platz ein. Ihr dicht folgend kam eine zweite Gestalt, die sich neben die erste setzte. Dann eine weitere Gestalt. Und noch eine. Die nächste Reihe begann sich zu füllen.

Bald war jeder Platz im Kino mit identischen grauen Gestalten gefüllt, die, obwohl sie keine Augen besaßen, hingebungsvoll auf die Leinwand starrten.

Dai-oo-ika verlor allmählich die Geduld mit den lästigen Aktivitäten der Nanomiten. Zum Großteil waren sie ohnehin überflüssig. Deshalb befahl er ihnen, durch seinen anschwellenden Körper zu diesem besonderen Aktenschrank zu düsen, wo er den anorganischen Abfall lagerte, und zurück in Dollys Spritze zu kriechen. Allerdings fanden sie den Rückweg in das Gerät nicht, deshalb musste er sie stattdessen in einem ihrer zusammengepressten Schuhe einsammeln. Schließlich befahl er ihnen zu sterben, was sie gehorsam taten.

Doch die Drähte in seinem Körper gefielen ihm. Sie verbanden ihn mit dem System des Gebäudes, machten es zu einer Verlängerung seines Körpers, wie ein schützendes Außenskelett. Die Drähte verbanden ihn sogar mit dem Netz. Neugierig testete er die Tiefen des Netzes aus, sandte seine Gedanken wie Spinnen durch die unsichtbaren Adern des Netzes. Er sah einen Mann und eine Frau, nackt ineinander verschlungen in ihrem Bett, starrte sie durch das Zyklopenauge ihres Computermonitors an. Durch ein weiteres Fenster sah er eine Frau, die an ihrem Computer saß, dabei jedoch in ihre Hände schluchzte. Auch sie bemerkte nicht, wie er sie anstarrte. Traurige, zerbrechliche kleine Kreaturen waren das. Auch wenn die Tränen der Frau ihn schmerzhaft an seine schwermütige Kindmutter erinnerten.

Da war ein Mann, der an seiner Tastatur saß und direkt in Dai-oo-ikas Gesicht auf dem Bildschirm blickte. Der

Mann schrie, fiel rücklings von seinem Stuhl, lief stolpernd zur Tür. Doch da blieb er stehen. Und als er sich langsam wieder umdrehte, lächelte er und aus seinen zugeschmolzenen Augen tropften silbrige Tränen.

Später würde mehr Zeit für solche Erkundigungen, solche Experimente sein. Vielleicht war er dann sogar in der Lage, sein Bewusstsein entlang mehrerer – zahlloser – Adern des Netzes gleichzeitig auszustrecken, statt nur an einer. Wie ein Gott, der gleichzeitig die Gebete von Millionen vernehmen kann.

Für den Moment musste er warten, bis seine gegenwärtige Schar neuer Anhänger ihre Umwandlung vollzogen hatte. Bevor er sie dann auf andere Weise umwandelte. In seiner eigenen, unheiligen Kommunion.

Alle fünf hielten ihre Pistolen in der Hand. Satin überprüfte die sechs Plasmakapseln im Zylinder seiner kanonenartigen Decimator .220. Sogar Mira hatte Brats Waffe, die Javier ihr gegeben hatte. Javier war es gelungen, sie aufzuwecken, kniete jedoch neben ihr auf dem Boden, einen Arm um ihre Taille gelegt, wie um ein Kind zu beruhigen, das aus angsteinflößenden Träumen hochgeschreckt war.

»Alles klar bei dir, Baby?«

»Abgesehen von Mörder-Kopfschmerzen. Ich glaube, ich brauch eine Fußmassage.«

»Ha. Sobald wir mal wieder alleine sind«, erwiderte er. »Und weil ich so ein netter Kerl bin, massiere ich auch alles andere.«

»Ich wette, das hast du bei deiner Mom nicht gemacht.«

Javier richtete seinen Blick wieder auf die Aufzuganzeige und er wurde wieder ernst, jetzt, da der Aufzug zum letzten Mal in den Keller hinunterfuhr. »Macht euch bereit, loszurennen«, sagte er zu den anderen. »Fertig, jetzt.«

Die Kabine setzte auf. Dieses Mal drückten sie auf keinen der Knöpfe, um sie wieder in die höheren Etagen hinaufzuschicken. Dieses Mal warteten sie darauf, dass die Tür automatisch aufglitt.

Sie hatten bereits bemerkt, dass keine Hände gegen die äußere Sicherheitstür schlugen oder hämmerten. Als sie jedoch aufglitt, waren sie zu überrascht – und zu misstrauisch –, um echte Erleichterung darüber zu verspüren, dass vor der Tür keine Gesichtslosen auf sie warteten.

Javier trat als Erster heraus, stieß seine Waffe erst in die eine, dann in die andere Richtung. Satin kam als Nächster. Gangauf und gangab war keines der biotechnischen Wesen zu sehen.

Patryk eilte zur Tür des eigentlichen Kellers, doch bevor er den Knopf zum Öffnen drücken konnte, legte ihm Mira die Hand auf den Arm. Dann blickte sie zu Javier und flüsterte: »Es weiß, dass wir hier draußen sind.«

»Aber was ist es, Mira? Die Gesichtslosen?«

»Nein. Etwas anderes.«

»Das Rechenhirn?«

»Ich … ja. Aber mehr als das. Ich weiß nicht.« Sie schüttelte den Kopf. »Ich weiß nicht.«

»Vorhin, als du in Trance warst, hast du ihn als Outsider bezeichnet.«

Sie zog das Gesicht in Falten. »Ich erinnere mich nicht.«

»Wir müssen los«, unterbrach Barbie, während sie sich mit ihren vielzähligen Augenpaaren hektisch umsah. »Bevor sie zurückkommen.«

Javier hielt Miras nervösem Blick stand, nickte dabei jedoch Patryk zu. »Tu es.«

Ein Piepen ertönte, die rote Statusanzeige an der Kontrollleiste wurde grün und die Metalltür glitt in ihren Schienen zur Seite. Doch dieses Mal schossen keine grauen Arme hervor, um sie hineinzuziehen. Dahinter herrschte nichts als Stille. Und ein seltsamer, unangenehmer Geruch, beinahe faulig, aber fast schon wie brennender Kunststoff.

Wieder ging Javier voraus, gefolgt von Mira und Barbie, während Satin und Patryk die Nachhut bildeten. Patryk zog die Tür zu und schloss sie hinter ihnen ab.

»Wo sind alle hin?«, zischte Satin an Patryk gerichtet.

Sie schlichen durch einen Raum mit eisernen Werkbänken an den Wänden und Wartungsgeräten, die darüber von Gestellen herunterhingen. Maschinen summten leise und das Licht von Notlampen an der Decke ließ die schattenhaften Teile im Vergleich noch dunkler erscheinen. Am anderen Ende des Zimmers klaffte ein Durchgang, der dem Eingang zu einer Höhle glich. War dahinter eine Art dumpfes, feuchtes Plätschern zu hören? Vielleicht der Tank, der die Essensautomaten der Wohnungen mit dem Rohmaterial versorgte, denn der faulige Verwesungsgeruch wurde stärker.

Mira hielt Javier am Arm fest, um ihn aufzuhalten. »Wir sollten zurückgehen. Zur Vordertür raus.«

»Sind die Gesichtslosen denn nicht mehr da oben?«

Jetzt schien sie direkt in den Äther zu starren. »Ja ... Ja. Ich spüre sie deutlich, weil sie alle an einem Ort sind. Aber sie bewegen sich nicht.«

»Weil sie da oben warten, um uns aufzulauern«, sagte Satin. »Kommt schon, kommt, wir können das nicht riskieren!«

»Wir haben es fast geschafft«, sagte Patryk. »Der Wartungsgang befindet sich in dem Zimmer direkt hinter diesem. Wenn wir ihn durchqueren, gelangen wir in die städtische Kanalisation.«

»Mira«, sagte Barbie, »das Riesengehirn da drin verwirrt deine Gedanken. Es ist defekt. Versuche, es auszusperren!«

Mira warf einen flüchtigen Blick auf den schwarzen Schlund des Durchgangs, dann richtete sie ihn wieder auf Javier. Sie setzte ein ängstliches Lächeln auf. »Okay. Okay. Tun wir es einfach.«

Javier strich über ihre Haare, dann wandte er sich dem Durchgang zu.

In dem größeren Raum dahinter gab es nur eine einzige Notlampe, die nicht erloschen war, doch selbst diese flackerte. Das einzige stetige Licht stammte von zahlreichen Monitoren, auf denen stürmisches Rauschen war, aus dem sich mühsam die Skyline einer Stadt hervorschälte. Das blasse, bläuliche Licht dieser Monitore beleuchtete schwach eine glitzernde, dunkle Masse, die die Mitte des Raumes zu dominieren schien. Von ihr ging der Gestank aus und Barbie bedeckte Nase und Mund eines ihrer Gesichter mit der Hand, doch die anderen mussten leiden. »Was ist das da drüben?«, flüsterten ihre beiden Stimmen in unterschiedlichen Tonlagen.

Ein weiteres grollendes Gurgeln. Gefolgt von schlitternder, raschelnder Bewegung, als hätte eine riesige Anakonda soeben Teile ihres Leibes übereinandergeschoben. Javier streckte seinen Arm aus, um die anderen zurückzuhalten.

»Es ist etwas Lebendiges«, zischte er.

Patryk hatte sich die Schutzbrille, die sein Vater früher bei der Arbeit getragen hatte, auf den Kopf geschoben, doch kaum hatten sie das grottenartige Zimmer betreten, streifte er sie sich wieder über die Augen und stellte sie auf Nachtsicht ein.

Als er als Letzter hereinkam, war er der Einzige, der den Fleischberg in der Mitte des Zimmers klar und deutlich erkennen konnte.

»Jesus *Christus*«, sagte er.

Er alleine sah, wie sich der gesichtslose Kopf beim Klang seiner Stimme leicht zur Seite drehte. Die riesige, aufgequollene Kreatur zog einen Teil ihres Bewusstseins von der Instruktion ihrer Anhängerschar ab. Von ihrem Ziehen an den Adern des Netzes. Dafür richtete sie ihre Aufmerksamkeit auf die winzigen Eindringlinge. Augenlos, mit einer wimmelnden Masse aus silbernen und schwarzen Tentakeln, blickte sie ganz gezielt Patryk an.

Er schrie.

Javier riss seine Waffe hoch und feuerte blind in das Herz der Silhouette. »Lauft! Lauft! Lauft!«, rief er. »Lauft um es herum! Auf die andere Seite! Los, los, los!«

Satin klemmte sich Patryk unter seine Armprothese, schleppte ihn mit sich und streckte den anderen Arm vor, um eine Plasmakapsel aus seinem Revolver zu schießen. Er verfehlte, was er für den Kopf des Wesens hielt, und das ätzende, grüne Plasma verteilte sich auf einigen Gerätschaften, die sich hinter der Kreatur befanden. Funken flirrten in die Luft und eine Reihe Monitore ging aus. Ganz plötzlich verschwand die undeutliche Stadtkulisse von jedem Bildschirm und wurde durch bloßes Rauschen ersetzt. Was das grüne Glühen des Plasmas vielleicht noch beleuchtet hätte, verhüllte der schwarze Rauch der schmelzenden Gerätschaften nur noch mehr. Satin ging weiter. Er hatte Angst, noch einmal zu schießen und in der Dunkelheit des Pandämoniums Javier oder Mira zu treffen. Der Anführer der Folger Street Snarlers war vor der undeutlich zu erkennenden Kreatur stehen geblieben und gab einen Schuss nach dem anderen ab, um ihre Flucht abzusichern.

Javier gab Mira einen Schubs, damit sie Barbie und Satin hinterherrannte. »Schnell, Baby! *Lauf!*«

Schließlich war seine Waffe leer geschossen.

An der Rückwand, hinter dem Fleischberg, fand Barbie den bereits offen vor ihnen liegenden Eingang des Wartungsschachts vor. Aus dem dahinterliegenden Versorgungstunnel schien genügend Licht, um ihnen den Weg zu weisen. Kurz bevor sie auf Händen und Knien, vor Angst und Erschöpfung keuchend, hindurcheilte, warf sie einen Blick über ihre Schulter und sah den Rücken des Ungeheuers im fahlen Schein der geöffneten Luke. Sie entdeckte zwei Fortsätze, bei denen es sich möglicherweise um gerippte Flossen handelte, wie bei den Rückenflossen eines Speerfisches. Oder um Flügel. Falls Letzteres zutraf, waren sie viel zu klein und zerbrechlich, um jemals solch einen Dinosaurier in die Lüfte tragen zu können. Dennoch machten sie ihr Angst. Sie gaben ihr das Gefühl, dass sie in dem, was sie hier sah, einen Dämon erblickte. Mira machte sich daran, um den Körper des finsteren Wesens herumzuhasten, während Javier ihr folgte. Die schlängelnden Gliedmaßen beobachteten sie beide, doch es war der Geist des kleineren Wesens, der die Aufmerksamkeit des Dämons auf sich zog. Als könnte er die Gedanken, die aus ihrem Geist in die Luft prasselten, fast schon auflecken, wie mit unzähligen Schlangenzungen.

Satin stieß Patryk durch die Wartungsluke. Er brabbelte und schluchzte, außerdem kratzte er nach seiner Schutzbrille, um sie von seinem Kopf herunterzubekommen, aus Angst, die Gummifassung könnte sich in seine Haut einbrennen. Auf den in die Wand des Wartungstunnels eingelassenen Leitersprossen balancierend, bekam Barbie den Jungen zu fassen und half, ihn hindurchzuziehen. Als Satin versuchte, den Kopf zu wenden, konnte er nicht an der Schulter seines Ponys vorbeisehen, rief jedoch blind nach Mira und Javier.

Zwei der gestreiften Tentakel schlugen aus, flogen durch die Luft wie geworfene Speere. Sie wickelten sich um Miras Kopf.

»Nein!« Javier stürzte sich beinahe auf sie, bekam einen der muskulösen Stränge zu fassen und versuchte, ihn von ihr loszureißen. Seine leere Waffe hatte er fallen lassen.

Dann begannen die Tentakel, sich zusammenzuziehen, Mira von den Füßen zu reißen und sie in die Luft zu heben. Sie trat mit den Beinen um sich und kratzte nach den Strängen auf ihrem Gesicht, während diese sich enger schnürten.

Brats Pistole hatte sie fallen lassen. Sie traf Javier seitlich am Fuß, und er bückte sich und tastete verzweifelt danach. »Nein, nein, nein!«, brüllte er, während er nach oben blickte und sah, wie Mira immer näher an den Fleischberg herangezogen wurde. Er hob die Pistole mit einer Hand auf und richtete sie auf den schwach zu erkennenden Auswuchs, der den Kopf der Kreatur darstellte.

Vielleicht aber traf er Mira.

Vielleicht aber war das besser so.

»Komm schon!«, brüllte Satin, der nicht sehen konnte, was auf der anderen Seite geschah. Er war verleitet, der Kreatur eine Plasmakugel in den Rücken zu jagen, jetzt, da er ihre graue Haut im Licht des Wartungstunnels deutlicher erkennen konnte. Das Plasma war jedoch so gefährlich wie ein Flächenbrand, und seine Freunde würden jeden Moment an seiner Flanke vorbeikommen. Er machte sich daran, seinen kybernetischen Körper durch die Wartungsluke zu klappen. Mit den Gliedmaßen schaffte er es, doch sein Torso, der breiter und unflexibler war, wurde eingeklemmt.

Javier zögerte, war hin- und hergerissen, und in diesem Moment drückte die Kreatur Mira an ihre Brust. Sie versank im Herz der Silhouette. Das war es, was Javier im ersten Moment glaubte. Doch dann wusste er, dass mehr dahintersteckte. Wesentlich mehr.

Er stand auf, stieß seine Pistole nach vorne und schrie: »Du Wichser!«

Als Nächstes streckten sich die Arme nach ihm aus. Einer legte sich über sein Handgelenk, umschlang es und drückte zu. Er ließ die Pistole los, doch der Abzugsbügel verhakte sich an seinem Zeigefinger. Ein weiteres Glied schlang sich um seine Kehle. Er wurde hochgehoben, schwebte mitten in der Luft. Trieb näher auf die aufgequollene Masse zu. Er befand sich fast auf der Höhe des Gesichts und ein Instinkt brachte ihn dazu, die Augen zu schließen, damit er es nicht sehen konnte. Schlangen … Medusa …. Er würde zu Stein erstarren. Kaum hatte er die Augen geschlossen, hörte er eine Stimme in seinem Kopf. Sie klang entfernt, dünn, wie eine Stimme in einem Ouija-Fon.

»Javier«, sagte die Stimme.

Er öffnete die Augen.

War nur Zentimeter von der Brust der Kreatur entfernt. Doch jetzt begannen die Arme, ihn niederzulassen. Den Griff um seinen Hals und sein Handgelenk zu lockern. Er wurde fallen gelassen, fiel auf Hände und Knie und rang keuchend nach Atem.

»Javier«, sagte die Stimme erneut, wurde jedoch schwächer. »Ich kann es nicht halten.«

»Mira«, krächzte er.

»Lauf weg!«, platzte es erstaunlich laut aus ihr heraus.

Jetzt sprang Javier auf und rannte, schlitterte seitlich um die Kreatur herum. Dahinter sah er den beleuchteten Tunneleingang und an seiner Seite lag Satins zurückgelassenes Pony, wie die abgeworfene Hülle einer riesigen Spinne. Barbie hatte nach ihm gegriffen, um ihm dabei zu helfen, sich loszuschnallen und seinen seltsamen kleinen Larvenkörper durch die Öffnung zu hieven. Jetzt hielt sie ihn in den Armen.

Javier sprang in die Luke, jagte hindurch und stürzte beinahe auf den Boden des dahinterliegenden Wartungstunnels. Er hob den Blick und sah Patryk, der an der Wand saß. Seine Augen waren rot wie mit einer ätzenden

Chemikalie besprüht, aber als sie sich in seine Richtung wandten, wusste Javier, dass sein Freund noch immer sehen konnte.

»Wo ist Mira?«, fragte Satin.

»Tot«, entgegnete Javier. Er hielt noch immer Brats Waffe in der Faust und drückte sie, als wollte er sie zerquetschen. Sie wie schwarze Kohle zu einem glitzernden Diamanten zusammenpressen, zu einem Kristall, aus dem rot brennende Laserstrahlen kamen, die zwischen seinen geballten Fingern hindurchschossen.

»Scheiße! Verdammte Scheiße!«, stöhnte Satin. Er blickte zu der Einstiegsluke hinauf. »Was machen wir jetzt?«

»Wir hauen ab.« Javier nahm Patryk am Arm und half ihm auf die Beine. »Wir gehen nach Hause.« Doch seine Blicke kehrten zu der Schwärze am Ende der Einstiegsluke zurück, durch die er soeben gesprungen war. Und seine Hand drückte noch immer den Griff seiner Pistole. Drückte sie. Und drückte.

23.

TOTVIEH

»Das hier ist ein Paradebeispiel für ein Black-Angus-Rind«, sagte John Fukuda und deutete auf das besagte Exemplar. »Ein dicker Hals und ein gerader Rücken, eine breite Brust und ein rundes Hinterteil, ein üppiges Rib-Eye und perfektes intramuskuläres Fett.«

»Und kein störender Kopf oder Beine«, fügte Stake hinzu.

»Unnütze Teile. Wenn Sie aber gerne Köpfe und Beine verspeisen, kreiere ich vielleicht eine spezielle Züchtung, eigens für Sie«, scherzte Fukuda. »Möchten Sie, dass ich auch noch Schwänze hinzufüge?«

Stake trat einen Schritt näher, um das Tier zu begutachten, wenn man es denn noch so nennen konnte. Es nahm eine von zahlreichen engen Boxen in Beschlag, die an beiden Wänden des langen Mittelganges aneinandergereiht waren, und jede Kreatur in diesem Bereich war identisch. In den offenen Halsstumpf der Kreatur führten mehrere Schläuche und ein weiterer Schlauch kam aus dem Hinterteil.

Es kauerte auf dem Bauch und den flossenartigen, rudimentären Gliedmaßen, die alles waren, was sie an Beinen besaßen. Es rührte oder bewegte seinen Körper in keiner Weise und seine Flanken hoben und senkten sich nicht einmal beim Atmen. Stake fragte sich, ob er überhaupt einen Herzschlag vernehmen würde, wenn er sein Ohr darauflegte.

»Wir nutzen bessere, modernere Prozesse als die von Alvine Products«, prahlte Fukuda, während sie den hohen Gang weitergingen. »Und wir experimentieren stets mit neuen.«

Stake blieb stehen, als er ein lautes, plätscherndes Geräusch hörte, das von einem der kopflosen Rinder kam. Als er sich umdrehte, sah er eine junge Frau in einer weißen Uniform, die an einem Versorgungssystem auf einem kleinen Rollwagen einige Einstellungen vornahm. Auf der unteren Ablage befand sich die Pumpe, die die Körperflüssigkeiten des Tiers zirkulieren ließ. Die Mitarbeiterin sah auf und lächelte Stake entschuldigend an, weil sie ihn abgelenkt hatte. Für ihn hatte es sich so angehört, als wäre die Kreatur gerade geköpft worden und Blut gurgelnd aus ihrem Hals entwichen. Der große, lebende Kadaver schien jedoch ungerührt, in seinem glückseligen, traumlosen Zustand der Besinnungslosigkeit. Stake meinte an Fukuda gerichtet: »Auf dieselbe Weise sollten Sie Büroangestellte züchten. Die Unternehmen würden Sie lieben.«

»Was, denken Sie, arbeitet in meiner Verwaltungsabteilung?« Fukuda berührte Stakes Ellbogen. »Spaß.« Sie gingen weiter. »Übrigens trat letzten Monat ein Unternehmer mit dem Wunsch an mich heran, eine kopflose, arm- und beinlose weibliche Menschenspezies zu entwickeln – für ein Bordell, das er in einem bergmännischen Außenposten auf einem Asteroiden zu eröffnen gedenkt. Seine Mitarbeiterinnen, wenn man so will, würden ein Minimum an Zuwendung benötigen. Und natürlich keine Bezahlung. ›Die perfekte Frau‹, meinte er scherzhaft zu mir. ›Kein Kopf, um sich zu beschweren, keine Beine, um wegzulaufen.‹«

»Was für ein Wichskrüppel«, murmelte Stake.

»Hä? Die Klone oder er?«

Stake sah Fukuda schief an. »Er. Was haben Sie ihm geantwortet?«

»Ich habe abgelehnt.«

»Aus Empörung oder weil Sie dachten, das sei schlecht fürs Image?«

»Empörung?« Sie hatten das Ende des Ganges erreicht, wo ihnen ein quer verlaufender Korridor zwei Auswahlmöglichkeiten gab. Fukuda deutete nach rechts. »Würden Sie gerne unsere Schinkenschweine sehen? Sie haben einen ausgezeichneten Stammbaum. Eine sehr alte, in der Natur ausgestorbene Zucht namens Gloucestershire Old Spots. Äußerst saftiges Fleisch mit einer schönen Konsistenz. Oder steht Ihnen mehr der Sinn nach Hühnchen?«

»Wenn ich noch sehr viel mehr zu sehen bekomme, werde ich wahrscheinlich Vegetarier.«

»Ich hätte Sie nicht für zartbesaitet gehalten. Außerdem schien Ihnen das Steak, das ich Ihnen in der Cafeteria von Bioforms kredenzt habe, geschmeckt zu haben.«

»Ich bin nur sehr erpicht darauf, mit Ihrem Mitarbeiter Fujiwara zu sprechen.«

»Natürlich. Dann kürze ich die Tour ab.« Er signalisierte mit einer Handbewegung, dass sie nach links gehen mussten. »Hier entlang.«

Während sie diesen engeren Verbindungsgang entlanggingen, fragte Stake: »Fujiwara arbeitet also hier und nicht in Ihrem Hauptgebäude?«

»Da er in beiden Einrichtungen an Projekten arbeitet, unterhält er ein Labor hier und ein weiteres bei Bioforms. Er ist einer meiner besten Wissenschaftler und Entwickler. Er hat Fantasie. Deshalb waren die Eigentümer von Alvine auch so versessen darauf, ihn einzustellen.«

»Er wurde nie angeklagt für das, was ihre Sekte geplant hatte?«

»Was sie geplant hatten, ist reine Spekulation, da es ja nie passiert ist. Man könnte behaupten, die Kreaturen, die sie im Geheimen gezüchtet hatten, waren eine Monsterarmee für einen Weltuntergang, den sie voraussahen. Man könnte aber auch argumentieren, dass sie ein experimentelles Fleischprodukt waren. Wie dem auch sei, die Eigentümer sind alle tot. Pablo gehörte nur zu ihrem Team und tat, was man ihm auftrug. Er wurde verhört, aber in keiner Weise angeklagt.«

»Aber hat er den Behörden gegenüber seine gesamte Forschungsarbeit offengelegt?«

Fukuda lächelte Stake an. »Natürlich nicht. Für ein solches Wissen muss man bezahlen. Und man muss andere dafür bezahlen, dass sie nicht zu viele Fragen darüber stellen.«

Sie erreichten die Forschungs- und Entwicklungsabteilung. Genauer gesagt, Labor RD-3. Ein Gesichtsscanner begutachtete Fukuda, dann ließ er ihn surrend eintreten. Stake, der ihm in die hell erleuchtete Passage aus großen, miteinander verbundenen Zimmern folgte, fragte sich träge, ob der Scanner wohl gut genug war, um seine Mimikry zu durchschauen, würde er gegenwärtig seinen Auftraggeber imitieren.

Die beiden Männer gingen an Arbeitstischen vorbei, die mit Computersystemen, geheimnisvollen Apparaturen, ausgedruckten Dokumenten, Petrischalen und den verstreuten Überbleibseln von bestellten Mahlzeiten und Kaffeebechern übersät waren. Ein holografisches Modell lebendiger Zellen kroch schwebend über jedem der Tische in der Luft, jede Zelle so groß wie eine Untertasse.

Sie fanden Pablo Fujiwara alleine in dem abgelegensten Raum vor. Stake wusste nicht, wen er zuerst ansehen sollte – den Mann oder seine Proben. Beide waren gleichermaßen faszinierend.

Fujiwara war ein kleiner Mann mit kurz geschorenen Haaren, aber einem präzise gezwirbelten und gewachsten Salvador-Dalí-Schnurrbart. Er trug ein Buddy-Balloon-T-Shirt mit dem Star der VT-Serie, der 70 Kilo schweren Kugel namens Buddy Vrolik. Unter dem Bild standen die Worte: KANN MICH BITTE JEMAND TÖTEN. Das war Buddys Slogan, den er in Stressmomenten sagte (zum Beispiel, wenn seine Angehörigen eines ihrer ständigen Streitgespräche führten) sowie in Momenten überwältigender Freude (zum Beispiel, wenn eine hübsche weibliche Besucherin etwas vor ihm fallen ließ und sich bückte, um es aufzuheben). Fujiwaras Hose war aus pfirsichfarbenem Leder. Stake wurde bewusst, dass sie wie Janices Bettlaken aus lebenden menschlichen Zellen bestand. Er bemerkte ein kleines Versorgungsset, das an seinem Gürtel befestigt war, um die Zellen am Leben zu halten. Dann entdeckte er eine dazu passende Lederjacke, die über einer Stuhllehne hing.

Als sie hereingekommen waren, hatte Fujiwara etwas, das wie Fischfutter aussah, in ein mit einer grünlichen Flüssigkeit gefülltes Aquarium gestreut, in dem sich zahlreiche große, fette, behäbige Aale wanden. Sie hatten Kiemenschlitze, aber keine Flossen, nicht einmal Augen. Und nur ein kleines, weiches, schnabelartiges Maul, das sich blind öffnete, um die hinabregnende Nahrung aufzufangen. Fujiwara lächelte die näher kommenden Männer an. »Meine neuen Haustiere«, erklärte er. »Mögen Sie Hühnchen ohne Knochen?«

»Das da sind Hühnchen?«, fragte Stake.

Fujiwara war so begeistert wie ein Künstler bei einer Galerieausstellung. »Vielleicht ein Rückschritt in der Totvieh-Evolution, aber das Ziel ist immer, eine bessere Mausefalle zu bauen. Oder eine bessere Maus. Ich weiß, dass es Märkte gibt, die diese Züchtung oder auch nur ihr Fleisch nicht kaufen würden, weil sie ein Gehirn hat und sich die Tierfreunde beschweren werden. Diese kleinen Schätzchen hier wären aber einfacher zu versorgen und zu ernten als die eingestöpselten Käfighennen. Deshalb finden wir trotzdem Käufer für sie.«

Stake tippte an das Glas, während er sie beobachtete, dann ging er zu einer viel größeren aalähnlichen Kreatur, die auf einem Tisch an der Wand in einem langen Aquarium ruhte. Das Aquarium war so eng, dass das Geschöpf keinen Platz hatte, um sich zu bewegen, und wie ein rosafarbener Baumstamm auf dem Grund lag. Stake fühlte sich an ein übergroßes Schawarma in einem Restaurant im Nahen Osten erinnert, das bereitlag, um für ein Sandwich abgeraspelt zu werden. Der lebende Zylinder hatte ein Maul und Kiemenschlitze, aber ebenfalls keine weiteren Merkmale. »Und was ist das? Der König der knochenlosen Hühnchen?«

»Knochenloses Schwein«, sagte Fujiwara stolz. »Ich nenne es meinen anderthalb Meter langen Hotdog.«

»Lecker«, kommentierte Stake.

»Pablo, das ist der Detektiv, von dem ich Ihnen erzählt habe«, meldete sich Fukuda zu Wort. »Jeremy Stake.«

Fujiwara schüttelte seine Hand und sein Gesichtsausdruck wurde etwas ernster, vielleicht sogar ein wenig misstrauisch. »Hi. Sie wollen etwas über Dai-oo-ika erfahren.«

»Über ihn und über Alvine Products. Was genau haben Sie für die gemacht?«

Fujiwara nahm einen Kaffee in einem Pappbecher in die Hand, nippte daran und wich Stakes Blick dabei aus. »Ich habe meinen Job getan. Befehle befolgt. Entworfen und entwickelt.«

»Monster?«

Er schnaubte. »Was für ein Wort – Monster.«

»Nun, was waren das sonst für Wesen, die Sie herstellen ließen?«

Fujiwara zögerte und sah ihn noch immer nicht an. »Eine Art Lebensform, die in dieser Dimension unbekannt ist.« Dann räumte er ein: »Eine Art Armee.«

»Um irgendeine Art Weltuntergang auszulösen?«

»Das große Ganze habe ich nicht gesehen, wissen Sie – ich habe nicht zu deren Sekte gehört. Ich war nur ein einziger Blinder, der einen Teil eines Elefanten berührt. Aber ja, die waren anscheinend der Meinung, dass irgendein großes, kosmisches Ereignis bevorstand, oder sie wollten es auslösen und die Armee war Teil dieses Plans.«

»Aber welches Ausmaß der Verwüstung könnte eine solche Armee in einer Kolonie wie dieser hier anrichten, unabhängig davon, wie groß und gefährlich die Kreaturen würden? Wollte ich ein lokales Armageddon auslösen, hätte ich stattdessen wohl eher mikroskopisch kleine Kreaturen erschaffen. Eine Virusepidemie.«

Fujiwara erwiderte seinen Blick schließlich und wirkte sehr ernst, als er sagte: »Die wären *sehr* groß geworden, mein Freund. Und ich habe sie nicht komplett verstanden, aber hätte man zugelassen, dass sie sich vollständig entwickeln und reifen, hätten sie vermutlich einige sehr mächtige Eigenschaften besessen. Gaben. Eine ganze Reihe an Psi-Fähigkeiten.

»Sie sagen, eine andere Dimension. Sie haben diese Lebensformen also nicht aus dem Nichts heraus entwickelt.«

»Man gab mir eine sehr ungewöhnliche DNA-Probe und einige sehr ungewöhnliche Informationen auf einem Chip. Den Chip nannten sie das Genomikon. Man sagte mir, dass die DNA von einer außerirdischen Lebensform stammte. Meines Wissens aber aus keiner Dimension, mit der die Erdkolonien in Kontakt standen. Ich weiß nicht, ob die Kalianer sie heimlich einem Theta-Forscher abgekauft hatten oder so. Und todsicher hätten sie mir das nicht verraten. Jedenfalls war die DNA degeneriert – prähistorisch, um genau zu sein – und ich musste sie in gewisser Weise aufbereiten. Sie neu zusammenschustern.«

»Gehört Dai-oo-ika zu derselben Art Lebensform, die Sie für die Kalianer gezüchtet haben?«

»O nein. Aber artverwandt. Eine weitere Extrapolation. Bei seiner Erschaffung habe ich ebenfalls das Genomikon konsultiert. Nein, die Kreaturen für die Kalianer waren weniger menschenähnlich, auch wenn sie natürlich einige Gemeinsamkeiten aufwiesen. Die Brut, wie sie sie nannten, hatte Kiemen wie Haie und nur zwei Vorderbeine. Und sie hatten eine dunkle lila Farbe, jedoch wie Dai-oo-ika keine Augen, nur sensorische Organe. Wie Tentakel anstatt eines Gesichts – ein wenig wie die Augen von Tikkihottos, nehme ich an. Ich denke aber, dass sie gleichzeitig die Psi-Organe der Kreaturen waren.«

Stake drehte sich absichtlich langsam zu Fukuda um. »Wie gesagt, nettes Haustier für Ihre reizende junge Tochter. Sie hätten dazu noch einen Virus züchten und ihn ihr in ein Medaillon stecken sollen.«

Bevor Fukuda etwas sagen konnte, fuhr Fujiwara fort, während er anfing, ein Ende seines Schnurrbartes nervös um seinen Finger zu wickeln.

»Hören Sie, Mr. Stake, Sie müssen mit dieser Information diskret umgehen, okay? Die Sektenanhänger, die nicht bei dem Erdbeben gestorben sind, wurden von einer verfeindeten Gruppe ermordet, die sich die Kinder der Ältesten nennt und sicherstellen will, dass die Apokalypse niemals eintritt. Ich will nicht, dass diese Kinder mir zu Leibe rücken, weil sie denken, dass ich zur Ugghiutu-Sekte gehöre.«

»Kein Wort darüber. Ich will nur für Ihren Boss diese Puppe finden, diesen Dai-oo-ika. Hat er Ihnen von meinem Verdacht erzählt? Dass Dai-oo-ika dem Mädchen, das ihn gestohlen hat, etwas angetan hat und dann aus eigener Kraft abgehauen ist?«

Fujiwara begann, auf und ab zu laufen und zwirbelte weiter seinen Schnurrbart. »Ich dachte, ich hätte sein Wachstum gehemmt. Und seine Intelligenz eingeschränkt.«

»Er ist ein frühreifes Kind.«

Der Bio-Entwickler stöhnte leise. »Was, denken Sie, hat er ihr angetan?«

»Eines der Monster bei Alvine Products hat eine Rettungskraft verzehrt, wie eine Amöbe es tun würde. Könnte Dai-oo-ika das auch?«

»Dai-oo-ika verfügt über einen Lichtsammelkomplex für Fotosynthese.«

»Ich habe Sie gefragt, ob Sie glauben, dass er in der Lage wäre, das zu tun, was die Monster bei Alvine getan haben.«

»Woher soll ich denn das wissen? Ich wusste ja noch nicht einmal, dass die zu so etwas in der Lage waren, ganz zu schweigen von Dai-oo-ika!«

»Wissenschaftler«, sagte Stake.

»Das Beste, was Sie meiner Meinung nach tun können?« Fujiwara sah zu Fukuda, während er im Zimmer herumging. »Wenn Sie unseren Freund Dai-oo-ika finden, sollten Sie ihn zerstören. Wenn Sie das dann noch können.«

Stake und Fukuda sahen einander finster an. Fujiwara hatte soeben Stakes vorherige Überlegung rezitiert. Reichte das, um Fukuda davon zu überzeugen?

Stake richtete seinen Blick wieder auf den Bio-Entwickler. »Vielleicht sollten Sie dieses Genomikon ebenfalls zerstören.«

Fukuda ergriff das Wort. »Es befindet sich jetzt in meinem Besitz«, sagte er. »Und ich … denke darüber nach.«

24.

ANGENEHME GESPRÄCHE

Was Ron Bistro seinen Ruf als »Porno-Prinz von Punktown« beschert hatte, war zweifellos sein äußerst gewöhnliches Aussehen, das es den Männern, die sich seine Videos ansahen, leichter machte, sich mit ihm zu identifizieren. Es führte dazu, dass sie durch die Vorgänge weniger eingeschüchtert waren, und gab ihnen das Gefühl, dass auch sie mit Frauen wie Simone Pattycakes oder den bauchtanzenden Zwillingen Ufuk and Ulku Istanbul herumtollen konnten. Nun, durch Ron Bistro konnten seine Fans das zumindest stellvertretend. Berühmt geworden war er, als sich am Set eines Films, den er noch als einfacher Kameramann gedreht hatte, die vom Drehbuch vorgegebene Handlung zu einer ausgewachsenen Orgie entwickelt hatte. Ron war dabei von einer der Darstellerinnen hinter der Kamera hervorgezerrt worden. Sein unbeholfener Enthusiasmus hatte ihn bei seinem zukünftigen Publikum beliebt gemacht. Heute, zehn Jahre später, war er vor der Kamera weniger unbeholfen, auch wenn sein Aussehen in all der Zeit nur umso gewöhnlicher geworden war.

Heute war weder der erste Tag, an dem er seine Tochter Caren persönlich bei der Arbury School absetzte, noch war es das erste Mal, dass er seinen Charme bei Yuki Fukuda, der Klassenkameradin seiner Tochter, spielen ließ. Yuki hatte jedoch keinen seiner Filme gesehen und fand ihn deshalb auch nicht charmanter als die Väter ihrer anderen Klassenkameradinnen (genau genommen gab es so einige, die es ihrer Meinung nach mehr verdient hatten, angehimmelt zu werden). Und was seinen Reichtum anging – nun, auch hier galt, dass der Vater jedes Arbury-Mädchens eine Brieftasche besaß, die seinen Hintern stärker ausbeulte als alles, was Bistro vorne in der Hose hatte. Deshalb lächelte Yuki nur und nickte artig, als Carens Vater vor der Schule, bevor die erste Klingel ertönt war, versuchte, Small Talk mit ihr zu machen.

»Gehst du in irgendeinen von Carens Kursen?«, fragte er sie strahlend. Offensichtlich hatte er vergessen, dass er sie das bereits bei früheren Gelegenheiten gefragt hatte. Sie nahm an, dass er sie mit anderen asiatischen Studentinnen verwechselte, mit denen er geflirtet hatte.

»Ja, in einige«, gab sie zurück. Sie warf einen flüchtigen Blick zum Parkplatz und bemerkte, dass das Fahrzeug, das sie zur Schule gefahren hatte, noch immer im Ausstiegsbereich der Studenten wartete. Am Steuer saß ein Wachmann von Fukuda Bioforms namens Nelson Soto, der sie so lange im Auge behielt, bis sie das Schulgebäude sicher betreten hatte. Soto war ein ruhiger und ernster junger Mann, der es Yukis Ansicht nach wert war, angehimmelt zu werden, auch wenn er selbst diesbezüglich wenig aufgeschlossen schien. Von hier aus konnte sie seinen Blick nicht erkennen, aber sie spürte entfernt, dass ihm die Nähe des älteren Mannes zu ihr nicht behagte.

Caren selbst hatte sich von ihrem Vater entfernt und stand inmitten ihrer Freundinnen, jede mit einer Kawaii-Puppe, die neugierig aus ihrem Rucksack lugte, sowie mit einem ans Ohr gepressten Ouija-Fon. Bistro deutete mit einer Hand auf sie, während die andere auf Yukis Rücken lag, um ihre Aufmerksamkeit in die richtige Richtung zu lenken. »Spielst du auch mit diesen unheimlichen Dingern, Yoshi?«, fragte er sie.

Yuki beobachtete, wie Caren das Gesicht verzog,

während sie angestrengt zu verstehen versuchte, was immer sie da hörte.

»Früher mal«, sagte Yuki abgelenkt, während sie weiter Caren anstarrte, »mein Vater hat es mir aber weggenommen. Er meinte, es sei morbide.«

»Oh, er sollte lockerer werden, hm?« Wie um sie zu trösten rieb Bistro mit der Hand über den Rücken ihres Blazers. »Es ist doch nur ein kleiner Spaß, stimmt's? Das schadet doch nicht.«

Yuki hörte das Schlagen einer Autotür, drehte sich um und sah Nelson Soto, der mit verschränkten Armen an dem Fahrzeug lehnte, eine Sonnenbrille und einen finsteren Blick im Gesicht. Bei diesem Anblick konnte sie sich ein Lächeln nicht verkneifen. Als wäre seine Sorge um sie persönlicher statt beruflicher Natur. Doch sie wandte sich wieder Bistro zu und sagte: »Gehen wir doch rüber und sehen nach, was sie da tun.« Sie wusste, dass Caren sie hasste, da sie mit Krimson Tableau befreundet gewesen war, doch sie zählte darauf, dass sich das Mädchen in Gegenwart ihres Vaters beherrschte.

Bistro wollte protestieren, da er ihr persönlicheres Gespräch bevorzugte, folgte Yuki jedoch, als sie auf das kleine Teenagergrüppchen zuging. »Hi, Caren«, sagte sie strahlend. »Ich habe mich mit deinem Dad unterhalten. Irgendwas Interessantes gehört heute?« Sie deutete auf das winzige Telefon. Carens Augen glühten, als sie sich in ihre Richtung bewegten, und sie war kurz davor, irgendetwas Fieses zu knurren, weil sie gestört worden war – und dann auch noch von diesem Mädchen –, als sie ihren Vater erblickte, der hinter Yuki herschlenderte. Mit diesem großen, albernen Grinsen, das er zur Schau trug, wenn er sich einer Darstellerin vor der Kamera näherte. Deshalb sagte sie nur mit erzwungener Höflichkeit: »Sch! Ich versuche, etwas zu verstehen, okay?«

»Es ist Krimson, nicht wahr?«, fragte Yuki.

Den Blick auf Yuki gerichtet, doch ihr Gehör auf etwas anderes fokussiert, nickte Caren nur.

»Wenn es für mich ist«, scherzte Bistro, »dann sag, ich bin nicht da.«

Die Glocke läutete. Wie abgerichtete Tiere drehten sich die Mädchen, die vor der Schule herumschwirrten, um und strömten unter den wachsamen Blicken des Wachmannes im Sicherheitsbereich zum Eingang. Auch Carens kleine Gruppe begann sich zu zerstreuen. Doch Yuki wollte es nicht dabei bewenden lassen. Sie wusste, dass Jeremy Stake, der von ihrem Vater angeheuert worden war, Caren über Krimson befragt hatte. Ihrer Feindschaft wegen war es ihr aber nicht möglich gewesen, das Mädchen danach zu fragen. Und natürlich war ihr Vater nicht sonderlich mitteilsam, wenn es um Einzelheiten der Nachforschungen zu Dai-oo-ikas Diebstahl ging.

»Wir alle haben mit ihr gesprochen«, sagte ein weiteres Mädchen, weitaus hilfreicher, über seine Schulter hinweg, während sie sich auf den Weg zum Eingang machte. »Wir alle haben sie gleichzeitig gehört. Sogar ziemlich deutlich.«

»Nun, jetzt ist sie jedenfalls weg«, sagte Caren mit einer Spur von Enttäuschung in der Stimme und ließ das Gerät sinken.

»Sie hat wohl auch die Glocke gehört«, sagte ihr Vater, der nach Beachtung suchte.

»Caren, was hat sie dir erzählt?«, fragte Yuki.

Weil es so unheimlich war, ihrer Freundin in diesem Gerät zuzuhören, zögerte Caren Bistro, das, was sie gehört hatte, zu wiederholen. Dasselbe Gerät, dem sie früher abwechselnd, vor wohligem Schauer kichernd, gelauscht hatten. Caren hatte sich erst kürzlich geschworen, nie wieder in dieses oder ein anderes Ouija-Fon reinzuhören, doch kaum hatte ihr Telefon geklingelt, um ihr mitzuteilen, dass ein Kanal offen war – dass Stimmen empfangen wurden –, hatte sie sich wieder davon angezogen gefühlt.

Sosehr sie Yuki nicht mochte, konnte sich Caren nicht dazu überwinden, ihr dasselbe zu erzählen, was sie Stake erzählt hatte. Dass Krimson einmal gesagt hatte: »Yukis Mom weint.« Schließlich gestand sie jedoch: »Gestern hat sie etwas über deine Puppe gesagt, Dai-oo-ika. Aber besonders gut verstanden habe ich das nicht. Und gerade eben hat sie etwas Seltsames gesagt, bei dem ich mich frage, ob sie am Ende gar nicht tot ist. Aber das ist wohl nur Wunschdenken, nehme ich an. In Ouija-Fonen hört man keine lebenden Menschen.«

»Was hat sie gesagt?«

»Sie sagte ›Ich bin in Steward Gardens. Steward Gardens‹. Wo immer das ist.«

Nelson Soto wartete bei laufendem, geräusch- und vibrationslosem Motor seiner Schwebelimousine in der Aussteige-/Abholzone auf dem Parkplatz der Arbury School auf die Glocke zum Schulschluss. Er konnte noch immer Yukis zu fruchtiges, mädchenhaftes Parfüm von vorhin riechen, als er sie zur Schule gebracht hatte. Wenn er sie chauffierte, konnte er es einfach nicht lassen, ihr im Rückspiegel verstohlene Blicke zuzuwerfen. Dieses hinreißende Gesicht, diese hinreißenden Beine, die in einem Schottenrock steckten. Er hätte es jedoch nie gewagt, sein Verlangen in die Tat umzusetzen – obwohl sie ihn offenbar anflirtete. Dazu respektierte er seinen Boss, und auch Yuki, zu sehr. Bei seiner Arbeit praktizierte er ein professionelles Vorgehen.

Jetzt sah er in seinem Rückspiegel eine schwarz gekleidete Gestalt, die sich der Limousine von hinten näherte. Sofort erkannte er die Uniform als die eines

Polizeibeamten von Paxton. Der Forcer würde ihn doch wohl nicht drangsalieren, weil er hier wartete? Er verwechselte ihn doch wohl nicht mit einem Pädophilen, der sich an hübsche Teenie-Mädels heranpirschte? Nicht dass er sich, wie erwähnt, keinen Blick erlaubte. Ja, der Forcer kam, um mit ihm zu reden. Mit dem Rücken seiner behandschuhten Hand klopfte er an das Fenster auf der Fahrerseite, das Soto mit einem duldsamen Seufzen herunterließ. Dann wandte er sich dem Mann zu. Der Forcer trug einen käferartigen schwarzen Helm mit heruntergeklapptem Visier. Aus einem Mikrofon erklang eine Stimme: »Könnten Sie mir bitte den Grund Ihrer Anwesenheit nennen, Sir?«

»Hören Sie, ich warte hier nur auf die Tochter …«

Die kleine Pistole, die plötzlich in der anderen Hand des Forcers auftauchte, gehörte nicht zur Standardausrüstung der Polizei. Sie war klein, leise und feuerte einen grellen blauen Strahl direkt in Nelson Sotos Stirn. Kaum hatte er seine Spur gegraben, brannte er sie auch schon aus, um so den Blutfluss zu minimieren. Doch als der Mann wieder auf den Sitz zurücksackte, war er genauso tot, als hätte ihm Mr. Jones eine volle Ladung Blei in den Schädel gejagt.

Jones griff ins Innere, deaktivierte die Türverriegelung, tauchte in den Wagen ab und schob Soto auf den Beifahrersitz. Dann schloss er die Tür und aktivierte bei allen Fenstern die Tönung, damit sie von außen vollkommen undurchsichtig waren. Und dann wartete er, so wie Soto es getan hatte, auf die Schulglocke.

Als Janice Poole durch die Fenster der Lobby blickte und sah, dass Caren Bistros Vater mit einer großen, langbeinigen, schwarzen Schülerin sprach, beschloss sie, nach draußen zu gehen und selbst ein wenig mit ihm zu quatschen. Sie hatte zahlreiche seiner Filme gesehen, einen zusammen mit Jeremy Stake, der aber nicht gewillt gewesen war, den Star zu imitieren. Ron Bistro hatte schon früher mit Janice geflirtet – obwohl er zu ihrer Verwunderung diese Jugendlichen deutlich zu bevorzugen schien – und wenn ihr griesgrämiger, abwesender Jeremy ihr weiter aus dem Weg ging, dann blieb ihr eventuell nichts anderes übrig, als sich Bistros Allerweltscharme zu ergeben.

Janice verließ das Gebäude mit dem Strom der herauskommenden, plappernden Schulmädchen und wurde von ihnen ein wenig herumgeschubst. Gegenwärtig erwuchs sich das hohe Aufkommen von Teenagerkörpern zu einem Stau, und sie versuchte seufzend, die Geduld zu bewahren. Sie reckte den Hals, um zu sehen, ob Bistro noch immer da war. Das war er, doch dann blinzelte sie, um eine andere erwachsene Gestalt zu begutachten. Ein Forcer in einer schwarzen Uniform und mit einem Helm war an Yuki Fukuda herangetreten, hatte sie sanft am Arm genommen und führte sie zu derselben Schwebelimousine, die jeden Tag auf sie wartete. An Yukis Körpersprache und ihrem Gesichtsausdruck konnte Janice sogar aus dieser Entfernung erkennen, dass das Kind verwirrt war. Der Forcer öffnete Yuki eine der hinteren Türen, dann drückte er sich nach ihr in den Wagen. Als der Wagen anfuhr, nahm Janice an, dass der übliche Fahrer (der ziemlich süß, wenn auch unfreundlich war) vorne hinter der Steuerung saß.

Janice hätte jedoch schwören können, dass sie den Ansatz eines Schreis aus dem Auto gehört hatte, kurz bevor der Forcer die Tür hinter sich zuzog. Ein Schrei der Überraschung oder der Angst, ausgestoßen von Yuki.

An der Wand zwischen den Türen der beiden Be- und Entladedocks standen drei Laderoboter in einer Reihe. Ihre abblätternde gelbe Farbe verriet, dass man sie viel benutzt hatte, bevor dieses Gebäude stillgelegt worden war. Yuki hatte angenommen, dass alle drei tot waren, doch als ihr Entführer durch den Raum ging, sah sie, dass der mittlere Roboter seinen Kopf ein klein wenig drehte, um ihm mit seinen Blicken zu folgen. Seine Augen, seine ganze Gestalt, schienen eine große Melancholie auszudrücken. Ein dickes, schwarzes Kabel war um den Hals des mittleren Roboters geschlungen, und eine Ladepalette aus Plastik war an ihn gelehnt. Auf Yuki machte er einen verlorenen Eindruck, weil er hier versteckt worden war. Gefangen. So wie sie selbst.

Sie saß in einem alten Bürostuhl, ein kleines Mädchen, das in dem großen, leeren und hallenden Raum noch zierlicher wirkte. Es war, als würde sie weit aufs Meer hinaustreiben und sich an ein Stück Treibholz klammern, um an der Oberfläche zu bleiben. Sie war nicht gefesselt, doch das hätte auch keinen Unterschied gemacht. Die beiden Männer in den Forcer-Uniformen hatten ihre Pistolen jederzeit griffbereit, ihre Helme hatten sie allerdings abgelegt. Darunter waren Glatzen und identische Gesichter zum Vorschein gekommen, die zur Gänze mit einem blauen Tarnfarbenmuster bedeckt waren. Der eine nannte den anderen Mr. Jones. Jones nannte ihn Mr. Smithee.

Die Männer, die den Fahrer ihres Vaters getötet hatten – den armen, gut aussehenden Nelson –, hatten die gestohlene Limousine in eine Speicherstadt oder in ein Industriegebiet gebracht, das ihr nicht bekannt vorkam. War das dieser entsetzliche Slum namens Warehouse Way? Es spielte keine Rolle. Was immer es war, sie wollte dort nicht sein. Und sie wusste, wo immer sie sich befand, schwebte sie in großer Gefahr.

Doch trotz ihres bedrohlichen Äußeren und der Anwesenheit ihrer Waffen hatten sich die Männer ihr gegenüber nicht gewalttätig verhalten. Sie hatten sie nicht sexuell oder auch nur verbal missbraucht, abgesehen von den knappen Befehlen, die sie ihr gaben. Es war offensichtlich, dass sie nur ihren Job erledigten. Und auf das Eintreffen eines anderen warteten.

Es dauerte nicht lange, bis er kam.

Ein Mann betrat die weiträumige, größtenteils leere Lagerhalle von der gegenüberliegenden Seite aus und ging auf Yuki und ihre beiden Entführer zu. Seine teuren Schuhe klackten auf dem Boden und er trug einen fünfteiligen Geschäftsanzug, der für seinen kurzen, kräftigen Körper maßgeschneidert worden war. Die ergrauten Haare des Mannes waren gut frisiert, das Gesicht so faltig, aber auch so hart wie eine geballte Faust. Als er sich vor Yuki aufbaute, starrte er ihr Gesicht mit einer Eindringlichkeit an, die sie glatt durchbohrte. Seine raue Stimme ließ den harten Akzent eines Mannes erkennen, der auf der Straße aufgewachsen war.

»Weißt du, wer ich bin?«

Yuki hatte immer wieder geweint, seit sie Nelson Sotos Leichnam zusammengesunken auf dem Beifahrersitz der Schwebelimousine ihres Vaters gesehen hatte. Jetzt liefen ihr neue Tränen aus ihren roten, geschwollenen Augen und sie wimmerte: »Neiiin.«

»Ich bin der Vater deiner Klassenkameradin Krimson Tableau. Kennst du *sie?*«

Yuki war zu panisch, zu desorientiert gewesen, um eine klare Theorie über das aufzustellen, was da mit ihr passierte, doch jetzt ergab alles auf schreckliche Weise einen Sinn. »Ja«, antwortete sie schniefend.

»Ich denke, dein Vater kennt sie auch, meine Kleine. Und ich glaube, er weiß, was mit ihr passiert ist. Dein Vater glaubt, dass meine Tochter irgendetwas mit irgendeinem beschissenen Spielzeug von dir angestellt hat, nicht wahr?«

»Nein«, jammerte sie. »Nein, ich weiß nicht, *bitte.*«

»Sieh mal, ich will dir nicht wehtun müssen. Aber mit deinem Vater komme ich zu keinem Ergebnis, deshalb bekommt er dich nicht zurück, bevor er mir ein paar Fragen beantwortet. Er sollte mir lieber verraten, wo meine Tochter ist, ob tot oder lebendig. Sonst, fürchte ich, wird er anfangen, das zu fühlen, was ich fühle. Findest du das nicht ziemlich fair?«

»Bitte … Ich glaube, ich weiß, wo Krimson ist.«

Wenn Adrian Tableaus Blick noch eindringlicher werden konnte, dann tat er das jetzt. »Tatsächlich? Wo ist sie?«

»Ihre Freundinnen haben sie heute in einem Ouija-Fon gehört.«

»Was? Diese gottverdammten Dinger?«

»Sie hat ihnen gesagt, sie sei an einem Ort namens … Steward Gardens.«

»Und wo zur Hölle ist das?«

»Nicht weit von Quidds Market«, fuhr Yuki hoffnungsvoll fort.

»Beaumonde Square?«, meldete sich einer der tarnfarbenen Männer zu Wort.

»Ja. Mein Dad hat mich einmal nach Quidds Market mitgenommen und ist mit mir die Straße hinuntergefahren, um mir Steward Gardens zu zeigen.«

»Warum?«, wollte Tableau wissen.

»Er meinte, weil das Gebäude meinem Onkel James gehört hat. Es wurde aber nie eröffnet, weil es Probleme gab.«

Adrian Tableau drehte sich langsam zu seinen beiden wartenden Wachmännern um. »Lasst ihr Auto hier. Wir nehmen meins.«

Mr. Smithee kam zu ihr und nahm Yuki am Arm, um ihr aus dem Stuhl aufzuhelfen und sie beim Gehen zu eskortieren. Als die vier Menschen quer durch den Raum auf den Ausgang zugingen, drehte der mittlere der vergessenen Roboter den Kopf, um ihnen dabei zuzusehen. Er wirkte nun umso missmutiger darüber, dass er seine kurzzeitige Gesellschaft so bald schon wieder verloren hatte.

25.

OFFENBARUNGEN

Sein Treffen mit Pablo Fujiwara noch in frischer Erinnerung, hatte Jeremy Stake nun eine Stunde lang im Netz archivierte Nachrichtenmeldungen über die Sekte gesucht und gelesen, der Alvine Products zuvor gehört und die ihre Mittel dazu benutzt hatte, eine bizarre Armee zu erschaffen.

Fast alle Angehörigen der menschenähnlichen Rasse der Kalianer verehrten den Dämon/Gott Ugghiutu, doch diese ganz spezielle Splittergruppe hatte sich nicht damit zufriedengegeben, ihm einfach nur Anerkennung zu zollen. Stattdessen waren sie entschlossen gewesen, ihn aus einer Art Bann zu befreien, unter dem er stand. Ihn aus seinem Zustand zwischen Leben und Tod zu erwecken. Oder war das nur metaphorisch gemeint? Vielleicht sollten diese gezüchteten Lebensformen Ugghiutu lediglich repräsentieren. Vielleicht sollte dieser in einem neuen Körper, in Form einer Tierkolonie wiedergeboren werden, dabei jedoch möglicherweise ein kollektives Bewusstsein besitzen. Das legte zumindest einer der abenteuerlicheren Artikel nahe. Die meisten größeren Nachrichtenmedien hatten die Idee einer Monsterarmee als den aberwitzigen Plan einer übereifrigen Gruppe Verrückter dargestellt und jede echte Gefahr bestritten – obwohl mehrere Rettungskräfte von einigen der erwachten Kreaturen getötet worden waren, bevor auch sie in dem durch das Erdbeben verursachten Feuer verbrannten, das in Alvine gewütet und die Anlage praktisch entkernt hatte.

Einige der mutigeren Journalisten nahmen jedoch nicht nur die Gefahr ernster, sondern stellten Verbindungen zu anderen Sekten und unheilvollen Ereignissen hier auf Oasis sowie auf anderen Welten her. Sie erwähnten die Existenz einer Tikkihotto-Sekte, einer Choom-Sekte, sogar irdischer Sekten mit ähnlichen Glaubenssätzen, die auf eine Rasse gottgleicher »Outsider« ausgerichtet waren, welche ihrer Wiedergeburt und ihrer Rückkehr an die Macht harrte. Vor 19 Jahren hatte es hier in Punktown einen größeren Zwischenfall gegeben, als drei riesige, insektoide Kreaturen versucht hatten, in diese Daseinsebene einzudringen. Die außerdimensionalen Kreaturen waren offensichtlich von einer Sekte käferartiger Koleopteroiden (oder Bettwanzen, wie die Rasse mit Spitznamen hieß) herbeigerufen worden. Die Regierung war auf den Plan getreten, hatte sogar eine der titanischen – wenngleich noch immer nicht ausgewachsenen – Kreaturen getötet. Die Bettwanzen-Sektierer hatten sie die Sammler genannt, doch die Journalisten brachten sie mit den Outsidern in Verbindung, von denen sich die Ugghiutu-Anhänger erzählten.

Einer der Artikel war mit einem Gemälde illustriert, das einem altertümlichen kalianischen Text entsprungen war und den großen Ugghiutu in einer seiner Erscheinungen porträtierte, in denen er Gestalt annehmen konnte. Das Gemälde trug die Überschrift »Die schwarze Kathedrale«. Offensichtlich würde Ugghiutu seinen amorphen schwarzen Leib zum Abbild eines Tempels formen, der dann an entlegenen Orten erscheinen und die Unvorsichtigen als unfreiwillige Opfergaben in sein Inneres locken würde. Dieser Tempel, der ihm zu Ehren aus ihm selbst bestand, hatte in der Mitte eine hoch aufragende Kuppel (ein Kopf?, fragte sich Stake), Minarette aus ineinander verschlungenen Tentakeln und zwei mehrere Stockwerke hohe Gebäudeteile, die den mittleren Rundbau umgaben.

Abgesehen von solcherart folkloristischen Elementen war Stake aufgeschlossen gegenüber dem, was er da las. Die Frau, die er liebte, war schließlich ebenfalls ein extradimensionales Geschöpf. Und welch große Macht übte sie auf ihn aus. Eroberte und verwüstete *seine* Welt.

Stake suchte einen Internetbuchladen namens Shocklines auf, um zwei Bücher zu bestellen, die in dieser Angelegenheit relevant waren. *Monstrocity*, ein Sachbuch über die Kontroverse um Alvine Products, angeblich von einem Mann geschrieben, der sich gegen die Ugghiutu-Sekte gestellt hatte, und *Alle Schreien!*, das sich mit jener Nacht beschäftigte, in der die drei Sammler versucht hatten, in diese Dimension einzutreten, um Chaos und Verwüstung anzurichten. Doch während Stake nach den Büchern suchte, erreichte ihn ein Anruf über seinen Computer und er schaltete den Bildschirm in den Vid-Fon-Modus. Als er sah, dass der Anruf von Janice Poole kam, nahm er ihn an.

Sie sah nicht so aus wie ihr übliches, kokett lächelndes Ich. Sie wirkte überraschend finster. »Jer«, sagte sie, »ich glaube, ich habe beobachtet, wie Yuki Fukuda vorhin vor der Arbury School entführt wurde.«

»Was?«, zischte er. »Du *glaubst?*«

»Es war ihr Auto, aber ein Forcer hat sie zum Einsteigen gezwungen und ist dann nach ihr eingestiegen. Ich dachte, ich hätte sie schreien gehört. Ich habe keine Ahnung, wo ihr üblicher Fahrer hin ist.«

»Vielleicht steckt er mit drin. Wurde dafür bezahlt. Hast du das der Polizei erzählt?«

»Nein. Für den Fall, dass es aus irgendeinem Grund wirklich die Polizei *war.*«

»Das bezweifle ich. Das muss dieser verfluchte Tableau gewesen sein. Hast du Fukuda angerufen?«

Janice schien sich einen Moment lang innerlich zu winden. »Ihn habe ich zuerst angerufen. Er wollte nicht, dass ich es dir erzähle, aber ich konnte es nicht länger für mich behalten.«

»Scheiße, Janice! Wie lange ist es her, dass du das beobachtet hast?«

»Tut mir leid, Jer. Das war vor ungefähr 40 Minuten. Vielleicht mehr.«

»Mist!«, rief er. Dann bemühte er sich, die Kontrolle zu bewahren. »Okay, pass auf, ich rufe Fukuda selbst an. Lass es mich besser schnell wissen, falls du irgendetwas Neues erfährst.«

»Das werde ich, versprochen. Tut mir leid. Und du bleibst auch mit mir in Kontakt, okay?«

Er unterbrach die Verbindung, murmelte ein paar Flüche und tippte Fukudas Nummer.

Fukuda antwortete umgehend und Stake bemerkte sofort zwei Dinge: dass Fukuda in einem fahrenden Auto saß und dass sein Gesicht noch finsterer aussah als das von Janice. »Detective«, sagte er.

»Mr. Fukuda, ich erhielt soeben einen Anruf von Janice Poole. Sie erzählte mir, dass Yuki entführt wurde.«

»Ja«, sagte Fukuda mit einer Stimme, die seltsam glatt und beherrscht klang, wenn auch vielleicht nur vor Benommenheit. Aus einem niederschmetternden Fatalismus heraus. »Ich habe einen Anruf der Person erhalten, die dafür verantwortlich ist. Er hat mir gesagt, dass er sie hat, und mich angewiesen, niemanden darüber zu informieren. Ein paar Minuten später hat er erneut angerufen, um mir zu sagen, wo ich ihn treffen soll. Dorthin fahre ich gerade.«

»Sie tun *was?* Seien Sie nicht verrückt! Das ist eine Falle.«

»Ich höre mir an, was er mir zu sagen hat. Und dann kann er sich anhören, was ich *ihm* zu sagen habe. Ich tue, was ich kann, um ihn zufriedenzustellen. Wenn es ihn zufriedenstellt, mich zu töten, dann sei es – solange er Yuki freilässt.«

Stake schnappte sich sein schwarzes Sakko, schlüpfte mit den Armen hinein und setzte sich seinen Filzhut auf den Kopf. Er leitete Fukudas Anruf auf seinen Handgelenkcomputer um und setzte ihr Gespräch auf diesem Weg fort, während er aus seinem Apartment stürmte.

Da Fukuda anhand der Bildübertragung erkannte, dass Stake sich in Bewegung gesetzt hatte, fragte er: »Wo gehen Sie hin?«

»Dahin, wo Sie hingehen. Verraten Sie mir also, wo das ist.«

»Das kann ich nicht.«

»Das müssen Sie aber, verdammt noch mal!« Er wollte nicht auf den Aufzug des Wohnhauses warten, deshalb hastete er die Treppe hinunter.

»Wenn die betreffende Person Sie mit mir zusammen sieht, tut sie Yuki möglicherweise etwas an.«

»Er tut ihr vielleicht trotzdem etwas an – Ihnen beiden! Glauben Sie, er lässt Sie beide am Leben, damit Sie gegen ihn aussagen können, nachdem er mit Ihrer Befragung fertig ist?«

Fukuda blickte von der Straße zu dem Vidscreen auf seiner Armatur und erwiderte Stakes Blick. Nach einigem Zögern sprach er leise und begab sich damit in die Hände des Schicksals, wohin auch immer sie ihn tragen mochten. »Steward Gardens. Er bringt sie nach Steward Gardens.«

»Das Gebäude, das Ihr Bruder gebaut hat. In Beaumonde Square.«

»Ja.«

»Warum dorthin?«

»Das weiß ich nicht. Ich nehme an, weil es leer steht und abgeschieden liegt. Ich habe keine Ahnung, wie er davon erfahren hat. Er muss Nachforschungen über mich angestellt haben.«

Stake hatte die Lobby erreicht und zog sein Schweberad unter der Treppe hervor, wo er es aufbewahren durfte. Er schob es zur Haustür und in die dunkler werdende Abenddämmerung von Punktown hinaus. Die spätherbstliche Luft war ziemlich kalt. Stake bestieg die Maschine, dann schwirrte sie mit ihm davon, schob sich in die Lücken und engen Räume zwischen den Schwebeautos und den verschiedenen anderen Fahrzeugen, die die Straßen verstopften. Während alledem führte er seine Unterhaltung mit Fukuda fort und musste dabei laut rufen, um bei dem Röhren und Quietschen des Verkehrs gehört zu werden.

»Warum halten Sie nicht irgendwo an und ich stoße zu Ihnen, bevor Sie weiterfahren? Oder noch besser, warum ziehen Sie sich nicht einfach zurück und überlassen das mir?«

»Ich habe ihm gesagt, dass ich kommen werde, also werde ich kommen. Yuriko ist schon einmal meinetwegen gestorben. Ich habe sie nicht zurückgeholt, nur damit sie noch einmal getötet wird.«

»Verstehe. Im Wesentlichen wollen Sie also Selbstmord begehen, um für Ihre Sünden zu büßen?«

»Sie kennen nicht die Hälfte meiner Sünden, Detective Stake. Auch wenn jetzt vielleicht ein guter Zeitpunkt wäre, um sie zu beichten.«

»Ich dachte, das hätten Sie bereits.«

»Ich fürchte, ich war nicht besonders ehrlich zu Ihnen. Ich habe Ihnen gegenüber die Tatsachen verdreht. Sehen Sie, ich bin nicht John Fukuda.« Wieder sah er Stake über ihre Vidscreens in die Augen. »Ich bin James Fukuda.«

Ein aquafarbenes Schwebeauto war aufgrund einer Stauung direkt vor Stakes Rad stehen geblieben. Beinahe wäre er mit ihm zusammengestoßen und sein Hintern hob beim Bremsen vom Sitz ab. Es war jedoch sein Gehirn, das sich durch den Schwung nach vorne geworfen fühlte. Er richtete seine Aufmerksamkeit wieder auf den Armbandcomputer, drückte dabei die Lenkgriffe des Rads, als würde er ihnen Schmerz zufügen wollen, und spannte seine Kiefermuskulatur an. Fukuda wartete, gab ihm Zeit zu reagieren. Was er auch tat: »Sie sind James Fukuda. Der tote Bruder. Hatte ich also schon die ganze Zeit mit Ihnen die Ehre oder haben Sie beide mich abwechselnd verarscht?«

»Es gibt nur mich«, erklärte Fukuda ihm. »Mein Bruder John ist der, der tot ist.«

Der Verkehr hatte sich wieder in Bewegung gesetzt, allerdings mehr wie Eisklumpen in einem fast zugefrorenen Fluss. Stake spie einen Fluch aus. Er sah zu einem Schwebeauto hinauf, das direkt über ihm flog, entlang eines Strangs des unsichtbaren Navigationsnetzes, das zwischen den Wolkenkratzern gespannt war. Ein Taxi mit der Identifikationsnummer 23, die sich in auffallendem Schwarz von dem gelb lackierten Rumpf abhob und ihm das Aussehen einer riesigen Biene verlieh. Er wünschte, er wäre in diesem Fahrzeug dort oben anstatt hier unten, in diesem kriechenden Gletscher. Fukuda hatte einen gewissen Vorsprung und sein Ausgangspunkt lag näher an Beaumonde Square als der von Stake. Ungeachtet der Mobilität seines kleinen Rads befürchtete er, dass er Fukuda auf dem Weg nach Steward Gardens niemals überholen konnte.

»Warum haben Sie mich zuvor angelogen?«, rief Stake.

Auf Stakes kleinem Monitor hatte Fukuda den Blick abgewandt – vermutlich weil er auf den vor ihm liegenden Verkehr achtete –, während er antwortete: »Die Geschichte, die ich Ihnen zuvor erzählt habe, ging so, dass der Bruder namens James in Yuriko verliebt war, die Frau des Bruders namens John. Dieser Teil stimmte. Was aber nicht stimmte, war, dass Yuriko sich den Avancen von James widersetzte und James sie aus einem Wutanfall heraus tötete. Dann habe ich erzählt, dass John bei seiner Heimkehr seine tote Frau fand und es zu einem Kampf zwischen den Brüdern kam. Aus der Verzweiflung heraus, seine Frau ermordet vorgefunden zu haben, entriss John James die Waffe und erschoss ihn damit.«

»Ich erinnere mich.«

»In Wahrheit hat Yuriko James genauso geliebt wie er sie. Wie *ich* sie geliebt habe. Mein Bruder John … Nun, ich habe Ihnen ja erzählt, dass er der Erfolgreichere war. Praktisch veranlagt, loyal seiner Firma gegenüber, unerschütterlich stark. Aber darüber hinaus war er kalt, Mr. Stake. Er war so besessen von seiner Firma, dass er sich von seiner Frau entfremdet hatte. Sogar von mir. Yuriko war sehr sensibel, sehr sanft und liebevoll. Sie brauchte es, *geliebt* zu werden. Sie war keine schlechte Frau. Wenn überhaupt, dann war ich ein schlechter Bruder.«

»Deshalb begannen Sie eine Affäre mit ihr.«

»Eines Tages, es war wahrscheinlich unvermeidlich, hat John die Wahrheit herausgefunden. Er erwischte uns zusammen in seinem Apartment. Wir waren in diesem Moment nicht im Bett, doch er verstand. In seiner Wut nahm er eine Pistole, schoss auf Yuriko und tötete sie. Dann wandte er sich gegen mich. Ich konnte ihm die Waffe wegnehmen. Und weil er die Frau getötet hatte, die ich geliebt habe, tötete ich ihn ebenfalls.« Fukuda stieß einen langen, rasselnden Seufzer aus. »Fast dieselbe Geschichte, wie ich sie Ihnen erzählt habe. Nur mit ein paar entscheidenden Unterschieden.«

»Den Rest müssen Sie mir nicht erzählen. John war der Erfolgreichere. Sie waren der Träumer, der Verlierer. Sie hatten Steward Gardens am Hals, Ihr größter bisheriger Misserfolg. Deshalb nahmen Sie die Identität Ihres Zwillingsbruders an und übernahmen seine Firma.«

»Ich war der ideenreichere Bruder, ja. Allerdings war ich auch der eifersüchtigere. Ich begehrte die Frau meines Bruders, und seinen Erfolg. In meiner Gier habe ich ihm beides gestohlen. Ihr Tod war der Preis. Deshalb habe ich auf meine Art versucht, sie zurückzuholen. Yuriko erweckte ich durch Yuki wieder zum Leben. Und John durch mich.«

»Denken Sie, wenn Sie sich jetzt umbringen lassen, wäscht Sie das rein?«

Mit erstickter Stimme sagte James Fukuda: »Ich will nur meine Tochter zurück.«

»Fahren Sie rechts ran und warten Sie auf mich, verdammt noch mal!«

»Warum schert es Sie, was mit mir passiert, Mr. Stake?«

»Weil Sie mich dafür bezahlen«, blaffte er.

»Das denke ich nicht. Ich denke, es liegt in Ihrer Natur.«

»Wenn Sie das so sagen.«

Der Verkehr geriet erneut ins Stocken und Stake blickte vor lauter Ärger erneut zu den sich freier bewegenden Schwebeautos hinauf. Das Taxi mit der Nummer 23 hatte über ihm ebenfalls angehalten, obwohl der Verkehr dort oben fließender war. Genervte Autofahrer hupten es an oder wechselten in andere Navigationsspuren, um es verärgert zu umfahren. Worauf wartete es?

Auf mich, wurde es ihm bewusst. *Mist*. Tableau ließ ihn offensichtlich verfolgen. Irgendwann würden sie merken, dass er auf dem Weg nach Beaumonde Square war, nach Steward Gardens, und dann würden sie ihn erwarten. Nun, dann war dem eben so. Um dieses Problem würde er sich kümmern, wenn er dort ankam.

»Ich bin gleich dort«, ließ Fukuda aus Stakes Armbandcomputer vernehmen und seine Stimme schwankte dabei immer mehr. »Ich verabschiede mich besser.«

»Fukuda, ich sage Ihnen …«

»Sie sollten umdrehen und nach Hause fahren, Mr. Stake. Das ist jetzt meine Angelegenheit.«

»Das war sie schon immer. Hören Sie, wenn Sie sich von mir nicht helfen lassen wollen, okay – aber lassen Sie mich Yuki helfen.«

Fukuda schwieg einen Moment lang. Dann sagte er: »Wir müssen unserer eigenen Bestimmung folgen, Detective. Wenn das Ihre Entscheidung ist, dann ist das Ihr Schicksal. Was mich angeht … Nun, es wird Zeit, meiner eigenen Bestimmung zu folgen, anstatt die meines Bruders zu stehlen. Jetzt muss ich wirklich Schluss machen. Ich ertrage es nicht, länger in Ihr Gesicht zu blicken.«

Und damit unterbrach James Fukuda die Verbindung.

Stake musste den Monitor seines kleinen Computers nicht in den Spiegelmodus umschalten, um zu wissen, wessen Gesicht er zu ähneln begann.

26.

VEREINIGUNG

Die Schwebelimousine hatten sie – mit Nelson Soto nach wie vor verkrümmt auf dem Beifahrersitz liegend – hinter der Lagerhalle zurückgelassen und stattdessen Adrian Tableaus Luxus-Heliauto genommen. Und so ergab es sich, dass Mr. Jones ebendiese Maschine auf dem Dachparkplatz des A-Flügels von Steward Gardens landete.

Als sie aus dem Fahrzeug ausstiegen, ließ der kalte Wind Yukis lange Haare wie eine Fahne wehen. Der Abend brach herein, die Farbe des Himmels wurde zu einem dunklen Blau. Ein Hintergrund, vor dem das Kaleidoskop der Stadtlichter zu schillern begann. Tableau, der gegen den Wind blinzelte, ging nah an die Dachkante heran und beobachtete einen Moment lang in der Ferne den Verkehr auf der Beaumonde Street. Die erste Welle der Büroangestellten machte sich auf den Heimweg und überließ es ihren ambitionierteren Kameraden, noch ein paar Stunden länger an ihren Schreibtischen zu verweilen. Tableau verachtete diese Sorte Menschen trotz seines inzwischen größeren Erfolgs so sehr wie damals in seiner Jugend, als er sie ausgeraubt hatte. Aufgrund seiner Herkunft vertraute er seinem aus pensionierten Veteranen des Blauen Kriegs bestehenden Sicherheitsteam mehr als den ganzen Bürohengsten, die für ihn arbeiteten.

Mr. Smithee war zu der Tür gegangen, durch die man in das Gebäudeinnere gelangte, bereit, eine Generalschlüsselkarte einzusetzen, um die Verriegelung aufzuheben. Doch dann drehte er sich zu den anderen um und verkündete: »Ist bereits offen.«

Tableau sah zu den überwucherten Gärten, die das Wohngebäude von der Straße trennten, mit ihren abgestorbenen Rankengewächsen, die sich durch die Metallgitter schlängelten, und dem mit Schwimmschlack gefüllten Springbrunnen in der Mitte des Weges, der zum Vordereingang führte. »Verfluchtes Spukhaus«, murmelte er, bevor er zu Jones und Smithee stieß, die das schniefende Teenagermädchen in ihre Mitte genommen hatten. Unter seiner teuren Anzugjacke trug auch er eine Waffe, die er, noch bevor sie den überdachten Eingangsbereich ganz durchquert hatten, aus ihrem Holster zog.

Die kleine Gruppe ging in den dritten und letzten Stock des A-Flügels hinauf und trat dort in einen finsteren Korridor hinter dem großen Zimmer, das sich in der Etagenmitte befand. Jones ging weiter, um die Vorhut zu bilden, die Strahlenkanone schussbereit in der Hand. Nicht das erste Mal in seinem Leben, dass er die Anführerschaft übernahm. Sie gingen an Fahrstühlen vorbei, bogen um die Ecke und blickten schließlich in einen weiteren, schwach beleuchteten Gang mit durchnummerierten Türen auf der rechten Seite – die erste Kennung lautete ›36-A‹. Zu ihrer Linken: zwei in breiterem Abstand auseinanderliegende Türen, die in das Zimmer führten, das das Zentrum dieser Etage bildete. Tableau nahm Yuki jetzt selbst am Arm und flüsterte barsch: »Wenn du mich in eine Falle geführt hast, wird dir das leidtun, kleines Mädchen.«

»Das habe ich nicht«, schluchzte Yuki. »Krimson hat Caren erzählt, dass sie hier ist.«

Smithee klimperte misstrauisch mit den Augen. Die Geräusche des Straßenverkehrs hatten sie hinter sich gelassen und ausgesperrt. Eine Stille, als wäre man taub, untypisch für diese Stadt. Hätte er es nicht besser gewusst, der Veteran hätte angenommen, dass er sich tief unter der Erde befand. Wie damals, als er durch die Tunnel geschlichen war, in denen die Ha Jiin schon seit langer Zeit ihre Verstorbenen aufbewahrten. Dieselben Tunnel, in denen sich während des Blauen Krieges ihre lebenden Soldaten versteckt hatten und aus im Dschungelboden versteckten Luken gesprungen waren, um anzugreifen. Wie zum Leben erweckte, rachsüchtige Tote.

Jones behielt die nummerierten Wohnungstüren im Blick, doch es war die nähere der beiden Türen zu seiner Linken, die sich nur wenige Schritte entfernt öffnete. Er wirbelte herum und hob seine Pistole, als eine Gestalt staksend in den Gang hinaustrat.

Das Wesen hatte menschliche Gestalt, wirkte aber unfertig. Nase und Augenhöhlen waren nur schwach angedeutet – und es besaß keine wirklichen Merkmale, abgesehen von der Nummer ›32-B‹, die auf seine Stirn gemalt war. Seine Haut war grau und es trug keine Kleidung. Und es wandte sich von ihnen ab, als würde es Jones und dessen auf ihn gerichtete Waffe überhaupt nicht bemerken. Dann watschelte es auf die Aufzüge und das Treppenhaus zu.

»Was zur Hölle war das?«, zischte Tableau, nachdem sich das Ding an ihm vorbeigeschleppt hatte. Er spürte, wie Yuki sich seitlich an ihn drückte, als würde er sie beschützen. »Ich hielt es für einen Geist«, sagte er.

»Ein Bilf«, flüsterte Smithee, der die biotechnische Lebensform als etwas erkannte, das entfernt mit ihm und Jones verwandt war, auch wenn es an einem anderen Ast des Plastikstammbaumes hing.

Jones näherte sich der geöffneten Tür und trat hindurch, sprang jedoch sofort wieder zurück, als eine weitere Gestalt aus dem abgedunkelten Zimmer dahinter torkelte. Sie streifte seinen Arm, schien aber seine Anwesenheit ebenfalls nicht zu bemerken, oder sich nicht dafür zu interessieren, und folgte ihrem Bruder den Gang hinunter. Dabei war sie mit ihm identisch, bis auf die Nummer 21-A, die Jones auf ihrer Stirn bemerkt hatte.

Er schob noch einmal den Kopf durch die Tür und dieses Mal konnte er sehen, dass der Raum als Miniatur-Kino genutzt wurde. Auf der Leinwand war jedoch nur ein zischendes, knackendes Rieseln zu sehen. Ein- oder zweimal blitzte ein Bild auf, ohne jedoch wirklich Gestalt anzunehmen. Begleitet wurden diese Blitze von einem Geräuschgewitter, das eine Vielzahl von Stimmen vermuten ließ, die alle auf einmal stöhnten und sangen, doch das Rauschen übertönte sie wieder.

Einige Köpfe hoben sich silhouettenhaft von der Leinwand ab. Einer dieser letzten noch verbliebenen Zuschauer stand auf, drehte sich unbeholfen um und ging auf die Tür zu. Jones trat zur Seite, um das gesichtslose Wesen vorbeizulassen, damit es den Gang hinuntertorkeln konnte. In dieselbe Richtung, in die die beiden anderen gegangen waren, um dann um die Ecke zu verschwinden. Zum dritten Mal hörten sie, wie die eiserne Tür zum Treppenhaus erst quietschend geöffnet und dann mit einem Knall zugeschlagen wurde.

»Sehen wir nach, wohin sie gehen«, sagte Jones und führte die Gruppe den Weg zurück, den sie gekommen waren.

»Wenn diese Dinger meiner Tochter etwas angetan haben«, setzte Tableau an, beendete den undenkbaren Gedanken jedoch nicht.

Alle vier gingen hinunter ins Erdgeschoss, doch es gab noch eine tiefere Etage. Den Keller. Mr. Jones zögerte und blickte das Treppenhaus hinunter. Waren die drei Wesen, die Schaufensterpuppen glichen, dort nach unten gegangen?

»Ich denke, wir bleiben besser hier oben«, sagte er vorsichtig und lauschte angestrengt in die unter ihm liegende Dunkelheit. Die Notbeleuchtung der Kelleretage flackerte, war beinahe tot. »Fukuda wird zum Vordereingang kommen.«

»Aber wenn diese Dinger da unten sind, dann haben sie vielleicht meine Tochter«, sagte Tableau, der sich eng neben ihn drückte. Er hielt Yuki hinter sich am Handgelenk fest.

»Wenn Fukuda hier eintrifft, kann er uns vielleicht ganz genau sagen, wo sie ist.«

»Er weiß es nicht!«, meldete sich Yuki zu Wort.

Tableau wandte sich mit zusammengebissenen Zähnen zu ihr um.

»Woher willst du wissen, was er weiß?«

»Daddy.«

Tableau riss den Kopf wieder herum und spähte erneut das Treppenhaus hinunter. »Krimson?«, platzte es aus ihm heraus.

Jones sah seinen Arbeitgeber überrascht an.

»Krimson!«, rief Tableau. Er wollte vorwärtsgehen, doch Jones verbaute ihm mit dem Arm den Weg.

»Sir, was ist los?«

»Was los ist? Haben Sie nicht gehört, wie sie nach mir gerufen hat?«

»Ihre Tochter?«

»Ja – da unten!«

»Nein, Sir, das habe ich nicht.«

»Krimson!«, rief er erneut. »Bist du da unten?«

»Daddy.«

Eine Person, kaum mehr als ein Schatten, schob sich am Fuße der Treppe gerade weit genug in ihr Blickfeld. Die Person war von kleinerer Statur und hatte eine weibliche Silhouette. Genau genommen sah sie so aus, als hätte sie gar nichts an. Sie hielt ihnen ihre Arme entgegen. In Adrian Tableaus Richtung.

»Daddy.«

Diesmal hörte Jones die kaum wahrnehmbar flüsternde Stimme eines Teenagermädchens in seinem Kopf. Hinter ihm begann Yuki zu wimmern. Auch sie hatte dieses Wort gespürt, das wie ein Tausendfüßler über ihr Gehirn getrippelt war.

Tableau torkelte Jones gegen den Arm, doch dieser packte seinen Arbeitgeber und hielt ihn nachdrücklicher zurück. »Nicht, Sir!«

»Lass mich durch, du Wichser«, schimpfte Tableau. »Sie ist es! Das ist Krimson!«

»Das stimmt nicht«, sagte Jones. »Sie ist es nicht.«

Die Gestalt unter ihnen kam einige Schritte näher an den Treppenabsatz heran und streckte dabei noch immer in einer flehenden Geste die Arme aus. Sie war jetzt in das schwache Licht getreten. Und einen Moment lang entfaltete die Helligkeit ihre Wirkung. Ganz kurz fiel sie auf glatte, graue Haut und glitzerte auf einer langen Schnur, die die Gestalt hinter sich herzog. Wie ein riesiger Schwanz wuchs sie aus der Mitte ihres Rückgrats heraus und verschwand in der Dunkelheit. Der Schwanz war schwarz-silbern gestreift und glitt wie von selbst in einer Seitwärtsbewegung hin und her, wie der Körper einer riesigen Schlange. Oder ein gewaltiges Tentakel, das die weibliche Gestalt mit etwas Unsichtbarem verband.

»O Gott«, stöhnte Tableau, als er sah, dass die Erscheinung weder Augen noch Mund hatte.

»Was ist das für ein Ding?«, fragte Smithee, der seinen Hals streckte, um über ihre Schultern zu blicken. »Was zur Hölle ist da unten?«

Mit schockierender Schnelligkeit stürzte die Gestalt auf die Treppe und rannte zu ihnen hinauf. Tableau war stark, doch Jones war stärker. Er schleuderte den Mann zur Seite, sodass dieser über den Boden kullerte. Dann schlug er die Tür zu und Smithee wuchtete sich genau wie Jones gegen die eiserne Oberfläche. Mit ganzem Gewicht drückten die beiden Klone mit den Schultern dagegen.

Yuki kauerte neben Tableau, zu verängstigt, um zu fliehen. Sie schrie, als sie hörte, wie sich das Ding auf der anderen Seite der Tür gegen das Metall warf. Dann schlug es mit der Faust, oder vielleicht auch mit dem Kopf, immer wieder dagegen.

Tableau, der auf dem Rücken lag, stieß selbst einen erstickten Schrei aus und umklammerte seinen Kopf, der bis zum Bersten von dem Wort »Daddy … Daddy … Daddy … Daddy …« erfüllt war.

»Öffne die Tür!«, blaffte Smithee Jones an. »Wir müssen es erschießen!«

»Nein, nein, das müsst ihr nicht!«, schrie Tableau auf.

»Es ist nicht sie!«

»Doch, sie *ist* es. Es ist ein Teil von ihr, ein Teil von ihr, im Innern von etwas anderem.« Tableau schluchzte. Blut begann aus seinen Nasenlöchern zu sickern. Ihm kam es so vor, als würden die Nahtstellen seines Schädels auseinanderdriften.

Dann, plötzlich, hörte das Klopfen auf. Kein Schluchzen einer vertrauten Stimme in ihren Köpfen mehr. Die Erscheinung hatte sich zurückgezogen. Doch für den Moment drückten sich die beiden Wachmänner, die der Ruhe nicht trauten, weiter gegen die Tür.

»Krimson«, stöhnte Tableau, der noch immer auf dem Boden lag, obwohl die Stimme seinen Kopf verlassen hatte. »Krimson.« Die lockende Verkörperung seiner Tochter, die ihn davon überzeugen sollte, dass sie noch lebte, bestätigte ihm nun auf seltsame und erschreckende Weise, dass Adrian Tableaus Tochter tot war. *Tot.*

»Das da unten ist etwas, das von Fukuda stammt«, sagte Jones. »Ganz bestimmt.«

Tableau stemmte sich schließlich wieder auf die Beine. »Wenn er hier ankommt, kann er uns verraten, was das ist«, keuchte er. »Kurz bevor ich ihm seine verdammten Augen rausschieße.«

»Nein«, schrie Yuki Fukuda. »Nein .... Neiiin ...«

Sogar als er Krimson Tableaus stofflichen Geist zu sich zurückrief, war sich Dai-oo-ika nicht sicher, ob er ihn ausgesandt hatte oder ob ihre eigene, von ihm absorbierte Essenz dafür verantwortlich war. In seinem gegenwärtigen Verwandlungsstadium war er für sich selbst noch immer eine Art Fremdling. Wie es auch war, er hatte einen der Gesichtslosen, die er assimiliert hatte, so umgeformt, dass er die Gestalt des Mädchens angenommen hatte. Jetzt kehrte die Gestalt jedoch zu ihm zurück, ihre Nabelschnur hinter sich herziehend. Eigentlich war es eins der Tentakel, die Dai-oo-ikas Gesicht bildeten, nur sehr viel dünner.

Die weibliche Gestalt kroch den Hügel hinauf, der sein gewaltiger Bauch war, dann umarmte sie ihn, ihren neuen Vater. Und begann wie in einer Art umgekehrter Geburt in dem uranfänglichen, durchlässigen Fleisch zu versinken, dem sie entsprungen war. Er brach das Ende seines Tentakels von ihrem Rücken ab und das Anhängsel zog sich auf dieselbe Länge zurück wie der Rest.

Eine weitere Gestalt betrat den Raum. Einer der letzten noch verbliebenen Gesichtslosen. Auch diese Kreatur näherte sich ihrem Meister, um sein Fleisch mit ihrem eigenen zu vereinen. Die Berührung, mit der sie über ihn kroch, war jedoch eine lästige Ablenkung und er fegte seinen Bittsteller fast wie eine Ameise von sich. Er wurde von zu vielen verwirrenden Gefühlen und Sinneseindrücken bombardiert. Zuvor hatte er die Kreatur namens

Adrian Tableau über sich gespürt. Diejenige, zu der sich seine sich ausdehnende Essenz gerade vorgewagt hatte, um ihm zu begegnen. Doch jetzt spürte er dort oben eine weitere Präsenz, die ihm vertraut war. Nicht dem schlecht verdauten Bewusstseinssplitter einer anderen Kreatur, der in sein eigenes Bewusstsein eingebettet war. Nein, diese Präsenz war *ihm* selbst vertraut. Es war jedoch ein Nachhall eines anderen, früheren Lebens oder einer anderen Inkarnation. Dieses Echo klang so fern und so gedämpft, wie ein Kind die Stimme einer Mutter im Mutterleib hört. Eine Stimme, an die sich der bloße Fötus des gottgleichen Wesens erinnerte, zu dem er in Kürze heranwachsen würde.

Und doch quälte ihn diese Stimme zutiefst, die Dai-oo-ika in dem gedämpften Mutterleib hörte, der sein Kopf war.

»Nein«, schrie diese vertraute Stimme. »Nein … Neiiin.«

Während die vier sich zu der kleineren Lobby vorwärtsbewegten, die die beiden Gebäudeteile von Steward Gardens miteinander verband, kamen sie an den wenigen verbliebenen Schaufensterpuppen vorbei, die in die entgegengesetzte Richtung marschierten.

Als die letzte Kreatur auf ihn zukam, hob Adrian Tableau aus einer Laune heraus seine Waffe und feuerte in schneller Folge drei Kugeln in den gummiartigen grauen Kopf. Die beiden Klone erschraken und Yuki wimmerte. Das Ding brach vor ihren Füßen zusammen und zuckte in einem Todeskampf.

Tableau starrte seine Begleiter an. »Na gut – kommt schon!« Mit seiner Pistole gab er ihnen das Zeichen, weiterzugehen. »Scheiß auf Fukudas Spielzeuge.«

27.

WIEDERVEREINIGUNGEN

James Fukuda parkte sein Schwebeauto rechts des Gebäudes. Sein Fahrzeug war das einzige auf dem Parkplatz, der sich in einem Bogen bis zur Rückseite des Wohngebäudes erstreckte. Als er sich Steward Gardens über die Beaumonde Street genähert hatte, hatte er jedoch ein einzelnes Helitaxi gesehen, das sich auf dem Dach niedergelassen hatte.

Es war eine ganze Weile her, seit er diese Anlagen betreten hatte, und ihr verwahrloster Zustand deprimierte ihn. Irgendein kleines Tier hastete vor ihm durch ein verwildertes Gebüsch, das früher einmal eine ordentliche, geometrisch perfekt geformte Heckenreihe gewesen war. Er erinnerte sich an die Pläne für diese Gärten, die am Computer entwickelt worden waren, und wie sie ausgesehen hatten, als sie fertig gewesen waren. Damals, als Steward Gardens noch eine Zukunft gehabt hatte. In gewisser Weise hatte es noch nicht einmal eine Vergangenheit gehabt. Es war eine Totgeburt. Etwas, das Trauer, Scham und sogar Hass in ihm auslöste. Konnte Tableau wirklich Gefallen daran finden, ihn so zu demütigen, indem er ihn dazu zwang, hierherzukommen und sich diesem Ort aufs Neue zu stellen? Sich dem zu stellen, der er wirklich war – und der Frage, warum er diese Person die letzten vier Jahre weggesperrt hatte, so wie die Türen dieses Gebäudes versperrt worden waren?

Sie waren jedoch nicht verschlossen, wie er erkannte. Die Vordertür stand weit offen, so wie jedes der Fenster, die in beiden Gebäudeteilen schwarz aufklafften. Wie Augenhöhlen in einem riesigen Schädel. Noch seltsamer war jedoch, dass restlos alle biotechnischen »Diener« aus ihren Nischen zwischen den Wohnungstüren verschwunden waren. Wann war das passiert? Ging es auf das Konto von abenteuerlustigen Jugendlichen, dass so viele von ihnen wie weggezaubert waren?

Der Seitenweg, über den er vom Parkplatz aus gekommen war, traf auf den Mittelgang, der zur Vordertür führte. Als er den Springbrunnen erreichte, hielt er kurz inne, um einen Blick zur Straße zu werfen, zu dem vorbeifließenden Verkehr, zu den Autos mit Menschen, die alle ihr eigenes Ziel hatten, von eigenen Problemen geplagt wurden. Er wusste nicht, dass keiner der Leute, die vorbeigerast waren, als ein Bandenmädchen namens Nhu und ein Mutant namens Haanz kürzlich in diesem Hof gestorben waren, und die zufällig zu ihnen hinübergeblickt und ihren bizarren Tod flüchtig wahrgenommen hatten, sich die Mühe gemacht hatte, die Forcer zu informieren. Und das, obwohl sie ihre Kommunikationsgeräte direkt vor sich auf der Steuerkonsole oder an ihrem Handgelenk hatten. Das hier war immer noch Punktown.

Und während er das ferne Treiben auf der Straße beobachtete, kam es Fukuda so vor, als würde er zum letzten Mal auf die Welt außerhalb dieses Gebäudes blicken. Während der ganzen Zeit war ihm die wahre Bestimmung dieses Ortes verborgen geblieben, doch jetzt verstand er sie. Er hatte Steward Gardens für denselben Zweck gebaut, zu dem Pharaonen einst ihre Pyramiden gebaut hatten. Als Grabmal.

Er lächelte verbittert, als er sich daran erinnerte, wie ihn sein Bruder John aufgezogen hatte, indem er James und seine Armee aus halb lebendigen Statuen mit dem chinesischen Kaiser Qin Shihuangdi verglich, der sein

Grab mit einer Armee aus 8000 Terrakottasoldaten gefüllt hatte. Kein Wunder, dass der Encephalon nie richtig funktionierte. John hatte zwar eingewilligt, ihm zu helfen, es aber ohne Glauben, ohne Enthusiasmus, ohne die Unterstützung getan, die er seinem Zwillingsbruder gegenüber hätte an den Tag legen müssen.

James schüttelte den Kopf. Schüttelte seine Wut von sich ab. Hatte er noch immer nicht damit abgeschlossen? Hatte er nicht akzeptiert, dass sich seine Wut nur gegen ihn selbst richten durfte? Konnte er nicht wenigstens diese Lektion lernen, bevor er hineinging, um sich seiner Strafe zu stellen?

Bevor er sich jedoch dazu überwinden konnte, kam jemand heraus, um zu ihm zu kommen. Vielleicht hatte ihn die Person aus dem Innern heraus beobachtet und war ungeduldig geworden.

Obwohl er eine Forcer-Uniform trug und obwohl die Klone aus dem Blauen Krieg mit ihren blau gesprenkelten Gesichtern alle gleich aussahen, wusste Fukuda aufgrund eines früheren Erlebnisses, dass dies Mr. Jones, Adrian Tableaus bester Wachmann, war. Der, der ihn gefoltert hatte – und den er danach selbst gefoltert hatte.

Jones hatte eine Pistole in der einen Hand, während er Fukuda mit der anderen zuwinkte. »Mr. Fukuda«, sagte er besonnen, »würden Sie mir bitte hier entlang folgen? Wir haben Sie schon erwartet.«

Nachdem er auf die Beaumonde Street gestoßen war, war es nicht mehr schwer zu finden gewesen. Auf einer großen Tafel an der Außenseite des Gebäudes stand ein Name, die Buchstaben wie eine Grabinschrift tief in einen schiefergrauen Hintergrund eingraviert: STEWARD GARDENS.

Jeremy Stake bemerkte ein Fahrzeug, das auf einem Parkplatz rechter Hand des Gebäudes abgestellt worden war, sowie ein Schwebeauto auf dem Dach. Er war nicht überrascht, dass Fukuda das Gebäude vor ihm erreicht hatte, dennoch stieß er einen leisen Fluch aus. Sein Schweberad war von den Hindernissen im Verkehr aufgehalten worden, doch er betete, dass Fukudas sehr viel größeres Fahrzeug noch stärker aufgehalten worden war und sich der Zeitraum zwischen ihrer beider Ankunft verringert hatte.

Stake warf einen kurzen Blick auf das Gebäude, dann ging er weiter zu einem benachbarten Büroblock. Sein Rad ließ er dort auf dem Parkplatz stehen, der sich, während der Abend hereinbrach, allmählich leerte. Dann joggte er zu Fuß zurück zu dem Wohngebäude. Dabei betrat er das unübersichtliche Grundstück so vorsichtig, als würde er durch die blaue Vegetation eines Dschungels kriechen, immer geduckt und von Deckung zu Deckung jagend. Auf diese Weise pirschte er sich an die linke Seite heran, da er die Eingangstür nicht direkt ansteuern wollte. Alle Fenster standen offen. Das war zwar merkwürdig, würde ihm aber einen heimlicheren Zutritt ermöglichen.

Während er sich dem Gebäude näherte, sah er einige Male in den dunkler werdenden Himmel hinauf und erwartete, ein Helitaxi mit der Nummer 23 auf dem Rumpf über sich schweben zu sehen. Er hatte es jedoch bereits aus den Augen verloren, als er in die Beaumonde Street eingebogen war. Hatte er sich also nur eingebildet, dass es ihn verfolgte? Vielleicht war es Paranoia, was er sich aber schwer vorwerfen konnte.

Die Darwin Kaliber 55 hatte ihr Holster verlassen und ging wie ein aufmerksamer Bluthund suchend voraus.

Als er das eigentliche Gebäude erreichte, ging Stake vor dem Fenster eines der Apartments in die Hocke und hob dann vorsichtig den Kopf in die Höhe, um in den unbeleuchteten Raum dahinter zu spähen. Überzeugt, dass der Raum leer war, schwang er sich über das Fensterbrett. Dann war er drin.

Die Tür, die aus der Wohnung in den Gang führte, stand offen. Als Stake in den finsteren Korridor trat, sah er, dass die Wohnungstür jedes Apartments genau wie die Fenster geöffnet worden war. Wie die Augenlider einer Leiche standen sie offen. Er vernahm einen entfernten Schrei, der durch die ausgehöhlte Gebäudehülse zu einem Echo wurde.

Leise rannte er in diese Richtung.

»Lassen Sie mich zu meiner Tochter!«, rief Fukuda, während Jones ihn zurückhielt. Bei ihrem Anblick waren ihm Tränen in die Augen gestiegen. Sie saß auf einem der Stühle im Eingangsbereich, war nun nicht mehr gefesselt, aber Mr. Smithee drückte ihr eine Hand auf die Schulter. »Wenn Sie ihr irgendein Haar krümmen …«, setzte er an.

Smithee grinste. »Dann was?«

»Daddy«, schluchzte Yuki und streckte ihre Hand nach ihm aus. »Daddy.«

»Hast du ihn nach Waffen durchsucht?«, fragte Adrian Tableau.

Jones nickte. »Nichts. Nicht einmal die Spritze, die er mir beim letzten Mal injiziert hat.« Jones lächelte den Mann, dessen Arm er festhielt, beunruhigend an.

»Du hast sie mir zuerst injiziert, du verfluchter Bilf!«, blaffte Fukuda zurück. Er bemerkte den Blick, der sich in Jones' Augen schlich. Wie der eines Leoparden, bevor er sich auf die Beute stürzt. Doch er richtete seine Wut auf seinen Geschäftskonkurrenten.

»Ich sage Ihnen dasselbe, was ich letztes Mal Ihren Spielzeugsoldaten gesagt habe, Tableau. Ich habe nichts mit dem Verschwinden Ihrer Tochter zu tun! Ich habe jemanden damit beauftragt, Yukis Kawaii-Puppe wiederzufinden, wie es Ihnen Ihre Schläger bestimmt berichtet haben. Und ich räume ein, dass mein Ermittler die Spur Ihrer Tochter bis zu einer Wohnung in Subtown, in der Folger Street, verfolgt hat. Die Wohnung ihres Freundes Brat Gentile. Er, nicht ich, hat sie als Letzter gesehen. Sie haben miteinander geschlafen, wie sein Bruder meinem Mann erzählt hat, und als er aufgewacht ist, war Ihre Tochter verschwunden.«

Adrian Tableau kam mit vorgeschobenem Kiefer näher an Fukuda heran. »Den Mist mit dem Freund habe ich schon gehört. Wenn meine Tochter einen Freund gehabt hätte, dann hätte ich ihn längst gefunden. Und selbst wenn, wer sagt mir, dass Sie sie nicht geschnappt haben, nachdem sie diese angebliche Wohnung in Subtown verlassen hat? Oder wollen Sie andeuten, ihr Freund habe ihr etwas angetan?«

»Fragen Sie *ihn* doch danach! Er ist ebenfalls verschwunden, deshalb ist er auch derjenige, um den Sie sich kümmern müssen.«

»Oh, um den kümmere ich mich schon, keine Sorge. Im Moment kümmere ich mich jedoch um Sie.«

»Ich unterhalte mich mit Ihnen, solange Sie wollen, aber Sie müssen Yuki freilassen. Sie ist doch ein *Kind!* Sie ist *unschuldig!*«

»Genau so ein Kind wie meine Krimson?«, schrie Tableau auf einmal, sodass Spucke in das Gesicht des anderen Mannes flog. »Eine Unschuldige, so wie meine Tochter? Oh, aber wir können nicht zulassen, dass *Ihrer* Tochter etwas Schlimmes passiert, nicht wahr?« Tableau blickte an Fukuda vorbei zu Smithee und nickte ihm kaum wahrnehmbar zu.

Fukuda drehte den Kopf und sah, dass Smithee neben dem wimmernden Teenager in die Hocke ging. So behutsam wie ein Schuhverkäufer zog er ihr den glänzend schwarzen Schuh vom Fuß. Dann nahm er das Bündchen ihres marineblauen Kniestrumpfs zwischen zwei Finger und begann ihn nach unten abzurollen und ihre jugendliche Wade zu entblößen.

»Hör auf! Hör auf, du Wichser!«, brüllte Fukuda und versuchte, sich auf den Mann zu stürzen, doch Jones zog ihn zurück, hielt jetzt auch noch seinen anderen Arm fest und drückte ihm beide auf den Rücken.

»Nicht«, heulte Yuki, sah jedoch nur hilflos dabei zu, wie Mr. Smithee ihr den aufgerollten Strumpf vom Fuß zog.

»Hm«, sagte Smithee, während er seinen Finger über ihre faltige Fußsohle gleiten ließ, als wollte er sie kitzeln. »Niedlich.« Als Nächstes schüttelte er jeden Zeh und fing mit dem größten an. »Dieses kleine Schweinchen ging zum Markt. Dieses kleine Schweinchen ging nach Hause.« Als er den letzten und kleinsten Zeh erreichte, ließ er ihn nicht los, sondern hielt ihn an seinem dicken Ende fest. Er zog eine Pistole aus seinem Holster und richtete sie auf die Mitte des Zehs, sodass der Schalldämpfer kalt über ihre Haut strich.

»Nein, nein, nein, nein!«, schrie Fukuda.

»Oh, es wird nicht sehr stark bluten«, versicherte Smithee ihm. »Der Strahl wird die Wunde ausbrennen. Aber ihr Fuß wird danach nicht mehr so hübsch sein, fürchte ich. Erst recht nicht, wenn das nächste Schweinchen zum Markt geht. Und das übernächste. Und das überübernächste.«

»Bitte«, flehte Yuki, »warum versuchen Sie nicht, über ein Ouija-Fon mit Krimson zu reden? Warum fragen Sie *sie* nicht einfach, was passiert ist?«

»Ja, genau, tun Sie das!«, heulte Fukuda. Jetzt wünschte er sich, er hätte Yukis Telefon doch nicht in Stücke getreten. Wünschte, er hätte es in diesem Moment in seiner Anzugjacke stecken.

»Ich bin nicht hier, um mit verdammten Spielzeugen zu spielen!«

»Ich weiß, dass Sie das nicht ausprobieren wollen, weil das bedeuten würde, dass sie tot ist. Wenn sie das aber ist, dann wollen Sie doch bestimmt wissen warum und könnten das aus ihrem eigenen Mund hören.«

»Ihrem eigenen Mund. Ihrem eigenen Ektoplasma, meinen Sie? Hören Sie sich doch mal selbst zu, Fukuda. Und ich dachte, Sie wären ein Mann der Wissenschaft.«

»Ich habe das davor auch skeptisch betrachtet, aber ...«

»Genug von diesen verdammten Séance-Fonen oder wie zur Hölle man die nennt!« Tableau begann, auf und ab zu gehen. Alle warteten, beobachteten ihn dabei. Als er sich Fukuda wieder gegenüberstellte, sagte er: »Krimson *ist* tot. Daran habe ich jetzt keinen Zweifel mehr. Genau genommen habe ich unlängst ihren Geist gesehen. Genau hier, in diesem Gebäude. Es war eine Art Bilf-Wesen, ohne Gesicht. Sie war es aber. Ihr Geist war da drin – ich habe ihn *gespürt*. Jetzt sind Sie an der Reihe, mir *das* zu erklären.«

»Erklären? Ich weiß nicht, was Sie damit meinen!«

»Dieses Haus hat Ihrem Bruder gehört, nicht wahr? Das hat uns zumindest Ihr Kind erzählt.«

»Ja aber ...« Fukuda verstummte, dann öffnete er den Mund und nickte. »Oh, warten Sie. Was Sie da gesehen haben, war nicht Ihre Tochter. Ich habe für diese Wohnungen eine ganze Bilf-Mannschaft entwickelt. Sie waren als Diener und Beschützer gedacht. Ein paar von ihnen müssen immer noch hier sein. Sie sehen so aus wie das Ding, das Sie beschrieben haben. Grau, kein echtes Gesicht. Das war es, was Sie gesehen haben, und nicht Ihre Tochter.«

»Ja, ja, die haben wir auch gesehen. Der andere war anders. Außerdem habe ich hier drin die Stimme meiner

Tochter gehört.« Er tippte sich mit den Fingern an die Schläfe.

»Sie sind verzweifelt. Sie haben sich das eingebildet. Sie müssen sich beruhigen und rational denken, Tableau! Was Sie hier tun, ist nicht nur für mich und meine Tochter gefährlich. Es ist gefährlich für *Sie!* Hören Sie, bisher haben Sie keinem von uns etwas getan. Ich schwöre Ihnen, dass ich keiner Sterbensseele erzählen werde, dass Sie uns hierhergebracht haben. Warum gehen Sie nicht zu den Forcern und erzählen *denen* von Ihrem Verdacht gegen mich? Überlassen Sie das denen, wie Sie es von Anfang an hätten tun sollen. Die können mich Wahrheitsscans und Erinnerungsscans unterziehen, ich bin zu allem bereit. Die werden Ihnen beweisen, dass ich unschuldig bin. Und wenn ich nicht unschuldig bin, dann bestrafen sie mich, nicht wahr? Ich komme freiwillig mit Ihnen mit – auf der Stelle!«

»Forcer«, schnaubte Tableau. »Als Jugendlicher habe ich eine Zeit lang eingesessen. Von Forcern habe ich die Schnauze voll. Und Wahrheitsscans hin oder her, eins weiß ich nur zu gut: Wenn Sie einem Forcer die Brieftasche ein wenig ausstopfen, dann erzählt er mir, dass Ihre Großmutter eine Zeitmaschine gebaut hat, um diesen Dings, diesen James F. Kennedy zu ermorden.«

Mr. Jones wirbelte mit eisernem Blick herum. Er hatte einen von Fukudas Armen losgelassen, um seine Strahlenkanone aus seinem Holster zu reißen. Die anderen sahen ihn an und bemerkten, dass sein Blick auf die geöffnete Eingangstür gerichtet war. Nach Betreten der Lobby hatten sie versucht, sie zu schließen, doch das Tastenfeld hatte nicht reagiert. Das Stromnetz des Gebäudes war offensichtlich außer Betrieb.

»Was ist?«, fragte Tableau.

»Ich dachte, ich hätte da draußen etwas gehört«, sagte Jones mit tiefer, unheilvoller Stimme. Er behielt Fukuda nahe bei sich, für den Fall, dass er ihn als Geisel benötigte. Oder als Schutzschild.

Tableau funkelte Fukuda erneut an. »Sie sind doch alleine gekommen, nicht wahr? Ich würde nämlich sehr ungerne meinem Mann Mr. Smithee da drüben befehlen, Ihrem kleinen Mädchen statt ihrer Zehen die Nase abzusäbeln.«

»Ich bin wirklich alleine gekommen, ich schwöre es.«

Weil der Klon namens Smithee Yuki eine Waffe an den Leib presste, hatte Jeremy Stake vorgehabt, ihn zuerst zu erschießen. Es war jedoch Adrian Tableau, der ganz plötzlich in seine Richtung blickte. Adrian Tableau, der Stake am anderen Ende der düsteren Lobby, beim Eingang zum hinteren Gang des A-Flügels, entdeckte.

»Einen Scheiß bist du!«, knurrte Tableau, der seine Pistole herumriss, um sie auf das gegenüberliegende Ende des Raumes zu richten.

Doch da zielte Stakes Waffe bereits auf ihn.

Tableau war ein Veteran der Straße. Doch auch Stake war, auf seine eigene Weise, ein Soldat der Straße gewesen, bevor er ein Soldat in einer anderen Dimension geworden war. Ihre Waffen schienen gleichzeitig zu schießen, doch der Privatdetektiv hatte seine Schüsse als Erster abgesetzt.

Zwei der harten 55er-Kugeln trafen Tableau in den Kopf. Eine durchschlug sein rechtes Auge und trat auf der Rückseite seines Schädels wieder aus, die andere zertrümmerte ihm die Nase, wurde nach unten abgelenkt und trat durch den Unterkiefer wieder aus. Praktisch gesichtslos gelang es ihm noch, einen letzten, ungezielten Schuss in die Decke abzufeuern, während er auf dem Boden der Lobby in sich zusammensackte.

Smithee war neben Yuki in der Hocke geblieben und genau genommen saß sie zwischen ihm und dem Pistolenschützen. Er duckte sich noch etwas tiefer, nahm aber die

Pistole von ihrem Fuß und fing an, quer durch den Raum zu schießen.

Stake wollte zur Tür des Gangs, um dort in Deckung zu gehen. Doch der Klon hatte bereits seine militärische Ausbildung genossen, bevor er auch nur sein Bad in der Nährlösung verlassen hatte. Einer der Strahlenblitze traf den Detektiv links unten in den Bauch und ging wie der harte Schaft eines Speers direkt durch seinen Körper. Stake stürzte, noch bevor er den Eingang erreichen konnte, und krachte hart auf den Rücken. Er brüllte angesichts des zuckenden Schmerzes, schaffte es aber noch immer, seine Pistole festzuhalten.

Smithee hatte Stakes fallenden Körper mit seiner Waffe verfolgt, doch bevor er noch mehr Strahlenblitze abgeben konnte, trat ihn ein nackter Fuß hart auf die Schläfe. In seiner kauernden Haltung brachte ihn der Schlag aus dem Gleichgewicht und hämmerte ihn, trotz der genetisch modifizierten Dicke seines Schädels, benommen auf die Seite.

»Hau ab, Stake!«, schrie Jones durch die Lobby und stieß den Lauf seiner eigenen Pistole in James Fukudas Ohr.

Mr. Smithee hob den Kopf, kam schnell wieder zu Sinnen und seine Augen blickten lodernd zu Yuki Fukuda hinauf. »Miststück!«, zischte er und hob die Waffe, um sie erneut auf sie zu richten. Dieses Mal jedoch nicht auf ihren Fuß.

Sondern auf ihr vor Tränen glänzendes Gesicht.

»Bitte«, schluchzte Yuki. »Nicht!«

Dai-oo-ika hatte seine neuen Muskeln gespannt, hatte all das neue Fleisch ausgestreckt, an dem er sich zuvor gelabt hatte. Nicht jedoch die unzähligen grauen Arme. Die gab es nicht mehr. Er streckte seinen ganzen Körper auf einmal aus. Er hatte herausgefunden, dass er seine gesamte Stofflichkeit nach Belieben weich oder hart machen konnte. Und so streckte er sich in alle Richtungen gleichzeitig aus, bis kein einzelner Raum des Kellers ihn noch beherbergen konnte. Er füllte jetzt jeden Raum aus, wie eine Flut aus Zement, die hineingepumpt worden und dann verhärtet war. Er war jedoch nichts, das in eine Gussform passte, das eingedämmt werden konnte. Dies hier war nur eine Eierschale. Bald würde er sich über ihre zerbrechlichen Grenzen hinaus erstrecken, sie zerbrechen und aus ihr herausschlüpfen. Ein vorübergehender Sarg unter der Erde, aus dem er *auferstehen* würde, wie seine Anhänger es vorhergesagt hatten.

Und doch, wie um ihn von dieser großen Bestimmung abzulenken, ihn zurückzuhalten, war da dieses Echo, das mit jedem Widerhall immer vertrauter wurde. Er war nicht in der Lage, es zu hassen, ganz gleich, wie sehr es ihn zurückhielt. Genau genommen löste es ein erstaunliches Gefühl in ihm aus. Ein verwirrendes Verlangen, als er die Stimme in seinem Kopf sagen hörte: »Bitte … Warum versuchen Sie nicht, über ein Ouija-Fon mit Krimson zu reden? Warum fragen Sie *sie nicht einfach, was passiert ist?«*

Und er zuckte zusammen – eine bebende Vibration, die durch seinen gesamten, sich ausbreitenden Leib ausstrahlte, wie die Wellen eines Sees, in den ein Stein geworfen wird –, als er dieselbe Stimme schluchzen hörte: *»Bitte … Nicht!«*

Plötzlich hörte er die Stimme nicht nur (Mutter, Mutter, Mutters Stimme), sondern sah die Sprecherin auch. Durch Gaze oder einen Nebel zwar, doch er sah sie. Das liebliche Gesicht, das sich früher über ihn gebeugt und seinen molligen Bauch mit Küssen übersät hatte. *Seine* Göttin. Die Göttin des Gottes. Und er sah andere Kreaturen, die ihr ähnelten, aber anders waren. Er sah, wie eine dieser

Kreaturen ein Gerät auf die Mutter-Göttin richtete. Ein Gerät zum Wehtun, so wie das, mit dem diese Kreatur in der Stadt unter der Stadt ihm in den Bauch geschossen hatte, als er seinen Hunger noch nicht verstand.

Mutter.

Dai-oo-ika spannte erneut die Muskeln an. Wurde weicher, um sich dieses Mal noch weiter auszustrecken.

»Sie sind jetzt arbeitslos, Jones!«, schrie Stake, während er versuchte, sich auf die Beine zu stemmen. Er fiel nur wieder auf den Rücken und eine Woge aus grobkörnigem, schwarzem Rauschen wurde durch sein Sichtfeld gespült. Seine nächste Bemerkung, kaum mehr als ein zwischen zusammengebissenen Zähnen hervorgepresstes Gurgeln, war in der Lobby kaum zu hören. »Es ist vorbei!«

»Zufälligerweise bin ich nicht gerne arbeitslos, Corporal Stake«, rief Jones zurück und erhöhte den Druck auf die Pistolenmündung, die in James Fukudas Ohr steckte. Er warf Smithee, der seine Waffe noch immer auf Yukis hübsches Gesicht richtete, einen kurzen Blick zu. »Vielleicht wollen Sie ja auch arbeitslos werden, hä? Ich denke, das wäre nur fai…«

Der erste Strahl, von einem so intensiven Blau, dass er auf Stakes Augen ein kurzes Nachbild hinterließ, trat von hinten in Mr. Jones' Schädel ein und kam durch die Stirn wieder heraus wie ein Leuchtfeuer, das aus einem mystischen dritten Auge brannte.

Der zweite blaue Strahl ging durch das Ohr von Mr. Smithee und trat aus dem anderen wieder aus, als wäre dieser nur ein körperloses, holografisches Bild.

»Himmel«, zischte Stake, während seine Blicke von Jones zu Smithee, dann wieder zurück zu Jones wechselten. Gerade noch rechtzeitig, um zu sehen, wie sich die Augen des Sicherheitschefs nach oben verdrehten, bis nur noch das Weiße zu sehen war. Sein Körper erschlaffte und kippte wie der einer Marionette mit durchgeschnittenen Schnüren von Fukuda weg.

Die Waffe in Smithees Hand drehte sich, der Abzugsbügel war noch immer um seinen Finger geschlungen und er balancierte dort einen Moment lang, bevor er abrutschte und mit einem dumpfen Geräusch zu Boden krachte. Schwarze Strähnchen kringelten sich aus seinen Ohren und aus seinen Nasenlöchern. Dann fiel er in sich zusammen und blieb eingerollt vor Yukis zur Hälfte unbeschuhten Füßen liegen.

In dem Versuch, sein Gleichgewicht wiederzuerlangen, rollte sich Stake auf die Seite und versuchte einen Moment lang, in dem er nicht dachte, nur instinktiv handelte, erneut verzweifelt die Deckung des Ganges zu erreichen. Er musste ja damit rechnen, dass ein dritter Saphirstrahl als Nächstes in seine Richtung geschossen kam. Und diese Person, die dahintersteckte, war sogar ein besserer Schütze als Smithee. Dieses Mal würde sie ihn nicht in die Seite treffen, sondern mitten durch den Filzhut. Jemand, der sich auf der anderen Seite der geöffneten Eingangstür aufhielt. Ein verdammt guter Schütze …

… ein ausgebildeter Scharfschütze …

Stakes Blicke ruckten in die Richtung ebenjener geöffneten Tür. In seinem Gehirn sprang der Funke über.

… eine Erdlingskillerin.

Trotz seiner Schmerzen und von seiner Intuition angespornt, schaffte es Stake, sich auf alle viere und von da aus schwankend auf die Beine zu stemmen. Eine Hand hielt er jetzt auf das Loch gepresst, das sich in ihn gebrannt hatte, während er mit der anderen die Darwin mitschleppte, die sich viel schwerer anfühlte, als sie tatsächlich war.

Während er sich in James und Yuki Fukudas Richtung schleppte, waren seine Blicke auf die Eingangstür gerichtet, doch im Dunkel der anbrechenden Nacht konnte er niemanden erkennen.

Das Taxi, fiel es ihm ein. Nummer 23.

Das Geräusch, das Jones mit seinem scharfen Gehör von draußen gehört hatte.

»Thi«, flüsterte Stake, geriet dabei ins Stolpern, während er versuchte, bei Bewusstsein zu bleiben.

Yuki erhob sich von ihrem Stuhl, als wären unsichtbare Seile, die sie dort festgehalten hatten, nun von ihr abgefallen oder durchschnitten worden. Sie trat an Smithees in Embryonalhaltung zusammengerollter Gestalt vorbei, während James Fukuda zu ihr eilte und sie in eine schmerzhaft feste Umarmung drückte. Wieder und wieder küsste er sie auf den Kopf.

»Daddy«, schluchzte sie an seiner Brust.

»Baby«, säuselte er, mehr zu sich selbst als zu ihr. Seine eigenen hinuntertropfenden Tränen versickerten im nachtschwarzen Meer ihrer seidenen Haare. »Baby. Mein Baby.«

Stake beobachtete sie und sah davon ab, näher an sie heranzutreten, um ihnen ihren Moment zu lassen. Obwohl sie Duplikate waren, Hochstapler, Schatten ihres wahren Ichs, waren ihre Gefühle so echt wie alles, was er je erfahren hatte oder realistischerweise jemals erfahren würde. Er beneidete sie dafür.

Schließlich löste Fukuda seine Arme von ihr und lächelte Stake erschöpft an. Er wollte etwas sagen, doch als er sah, wie Stake unruhig auf der Stelle trat, die Hände an seine Hüften geklammert, der Teint fast grau, wurde sein Blick besorgter. Fukudas Sorge um den Mann mischte sich mit einem weiteren, beunruhigenden Gefühl. Ganz dezent sah er das Abbild seiner eigenen Gesichtszüge, die sich als Folge ihres Gesprächs über ihre Vid-Fone noch immer im Antlitz des Privatdetektivs festgesetzt hatten.

»Sie sind verletzt«, sagte er und tat einen Schritt auf ihn zu.

Fukudas Augen waren auf Stake gerichtet – auf den sich entfernenden, vereinnahmenden Geist seines Bruders –, und Stakes Augen richteten sich erneut auf die geöffnete Vordertür und in die tarnende, nächtliche Dunkelheit dahinter. Beobachtete sie ihn noch immer? Wachte sie über ihn?

Keiner sah das silbern-schwarz gestreifte Körperglied, bevor es aus der Dunkelheit herausschoss und sich um Yukis Hüfte schlang. Ihr Schrei erregte jedoch rasch allgemeine Aufmerksamkeit.

Keiner von ihnen erkannte im ersten Moment, was es war. Weder die beiden Männer, die es anstarrten, noch das Mädchen, das in seiner Umklammerung hing. Ein gigantischer Python, der sie umschlang, war in seinem Delirium Stakes erster Gedanke. Das große Tentakel reichte beinahe über die gesamte Länge der Lobby und war aus demselben Gang gekommen, durch den er die Lobby ein paar Minuten zuvor betreten hatte.

Dann erkannte er die silbernen und schwarzen Ringe des Fortsatzes wieder, auch wenn er die Kawaii-Puppe nie in natura gesehen hatte, sondern nur auf Bildern, die ihm gezeigt worden waren. Stake verstand – und erstarrte in Ehrfurcht. Ein Gott verdient schließlich Ehrfurcht.

Das Tentakel zog Yuki nach hinten. Es zerdrückte ihren zierlichen Körper jedoch nicht. Es hob sie auch nicht von den Füßen. Doch es war unsagbar stark und beharrlich. Sie musste rückwärtstänzeln, um zu verhindern, dass sie auf ihren Fersen davongeschleift wurde.

Als Fukuda auf Stake zugegangen war, hatte er sie losgelassen, doch jetzt gelang es ihm, nach vorne zu springen und einen ihrer ausgestreckten Arme zu packen. Vater und Tochter schluchzten einander an. Ein paar

Sekunden lang schafften sie es, die Hand des anderen festzuhalten.

Eine amorphe Gestalt begann sich am gegenüberliegenden Ende in die Lobby zu quetschen, indem sie durch die enge Tür zum Gang quoll. Fließend, aber schwer. Und das pythonartige Körperglied war darin verwurzelt.

Yuki und ihr Vater hielten einander jetzt nur noch an Fingerkuppen fest. Und dann wurden ihre Hände auseinandergerissen. Fukuda heulte auf und stürzte durch den Schwung zu Boden.

Stake richtete seine Pistole an Yuki vorbei auf das sich auftürmende Gewebe, das auf der gegenüberliegenden Seite in den Raum quoll. Beide Hände zu Hilfe nehmend, um seine Zielsicherheit zu verbessern, feuerte er einen Schuss nach dem anderen hinein. Sogar in seinem benommenen Zustand war das Ding schwer zu verfehlen, und jedes Projektil traf sein Ziel. Aber hatte es überhaupt Organe, die man treffen konnte? Nerven, die Schmerzen verspürten?

Der tumorartige Leib wurde kaum erschüttert. Lediglich ein paar dünne Tropfen einer durchsichtigen, zähen Flüssigkeit traten aus, bevor sich die Löcher wieder verschlossen und ganz verschwanden.

Fukuda kämpfte sich auf die Beine. Stake senkte die Darwin und eilte so schnell zu seinem Auftraggeber, wie es seine Schmerzen und seine Benommenheit zuließen.

Der Schlangenarm zog sich zurück oder wurde kürzer. Er wurde in diese brodelnde, aus rohem Fleisch bestehende Sturmwolke zurückgezogen. Yuki wurde mitgerissen, immer weiter zurück, mit ausgestreckten Armen und aufgerissenen Augen.

Stake stieß mit Fukuda zusammen und schlang seine Arme um ihn, bevor er sich auf die Kreatur stürzen konnte. »Lassen Sie mich los!«, protestierte Yukis Vater.

Yuki wurde weiter, immer weiter zurückgezogen ... bis der ganze Arm, abgesehen von dem Teil, der um ihre Taille geschlungen war, in dem grauen Fleisch verschwand. Dann prallte ihr Körper dagegen, als wäre er aus großer Höhe auf die Masse gefallen, wie in einen Pool. Sie brach durch die Oberfläche. Versank in Zeitlupe in dem dickflüssigen, grauen Wasser des Beckens.

»Yuki!«, schrie ihr Vater.

Ihr Gesicht mit den flehend aufgerissenen Augen wurde verschluckt. Jetzt waren da nur noch ihre dünnen Arme, ihre gespreizten Finger. Dann versanken auch sie.

»Wir müssen raus«, sagte Stake dicht an Fukudas Ohr. »Wir müssen hier raus.«

»Wir müssen doch Yuki retten.«

»Sie ist weg. *Es* hat sie. Und uns wird es als Nächste holen.«

Er würde später zurückkommen, vielleicht mit Pablo Fujiwara im Schlepptau, oder wenigstens mit jedem Rat, den Fujiwara ihm geben konnte. Vielleicht würde er aber auch die Behörden einschalten müssen. Die Polizei oder die Kolonialtruppen, denen er einst angehört hatte. Doch jetzt, vor allem in seinem gegenwärtigen Zustand, konnte er nichts anderes tun, als seinen Klienten sicher aus diesem Gebäude zu schaffen.

Stake zerrte den sich wehrenden Fukuda Richtung Tür. Die Darwin fiel ihm beim Kampf aus der Hand, was er jedoch ignorierte. Das schwarze Grieseln hatte sich erneut wie ein Vorhang über sein Sichtfeld gesenkt. Er spürte, wie seine um Fukuda geschlungenen Arme schwächer wurden, wegrutschten.

Starke Arme hoben Stake wieder in die Höhe. Fukuda? Fukuda, der wieder zu Verstand gekommen und dem klar geworden war, dass sie hier rausmussten? Fukuda, der ihn rückwärts zur offen stehenden Eingangstür schleifte?

Bevor er ohnmächtig wurde, ließ Jeremy Stake seinen Kopf in den Nacken sinken und starrte in ein auf dem Kopf stehendes Gesicht mit blauer Haut und schwarzen Augen, die rot wie ein Laserstrahl blitzten.

28.

DER TAG DER TOTEN

Der übliche Kontaktmann der Folger Street Snarlers war nicht da, als sie den neuen Waffenhändler trafen, doch er hatte Javier Dias bereits vorgewarnt, dass er mit einem KeeZee zu rechnen hatte. Javier wusste deshalb, noch bevor sich die Moteltür geöffnet hatte, um sie hereinzulassen, dass er weit nach oben blicken musste. Der KeeZee war über zwei Meter groß, doch das war nur zum Teil der Grund für seine unheilvolle Aura. Der Kopf des Wesens sah mit seinem kantigen Kiefer aus wie ein Schraubenschlüssel, der mit einer grau-schwarzen Haut überzogen war. Seine langen Haare waren zu dünnen, mit Glasperlen geschmückten Zöpfen geflochten, die Javier an seinen toten Freund Mott erinnerten. Die drei winzigen, schwarzen, lidlosen Augen des Außerirdischen blickten glänzend zu Javier hinab. Der Körper unter dem Overall war ein solider Muskelberg.

Javier hatte noch nie einen von ihnen reden gehört. Sein Kiefer bewegte sich kaum dabei, doch die Muskeln und Sehnen im Hals des Wesens schienen sich unter quälender Anstrengung zu verknoten und zu winden. Trotzdem war das, was Javiers Ohren schließlich erreichte, eine Übersetzung, die durch das Gerät gefiltert wurde, das sich der Außerirdische an die Brust seines Overalls gesteckt hatte.

»Solltet ihr bereits Waffen tragen, dann händigt sie mir lieber zuerst aus«, sagte das hochgewachsene Wesen. »Ich habe da drin einen Scanner eingestöpselt, der wird also merken, wenn ihr auch nur ein Taschenmesser versteckt.«

»Ich dachte, Rabal hat dir gesagt, dass wir vertrauenswürdig sind«, sagte Javier und meinte damit ihren üblichen Dealer, einen Kalianer. Dennoch kam er der Aufforderung nach und übergab dem KeeZee die Waffe, die Brat gehört hatte.

»Ich trau ja nicht mal Rabal«, entgegnete der KeeZee. »Auf die Weise bleibe ich auf freiem Fuß. Und am Leben.«

Patryk betrat als Nächster das Zimmer. Er trug eine dunkle Sonnenbrille, um seine noch immer geröteten und empfindlichen Augen zu schützen. Auch er übergab eine Pistole. Dann kam Barbie, mit den fünf Gesichtern, in das angemietete Zimmer. Sie händigte ihre eigene Schusswaffe aus, gefolgt von einem Stiefelmesser, das schön symmetrisch geformt war, damit man es werfen konnte. Als Letzter stapfte Satin mit seinem neuen kybernetischen Pony herein, auch wenn es eigentlich alles andere als neu war. Es war sperriger und ungelenker als sein früheres, geschmeidiges, schwarzes Modell. Sein gelber Lack blätterte ab und schlug Blasen, aber wenigstens transportierte es seinen larvenartigen Körper von A nach B.

Finster und misstrauisch dreinblickend wies er eine seiner mechanischen Gliedmaßen an, ein stupsnasiges, kleines, pistolenartiges Maschinengewehr auszuhändigen.

»Eure Schießeisen könnten besser sein«, bemerkte der KeeZee, als er die Waffen in einem Koffer verschloss. Er lag auf einem Bett, das zu kurz war, als dass seine riesige Gestalt hineingepasst hätte. »Interesse an einem Upgrade?«

»Nächstes Mal vielleicht«, gab Javier zurück. »Wir haben ein begrenztes Budget. Im Moment wollen wir uns auf das Zeug konzentrieren, von dem Rabal sagte, dass du es uns besorgen kannst.«

»Wie ihr wollt.«

Der KeeZee kniete sich hin, um zwei größere Koffer unter dem Bett hervorzuziehen. Die Matratze quietschte unter ihrem Gewicht, als er sie darauf ablegte. Er ließ beide Riegel nach oben schnappen, dann trat er einen Schritt zurück, damit die anderen an ihm vorbeisehen konnten.

»Ha«, sagte Satin.

»Wow«, sagten zwei von Barbies Gesichtern. Ihr größtes Gesicht gurgelte nur und verteilte ein wenig Speichel.

»Für das, wovon Rabal gesprochen hat, müsste das reichen.«

»Müssen wir darüber irgendwas wissen?«, fragte Javier.

»Ja«, grunzte seine künstlich modulierte Stimme. »Passt damit auf.«

Geld wechselte den Besitzer. Satins kräftige, kybernetische Arme hoben beide Gepäckstücke hoch, wie ein Hotelpage, der in diesem schmuddeligen Etablissement angestellt war. Die sichergestellten Waffen wurden zurückgegeben. Als KeeZee seine Gäste zur Tür begleitete, fragte er Javier: »Was seid ihr Typen eigentlich? So was wie eine Straßengang?« Sein Ton klang sogar in der Übersetzung ein wenig herablassend. Doch Leute in seiner Branche verdienten ihr Geld mit Straßengangs. Javier vermutete deshalb, dass sein herablassendes Verhalten mit den beiden Mutanten zu tun hatte. Glücklich war er darüber nicht. Und auch nicht über die mangelnde Diskretion, ihm eine solch persönliche Frage zu stellen. Er beantwortete sie trotzdem.

»Yep«, sagte er. »Wir sind die Folger Street Terata.«

Es war schon spät in der Nacht und darüber hinaus regnete es auch noch stark. Sogar die ehrgeizigsten Angestellten des benachbarten Bürogebäudes waren schon vor Stunden nach Hause gegangen. Sah man von Quidd's Market und ein paar bedeutenderen Theatern und Restaurants um den Beaumonde Square ab, dann war das keine Gegend mit einem brodelnden Nachtleben. Unter der Woche begaben sich die Wohlhabenden auf direktem Weg in die Sicherheit ihrer noblen Apartments – wie sie auch Steward Gardens, wäre es je eröffnet worden, geboten hätte.

Sicherheit vor der stechenden Kälte eines prasselnden, spätherbstlichen Regens. Sicherheit vor den Kriminellen, den Süchtigen, den Bandenmitgliedern, die sich bis zum Beaumonde Square hinauswagten, wenn Langeweile, Neugier oder Rastlosigkeit sie dazu trieben. In der Hoffnung, eine besonders dicke Brieftasche abzustauben, die es ihnen erlaubte, eine größere Ration Seetang oder Purpurstrudel, Knöpfe oder Bohnen, Kaleidoskope oder Rote Schocker als sonst zu kaufen.

Javier Dias hatte mit seinen 25 Jahren bereits alle diese Substanzen probiert. Heute Nacht war sein Blut jedoch rein. Sein Kopf war klar. Dies war nicht das erste Mal, dass er darauf fixiert war, gefallene Kameraden zu rächen. Das tat er seit über zehn Jahren. Heute fühlte es sich jedoch anders an. Er fühlte sich jetzt sehr viel älter. Jahrzehnte. Jahrhunderte. Auf eine gewisse Weise, die er erst jetzt anfing zu verstehen, war das sowohl gut als auch schlecht.

Javier hatte das Schwebeauto, in dem sie fuhren, seinem Cousin Santos zu einem starken Rabatt abgekauft. Darüber hinaus hatte Santos Javier diese Woche einen Job gegeben, in dem er solche Kleinigkeiten zu erledigen hatte wie etwa die Karosserien der Gebrauchtwagen zu polieren und manchmal das Blut ihrer früheren Besitzer (meist Bandenmitglieder, Drogendealer, Zuhälter und kleinere Gangster) im Innenraum wegzuschrubben. Santos versprach, dass er seinen jüngeren Cousin unter seine Fittiche nehmen würde, damit dieser innerhalb eines Jahres in der Lage war, die gebrauchten und wiederaufbereiteten Fahrzeuge selbst zu verkaufen.

Da es einige Jahre lang eine beliebte Mode gewesen war, hatten die meisten von Santos' Fahrzeugen aufwendige

Kunstwerke auf den Kühlerhauben, manchmal sogar an den Seiten und auf dem Dach. Die Reproduktion eines Wandgemäldes von Diego Rivera oder ein Gemälde von Frida Kahlo oder einen wundersam verstörenden Kupferstich, wie zum Beispiel *El fin del Mundo* von José Posada. Viele Motive vom Tag der Toten, mit lauter Totenschädeln und Skeletten mit Sombreros, und jede Menge blutgetränkte Tatortfotos aus altertümlichen Boulevardblättern, wie zum Beispiel *Alarma!*

Vor einigen Jahren, als er Santos in seinem Fuhrpark besucht hatte – das Gesicht seines fetten Cousins war wie immer unter einer grellbunten Wrestling-Maske, die jedes Jahr wechselte, versteckt gewesen –, hatte Javier davon geträumt, mal ein Fahrzeug mit der letztgenannten Art der Verzierung zu besitzen: das glasäugige oder zerschossene Gesicht eines Mordopfers, das die gesamte Leinwand der Motorhaube ausfüllte. Heute fand er diese Fahrzeuge seltsamerweise geschmacklos. Heute gab er sich mit etwas Billigem, aber Zuverlässigem zufrieden.

Und deshalb waren die fünf nun in einem verbeulten Schwebeauto unterwegs, auf dessen gesamter lindgrüner Karosserie Figuren vom Tag der Toten in einem intensiven Lila herumhopsten. Besonders unauffällig war das nicht, schon gar nicht für die Gegend rund um den Beaumonde Square. Aber wie gesagt – es war Nacht und der Regen strömte in nahezu biblischen Ausmaßen, als wäre der Himmel aufgerissen worden, um ein wundersames Meer freizulegen, das sich dahinter verbarg: das auf dem Kopf stehende Meer einer anderen Dimension.

Das Schnappen einer Pistole war im Auto zu hören, als die Kammer mit einer ersten Kugel gefüttert wurde. Javier wusste, dass es Brat Gentiles Waffe war, die er dessen Bruder Theo gegeben hatte. Theo hatte von der Rückkehr der letzten Folger Street Snarlers erfahren. Er hatte sie daraufhin ausfindig gemacht. Und als Javier ihm seine Geschichte erzählt hatte (der echte Javier dieses Mal), hatte Theo gefragt, ob er heute Nacht mitkommen dürfe. Wieder mit der Gang unterwegs sein, ganz wie in alten Zeiten.

»Pass damit auf, Mann«, riet Javier ihm.

Theo knurrte. Die Angst, die ihn in letzter Zeit erfüllt hatte, war von seinem Blutdurst überschattet worden. Er starrte aus dem Fenster, als Javier auf den Parkplatz zur Rechten von Steward Gardens einbog.

Früher an diesem Abend, vor dem Regen, hatte dort ein Auto geparkt. Das wussten sie jedoch nicht. Sie wussten auch nicht, dass eine Frau mit blauer Hautfarbe den Besitzer des Wagens gezwungen hatte, ihr dabei zu helfen, einen anderen Mann, der bewusstlos war, zu diesem Wagen zu tragen und alle drei dann zu einem Krankenhaus zu fahren. Weil jemand, den er liebte, in dem Gebäude verschwunden war, hatte sich der Wagenbesitzer zunächst geweigert, doch die blaue Frau hatte darauf bestanden. Und da der Mann wusste, dass er nichts mehr tun konnte, hatte er nachgegeben. Javier und seine Freunde hatten von alldem keine Ahnung. Und aufgrund der Dunkelheit und des Wolkenbruchs hatten sie auch das Heliauto nicht entdeckt, das auf dem Dachparkplatz des Gebäudes zurückgelassen worden war.

Javier wusste nur, dass er heute Nacht hierherkommen musste … *Heute Nacht*. Oh, er hatte ohnehin vorgehabt, zurückzukommen. Doch diese Nacht hatte etwas Besonderes an sich. Etwas, das ihn alarmiert, ihn angezogen hatte. Eine Intuition? Ein Instinkt? Vielleicht war es auch der Traum, den er die Nacht davor gehabt hatte. Während er das Schwebeauto auf die Rückseite des Gebäudes fuhr, wo es von der Straße am besten abgeschirmt war, trieben Fragmente dieses Traums wie das Treibgut eines in lichtlosen Tiefen versunkenen Schiffes in sein Bewusstsein. Die Fragmente begannen sich zusammenzufügen. Das versunkene Schiff seines Traums stieg wieder auf, wie in einem Film, der rückwärts abgespielt wurde.

In dem Traum war er durch die Straßen einer Stadt gegangen. Doch bei der Stadt konnte es sich nicht um Punktown handeln. Das konnte nicht sein. Denn eine Stadt mit dem verwegenen Geist von Punktown, ihrem pulsierenden Leben, der brummenden Vitalität – so verschmutzt und verkommen sie auch war –, konnte wohl kaum zu dieser verkohlten Ruine degradiert worden sein. Zu diesem zerstörten, dreidimensionalen Schatten.

Die wenigen Gebäude, die um ihn herum noch standen (die restlichen waren Berge verbogener Trümmer), waren bloße Skelette aus Tragbalken. Leere Schalen. Verkohlte Hüllen. Fahrzeuge verstopften noch immer die Straßen, aber je nach ihrem Material waren sie entweder zusammengeschmolzen oder hatten sich in eine kaum noch erkennbare Form verbogen, wie Pfützen aus Kerzenwachs. Der Himmel war von Rußwolken geschwärzt und am zerklüfteten Horizont der Stadt brannten noch immer vereinzelte Feuer und ließen die Bäuche der Wolken rot glühen.

Wenn dies tatsächlich Punktown war, wo waren dann seine Menschen? Die Millionen und Abermillionen Erdkolonisten, von denen mittlerweile die meisten hier geboren worden waren. Und wo waren die einheimischen Chooms? Und die vielen anderen Rassen, die sich hier in geringerer Zahl niedergelassen hatten? Die grauhäutigen Kalianer, die rankenäugigen Tikkihottos, die käferartigen Koleopteroiden, die blinden Waiai, die geschuppten Torgessi und so viele, viele mehr? Er sah keine Mutanten. Keine Klone. Nicht einmal ihre Skelette. Nicht die geringste Spur von ihnen. Außer … Außer dieser schwarzen, glitzernden Asche, die den rissigen Asphalt bedeckte.

Außer diesem obsidianen Sand, der unter seinen Schuhsolen knirschte.

Windstöße wehten ihm den Staub gelegentlich ins Gesicht, doch er trug eine Schutzbrille vor den Augen. Vielleicht die von Patryk. Doch nicht der Staub war der Grund, weshalb er sie trug. Es war etwas anderes. Etwas, bei dem er sich nicht traute, es mit bloßen Augen zu betrachten. Doch sosehr er dieses *Etwas* auch fürchtete, war es doch das, was er hier zu finden gehofft hatte.

Endlich Anzeichen von Leben. Stimmen, die wie Asche vom Wind getragen wurden. Leise zunächst, gedämpft. Doch während er immer näher kam, wurden sie nicht wirklich sehr viel deutlicher, nur lauter. Er konnte nicht verstehen, was die Besitzer dieser zahlreichen verwirrten Stimmen sagten. Was es auch war, sie sagten es alle gleichzeitig, die dumpf klingenden Stimmen zu einem monotonen Gesang erhoben.

Javier bog um eine Straßenecke und blickte eine besonders breite Chaussee hinunter. Sie war von einem verkohlten Ende bis zum anderen mit Menschen gefüllt, vielleicht Tausenden von ihnen, doch alle standen mit dem Rücken zu ihm. Und das war auch gut so. Nach dem Aussehen ihrer zerrissenen Kleidung und ihrer verbrannten Skalps zu urteilen, war es besser, dass er ihre Gesichter nicht sah. Sie sahen aus wie eine Armee der Toten. Nicht nur ihre Stimmen erhoben sich in den Himmel, sondern ebenso ihre Arme. Sie schienen diese Zerstörung erbeten zu haben und priesen sie fortwährend.

Er sah sie sich jedoch nicht länger an. Er nahm sie lediglich aus dem Augenwinkel heraus wahr, weil es etwas anderes gab, das seine Aufmerksamkeit auf sich lenkte. Ihn am Fleck bannte, als wäre er bei seinem Anblick in Stein verwandelt worden. Es war das *Etwas,* das er hier zu finden gedachte.

Am anderen Ende der Straße ragte es in die Höhe, füllte ihr Ende und noch einiges mehr aus. Es war so groß wie einige der unzerstörten Gebäude, die die breite Chaussee flankierten. Unwahrscheinlich groß, unwahrscheinlich lebendig.

Diese Kreatur, dieses Wesen wäre sogar noch größer gewesen, hätte es nicht auf seinen Hinterbeinen gekauert, die Arme auf den Knien ruhend, als würde es auf einem Thron sitzen. Seine Farbe war größtenteils grau, auch wenn sein geschwollener Bauch heller war, in ein durchscheinendes, milchiges Weiß überging. Seine Hände und Füße sahen aus wie die fleischlosen Finger eines Skeletts, waren aber geschuppt, als wäre es ein Meereswesen. Und dieser Eindruck wurde von seinen beiden großen Flügeln noch verstärkt, die – so gewaltig sie auch waren – unmöglich seinen massigen Leib in die Lüfte tragen konnten.

Diese Fortsätze waren eng gerippt, ähnelten der Rückenflosse eines Speerfisches und waren somit wahrscheinlich mehr Flossen als Flügel. Darüber hinaus erinnerte der Kopf der Kreatur an unberechenbare, vollkommen lichtlose Meerestiefen. Ohne Augen, ohne Ohren oder andere Merkmale, nur ein Wust aus sich windenden Tentakeln an der Stelle, an der das Gesicht hätte sein sollen. An jedem Tentakel ringelten sich silberne und schwarze Streifen, und jedes Tentakel war so dick wie ein Baumstumpf. Der »Ozean«, für den diese Kreatur geschaffen war, war möglicherweise jedoch der Äther einer anderen Dimension. Oder eine schwarze Kluft, die zwischen den Dimensionen klaffte.

Diese Wesenheit hatte auch etwas an sich, das auf eine Verbindung von etwas Mechanischem mit etwas Organischem hindeutete. Teile des Skeletts des Wesens schienen extern zu sein, so wie der Brustkorb über seinem geschwollenen Bauch und die komplexen Knochen seiner

Gliedmaßen. Diese Strukturen schienen jedoch künstlich verarbeitet anstatt natürlich gewachsen. Da war ein Netzwerk aus Rohren, die sich zwischen den Knochen hindurchschlängelten. Drähte, die wie Adern in die glänzende Haut und wieder hinausführten. Und am Hals befanden sich zahlreiche Kabel, über die Kopf und Körper miteinander kommunizierten. Rauch strömte aus kraterartigen Anschlüssen im Ellbogen und in den Kniegelenken. Aus Abzugsgittern in seinem gewaltigen Körper - oder waren es Kiemen? - entwich Hitze, die die Luft in unmittelbarer Nähe des Wesens vibrieren ließ. Und unter der Haut am kuppelförmigen Kopf des Wesens wölbten sich die ineinander verschlungenen Falten eines Gehirns (*Encephalon,* dachte Javier benommen) ohne einen Schädel, der dessen Wachstum, dessen Auswüchse hemmen oder einschränken konnte.

War das der dem Wesen zugedachte Körper? Seine *wahre* Erscheinung? Aus irgendeinem Grund wirkte es auf Javier mehr so wie eine *Irritation* des Fleisches. Ein kaum kontrolliertes Chaos. So als hätte die Kreatur bewusst oder unbewusst Merkmale ihrer Umgebung nachgebildet in dem Versuch, ihre endgültige Erscheinungsform zu erlangen. Das Gebäude, das sie in ihrem Inneren austrug. Und die Stadt, die dieses Gebäude umgab.

Zu gebannt, um Entsetzen oder etwas anderes außer Faszination zu empfinden, beobachtete Javier, wie mehrere kleinere Körper aus Entlüftungsschächten oder Lücken im Körper des Riesen herausgewuselt kamen, über seine Haut trippelten, sich dann wieder ins Innere gruben. Aus dieser Entfernung konnte er nicht erkennen, ob es graue, menschenähnliche Gestalten waren, die auf allen vieren krochen, oder riesige Insekten, als wären die miskroskopisch kleinen Nanomiten zu etwas viel Größerem mutiert. Oder eine Kombination aus beidem.

Jetzt wurde seine Aufmerksamkeit jedoch von der Kreatur zurück zu der singenden Menge gelenkt, die sich versammelt hatte, um ihren Tribut zu zollen. Er stellte fest, dass sie ihre Arme gesenkt und dann alle begonnen hatten, sich gemeinsam zu drehen. Jeder Einzelne von ihnen drehte sich, um sich *ihm* zuzuwenden.

Sie hatten keine Augen. Diese waren zugeschmolzen. Dennoch grinsten sie. Und wie mit einer einzigen, grollenden Stimme sang die Gemeinde einen einzigen Satz, viel deutlicher als alles, was sie je hervorgebracht hatten.

»Töte mich«, sagten alle gleichzeitig. *»Töte mich.«* Mit jedem Mal lauter. »TÖTE MICH!« Bis das Geräusch so donnernd wurde, dass es gar nicht mehr aus ihren Mündern zu kommen schien. Stattdessen klang es wie ein dröhnender Gedanke, der direkt aus dem Gehirn des Riesen übertragen wurde.

»Javier? Hey!«

Mit äußerster Anstrengung riss er seine Blicke von der Kreatur, drehte den Kopf und sah Patryk neben sich stehen – nein, sitzen. Er saß neben ihm auf dem Vordersitz des lindgrünen Schwebeautos. Javier erinnerte sich nicht einmal daran, wie er es auf dem Parkplatz zum Stehen gebracht und auf dem Asphalt gelandet hatte. Der Regen strömte in Bächen über die Windschutzscheibe. Weil es dunkel war, konnte Patryk es ohne seine Sonnenbrille ertragen, und er starrte Javier besorgt an.

»Alles okay?«

Javier nickte bedächtig. Ein paar Augenblicke später, in denen er versucht hatte, sein rasendes Herz zu beruhigen, knurrte er: »Los geht's!«

Unter tatkräftiger Unterstützung von Theo luden die beiden Satins mechanisches Pony aus. Sobald er auf dem Boden stand, war Satin in der Lage, seine Gliedmaßen auszuklappen und sich in eine Gehposition zu erheben. Die gelbe Farbe des Ponys leuchtete matt in der Dunkelheit, doch die vier anderen hatten sich komplett schwarz gekleidet. Javier und Patryk trugen sogar schwarze Skimützen, die sie bis über die Augenbrauen gezogen hatten.

Javier öffnete den Kofferraum. Die beiden Koffer lagen darin. Anstatt sie herauszuheben, öffnete und hob er lediglich ihre Deckel, um auf ihren Inhalt zugreifen zu können.

Bevor sie hierhergekommen waren, hatten sie den grünen Ton bereits in Stücke gebrochen und zu weichen Würmern gerollt. Andere Stücke hatten sie wie Schneebälle zwischen ihren Handflächen zu Kugeln geformt. Wie Handgranaten.

Bei der explosiven Verbindung handelte es sich um »intelligentes Material«. Das primitive Bewusstsein, das direkt in die Substanz eingearbeitet worden war, reagierte auf Signale, die von einem kleinen Gerät übertragen wurden, das Javier in seiner Hosentasche mitführte. Das Material konnte auf alle nur erdenklichen Arten programmiert werden. Unterschiedliche Brocken konnten separat zur Explosion gebracht werden, wie Granaten, wenn man sie warf. Das gesamte Material konnte aber auch auf einmal in die Luft gejagt werden.

Satin war zu schwerfällig für ein geheimes Vorgehen, deshalb blieb er bei dem Schwebeauto, um die anderen mit dem Handtelefon zu warnen, sollte ein Streifenwagen der Forcer hier herumschnüffeln. Außerdem waren er und seine Maschinenpistole bereit, den anderen bei ihrem Rückzug Deckung zu geben, sollten sie von Gesichtslosen verfolgt werden – oder dem Was-immer-es-war, dem sie im Keller begegnet waren.

Die anderen vier hatten Taschen mit einem Schultergurt, und in diese luden sie die Bälle und Würmer aus grünem Ton. Dann tauschten sie finstere Blicke und eilten in die feuchte Dunkelheit hinaus.

Barbie und Theo näherten sich gemeinsam der rechten Seite oder dem B-Flügel des Gebäudes, wobei jeder der Meinung war, dass er auf den anderen achtgab. Sie drückten sich zwischen zwei Hecken durch, dann half Theo Barbie dabei, ihren ungelenken Körper über die niedrigere Mauer des Fußwegs zu hieven, der parallel zu den beiden darüberliegenden Balkonen verlief. Auf der anderen Seite tauchten sie sofort in Deckung und griffen in ihren Taschen nach den ersten Tonwürmern. Keuchend drückte Barbie ihren an die Unterseite einer der schwarzen Metalltüren, die zu den Apartments führten. Die schwarzen Fenster, die entlang des Gebäudes verliefen, machten sie nervös. War es denkbar, dass jeden Moment mehrere Gesichtslose heraussprangen und sich auf sie stürzten? Als sie aufstand, um ein Stück weiter zu gehen und eine weitere Ladung des explosiven Kitts zu platzieren – Theo tat dasselbe in der anderen Richtung –, beäugte sie das nahegelegenste Fenster genauer. Mehrere ihrer Gesichter kräuselten verwirrt die Augenbrauen. War das Fenster verbarrikadiert? Etwas drückte sich flach gegen den offenen Rahmen. Sie trat einen Schritt näher heran und streckte sogar schon die Hand aus, um die Barrikade zu berühren, zog sie jedoch hastig wieder zurück.

Ein schiefergraues Material, das wie Plastik glänzte, blockierte die Fensteröffnung. Eine Wand aus lebendem Fleisch.

Patryk hatte sich auf die andere Seite des Gebäudes geschlichen: den A-Flügel. Auch er begann damit, Würmer aus Ton an die Fundamente von Steward Gardens zu drücken. Auch er blickte auf und erkannte, dass jedes offene Fenster von grauem Fleisch blockiert wurde. Er erschauderte, setzte seine Arbeit jedoch fort. Das war das

Ding, das ihn fast blind gemacht hatte. Das Ding, das zu töten sie hergekommen waren.

Javier war an die Vorderseite von Steward Gardens gegangen. Gerade hatte er einen Tonwurm am Fundament des Gebäudes befestigt, als sein Handtelefon piepte. Er hielt es sich dicht vors Gesicht. »Ja?«, zischte er.

Es war Barbie, die mit mehreren Stimmen sprach. »Leute, das Ding ist *riesig* geworden. Es drückt gegen alle Fenster. Es ist kurz davor, aus diesem Kasten auszubrechen.«

Javier besah sich die Fenster an der Vorderseite des Gebäudes und bemerkte, wie die fernen Lichter der Stadt auf der feuchten, dunklen Haut, die sie ausfüllte, glitzerten. »Ich sehe es. Reingehen und den Rest von dem Zeug anbringen können wir wohl vergessen. Geht einfach weiter um das Gebäude herum. Jungs, habt ihr das verstanden? Versucht nicht, hineinzugehen.«

Eine Pause, dann klinkte sich Patryk in das Gespräch ein. »Verstanden.«

»Wenn du das sagst«, fügte Theo hinzu.

Javier steckte das Handtelefon in die Tasche und eilte zur nächsten Position. Zuvor hatten ihn die nummerierten, schwarzen Türen nervös gemacht. Er hatte damit gerechnet, dass eine oder mehrere von ihnen auffliegen und er – ja, was? – dort stehen sehen würde. Doch jetzt wusste er, dass da nur noch mehr von dem grauen Fleisch war, das sich dahinter aufwölbte.

Er erreichte die Ecke der Vorderseite des B-Flügels und sah zu dem kleineren Abschnitt der Anlage hinüber, der die beiden Flügel miteinander verband und die Lobby beherbergte.

Er sah die Eingangstür. Und er sah, dass sie offen stand. Außerdem sah er, dass dort kein glänzendes, graues Fleisch war, das die Öffnung ausfüllte. Die Türschwelle war schwarz und leer. Durch sie kam man ins Innere des Gebäudes.

Ohne es zu merken, war Javier aus der Hocke aufgestanden. Er ging auf die Eingangstür zu und vergaß dabei den Regen, der auf ihn niederprasselte und ihn durchweichte. Aus seiner Tasche zog er einen Ball heraus, den er in seiner rechten Faust bereithielt. Aus seiner Hosentasche zog er mit der linken Hand die Fernbedienung. Den Daumen platzierte er über der Taste, die er so programmiert hatte, dass sie die Granaten einzeln scharf machte. Er richtete das Gerät auf den Ball in seiner Faust, um beides miteinander zu verbinden. Und ging dabei weiter auf die weit geöffnete Eingangstür zu.

Zuvor hatte er Mira gestanden, dass er als Folger Street Snarler für einen Teil der Versicherungssummen Autos und leer stehende Lagerhallen angezündet hatte. Er hatte sich dabei immer vergewissert, dass sich niemand im Innern dieser Lagerhallen aufhielt, nicht einmal ein einziger Hausbesetzer.

Er hatte so etwas Ähnliches wie das hier also schon einmal getan. Aber nicht mit einer solchen Ausrüstung und nicht mit der Absicht zu töten. Sein Herz hämmerte. Dieses Mal konnte er es nicht beruhigen.

Er war jetzt nur noch wenige Schritte von der offenen Eingangstür entfernt, konnte aber noch immer nicht hineinsehen. Javier steckte die Fernbedienung ein, um sie gegen das Handtelefon einzutauschen. »Leute«, sprach er hinein. »Wie weit seid ihr?«

»Fast fertig«, berichtete Patryk.

»Ich auch«, sagte Barbie.

»Ich habe noch etwas übrig«, sagte Theo.

»Stellt die Taschen mit dem Rest einfach an das Gebäude und kommt zum Auto zurück«, wies Javier sie an. »Wir sehen uns in einer Minute.«

»Wo bist du gerade?«, fragte Barbie.

»Geht einfach«, befahl er.

Er tauschte das Telefon wieder gegen die Fernbedienung aus, dann legte Javier den restlichen Weg bis zur Eingangstür zurück.

Direkt vor der Türschwelle blieb er stehen, erwartete irgendeinen Trick, eine Falle, die ausgelöst wurde. So nah und dennoch konnte er im Gebäude rein gar nichts erkennen. Genauso gut hätte er in die Weite des Alls blicken können. Wie dumm. Er hatte nicht daran gedacht, ihnen Taschenlampen mitzugeben. Vielleicht hatte er zu viel Angst gehabt, dass die Strahlen von den Autos gesehen wurden, die die Beaumonde Street entlangfuhren. Und gerade als ihm das durch den Kopf ging, ging vor ihm in der Lobby ein Licht an. Eine einzelne, ferne und schwache Notlampe war flackernd zum Leben erwacht. Vor Schreck hätte Javier beinahe den Knopf an dem Fernzünder gedrückt, der die Granate mit einer dreisekündigen Verzögerung abwurfbereit machte. Er ging einen Schritt hinein.

Nach einem weiteren Schritt stellte er fest, dass das Licht wie eine Fliege in Bernstein eingeschlossen war. Das Licht schien durch eine durchsichtige Wand aus Fleisch. Wie dick sie war, konnte er nicht sagen. Das Fleisch bildete einen Tunnel, der durch die Lobby führte, an den Innenseiten schwach gerippt war und eine gewölbte oder bogenförmige Decke hatte. Javier wurde noch misstrauischer, aus Angst, dass diese lebende Röhre sich ganz plötzlich zuziehen würde, um ihn zu zerdrücken oder auszuspucken. Oder ihn zu schlucken und zu verdauen. Dennoch tat er einen weiteren, schleichenden Schritt.

Beim vierten Schritt sah er eine Gestalt, die sich aus der vor ihm liegenden Dunkelheit schälte. Eine Gestalt, die vor dem schwachen, eingeschlossenen Licht zu einer

Silhouette wurde. Javier hielt in seinem Vorstoß inne, während ihre beiden Körper einander belauerten.

»Javier«, sagte die Gestalt, die so klein war, dass sie ein Kind hätte sein können. Er wusste es jedoch besser. Er erkannte ihre Umrisse, ihre Proportionen, obwohl ihr Kopf seltsam glatt und haarlos wirkte.

»Mira!«, sagte Javier. Die Granate seines Herzens war jetzt scharf gemacht worden. Sofort sprang er geradezu nach vorne, um sie in seine Arme zu schließen und mit ihr aus diesem Gebäude zu fliehen. Beinahe brach er in Tränen aus. Sie *lebte!* Das Monster im Keller hatte sie nur gefangen, aber nicht getötet, und jetzt hatte sie den Weg hinaus gefunden! Sie hatte auf ihn gewartet. Darauf, dass er zurückkam und sie fort von hier brachte.

»Javier«, sagte sie noch einmal und obwohl er ihre Stimme erkannte, wurde ihm dieses Mal bewusst, dass er sie nicht mit seinen Ohren vernahm. Sie umging seine Ohren, um direkt sein Gehirn anzusteuern. Aber dazu war sie doch auch in der Lage, nicht wahr? Sie hatte doch ihre Gaben? »Komm nicht näher«, fuhr die Stimme in seinen Gedanken fort. »Ich will nicht, dass du mich siehst.«

»Mira ... Ich muss dich hier rausholen!«

»Ich kann nicht gehen, Javier.«

Sie tat ein paar ungelenke, watschelnde Schritte auf ihn zu, um die Distanz zwischen ihnen nur ein wenig zu verringern. Er sah, dass sie etwas in der Hand hielt. Ein langes Seil oder Kabel, das sie hinter sich herzog. Ihm wurde klar, dass es an ihr festgebunden war. Sie war gefesselt. Noch immer eine Gefangene.

Nein, nicht gefesselt. Sie war festgebunden, ja, doch jetzt verstand Javier auch den Rest. Er verstand, weil er sah, wie Miras silhouettenhafter Leib an den Rändern glitzerte, während sie sich vor dem fahlen Licht bewegte.

Das Licht glitzerte auch auf dem silbern und schwarz

gestreiften Strang, auch wenn er noch immer nicht erkennen konnte, ob er wie eine Nabelschnur an ihrer Vorderseite befestigt war oder an ihrem Rücken. Weil das Licht ungleichmäßig war und von den gerippten Wänden der Fleischkammer reflektiert wurde, huschte ihr einen kurzen Moment lang ein Teil davon seitlich über das Gesicht. Ja, hier drin war es finster, deshalb war es vielleicht nur eine Illusion gewesen, dass sie kein Gesicht hatte. Das war zumindest möglich, doch er bezweifelte es.

»Du Mistkerl«, sagte Javier, während er seinen Kopf langsam von einer Seite zur anderen bewegte. Seine sich anspannenden Finger drückten sich in den Ton, den er festhielt. Der fing an, die Linien seiner Handfläche anzunehmen wie imitiertes Fleisch, das auf intime Weise sein eigenes nachbildete. »Du Mistkerl …«

Die vertraute Silhouette blieb stehen. »Ich bin's, Javier. Er hat mich gefangen. Er hat auch andere gefangen. Er hat seine eigene Mutter verschlungen.«

»Du bist eins von diesen Dingern!«, rief Javier. »So wie die Gesichtslosen!«

»Du willst mich zerstören. Gut. Du musst mich zerstören, Javier. Du musst uns befreien. Selbst er will jetzt sterben.«

»Wen meinst du damit?«

»Den Outsider. Er hat seine Mutter verschlungen. Er hat ihre Angst verschlungen und sie schmerzt ihn. Er ist verwirrt. Er fühlt sich … verloren. Er will, dass alles aufhört, Javier.«

»Das ist ein Trick.«

»Du musst tun, wozu du gekommen bist. Ich bin nicht hier, um dich aufzuhalten. Ich bin nur hergekommen, um Lebewohl zu sagen.«

Es war Mira. Es war ein Trick, ja. Eine Fälschung. Doch gleichzeitig war es trotzdem noch Mira. Er wusste es.

Er wollte es nur nicht glauben. Und gleichzeitig wollte er es unbedingt glauben.

»Tut mir leid, dass ich dich nicht gerettet habe«, krächzte er. Tränen waren ihm in die Augen gestiegen.

»Du kannst mich jetzt retten. Bitte beeile dich. Ein Teil von ihm möchte sterben. Ein Teil von ihm will, dass er keine Schmerzen mehr hat. Aber ein Teil von ihm will zerstören. Alles zerstören. Und dieser Teil wächst. Bald ist er das Einzige, was von ihm übrig sein wird.«

Die Silhouette streckte ihre beiden kurzen Arme aus wie ein Kind, das umarmt werden wollte. Eine Liebhaberin, die um eine Abschiedsumarmung bat. Javier wusste jedoch, auch ohne dass ihre Stimme in seinem Kopf es ihm sagen musste, was sie wirklich von ihm erwartete.

Er schloss die Lücke zwischen ihnen. Beim Näherkommen streifte er den Riemen der Tasche von seiner Schulter. Er kam gerade nahe genug, um ihr die Tasche mit dem Sprengstoff in die wartenden Arme zu drücken. Er wollte ihren nachgebildeten Leib nicht berühren. Er wollte ihr Gesicht nicht deutlicher sehen. Kaum hatte sie die Tasche gegen ihre Brust gedrückt, wich er rasch zurück.

»Danke, Javier. Du musst jetzt gehen. Bitte beeile dich.«

»Es tut mir leid, Mira«, sagte er und wich noch weiter zum Eingang zurück. In die Nacht und den Regen.

»Es muss dir nicht leidtun. Es wird jetzt in Ordnung sein.«

An der Schwelle hielt er erneut inne. »Ich liebe dich.« Das hatte er nie zuvor gesagt. Zu keiner Freundin, nicht zu seiner Mutter, zu keinem der Snarlers.

Das einzelne, eingemauerte Licht ging flackernd aus. Auch die Stimme in seinem Kopf verstummte langsam, doch als ein versiegendes, geisterhaftes Flüstern hörte er noch: »Ich liebe dich auch.«

Den anderen war es gerade gelungen, Satin in den Wagen zu bekommen, als Javier ankam und die Tür zum Fahrersitz öffnete. Patryk, Barbie und Theo zwängten sich hinein, dann hob das Schwebeauto vom nassen Asphalt ab.

»Wo warst du?«, fragte Barbie.

»Im Innern. Ich habe meine Tasche dort zurückgelassen. Wir müssen schleunigst hier weg.«

Sie sah den Fernzünder, den er mit seiner rechten Hand umklammerte, während er mit der linken den Wagen in Bewegung setzte.

Der Fernzünder verfügte über eine beeindruckende Reichweite, wenn sein Signal nicht vom Regen oder den im Weg stehenden Gebäuden abgelenkt oder behindert wurde. Das lindgrüne Auto hatte den Parkplatz von Steward Gardens verlassen. Es war zur Beaumonde Street zurückgekehrt und segelte weiter die wohlhabende Chaussee entlang, bis das Gebäude hinter ihnen aus ihrem Blickfeld geraten war. Erst dann, als er es nicht mehr sehen konnte, drückte Javier den Knopf an der Fernzündung. Er richtete sie nicht hinter sich. Das musste er nicht. Er drehte nicht einmal den Kopf, um danach zu sehen.

Doch die anderen blickten zurück, beeindruckt von ihrem Werk.

Über dem Dach des Büroblocks erhob sich ein Rauchpilz in Miniaturgröße, der rasch größer wurde, als würde er vom Regen genährt. Er glich einem riesigen Baum, mit einem vom Sturm aufgewühlten Wipfel. Obwohl das Schwebeauto keinen Straßenkontakt hatte, spürten sie, wie es von der Erschütterung der Explosion erfasst wurde, und sie wurden in ihren Sitzen durchgeschüttelt. Die Rauchsäule verzog sich rasch und sein Unheil verkündender Kopf löste sich auf. Doch vorher hob er sich brodelnd und kochend vor dem schwarzen Himmel ab. Wie eine graue Masse formlosen Fleisches.

EPILOG:

LIMBUS

Jeremy Stake packte die Wut, als er auf seinem Armbandcomputer eine Nachricht von Thi Gonh fand, kurz nachdem er wieder ausreichend klar im Kopf war, um festzustellen, dass er in einem Krankenhausbett lag. Nachdem er sich an ihr Gesicht erinnert hatte, das in der Lobby von Steward Gardens über ihm geschwebt war.

Noch wütender machte ihn, dass es nicht einmal eine Sprachnachricht mit ihrem Gesicht und ihrer Stimme war, die ihn von dem Monitor des Armbandcomputers aus ansprach. Stattdessen war es eine schriftliche Nachricht. Und um seine Enttäuschung noch zu vergrößern, war ihr Englisch einfach zu gut, was darauf hinwies, dass sie beim Schreiben ein Übersetzungsprogramm Ha-Jiin-Englisch benutzt hatte. Er fand, dass es rein gar nicht nach ihr klang.

»*Ga Noh,*

ich bin jetzt wieder zu Hause. Bevor ich gegangen bin, hat mir der Arzt gesagt, dass du wieder in Ordnung kommst.

Ich hoffe, du verstehst, warum ich nicht geblieben bin. Ich musste meinen Ehemann darüber belügen, wo ich hingehe. Ich habe ihm gesagt, ich bin geschäftlich auf Oasis wegen unserer Farm. Ich weiß nicht, ob er mir das glaubt.

Ich hoffe, du verstehst, warum ich dich mehrere Tage beobachtet habe, mich dir aber nie gezeigt. Ich habe meinen Ehemann bereits durch meine Täuschung entehrt. Aber ich habe mir Sorgen gemacht, als ich dein Gesicht auf dem Telefonmonitor gesehen habe. Ich bin dir eine Weile gefolgt und du schienst okay. Ich wollte gehen, bin aber froh, dass ich noch etwas länger geblieben bin. Ich war erfreut, dass ich dir helfen konnte, deine Feinde zu bekämpfen.

Wenn du mich wieder brauchst, sei beim nächsten Mal bitte ehrlich und sage es mir.«

»Okay, ich brauche dich«, flüsterte Stake, als er die Worte las. Er las weiter und blickte dabei frontal auf das Gerät hinunter, sodass der Bildschirm die Leinwand seines eigenen Bewusstseins ausfüllte. Er würde dort einen Abdruck hinterlassen, wie ein stechendes Tattoo, das in sein Gehirn geritzt wurde.

»Nachdem du auf mich aufgepasst hast, war ich froh, dass ich diese Schuld begleichen konnte.«

»Schuld«, wiederholte Stake mit bitterer Stimme.

»… und ich würde sie noch tausend weitere Male begleichen.

Mach's gut, Ga Noh.

Deine Ban Ta.

T.«

Einige Augenblicke lang musste er über die Ha-Jii-Worte »ban ta« nachdenken, die sie nicht ins Englische übersetzt hatte. Stake wusste jedoch genau, was sie bedeuteten. Henderson hatte ihm das vor langer Zeit gesagt. Er wollte nur sichergehen, dass er sie richtig las, dass sie sich nicht veränderten, wenn er seinen Blick wieder darauf richtete. Deshalb las er sie wieder und wieder.

»Ban ta«, hatte Henderson ihm gesagt, »bedeutet: deine Geliebte.«

Stake schloss die Nachricht und ließ sich schwer auf sein Kissen sinken. Dann streckte er die Hand aus und piepte nach einer Schwester.

»Ja?«, fragte eine trockene Stimme aus dem Lautsprecher. Er wusste nicht, ob sie einem Menschen oder einem Roboter gehörte. Nicht dass es einen großen Unterschied gemacht hätte, wie er von früheren Krankenhausaufenthalten wusste. Soldat zu sein war manchmal ein harter Beruf. Und Privatdetektiv zu sein auch.

»Wann kann ich hier wieder raus?«, fragte er. Und mit einem tiefen Murmeln fügte er zu seinem eigenen Nutzen hinzu: »Ich brauche einen Drink.«

Er merkte jedoch, dass die Wut verflogen war.

Basslastige Musik wummerte aus einer Jukebox, auf einem riesigen VT-Monitor lief eine Sportübertragung und auf einem weiteren eine Seifenopfer ohne Ton (ein paar betrunkene, grauhaarige Männer sahen sie sich aufmerksam an). Neonlichter waren durch den Zigarettenrauch verschwommen zu sehen und die Holografie einer Frau, die an einen Dschinn erinnerte, tanzte in einer großen Plastikflasche, mit der für Knickerson-Bier geworben wurde. Stake setzte sich an der Bar auf einen der Hocker.

Ohne dass er darum gebeten wurde, betätigte Watt mit seinen prothesenartigen Armen einen Zapfhahn, schenkte ein Glas Zub-Bier ein und stellte es vor ihm auf den Tresen. »Alles klar bei dir, Mann?«, fragte er ernst.

»War nie besser. Ich denke, ich gönne mir heute einen Schnaps, Watt.«

»Hey, Stake«, lallte ein Riese am anderen Ende der Bar. Noch immer hatte niemand Lark verraten, dass Stake für seinen eigenen kürzlichen Trip in die Notaufnahme verantwortlich war. Augenblicklich richtete er seine Aufmerksamkeit auf die alkoholbenebelte Frau, die auf dem Barhocker neben ihm saß. Stake musste einräumen, dass sie attraktiv für eine Mutantin war, abgesehen von dem einen knolligen Auge, das viermal so groß war wie das andere. Provozierend lenkte sie die Aufmerksamkeit noch zusätzlich auf diese Unförmigkeit, indem sie zu viel Make-up trug. Lark fuhr fort: »Wozu zur Hölle bist du unversehrt nach Hause gekommen, wenn du dich jetzt über den Haufen schießen lässt?«

»Das mache ich, um die Zeit totzuschlagen.«

»Ja, das kann ich nachvollziehen. Zeit ist das Einzige, was wir heutzutage noch totschlagen können, nicht wahr? Wenn du das nächste Mal Ärger in deinem Beruf hast, dann rufst du aber deine Kumpel hier im LOV 69 an, okay? Wir passen schon auf deinen Arsch auf. Stimmt's, Watt?«

»Ich hätte mehr Angst, mir von dir einen Querschläger einzufangen, als von jemand anders«, gab Watt zurück.

»Ach, zur Hölle mit dir, du verfluchter Wichser.«

Lark wandte sich wieder der Frau zu, die auf ihrem Hocker unsicher herumrutschte, das größere Auge ganz besonders glasig und blutunterlaufen. Watt zapfte ein weiteres Clemens Light für einen anderen Veteranen.

Stake hatte sein Bier halb ausgetrunken, als ihn sein Armbandcomputer auf einen Anruf aufmerksam machte. Sein Herzschlag beschleunigte sich, aber es war natürlich nicht sie. Auf dem kleinen Bildschirm lächelte Poole zu ihm hinauf. Diesmal konzentrierte er sich nicht so stark auf den Bildschirm, dass er sein Bewusstsein ausfüllte. »Hey«, sagte er.

»Wo bist du denn, Mister? Ich habe gehört, dass du das Krankenhaus heute Nachmittag verlassen hast.«

»Ich trinke ein Bier in meinem Veteranenposten.«

»Klingt spannend. Wie geht es dir denn? Ich bin gestern gekommen, um dich zu besuchen, aber da hast du geschlafen.«

»Mir geht's gut. Nur ein bisschen steif.«

»Steif kann auch gut sein. Ich habe dich vermisst.«

»Tut mir leid. In letzter Zeit war viel los.«

»Ja.« Obwohl ihr Bild so klein war, konnte er den skeptischen Ausdruck auf ihrem Gesicht sehen. »Nun, Yukis Vater hat mich vor ein paar Minuten angerufen.

Er hat mir erzählt, dass du entlassen wurdest. Ich glaube, er wollte überprüfen, ob du bei mir bist. Wahrscheinlich braucht er jemanden zum Reden.«

»Das kann ich mir vorstellen. Er hat mich ein paarmal angerufen, aber ich bin nicht rangegangen. Schätze, ich bin noch nicht bereit, mit ihm zu reden.«

»Nun, er hat mir ein wenig von dem erzählt, was passiert ist.« Janice schüttelte den Kopf. »Sie war so liebenswert. Das ist so entsetzlich, Jer. So entsetzlich.«

»Ich wünschte, ich hätte sie retten können.«

»Fukuda hat mir gesagt, dass du dein Bestes getan hast. Er hat mir erzählt, wie mutig du warst.«

»Das ist sehr großzügig von ihm.«

»Das Gebäude, in das Tableau Yuki gebracht hat … Hast du in den Nachrichten gesehen, dass es explodiert ist? Nur gut, dass du ein Alibi hast, weil du im Krankenhaus warst. Aber ich nehme an, die Behörden haben Fukuda deswegen bereits verhört.«

»Dazu habe ich auch ein paar Fragen.«

»Nun, mir hat er erzählt, dass er keine Ahnung hat, wie es passiert ist, und dass er sich einem Wahrheitsscan unterziehen wird, um seine Unschuld zu beweisen. Ich hoffe, das stimmt, denn in den benachbarten Gebäuden wurden einige Leute bei der Zerstörung getötet.«

»Wie schrecklich. Es hätte aber noch schlimmer sein können. Viel schlimmer.« Stake führte das nicht näher aus. Er erwähnte auch nicht Dai-oo-ika. Da die Nachrichten Rückstände eines explosiven Materials erwähnt hatten, war seine Theorie, dass Thi Gonh noch mehr von ihrer militärischen Expertise genutzt hatte. Aufgrund dessen war er erleichtert, dass sie Oasis verlassen hatte und wieder in ihre eigene Dimension zurückgekehrt war. Für den Fall, dass er im Rahmen der Ermittlungen einem Wahrheitsscan unterzogen würde – was sehr wahrscheinlich war –, hoffte er, dass ihr Name nicht ins Spiel kam.

»Haben die Forcer schon mit dir über Tableau gesprochen?«

»Die haben mich kurz vor meiner Entlassung im Krankenhaus besucht. Die kennen mich und alle anderen anständigen Privatschnüffler in der Stadt. Die wissen, dass ich kein Draufgänger bin. Die machen uns zwar einigen Stress, aber insgeheim lieben sie uns, weil wir uns um jede Menge Probleme kümmern und sie sich erst mit den Folgen rumschlagen müssen. Ich bin mir aber sicher, dass wir noch einigen Stress bekommen, bevor alles abgeheftet wird.«

»Ich hörte, Tableau hat Kontakte zum Syndikat. Hast du davor keine Angst?«

»Ach was. Ich bin mir sicher, dass er nicht so sehr mit ihnen verbandelt ist, dass die sich jetzt mich vorknöpfen.«

»Nun, hoffentlich hast du recht.« Um ihre Stimmung zu heben, wechselte Janice in einen freundlicheren Ton: »So, mein Lieber, hast du Interesse an meiner ganz eigenen Art der Pflege? Ich kann eine wirklich gute Krankenschwester sein. Das wäre besser für dich als das Bier, das du da trinkst. Und vielleicht kannst du ja deine Dr.-Lammkopf-Maske für mich aufsetzen, hm?« *Dr. Lammkopf* war eine beliebte VT-Serie. Beliebt vor allem wegen des scharfen jungen Schauspielers, der den Titelhelden, einen begabten Arzt, spielte, der auf einer weit entfernten Raumstation eine Vielzahl intelligenter Rassen behandelte.

»Vielleicht ein andermal. Wie du gesagt hast, Fukuda braucht jemanden zum Reden, deshalb sollte ich ihn wahrscheinlich zurückrufen.«

»Habe schon verstanden, Jer.«

»Janice …«

»Weißt du, es ist nicht falsch, sich aufgrund persönlicher Eigenschaften zu jemandem hingezogen zu fühlen. Weil jemand witzig ist oder zärtlich oder gut im Bett oder weil man rote Haare oder grüne Augen hat …«

Oder blaue Haut, dachte Stake. Er unterbrach: »Aber was du da siehst, sind Dr. Lammkopfs Eigenschaften. Was sind denn meine Eigenschaften? Bin ich *ich* für dich, oder nur eine Fernbedienung?«

»Himmelherrgott, Jer. Du weißt, dass du mir etwas bedeutest. Ich finde aber deine Gabe aufregend, na und? Was wäre denn für dich die Alternative? Eine Frau, die das irre und verstörend findet? Verletzt es dich wirklich, dass ich mich deshalb zu dir hingezogen gefühlt habe?«

Ga Noh hatte die Erdlingskillerin ihn genannt. War das nicht fast dasselbe? Hatte sie sich nicht auch wegen seiner Gabe zu ihm hingezogen gefühlt? Trotzdem, dachte Stake, war es anders gewesen. Für Janice war er ein formbares Spielzeug. Für die Ha-Jiin-Frau war er, wie Henderson es ihm erklärt hatte, »eine Chimäre oder ein Gestaltwandler. Eine Art mystisches Wesen, teils Mensch, teils Gott«.

»Janice … Ich ruf dich wieder an. Versprochen. Aber jetzt gerade … jetzt brauche ich einfach etwas Zeit für *mich.*«

Sie seufzte. »Wie du meinst. Ruf mich an, wenn du dich einsam fühlst. Wir alle fühlen uns mal einsam, Jer. Ich jedenfalls schon.« Und damit verschwand sie von dem winzigen Bildschirm seines Armbandcomputers.

Stake stieß selbst einen Seufzer aus. Zeit für den Schnaps. In einem einzigen Schluck, der in seiner Kehle brannte, kippte er ihn weg.

Bevor er sich einem weiteren Bier widmete und dabei vergaß, wen er anrufen wollte, kontaktierte Stake schließlich Fukuda. Dieser nahm sofort ab. Auf seinem Gesicht in Miniaturausgabe war ein mattes Lächeln zu sehen. »Nun, hallo. Willkommen zurück von den Toten.«

Eine seltsame Bemerkung, dachte Stake. Zumindest etwas unangenehm, angesichts der ganzen Situation. »Janice Poole hat mir gesagt, dass Sie versucht haben, mich zu erreichen.«

»Ich wollte mich hauptsächlich erkundigen, wie es Ihnen geht.«

»Wollen Sie ein paar Bier mit mir trinken? Ich bin im Veteranenposten 69, in der Diode Avenue.«

»Dann mache ich mich sofort auf den Weg.«

»Beeilen Sie sich besser. Ich habe einen Vorsprung.«

»Ich brauche nicht lange.«

»Großartig. Bis gleich, Mr. Fukuda.«

Das kraftlose Lächeln zog sich etwas zurück. »Nennen Sie mich James.« Dann legte er auf.

Als James Fukuda das LOV 69 betrat, sah er, dass Stake der Privatsphäre wegen von der Bar zu einem der Tische gewechselt hatte und dass er Kaffee statt Bier trank. »Haben Sie aufgehört, bevor ich überhaupt anfangen kann?«, scherzte er.

»Ich warte nur auf Sie, um wieder loszulegen«, erwiderte der Detektiv.

»Dann hole ich die nächste Runde.« Fukuda ging zu Watt, um zwei frisch Gezapfte zu bestellen.

Als sie einander gegenübersaßen, bildeten sie ein stummes und unbehagliches Diptychon. Stake erwartete, dass Fukuda ihn nach der Ha Jiin fragte, die aus dem Nichts gekommen war, um sie beide sicher aus Steward Gardens wegzubringen. Stake war davon überzeugt, dass Fukuda gleichermaßen erwartete und befürchtete, dass das Thema auf Yuki kam. Doch dieser Teil war wohl unvermeidlich. Deshalb konnte er ihn genauso gut als Erster ansprechen.

»Mr. Fukuda … James … Das mit Yuki tut mir sehr leid. Ich habe mich gefragt, ob es vielleicht meine Schuld war.

Wenn ich da nicht wie ein Cowboy mit gezückten Waffen reingestürmt wäre …«

»Nein. Nein, Jeremy, ich bitte Sie. An diesem Punkt gab es keine andere Möglichkeit mehr. Sie waren doch kurz davor, sie zu foltern. Wenigstens hatte sie noch die Chance, gerettet zu werden. Die hätte sie nicht gehabt, wenn Janice Ihnen nichts von ihrer Entführung verraten hätte. Vielleicht wäre es andererseits besser so gewesen. Sie hätten keine so schweren Verletzungen davongetragen. Und ich wäre an Yukis Seite gestorben, so wie ich es verdiene.«

»Sagen Sie das nicht. Sie haben ihr ein kurzes Leben voller Liebe geschenkt. Sie verdienen es nicht, dafür zu sterben. Die Männer, die das verdienen, sind tot.«

Stake sagte das zwar, doch sogar er musste einräumen, dass auch Tableau – ungeachtet seiner Methoden – nur versucht hatte, seine geliebte Tochter zu finden. Und seine Sicherheitsleute hatten nur einen guten Job machen wollen für den Mann, der ihnen nach dem Krieg, für den sie produziert worden waren, ein neues Leben geschenkt hatte. Und letztlich war jeder Gegner, den er jemals getötet hatte, irgendwann einmal ein Kind gewesen. Ab einem gewissen Punkt war jedes Leben unschuldig.

Fukuda sagte: »Vielleicht war es ein Fehler, ihr dieses Leben zu schenken. Es war egoistisch von mir, nur um mich von meiner Schuld reinzuwaschen. Ich habe ein menschliches Wesen zur Welt gebracht, als eine Art Buße. Damals habe ich mir jedoch eingeredet, dass es für Yuriko war. Deshalb habe ich sie zu meiner Tochter anstatt zu meiner Geliebten gemacht. Ich wollte sie nicht wieder begehren. Mein Verlangen nach ihr war, was sie zum ersten Mal getötet hatte. Aber am Ende hat es keinen Unterschied gemacht, nicht wahr? Sie ist trotzdem meinetwegen gestorben. Für den Eigentümer von Fukuda Bioforms klingt das nicht besonders wissenschaftlich, aber es bringt mich zu der Überlegung, dass es ihr vielleicht nicht vorherbestimmt war, wiedergeboren zu werden. Dass ich versucht habe, ihr Schicksal zu betrügen.«

»Wer weiß das schon? Ich weiß nicht, ob ich an ein Schicksal glaube. Allerdings habe ich früher auch nicht an Geister geglaubt.«

»Der Eigentümer von Fukuda Bioforms.« Fukuda wiederholte seine eigenen Worte mit einem Hauch von Verbitterung, während er auf einen der großen VT-Monitore starrte. Er zeigte einen Werbespot, dem es gelang, sogar bei ausgeschaltetem Ton laut zu wirken. »Für mich gibt es keine Erlösung. Ich denke, damit kann ich in gewisser Weise meinen Frieden schließen. Das ist *meine* Bestimmung.«

Stake versuchte, Fukuda nicht zu lange ins Gesicht zu sehen. Bei allem, was der Mann bereits ertrug, musste er nicht noch einmal miterleben, wie sein Bruder vor seinen Augen wieder zum Leben erwachte. Deshalb starrte er in sein Bierglas, die schäumenden Blasen wie Zellen auf dem Objektträger eines Mikroskops, während er sagte: »Wissen Sie, jedes Mal, wenn Menschen bewusst Kinder zeugen, dann tun sie das in Wahrheit zu ihrer eigenen Freude. Nicht um die menschliche Rasse voranzubringen, oder etwas ähnlich Ehrenwertes. Abgesehen vielleicht von unserer biologischen Programmierung, die Rasse fortzuführen, so töricht diese Instinkte auch sein mögen. Jedenfalls, wie gesagt, dieser Impuls ist nicht weniger egoistisch als das, was Sie getan haben, indem Sie Yuki erschaffen haben. Stimmt's?«

Fukuda gab einen Seufzer von sich und versuchte erneut zu lächeln, während er seinen Blick wieder auf Stake richtete. »Wollten Sie jemals Kinder, Jeremy?«

»Ja. Kleine, blauhäutige Kinder«, scherzte er.

Fukuda verengte erwartungsvoll die Augen. »Hm.«

Stake wurde bewusst, dass er zu viel gesagt hatte. Er wollte nicht über die mysteriöse Ha-Jiin-Frau sprechen oder über den Grund für die Zerstörung von Steward Gardens, das Schicksal von Dai-oo-ika, oder ob Fukuda nun Pablo Fujiwara befehlen würde, alle verbliebenen Forschungsergebnisse von Alvine Products zu zerstören. In diesem Moment wollte er einfach nur seine Blase leeren, um Platz für die nächsten Gläser Bier zu schaffen. Und das sagte er auch Fukuda, als er vom Tisch aufstand. »Bin gleich zurück«, sagte er zu ihm. »Und die nächste Runde geht auf mich.«

»Ich warte«, gab Fukuda zurück.

Der Detektiv war erst wenige Sekunden weg und Fukudas Blick war wieder zu dem stumm geschalteten, in der Dunkelheit der Bar grell leuchtenden VT gewandert, als ein Piepen in seiner Jackentasche ertönte. Er zuckte zusammen. Eine Sekunde lang zögerte er, in seine Tasche zu greifen, doch ein paar andere Gäste sahen angetrunken zu ihm hinüber. Fukuda warf einen Blick in die Richtung, in der Stake verschwunden war, dann zog er nervös ein kleines Handtelefon hervor. Es war ein neues, topmodernes Modell namens *Planchette* mit einer schwarzen Oberfläche, auf der die orangefarbenen Umrisse von Skeletten vom Tag der Toten herumsprangen.

Das Piepen setzte sich fort und wies darauf hin, dass ein Kanal geöffnet worden war. Ein Kontakt war hergestellt worden.

Langsam, als hätte er Angst, es könnte ihm in der Hand oder an seinem Schädel explodieren, hielt sich Fukuda das Gerät ans Ohr. Er hielt es einen Zentimeter weit weg.

»Daddy«, sagte eine leise, entfernt klingende Stimme.

Ein starkes Knacken und Rauschen war zu hören. Sie sagte noch mehr, aber er verstand die Worte nicht. Die Nachricht, die sie ihm mitteilen wollte.

»Was willst du mir sagen, mein Schatz?«, sagte er in das Sprechstück. Tränen schimmerten in seinen Augen und seine Stimme brach, als er sie bat: »Sprich bitte lauter. Ich kann dich nicht hören. *Ich kann dich nicht hören.*«

www.jeffreyethomas.com

JEFFREY THOMAS (geboren 1957 in den USA) ist einer der kreativsten Autoren der Gegenwart, ein Hieronymus Bosch der Literatur. Seine Welten sind sehr dunkel, sehr grotesk, doch immer voller unheimlicher Spannung. Fantastische Literatur at its best.

Jeffrey Thomas bei FESTA:
Punktown
MonstroCity
Tagebuch aus der Hölle
Geschichten aus dem Cthulhu-Mythos
Der Untergang der Hölle
Dai-oo-ika

Zuletzt erschienen in der Reihe HORROR & THRILLER:

Festa: If you don't mind sex and violence and lots of action

Niemand veröffentlicht härtere Thriller als Festa. Werke, die keine Chance haben, in großen Verlagen veröffentlicht zu werden, weil sie zu gewagt sind, zu neuartig, zu extrem.

Statt der üblichen Matt- oder Glanzfolie haben die Bücher von Festa eine raue, lederartige Kaschierung. Sie symbolisiert die Härte und sexuelle Gewagtheit unseres Programms. Diese »Bücher im Ledermantel« sind auch sehr widerstandsfähig – die Bücher wirken nach dem Lesen noch wie neu.

Unsere erfolgreichsten Buchreihen:

HORROR & THRILLER – Moderne Meister des Genres

FESTA ACTION – Blockbuster zum Lesen

FESTA EXTREM – Wenn Lesen zur Mutprobe wird …

Wegen der brutalen und pornografischen Inhalte erscheinen die Titel als Privatdrucke ohne ISBN und werden nur ab 18 Jahre verkauft. Sie können nur direkt beim Verlag bestellt werden.

Festa steht beim Thema harte Spannung für viele Jahre bewährte Qualität. Darauf geben wir sogar eine Zufriedenheitsgarantie. Dieser Service ist für einen Buchverlag einzigartig.

Warum tun wir das?

Frank Festa: »Wir wollen, dass die Leser unsere Bücher lieben. Das geht nur mit Qualität. Und als Spezialist für Horror und Thriller aus Amerika können wir in dem Bereich diese Qualität garantieren – so einfach ist das.«